한국 근대 일본어 평론·좌담회 선집(1939~1944)

한국 근대 일본어 평론·좌담회 선집(1939~1944)

한국 근대 일본어 평론·좌담회 선집(1939~1944)

이경훈 편역

도서출판 역락

머리말

이 책은 1939년부터 1944년에 걸쳐 식민지 조선인 문학자들이 발표한 일본어 평론, 그리고 조선인과 일본인이 함께 참여한 일본어 좌담회의 기록을 번역해 묶은 것이다.

차례나 자료 목록에서도 알 수 있듯이, 이 책에 실린 글의 필자는 이광수를 비롯해 주요한, 장혁주, 유진오, 함대훈, 임화, 최재서, 이원조, 백철, 서인식, 안함광, 한식, 이석훈, 김용제, 곽종원, 오영진, 조연현, 오용순 등이다. 이광수가 1892년생, 임화가 1908년생, 그리고 조연현이 1920년생임을 생각할 때, 이들은 당시까지 전개된 한국 근대문학사의 거의 전 시대와 세대 및 경향을 포괄한다. 더 나아가 이들은 당대의 역사적 상황과 '시국'을 배경으로 문학, 연극, 영화, 철학 등의 다양한 분야에 대해 논하고 있다. 따라서 이들의 논의를 살피는 일은 일제 말기의 문학적, 사상적 추이를 일반적이고도 개별적인 수준에서 파악하게 하는 일종의 조감도를 제시할 것이다. 물론 그 문학적 논의는 '국민문학'으로 집약된다.

한편 이 책은 세 개의 좌담회를 수록하고 있다. 당시의 여러 좌담회는 동원과 동화의 장치였지만, 그와 동시에 탈선, 과잉, 전도, 엇갈림, 혼돈, 지리멸렬, 실망, 침묵 등 예상치 못한 결과를 표면화하기도 했다. 따라서 좌담회는 의도된 결론에 매끄럽게 도달하기보다는 종종 봉쇄되거나 봉합되었다. 이는 이 책에 실린 좌담회들에서도 관찰된다. 그리고 좌담회의 주제와 뒤얽

힌 이러한 현상에 대해 본격적으로 파악하고 논의할 때, 우리는 비로소 일제 말기의 복잡한 지적, 심리적 상황에 대한 좀 더 입체적인 관점에 이를 수 있을 듯하다. 따라서 이러한 점을 의식하며 좌담회 및 몇몇 글들에 대해 일별해 보는 것도 이 책의 머리말로서 의의가 없지는 않을 것이다.

먼저 세 좌담회의 조선인 출석자를 통틀어 제시하면 김문집, 김종한, 백철, 유진오, 유치진, 이석훈, 이태준, 임화, 장혁주, 정인택, 정지용, 최재서 등이다. 그런데 한 가지 주목할 것은 이들이 일본인 출석자와 맺는 좌담회상의 관계다. 각각의 좌담회에는 유명한 전향자이자 '근대의 초극' 좌담회의 출석자이기도 한 하야시 후사오를 비롯해 아키다 우자쿠, 무라야마 도모요시, 가라시마 츠요시, 다나카 히데미츠, 데라모토 기이치, 츠다 츠요시, 스기모토 나가오, 미야자키 세타로, 후루카와 가네히데, 모리 히로시 등의 일본인들이 출석하고 있다. 여기서 총독부 도서과장인 후루카와와 모리를 제외했을 때, 이 일본인들은 주로 문학자들로서, 조선인 문학자들은 이들과 평등한 발언권을 가지고 있다. 하야시가 "제군들이 우리와 똑같이 앉아 있는 오늘날"이라는 말로 강조하듯이, 적어도 좌담회에서 일본인과 조선인은 더 이상 지배 / 피지배의 권력관계에 있지 않은 듯하다. 이는 좌담회 성립의 형식적 전제 조건이다. 총독부 도서과장의 출석 역시 어느 선을 넘어서지 않는 한 오히려 자유로운 발언의 가능성을 보장했을 수 있다. 이는 국가가 허용, 개입, 주도하는 발언의 장으로서 좌담회의 성격을 규정하기 때문이다. 그러므로 이러한 점은 논의에 임하는 자세 및 논의의 내용에도 영향을 미쳤을 것이다. 다음 대화에 보이는 긴장감은 이와 관련된 한 가지 예처럼 보이기도 한다.

하야시　그 점 때문입니다. 지금부터 제군들이 작품을 내지어로 자꾸자꾸 써주었으면 하고 바라는 것은. 그 반향은 반드시 있을 것입니다.

이태준 그것이 일본 문화를 위해서, 조선 문화를 위해서입니까?
하야시 세계 문화를 위해서입니다.
유진오 그건 좋습니다만, 조선어로 쓰지 않으면 안 된다고 생각합니다. 거기에 의견의 상위(相違)가 있는 것입니다.
하야시 이미 조선어는 소학교에서도 없어졌습니다.
유진오 그렇습니다만, 조선어는 결코 사라지지는 않을 것입니다. 단지 점점 희미해져 가는 것이지만…….
하야시 그것은 그것으로 좋습니다. 그러니까 조선의 작가는 자꾸자꾸 내지어로 쓰면 됩니다. 그러지 않으면 아무리 써도 독자가 없어질 것입니다. 없으면 밥을 먹을 수 없습니다. ……

__좌담회 「조선 문화의 장래」

위의 좌담회에서 조선인 참석자들은 장혁주와 무라야마가 수행한 「춘향전」의 일본어 번역 및 공연을 집요하게 비판한다. 그들은 하야시, 가라시마, 무라야마 등이 권유하는 일본어 창작이나 번역을 수용하는 대신 조선어 사용의 필요성을 고집한다. 예컨대 이태준은 "우리 독자의 문화를 표현할 경우의 맛은 조선어가 아니면 불가능"하며 "그것을 내지어로 표현하면 그 내용이 내지화"되어 "조선 독자의 문화가 사라진다"고 피력한다. 유진오는 "조선의 문학은 조선의 문자로 되지 않으면 문학의 의미가 없다"고 주장한다. 임화 역시 조선어 사용 문제를 "정치적 입장에서 벗어나 순예술적으로 조망해 보고 문화적으로 양해"할 것을 말한다. 하야시는 「춘향전」을 꼬투리삼아 벌어지는 이러한 상황에 당황한다. 급기야 그는 "이제 「춘향전」 이야기는 이 정도에서 그만 두어도 좋겠"다고 말한다. 논란의 매개자였던 장혁주는 이에 대한 동경(東京) 문단의 반응을 다음과 같이 옮긴 바 있다.

말하자면, 뒤틀려 있군요.

_장혁주, 「조선의 지식인에게 호소한다」

이때 "정치적 입장에서 벗어나 순예술적으로 조망"할 것을 호소한 임화의 말은 흥미롭다. 이 말 자체가 정치적인 입장을 함축하는, 그야말로 '뒤틀린' 것임은 물론이거니와, 이에 대해 하야시 역시 "밥 먹기 힘들지 않은 사람은 조선문으로 써 주었으면 합니다"라는 시장의 논리로써, 다음과 같이 언뜻 표출되는 지배자적인 의식을 억누르고 있기 때문이다.

우리가 이렇게 제군들과 좌담회를 해도 의미가 통하게 되었으며, 제군들이 우리와 똑같이 앉아 있는 오늘날, 조선어가 아니면 안 된다든지, 내지어에 저항해 간다든지 하고 말하는 것은 …… 오늘날 내지의 영향에서 벗어난 예술은 사라지고 있지요.

_좌담회 「조선 문화의 장래」

요컨대 "조선문으로 된 것은 많이 팔릴 수 없으니까 많이 팔기 위해서는 역시 내지어"여야 한다는 가라시마의 말에서 암시되듯이, 표면적으로 좌담회는 문학 동업자의 입장에서 독자의 확보와 작가의 수입이라는 문학계 내부의 문제를 자본주의적으로 취급함으로써 자칫 민족 문제로 흐를 수 있는 근본적인 의견 차이와 갈등을 봉합하려 노력한다.

물론 이런 논리는, 이를테면 자유주의와 자본주의를 비판하며 "구복(口腹)을 위하여서 노역한다는 관념을 버리는 것이 신체제의 입문"(이광수)이라 한 "신시대의 윤리"와 모순된다. 좌담회의 일본 측 참석자로 표시된 장혁주 역시 "조선에 사는 내지인"들로 하여금 내선일체를 반대하게 하는 "자본가적 욕구"를 비판한 바 있다. 바로 그 점과 관련해 그는 "군부 정치의 진보성"(장혁주, 「조선의 지식인에게 호소한다」)을 인정했던 것이다.

　그런데 좌담회라는 평등한 문학자들의 장(場)은 다음과 같은 논의를 활성화하기도 했다.

유치진　　(…전략…) 저 유장한 몸짓은 봉산 가면극의 특장입니다. 그것이 고고학자의 이야기로는 대체로 고려시대까지 있었다고 하는데, 이조시대가 되자 중단되고 말았습니다. 이조시대에는 유교가 성하게 되어 이런 것은 금지하는 방침이 되었던 것입니다. 연극이라는 것을 아주 천한 것으로 보았으므로 이런 예술적으로 훌륭한 것에 대해서도 똑같은 태도를 취했던 것입니다. 지금도 그런 습관은 남아 있습니다. 그래서 이 민족적인 것을 하려고 하면 조정으로부터 처벌받으므로 숨어서 했습니다. 즉, 가정에서 춤추었습니다. 내놓고 모든 사람 앞에서는 할 수 없었던 것입니다. 이런 사정으로 중단되어 버렸다고 생각됩니다.

무라야마　아악 이외에 그런 음악, 민요적인 것은 하나도 보호하지 않았습니까.

임　화　　관기(官妓)가 있을 뿐입니다.

＿좌담회 「조선 문화의 장래」

　조선인과 일본인 참가자들은 공히 연극이나 민요 같은 식민지의 "민족적인 것"을 수호하려 하고 있다. 이들은 모두 "민족적인 것"을 천시하고 억압한 "이조시대"를 예술의 이름으로 비판한다. 여기서 확인되고 긍정되는 것은 봉건적인 조선이야말로 "민족적인 것"을 억압했으며, 일본인이나 일본 제국은 오히려 민족 문화를 장려하고 있다는 점이다. 근대인과 근대 민족의 입장에서 조선인 역시 "민족적인 것"을 돌보지 않은 토인적인 "이조시대"를 부정하지 않을 수 없다. 이는 조선인도 일본인과 동등한 근대인임을 주장하는 일이기도 하다. 이렇게 식민지의 "민족적인 것"을 자신의 지방 문화로 전유함으로써 이를 탈역사화, 탈영토화하려는 제국의 기획은 좌담회를 통해 복잡하게 뒷받침된다. 식민지인에게 제국의 기획에 편승함은 민족의 문화적 전통을 창제하고 보존하는 뒤틀린 방법이었던 동시에, 자신의 근대적 이념 및 정체성이 제국의 계획과 닮은꼴임을 인정하는 것이었을 수 있다. 민족의 전통은 근대성을 현실에 집약하고 발현하는 제국과 그 국민에 의해 지방문화로서 수립(점령)될 것이다. 장혁주의 「춘향전」 번역과 공연이 이러한 작용의 일환일 것임은 물론이다.

이때 "이조시대"를 비판하는 근대적 문학 동업자들의 문화적 입장은 민족적 차이를 초극하는 내선일체적 국민의 정치적 위치로 전화될 수 있다. "민족 부흥은 종래의 민족주의의 그것과는 물론 다르다. 부흥하고 행복하게 되는 한 어느 쪽이든 상관없지 않을까"(장혁주, 「조선의 지식인에게 호소한다」)와 같은 탈민족주의적인 민족적 태도는 그 한 예이다. 이는 조선인 학도병 출진과 징병제 실시를 통해 "이조 오백 년의 병각(病殼)에서 빠져나와 고구려, 신라인 같이 팽배한 힘이 넘치는 상무적인 인간", "화랑정신을 체득한 반도인 본연의 모습으로 돌아간 인간"(오용순, 「새로운 인간의 형상화」)의 가능성을 발견하는 고대 회귀적으로 근대적인 민족성 논의와도 모순되지 않을 터이다. 예컨대 창씨개명을 계기로 이광수는 순수한 민족 고유의 작명법을 오히려 일본식 이름에서 발견한 바 있다. 그는 "이조 성종 이래 옛 신앙, 옛 신사(神祠)를 타파"(「삼경 인상기」)했음을 비난하면서, "만일 천 년 전 우리 조상이 금일이 내지를 보고 조선을 본다면 내지야말로 그들의 고향이라고 할 것"(이광수, 「병제의 감격과 용의 2」)이라고 말했다. 그는 중국에 예속적으로 관계함으로써 혼종화(중국화)된 민족의 역사성과 이질성을 부정하고 억압하면서, 일본 국가와의 동화를 통해 민족의 원초적 동질성으로 회귀하려 한다. 나라(奈良)와 교토에서 삼국시대를 보는 비역사적인 회귀를 통해 현재와 미래의 역사는 복원될 것이다. 따라서 이 배제와 동일화의 태도야말로 춘원 비판의 핵심이어야 할 터이다. 그는 다음과 같이 말한다.

　　지금 우리가 쓰고 있는 석자 성명은 지나식(支那式)의 것으로, 이것을 사용해 온 것은 약 700년밖에 되지를 않습니다. 그 전까지는 지금 내지인이 사용하고 있는 씨명과 거진 같은 계통이었으므로, 말하자면 700년 이전의 조상들을 다시 따라가는 셈입니다.

_이광수, 「지도적 제씨의 선씨 고심담」

　　한편 식민지인 측에서 보았을 때, 평등한 발언권을 보장하는 이른바 '반도 문단'의 역사적인 핵심은 민족주의를 포기하는 대신 다양한 논리로써 "민족적인 것"을 국가 속에 재현함과 동시에 국가의 중심으로까지 비약하려는 한 가지 시도였다. 좌담회의 일본인 참석자 중 가라시마, 다나카, 데라모토, 츠다, 스기모토, 미야자키 등은 주로 경성에서 활동하며 경성에서 발행된 『국민문학』이나 『녹기』 등에 글을 실었던 문학자들이다. 이렇게 '반도 문단'은 조선인과 일본인을 망라한다. 예컨대 '반도 문단'에서 다나카와 김종한은 각각 일본인이나 조선인이기보다는 반도 문학인으로 동일화된다. 그리고 이들은 모두 일본인이기보다는 내지 문학인인 하야시와 똑같은 '국민'으로서 국민문학에 종사한다. 따라서 '반도 문단'의 형성은 당연히 조선 작가의 '내지 문단' 진출 문제와 짝을 이룬다. 김용제가 「반도 문단과 국어의 문제」에서 조선인 작가가 일본에서 활동한 사례 및 '국어'로 습작하는 방법을 제시한 것은 그 구체적인 표현이다. 이 모든 일들은 식민지의 민족 문학을 국가 속에 재편하거나 해소할 터이다. 그리고 그로써 제국의 국민문학을 매개하는 인적, 물적인 토대와 사회적인 작용을 촉진할 것이다. 경성제대 출신의 최재서를 중심으로 한 『국민문학』 필진 구성이 그러했듯이, 좌담회는 이러한 '반도 문단'의 축소판이었던 셈이다.

이와 관련해 김용제는 다나카와 미야자키를 예로 다음과 같이 논한다.

> 이 작자가 내지인 창작가가 전무한 상태라고도 할 수 있는 조선에서 생활하고 있다는 점은 그 자체가 하나의 의의를 지닌다고 생각한다. 이 사람이나 나중에 언급할 미야자키 세타로 씨 같은 진지한 사람들이 계속 나와 이 아름다운 하늘빛을 호흡하면서 이 삼한사온의 땅에서 몸으로써 내선 문화 교류의 사업에 꽃을 더함은 즐거운 분위기라 하지 않을 수 없다.
>
> _김용제, 「국민문학의 여명기」

한편 김종한은 경성제대 영문과 교수로서 최재서의 스승이기도 한 사토 기요시의 시집을 거론하며, "이제부터 조선 문학의 개념 속에는 반도의 지리에 안심입명(安心立命)하고자 하는 내지인 작가도 포함"해야 한다고 논한다. 그리고 일본인 작가들을 향해 "반도의 생활에 투철할 각오로 가담"(좌담회 「새로운 반도 문단의 구상」)해 줄 것을 요구한다. "그렇지 않으면 의미가 없"으므로 차라리 "동경에서 창작"해야 한다는 것이다. 더 나아가 김종한은 문어(文語)로 창작된 일본어 시에는 "일종의 배타성이 있다"고 하면서, 문어를 고집하는 데라모토에게, "내지인에게만 읽힌다면 문어로만 써도" 좋지만, "이제부터는 지금까지처럼 그렇게 해서는" 안 된다고 압박한다. 요컨대 "구어문으로 가는 편이 국책(國策)에서 보아도 진짜"라는 것, 문어는 "독자를 넓히는 일과 아무래도 어울리지 않는다"는 것을 그는 강조한다. 김종한의 이러한 논의는 "밥 먹기 힘들지 않은 사람은 조선문으로 써 주었으면 합니다"라고 한 하야시의 말을 마주보고 있다는 점에서 흥미롭거니와, 이는 '반도 문단'과 국민문학을 근거로 김종한이 주장하는 '신지방주의'의 성격과도 관계된다.

김종한은 조선 문학이 단순한 '지방색', '이국취', '로컬 컬러'로 수용되는 것에 거리를 둔다. 그는 "지방에 중앙을 건설하고자 하는 지방인적

인 국민 의식에서 재출발”하자고 말한다. 예컨대 김종한은 재조(在朝) 일
본인(반도인) 다나카의 입장, 즉 “조선의 자연 생활의 아름다움, 인정의
아름다움”을 다루면서, “그 지방에 철저한 작품을 써야 한다”는 도리어
소극적이고 지방적인 태도를 뛰어넘고자 한다. 이러한 김종한의 논의에
대해 다나카는 “정치적으로 이야기하신다면 반대”라고 선을 긋는다. 또
한 츠다는 “내지의 문단에서 벗어나 민족적으로만 하려” 했던 옛날의 경
향을 경계한다. 그러나 이렇게 다나카와 츠다의 당황과 우려를 초래하면
서도, 김종한은 “논리적으로 생각할 때는 동경이 중앙이 아니어도 좋”다
고 주장한다. 다음은 김종한의 논의다.

> 자유주의적 문화라는 것은 도회 중심적이고 안정감이 없었으므로 이제
> 까지의 ‘지방주의’라는 것은 도회인이 지닌 향수의 감정이입에 이용된 도
> 구(원시나 전원의 소박함)였습니다. 즉, 중앙에 지방을 가설(假設)하고자
> 하는 비실재적인 기분에 불과했습니다. 또는 지방의 현실에 대한 불평의
> 정신을 저류로 한 리얼리즘에 지나지 않았습니다. 그러나 지금부터 우리
> 가 예단(豫斷)하고 구상해야 하는 국민문예는 국민문예로서의 지방의 모습
> 을 생각하고, 지방에 중앙을 건설하고자 하는 지정학적인 지방인다운 국
> 민 의식에서 재출발하지 않으면 안 됩니다.

̲좌담회 「새로운 반도 문단의 구상」

그런데 ‘신지방주의’는 좌담회 「국민문학의 일 년을 말한다」의 한
가지 주제와도 밀접히 연결된다. “지방 문학으로서의 조선 문학의 지
위”를 묻는 최재서의 질문과 관련해, 김종한은 유진오가 “내지에 없는
무언가를 창조해서 일본 문화에 부가해 가는 역할”에 대해 논한 바 있
음을 상기시킨다. 이에 대해 유진오는 “조선적인 것을 다 버리고 내지
적인 것만” 받아들일 경우, “작품도 항상 동경의 이등 위치에 만족”하

게 되므로 의미가 없다는 것, 즉 "우리의 작품을 동경에 내보낸다고 해도 그 어떤 의미 있는 특수성을 지니지 않으면 안 된다"고 답한다. 그리고 다음과 같이 덧붙인다.

> 단지 로컬 칼라를 중심으로 해서 일본 문학의 울타리 바깥에 서 있는 것 같은 지금까지의 사고방식은 이제부터는 아무래도 허용되지 않는다, 이제부터는 단순한 로컬 칼라의 지방 문학이어서는 안 된다, 무언가 철학적인 새로움과 가치를 지닌 것이 아니면 안 된다, 그런 의미였습니다.
>
> ＿좌담회 「국민문학의 일 년을 말한다」

유진오가 말하는 "의미 있는 특수성"은 단순한 로컬 칼라가 아니라, "무언가 철학적인 새로움과 가치를 지닌 것"이다. 따라서 이는 최재서의 입장을 떠오르게 한다. 최재서는 "30년 동안 조선의 문학은 내지 문학의 신세를 져 왔"다고 전제하면서, "조선의 문학도 이제는 진정으로 독창적인 것을 만들어 내어서 내지 문학에 답례"(최재서, 「내선 문학의 교류」)해야 한다고 말하기 때문이다. 물론 최재서가 강조하는 것은 "내지 문학에 답례"하는 일보다는 "독창적인 것"을 만드는 일일 터이다.

한편 최재서는 언어 문제에 신중히 접근할 것을 요청하면서, "한 나라의 문화는 단지 외면적으로 통일되어 있을 뿐 아니라 그 내용에 복잡 다양한 것을 포용함으로써 가치를 증대시키고 위대성을 더하는 것"이라고 규정한다. 이는 "경성의 벚꽃을 3월 초에 꽃 피게 하려 해 보았자 불가능한 일"이며 "밀감을 일부러 조선에 가져 올 필요는 없는 것"(임화, 「현대 조선 문학의 환경」)이라 한 임화의 의견을 떠오르게 한다. 이광수가 일본 국가를 통해 조선 민족의 민족적 동질성과 순수성에 도달하고자 했다면, 최재서와 임화는 오직 특수성과 혼종성을 통해 제국의 국민일 수 있음을 역설하고 있다. 안함광의 예를 들면, 그는 "조선 문학의 특수성은 크게 인정되고 크게 천착"(안함광, 「조선 문학의 특질과 방향에 대해」)되어야 한다고 주장한다. 그는 "이질적 다양성은 동질적 종합성을 더욱 풍만하게 확충하는 것"이므로, "세계사의 주류이고자 하는 문화"는 "특수성의 상호 존중"과 "다른 문화의 종합 위에 자기의 성격을 쌓아올릴 필요가 있다"고 논한다. 이때 "세계사의 주류"와 관련된 식민지인들의 위치는 의미심장하다. 이렇게 논의하면서 식민지인들은 일본 제국이 "세계사의 주류"라는 점뿐 아니라, 식민지 민족을 그 특수성 및 내적 계기로 삼는 제국의 보편성과 전체성도 승인함으로써 제국의 원리와 작용을 스스로 증명하고 있기 때문이다. 이는 "조국 일본"에 대한 조선인들의 무지를 비난하며, 조선인의 "황민화(皇民化)"를 역설한 이광수의 논의와 짝을 이룬다. 춘원은 다음과 같이 말한다.

> 조선의 학생들은 영미나 러시아에 대해 알고 있음을 자랑하지만 일본에 대해서는 알지 못함을 자랑하고 있는 듯이 보인다. 그런데도 자기는 일본을 모른다고는 생각하지 않는다. 일본에 대해서는 무엇이든지 하는 듯이 생각하고 있다. (…중략…) 있는 그대로 말하면 금일의 반도인은 전부라고 말해도 좋을 정도로 조국(祖國) 일본에 관해서 무지하다.
>
> __이광수, 「중대한 결심 ─ 조선의 지식인에게 고한다」

그런데 국민문학론의 또 한 가지 핵심은 자연과학이나 자유주의 등 근대적 지식과 담론에 기초한 서구 근대 문학을 극복하려는 데에 있다. 예컨대 함대훈이 보기에 근대의 기계적인 인생관과 적자생존 우승열패의 법칙은 사회를 "불가피한 질곡"으로 만들었으며, 개인을 "경우(境遇)의 노예"로 전락시켰다. 그리고 그로 인해 근대극은 현실 폭로적 경향과 정서적 도피적 경향을 보였을 뿐이다(함대훈, 「근대극과 국민연극」). 최재서에게 "신체제하 문학의 임무"는 "개인의식의 옛 껍질을 깨고 국민 생활 속으로 뛰어들어, 몸으로써 국민의식을 획득하는 것"이었다. 최재서는 "기교(奇矯)한 개성", "병적인 개성", "반항적인 개성"이 현대 문학 속에 범람하게 되었음을 비판하며 다음과 같이 논한다.

> 그러나 역사는 순환해 이 신체제는 오늘날 구체제로서 역사적인 심판을 받지 않으면 안 되게 되었다. 그것은 왜일까? 그것은 마치 중세기의 봉건주의가 앞길이 막혀 인간의 자유로운 발달을 방해한 것처럼, 자유주의적 체제는 금일 완전히 앞길이 막혀 버려 인간의 자유로운 발달을 방해하기에 이르렀다는 간단한 이유에 근거하는 것이다. 이는 문학의 경우도 마찬가지이어서 자유주의의 문학적 해석인 개성 천착 내지 개성 표현이라는 것도 지나간 시대 같은 적극적인 의미를 지니지 못하게 되었다. 그런데도 무리하게 그것을 하고자 하는 데에서 오늘날 말기 개인주의 문학의 여러 폐해가 발생해 왔던 것이다.
>
> —최재서, 「문학 신체제화의 목표」

이러한 논리는 "신흥하는 동아의 문학"이 근대 물질문명의 영향 아래 자라온 "서구 리얼리즘 문학을 구원하고 세계문학의 정신을 일신"(백철, 「문학의 이상성」)해야 한다는 백철의 논의에서도 반복된다. 그는 "사태와 경험과 사실에 대한 계산과 묘사의 문학으로부터 목적과 이상을 향한 구성적인 정열과 의지의 문학으로 나아가는 대전환"이라는 표현을 통해 근대 및 근대 문학 일반에 대한 비판을 국민문학론으로써 시도한다.

한편 식민지인들의 근대 초극론은 한식에게서 더욱 적극적인 태도로 나타난다. 한식은 "심정협동체(心情協同體)에까지 도달하고자 하는 조선 문학의 문화적 사명"을 강조하면서, "조선 문학이 동양 문화의 계보 속에 있는 하나의 플러스 가치"라고 규정한다. 다음은 한식의 논의다.

> 내지의 일류 문화인들은 미국 영화 등에 대해서는 많은 지식을 갖고 있

으면서도 조선어나 조선 문학에 대해서는 조금도 모르며 알려고도 하지 않을 뿐 아니라 몰라도 상관없다는 듯한 상태이다. 이래서는 동양 문화의 종합 등과 같은 일은 아직 전도요원한 이야기인 듯한 기분이 들지 않는 것도 아니다. (…중략…)

생각건대 현대 일본 문학은 그 발전 도상에서 부득이한 점이 있었다고 하더라도 오늘날까지 그 토대이자 친근해야 할 동양의 문학에 대해서는 너무나도 소원한 태도를 취했으며 그 비교 교류를 등한시했음에 반해 서구 문학의 도입에만 몰두하여 드디어는 그 찌꺼기를 핥는 일조차 있었다고 말할 수 없지도 않을 정도였다.

—한식, 「동양 문학과 조선적 과제」

한식에게 국민문학은 "내지인 다수가 독자가 되는 문학을 일컫는 것"이 아니다. 그것은 "동양 문화 형성의 일환으로서 창조"되는 것이며, 따라서 "동양인 전체의 독서를 감당"하고 "동양인 전체에게 공감되는 문학"이다. 그리고 그를 위해서는 "여전히 일본 문학에 많이 잔재해 있는 서구적 문학의 영향을 일소"함과 더불어 "동양 문화의 정신이 교류"되어야 한다.

한식은 일본 문학의 단점을 논하며, "서구 문학의 도입에만 몰두하여 드디어는 그 찌꺼기를 핥는 일조차 있었다"고 지적한다. 그는 서양에 대한 지식을 자랑하면서도 일본에 대해서는 무지한 조선인들에 대한 춘원의 비판과는 정반대로, 서양에 대해서는 잘 아는 대신 조선이나 동양을 알려 하지 않는 일본 문화인들의 태도를 비판한다. 이러한 의견은 중요하다. 이는 서구 근대를 비판하는 제국의 논리 및 국민문학의 요구를 적극적으로 받아들일 뿐 아니라 제국을 향해 그것을 반복함으로써 "탈아입구(脫亞入歐)"에서 출발한 일본 제국과 식민지 조선의 관계 자체를 초극하려 하기 때문이다. 다시 말해 그것은 "서구의 중심성을 근거로 확립된 도쿄의 중심성마저 넘어서고자 했던 입장, 즉 반도의 로컬리티가 '구라파의 퇴폐 문화'를 수입한 '도쿄의 문화'보다 더 '동양'을 표상할 수 있음"(졸고, 「식민지와 관광지」, 『사이間SAI』 6호)을 식민지인이자 '국민'(또는 동양인)으로서 주장한다. 따라서 한식의 글은 최재서의 다음 논의를 상기시킨다.

> 게다가 도쿄의 문화라는 것이 아메리카에서 더욱 조악화(粗惡化)된 구라 파의 퇴폐 문화였던 한때의 추악한 모습을 한 번 더 반복하는 것 같은 일 은 결코 있어서는 안 된다. (…중략…) 과연 국민 문화는 국민 전체가 지 지하고 애호하며 연마해야 할 문화이지만, 그러나 그것은 하나의 덩어리 (塊)가 되어 존재하는 것이 아니다. 따라서 그것을 도쿄에서 경성으로 옮 겨 가지고 올 수 있는 성질의 것은 아니다.
>
> __최재서, 「조선문학의 현단계」

위의 입장은 제국과 식민지, 서양과 동양 사이에서 '근대의 초극'을 기 도하는 국민문학론의 논리적 귀결처럼 생각되기도 한다. 위와 같이 보았 을 때, 진정한 국민문학은 식민지에서만 완성되는 것이었을지도 모른다. 아마도 유진오가 말한 "무언가 철학적인 새로움과 가치를 지닌 것"이란 중심과 주변을 맴돌며 벌어졌던 어지러운 역사철학적인 곡예를 식민지 인으로서 확인하고 서술하는 것이었으리라. 그가 「남곡선생(南谷先生)」을 통해 조선의 전근대인 인간관계나 한의학 등을 묘사한 것 또는 「한월(寒 月)」(정비석)이나 「가보(家寶)」(석인해) 등의 작품이 음력과 족보를 다루고 있는 일 역시 이러한 '시국'의 한 표현이었을 수 있다. 이 작품들에서 조 선의 "민족적인 것"은 국민문학의 소재일 뿐 아니라, 이를 뛰어넘어 경 성중심주의적인 '신지방주의'를 모색하는 탈근대적인 근거로서 부활하는 듯하다. 식민지의 "민족적인 것"은 일본의 지방 문화임을 넘어, "세계사 의 주류이고자 하는 문화"일 수도 있다. 그리고 그 점에서 이는 조선 문 학을 다음과 같이 평가하는 입장에서는 멀어진 것일 터이다.

    조선 문학은 민족문학의 전통 위에 있는 현대의 것이 아닐 뿐 아니라
일본 현대 문학의 지점(支店)도 아닌, 세계 문학이 이 이십 세기라는 시대
에 지방적으로 꽃 피운 근대 문학의 일종이라고 한 가와카미 테츠타로(河
上徹太郎) 씨의 견해가 내지 문학자의 조선 문학관 중 가장 훌륭한 것이었
다고 말하지 않을 수 없다.

_임화, 「현대 조선 문학의 환경」

이제까지 좌담회를 중심으로 이 책에 실린 글들의 몇 가지 논점에 대
해 아주 간략히 소묘해 보았다. 본격적인 고찰이나 결론에 이르지 못했
음을 자책하면서, 이 책을 읽는 데에 약간의 참고라도 되기를 바란다. 이
책의 출판 과정에 대해 짧게 소개하면서 머리말을 끝내겠다.

이 책에 실린 글들은 2009년 1학기 연세대학교 국어국문학과 대학원
수업 시간의 강독 자료로 학생들에게 제공하기 위해 번역되었다. 수업에
참여한 사람은 기시이 노리코(岸井紀子), 김효진, 손혜민, 이토 도모코(伊藤
知子), 장철문, 전설영 등이었다. 열심히 사전을 찾아가며 글자가 이지러
진 식민지 시기 일본어 원문을 성실히 읽고 토론했을 뿐 아니라, 번역문
의 문제들을 바로잡아 준 수업 참가자들 모두에게 고마움과 격려의 마음
을 표한다. 다지마 테츠오(田島哲夫) 선생님도 몇 가지 도움을 주셨음을
밝힌다. 텍스트 선정에는 오무라 마스오(大村益夫) 교수와 호테이 도시히
로(布袋敏博) 교수 편, 『근대 조선 문학 일본어 작품집』의 도움을 받았다.
이 모든 점에서 이 책은 『한국 근대 일본어 소설선(1940~1944)』(도서출
판 역락, 2007)의 후속편이라고도 할 수 있다. 흔쾌히 출판을 맡아주신 도
서출판 역락에도 감사드린다.

2009년 11월 이 경 훈

차 례

머리말 __ 5

제1부 평론

조선의 현대문학 **|** 임 화 __ 25

조선의 지식인에게 호소한다 **|** 장혁주 __ 33

내선 문학의 교류 **|** 최재서 __ 56

문학과 순수성 **|** 서인식 __ 69

조선 문단의 동향 **|** 이원조 __ 82

현대 조선 문학의 환경 **|** 임 화 __ 87

중대한 결심 **|** 가야마 미츠로(香山光郎) __ 94

문학 신체제화의 목표 **|** 최재서 __ 104

근대극과 국민연극 **|** 함대훈 __ 112

조선 문학과 동양적 과제 **|** 한 식 __ 126

국민문학의 여명기 **|** 가네무라 류사이(金村龍濟) __ 131

반도 문단과 국어의 문제 **|** 가네무라 류사이(金村龍濟) __ 141

조선 영화, 연극의 국어 사용 문제 **|** 함대훈 __ 152

조선 영화의 일반적 과제 **|** 오영진 __ 155

새로움에 대해 **|** 마키 히로시(牧洋) __ 170

문학의 이상성 **|** 백 철 __ 173

새로운 사시(史詩)의 창조 **| 김종한** __ 185

주제로 본 조선의 국민문학 **| 유진오** __ 192

니체적 창조 **| 조연현** __ 203

조선 문학의 특질과 방향에 대해 **| 안함광** __ 215

작가와 기백 **| 유진오** __ 232

결전하 만주의 예문 태세 **| 마쓰무라 고이치(松村紘一)** __ 239

새로운 인간의 형상화 **| 오용순** __ 255

세대와 윤리 **| 이와타니 쇼겐(岩谷鍾元)** __ 264

제2부 좌담회

조선 문화의 장래 __ 273

새로운 반도 문단의 구상 __ 293

국민문학의 일 년을 말한다 __ 330

수록자료 __ 354

제1부
평 론

조선의 현대문학

임 화

1. 조선 문학이 밟아 온 길

조선의 현대는, 하면[1] 즉각 춘향전이나 시조 같은 옛 문학에 대비되는 의미로, 새로운 형태의 조선 문학을 일반적으로 연상할지도 모르지만, 우리 조선 문학자들이 사용하는 현대라는 언어는 좀 더 한정된 의미의 것이다.

우리는 현대라는 것 앞에 근대라는 말을 두고 있다. 마치 서구인들이 19세기와 20세기를, 또는 내지(內地)의 문학이 메이지(明治)와 다이쇼(大正), 쇼와(昭和)를 구별하듯이 이것을 구별하는 것이다.

그것은 서구 문학이 한 세기 걸린 것, 또 내지 문화가 반세기를 필요로 했던 역사를 우리는 겨우 30년이 못 되는 동안에 통과했기 때문이다.

설령 그것이 아무리 주마간산 격이고[2] 주마등(走馬燈)을 보는 일 같은

---

1) 원문은 "朝鮮の現代はと云えば"임.

것이었다고 해도 조선 문학은 경험해야 할 모든 것을 경험했다.

따라서 조선 문학을 외부로부터 관찰하는 사람들은 종종 각각의 작가들로부터 여러 가지 사상이나 이즘의 혼재밖에 발견하지 못하지만, 그들은 아무리 짧은 기간이라 해도 한 시대의 문학적 담당자들이었던 것이다.

예컨대 이광수, 김동인, 염상섭 씨 같은 작가들은 지금도 여전히 붓을 들고 있지만, 이 사람들은 현대 조선 문학의 한 유파나 경향이기보다는 마치 현재 내지 문단의 나가이 가후(永井荷風)나 영국의 버나드 쇼(George Bernard Shaw)와 같이 이미 지나가 버린 옛 시대의 존속자(存續者)에 불과하다.

이 사람들의 시대를 우리는 조선의 근대문학 또는 그들 자신들의 용어를 쓰면 신문학의 시대라고 부르는 것이다.

이는 합병 전후로부터 일차대전 휴전기에 이르는, 최남선 씨 등의 신문화 계몽 운동 직후 약 10년간에 걸친 것으로서, 조선의 새로운 문학사상 가장 장려하고 화려한 시대다.

이는 서구의 문학사에서 예를 취하면, 전자가 르네상스이며 후자가 18세기, 19세기의 문학적 만개지(滿開地)에 해당하는 것으로, 전자의 시대에 언어적 문화적 토대가 형성되어 후자의 시대에 현대 문학을 가능하게 한 일체의 형식적, 정신적인 체제가 완성을 보았던 것이다.

연대로 말하면 1915년, 1916년부터 1924년, 1925년까지 약 10년간, 이 시기에 조선의 문학은 낭만주의로부터 리얼리즘, 자연주의, 그리고 데카당스에 이르기까지 줄줄이 체험했다.

즉 약 10년 동안 조선 문학은 앞서도 말했듯이 서구나 내지의 문학이 100년과 50년 걸려 통과했던 시기를 체험한 셈이다.

따라서 이 여러 경향의 문학들이 창조적 저작(咀嚼) 없이, 오로지 이미

---

2) 원문은 "素走りであり"임.

테이션이라 해도 좋을 정도로 거칠고 조잡하게 받아들여졌다는 것은 오히려 자연스러운 일이었다.

그러나 그럼에도 불구하고 이 시기에 조선 문학은 대작가를 낳았으며 대시인을 낳아 독자적인 문학으로서의 외곽과 내적 성격을 갖추었다. 그것은 마치 쉬트름 운트 드랑(Sturm und Drang) 시대의 모습이 있었다.

이른바 시민문학의 형성과 난숙(爛熟)과 조락(凋落)의 때였던 것이다.

이에 이어지는 시대가 소위 좌익문학의 시대로, 이 문학의 공죄(功罪)는 논할 필요도 없지만, 많은 외래적 관찰자들이 보듯이 이 문학도 결코 단순한 서구 또는 내지 문학의 모방적 산물이 아니라는 점만은 사실이다.

최서해(사거), 이기영, 한설야, 송영 씨 등이 이 시대를 개척했던 작가들이며 김기진, 박영희 씨가 이론적 비평적 대표자들이지만, 이 사람들은 실상 옛 신문학의 밭에서 나온 사람들이며 또 그 직접적 계승자들이었다.

2. 새로운 작가의 대두와 환경

물론 그 작품, 이론 등은 전반적으로 내지의 영향을 부단히 받았으며 또 모방도 적지 않았지만, 이는 이 문학에 고유한 현상이기보다도 조선 신문학에 일반적으로 공통된 성격, 환원하면 아직 모방 문화의 영역을 벗어날 수 없는 조선 문화의 운명적 성격의 일부분이었다고 말할 수 있다.

당시 이 문학을 그들은 스스로 신경향파라고 불렀으며, 1931년부터 1932년경까지 최전성기를 누렸다. 이 문학 운동은 그간 여러 작가나 비평가들을 거느리고 있었다. 즉 이기영, 한설야, 송영, 김남천 등의 우수한 작가를 낳았으며 유능한 비평가를 문단에 보내, 이제는 순문학의 견루(堅

壘)에 선 문단 일각의 중진을 이루고 있다.

장편소설 『고향(故鄕)』은 이기영 씨의 작이면서도 그 경향보다는 문학적으로 조선 문학 중 가장 모뉴멘털한 작품으로서 막대한 부수를 팔고 있다.

그러므로 우리 조선 문학자가 현대문학이라고 부르는 것은 문학이 상당히 퇴조한 이래 문단이 일단 순문학적인 분위기를 형성한 이후, 약 5~6년간을 가리켜 말하는 것이다.

즉 사상이나 경향보다도 오로지 예술로서의 문학으로써 자웅을 겨룬다는 정신이 이 시대의 특징3)이다.

따라서 현대문학의 특징은 한때 존재하고 있던 문학의 모든 그룹이 와해된 점이며, 모든 작가와 비평가가 각각 맨몸뚱이의 개인으로 돌아갔다는 점이다.

이는 조선 문학이 문학 외적인 사상이나 경향으로부터 완전히 문학으로 돌아간 데에 대한 또 다른 표현이기도 하다.

그 대신 현대의 조선 문학은 예전 시대와 같이 어떤 특정한 언어를 빌려 일괄적으로 형용할 수 없게 되었다.

우리는 종종 현대를 혼돈의 시대라고 부르며 또 어떤 사람은 사회적으로는 무력한 시대라고도 부른다.

그것은 어쨌든 간에 현대 조선 문학은 이 비평적 단안(斷案)들을 뒷받침하기라도 하듯이 작품이건 비평이건 이론이건 간에 각인각색 실로 측량하기 어려울 정도의 복잡다기한 경향으로 채색되어 있다.

한때는 내지처럼 전향문학(轉向文學)이 유행했던 적도 있으나 그것도 어느새 그림자를 감추었으며, 일찍이 좌익문학 전성시대에 이름도 없이 순문학의 고루(孤壘)를 지키고 있던 일군의 작가들이 어느 틈엔가 문단의

---

3) 원문은 "特意(とくい)"임.

표면에 모습을 드러냈던 것이다.

이태준, 박태원, 정지용 씨 등이 이러한 작가들인데, 그들이 그다지 노력하지 않고 일약 문단의 중견이 될 수 있었던 것은 한편으로는 좌익문학의 급격한 조락이 하나의 중요 원인이기도 하지만, 또 다른 의미에서는 시대가 이 작가들을 불러왔던 것이다.

무엇보다도 문학적인 것이 중요하다는, 지나가고 있는 시대에 대한 하나의 반동, 하나의 반성이 요컨대 오랫동안 순문학의 고루를 지키고 있던 사람들에게 주의를 기울여 주었다고 말할 수 있는 것이다.

그러나 그들이 시대의 전면에 나온 것은 오직 이러한 시대적 무대의 전환이나 우연의 덕분만은 아니다.

무엇보다도 실제로 그들에게는 오랫동안 격렬한 정열과 공리주의에 지친 사람들을 즐겁게 하기에 족한 미(美)가 준비되어 있었으며 또한 행동하고 사색하는 것을 기피하는 사람들에게 적당한 고요한 관조의 세계가 형성되어 있었던 것이다.

어떤 의미에서 이 작가들은 격렬한 노무와 미칠 만큼의 정열에 몸을 던졌던 사람들에게 휴식과 위안을 주는 역할을 수행하고 있었던 것일지도 모른다.

또한 그들을 문학의 주조(主潮)에 오르게 한 것은 과거의 계몽적 경향 문학이 너무나 갖추고 있지 못했던 평온한 문장, 섬세한 뉘앙스, 기려(綺麗)한 조선어가 오랫동안 그것에만 전심(專心)한 결과로서 적지 않게 획득되어 있었기 때문이라는 점 역시 사실이다.

이는 분명히 과거의 조선 문학과 비교했을 때, 이 작가들이 기여한 하나의 새로운 예술적 재산이라고 할 수 있는 것이다.

3. 내적 분열에 의한 새로운 경지[4]

그러나 한 세기를 10년 동안에 살아버린 사람들에게 이러한 문학이 오랫동안 만족을 주는 일이 얼마나 어려울지는 결코 상상하기 어렵지 않다.

이러는 한편으로 평단에서는 한때 내지 문단도 풍미한 바 있는 휴머니즘의 파도, 문화의 위기에 대한 경고, 지성 옹호의 목소리 등이 어지러울 정도의 속도로 나타났다 사라지고 사라졌다가는 또 나타났다.

그리고 문학적으로는 리얼리즘론이 소리 높이 외쳐졌다. 즉, 간접적이거나 직접적으로 이런 문학(순문학)에 대한 불신을 호소하며 새로운 고도의 문학에 대한 요망이 높아져 갔던 것이다.

반드시 이러한 압력 때문이라고만은 할 수 없다고 해도, 어쨌든 순문학이나 시 또는 형식적인 문학은 막다른 곳에 몰려 극단적인 심리주의와 극단적인 객관주의로 분열되었다.

이 경향을 대표하는 작가로서 우리는 종종 이상이라는 작가와 앞서 말한 박태원 씨와 함께 『탁류(濁流)』라는 소설을 쓴 채만식 씨를 드는데, 다른 말로 하면 이 사람들은 내성적인 문학과 풍속(또는 세태) 묘사의 문학을 완성한 사람들이라고 할 수 있는 것이다.

이 중 박태원 씨는 이상(작년[5]에 죽은 시인)과 함께 심리주의 소설을 쓰고 있었지만 경성 청계천변의 스케치 소설 『천변풍경(川邊風景)』이라는 장편을 계기로 일거에 풍속 묘사 문학의 대표자 같은 면모를 나타냈던 것이다.

채만식 씨의 소설 『탁류』는 신문에 발표된 장편이지만 이것을 오로지

---

4) 원문은 "生面"임.
5) 이상은 1937년에 죽었으므로 이는 착각임.

풍속소설로 평가해 버리는 데에는 이론의 여지가 있다(『천변풍경』에 비해 약간만 스케치적이다). 하지만 기도의 주요 방향이 세태 묘사에 있으며 또한 그것으로써 이 작품을 성공시킬 수 있었던 것도 역시 사실이었다.

생각건대 이런 점들로 보면 풍속 묘사의 문학이라는 것도 시대의 정신적 동향과 불가분의 관련을 지니고 있으며, 그와 동시에 풍속 묘사의 정신이라는 것 역시 자기를 자유롭게 주장하기 어려운 시대의 문학적 결과라고 봄이 당연하다고 해야 한다.

하지만 대부분의 전향문학 작품은 심리주의 또는 내성의 문학과 관계 맺고 있다. 이상 외에 예전에 프로 작가였던 김남천 씨 등도 여기에 포함될 만한데, 이는 외향적인 의지와 정열이 두색(杜塞)되었을 때 자연히 작가의 정신이 자기의 내부를 향한 것으로 볼 수 있다. 또한 이는 현대 조선 인텔리겐차의 하나의 정신적 모색으로 보아도 좋은 것이다.

그러나 이상은 결코 좌익문학의 관계자가 아니었다. 오히려 쉬르리얼리즘계의 시인으로서 출발했지만 죽기 직전에 쓸모없는 보들레르적 사념에 빠져 소설을 통해 오직 인간의 생리적 심리의 깊은 곳을 분석한 희유의 재능을 가진 작가였다.

하지만 우리가 똑같은 쉬르리얼리스트인 프랑스 시인 루이 아라공(Louis Aragon)이 죽기 직전에 극단적인 객관주의로 돌아 정치적으로는 모스크바를 향한 관점을 드러낸 예를 볼 경우, 그 정반대도 진(眞)이라고 추정한다 해서 나쁠 리도 없는 것이다.

이 외에 앞서 말한 김남천 씨는 내성소설로 볼 만한 많은 단편을 쓴 후, 최근 『대하(大河)』라는 전작 장편을 발표했는데, 이는 작자의 기도가 조선 소설의 이러한 분열을 조화시켜 보려 한 야심적인 작품으로서 최근 문단에 문제를 던지고 있다는 점을 가필해 둔다.

실제로 조선의 문단은 이러한 내적 분열을 조화시키는 일에서 하나의

새로운 시기를 열리라는 점은 확실하지만, 그를 위해 이전과 다른 새로
운 또 하나의 시대적 정신이 준비되지 않으면 안 될 것이다.

❝『경성일보』, 1939. 2. 23〜25. 원제 「朝鮮の現代文學」

조선의 지식인에게 호소한다

장혁주

1.

　나는 몇 년 전에도 「조선의 청년에게 보내는 글」을 쓰려고 의도했으나 생각을 바꿔 그만둔 일이 있는데, 그것은 내가 제3자에게 마치 나 한 사람이 조선을 짊어지고 있는 듯 잘난 체하는 것처럼 보일지도 모른다는 염려와, 적어도 이런 종류의 글을 쓰기 위해서는 상당히 높은 식견과 완성에 가까운 인격의 소유자이지 않으면 안 된다고 생각했을 때, 그와는 전혀 거리가 먼 위치에 있는 나 자신을 반성했기 때문이다.

　게다가 조선의 청년 제군은 학생도 문사도 사상가도 변호사도 관리나 그 외의 사람들도 모두 조선 민족의 장래를 위해서는 진지하게 고민하고 우려하고 있으므로 외부로부터 반성이나 충고나 시사를 줄 여지가 없을 정도로 사태는 절박하다고 생각되었으므로, 서투른 글로 오히려 제군의 오뇌를 공연히 교란시키고 좋은 진로를 혼란시켜서는 안 된다는 자각도 있었던 것이었다.

그러나 조선 청년의 고민을 거의 절정에까지 몰아간 정치적 사태가 핍박하고 있는 오늘날, 나는 부득이하게 이 글을 쓰게 되었던 것이다.

하나는 나 자신의 내면적 욕구이며, 다른 것은 외부로부터의 종용과 경성 및 동경 젊은 청년들의 부름이었다. 즉, 첫째는 금일 조선의 정치적 사태 속에서 우리는 어떻게 이 곤란한 세대를 살아나가야 하며, 더 나아가 우수한 하나의 민족이 되기 위해 어떻게 일해야 할까에 대한 한 사견의 토로이며, 둘째는 『문학계(文學界)』 신년호에 나온 동경과 조선 문인들의 좌담회 기사로 인해 동경의 일부 지식인들 사이에 새롭게 싹튼 조선에 대한 관심이 본지의 편집자를 움직였던 것이며, 셋째는 조선 민족에 대한, 범위를 좁혀 말하면 조선 민족성의 결함에 대한 아직 20대 청년들의 순진한 우려와 강개(慷慨) 때문인 것이다.

2.

그러나 둘째의 경우도 셋째의 사정도 모두 내 평소의 사견이나 우려와 거의 일치하는 바이며, 그에 대한 구체적 의견은 수년 전에 쓰려다 아직 쓰지 못한 「청년에게 보내는 글」에서도 이야기하고 싶었던 것이므로 여기서 그것을 나의 한 가지 사견과 연계시켜 쓰려고 한다.

나는 이 글을 의뢰받고 3주 동안 거의 매일 밤, 꿈속에서까지 문장의 구성에 대해 생각했다. 그것은 이 글의 진의, 즉 나의 정열, 그보다는 차라리 순정을 일부러 악의로 해석해 궤변으로 날조함으로써 이 글을 직접 읽지 않은 반도의 지방 청년들에게 해독을 끼치고자 하는 일을 무의식적으로라도 할 법한 사람이 있을 것 같이 생각되었기 때문이며, 종래에도 나의 위치를 기분 나쁘게 생각하고 있던 사람들에게도 악감정을 주지 않기 위해서였다. 나는 그들이 한번은 냉정하고 침착하게 이 글을 읽고, 만일 이 글에 대한 반대 의견이 있다면 공명한 정의로써 대하는 태도를 취해 주기를 바랐던 것이다. 아주 최근에도 내가 한 일1)을 직접적으로는 읽지도 보지도 않은 반도의 지방 독자를 향해 내가 동경에서 이룬 사업에 대해 조선어로 공격했기 때문에 나 자신에 대한 비난은 논외로 하더라도 지방 독자의 올바른 비판력을 빼앗는 향기롭지 못한 현상이 나타나고 있다고 생각하기 때문이다.

실로 민족을 걱정하고 문화 건설을 위해 노력하는 선비2)라면 조그마한 사적 감정으로 치닫는 이런 비겁한 행위를 하지 말고 힘써 진중한 태도를 가져야 할 터이다.

더구나 이 글이야말로 제군들에게 훌륭함을 요구하기 위해 쓰는 것이므로, 나는 특히 그러한 일이 없기를 기도해 마지않는 것이다.

하지만 나는 그런 사람들에게 구애되지 않고, 이제부터 솔직하고 소박하게 의견을 말하고자 한다.

『문학계』 신년호의 좌담회 기사에 대해서는, 이곳의 전체 문단이라고 말할 정도는 아니고 극히 일부 문학자들 사이에 상당히 관심 있게 읽힌 듯하다. 이 **상당한 관심**이라는 것은 사실 최근의 사정으로서는 드문 편에 속하는 현상이다. 좌익운동이 성했던 시기에, 그 시기의 사상가나 문학자 사이에 '조선'이 문제되고 관심을 끌었던 일은 있었지만, 만주사변 이후 특히 지나사변이 일어나면서부터 '조선'은 이쪽 문화인의 머리에서는 먼 수평선 아래로 쫓겨난 형국이 되어 있었기 때문이다. 게다가 이번

---

1) 일본어로 번역된 「춘향전」의 일본 공연을 말함.
2) 원문은 "士"임.

현상은 이전처럼 동지적인 입장과 동정적이고 호의적인 눈으로 보는 단순한 관심이 아니라 상당히 천착적(穿鑿的)인 비판을 하고 있는 것이다. 그리고 그 결과는 아주 향기롭지 않은 인상을 남긴 듯하다. 특히 조선 지식인들의 민족 심리에 대해서는 간단히 다음과 같은 의견이 나왔던 것이다.

　말하자면, 뒤틀려 있군요.[3]

　이 말을 읽는다면 독자는 즉각 불끈 할 것인가. 아마 불끈 치밀 것이다. 하지만 불끈한 채로 곧장 반박하고 격정적인 반대의 말을 내뱉고 싶어지는 것을 끝내 참을 수 없다면, 그런 성정(性情)이야말로 우리가 가진 가장 큰 민족적 결함을 드러내게 된다. 문화인일수록 냉정하고 침착한 비판력을 활동시킬 것이기 때문이다.

　만일 격정적이 아니라 오히려 냉소하고 조용히 비판, 반성한다면 아마도 내 글도 반고(反古)[4]가 되는 일 없이 좋은 결과를 초래하게 될 것이다.

　"뒤틀렸다"는 데에 대한 비판은 잠시 접어두고, 나는 우리 민족의 격정성에 대해 다음과 같은 일을 떠올린다.

　그것은 나카니시 이노스케(中西伊之助)[5]의 「붉은 흙에 싹트는 것(赭土に芽むもの)」 중의 일절에, 조선 민족에는 몇 종의 선주(先住) 민족과 북으로부터 온 열 몇 종의 민족이 교류한 피가 흐르고 있다. 따라서 평소에는 소처럼 온순해도 한번 화가 나면 그 격정성이 풍부한 민족성은 거의 멈출 곳을 모르는 것이다. 그리고 이 격정성은 그 화려한[6] 성격과 함께 프랑스인과 아주 비슷하다.

　곁에 원문이 없지만 대개 위와 같은 대의임에 틀림없다. 나카니시 씨는

---

3) 원문은 "曰く, ひねくれてゐますね."임.
4) 글씨 등을 써서 못쓰게 된 종이.
5) 1890~1958.
6) 원문은 "華美な"임.

우리의 이 격정성을 헐뜯은 것이 아니라 오히려 칭찬했는데, 씨의 「너희들의 배후에서(汝等の背後より)」에서도 이 격정성은 인정되고 있다.

우리는 당시 이 일절에 대해 간단히 기뻐하고 말았던 것이었다.

그러나 프랑스인의 격정은 과학성을 수반한 격정이다. 그들은 그들의 격정 때문에 몇 번인가는 실패했지만, 건설과 향상에 많이 성공하고 있는 것이다. 하지만 유감스럽게도 우리의 격정은 본능적인 그것이어서 파괴의 영역에조차 도달하지 못했다.

예를 들어 오늘날 35, 36세 전후의 제군들은 대개의 경우 민족주의 운동이나 사회주의 운동에 한 번은 관계했다고 생각하는데, 그 당시 우리의 운동이 과학적인 조직을 가지고 있었던가를 상기해 보면 좋을 것이라고 생각한다. 특히 초기의 기분(氣分) 운동 시대에 우리의 운동이 얼마나 격정 그 자체였던가를 오늘날로부터 회상하면 로맨틱하고 즐겁지 않은 것은 아니지만, 그러나 이것은 문학적인 감정에서 그런 것이지 운동으로 볼 때에는 실로 가소롭고 애처로워할 사실이 아니었던가. 그 후의 지하 조직에서도 이 격정성은 항상 그 두각을 나타냈으며 가장 추한 추태를 연출했던 적이 종종 있었다. 격정은 개개인을 제멋대로 영웅주의로 달리게 해, 서기장이나 위원장은 되고 싶어 해도, 한 사람의, 예를 들어 벽돌담의 가장 눈에 띄지 않는 구석의 한 장 벽돌처럼 자기 위치를 충실히 지켜 내고자 하는 사람을 찾기는 어려웠다. 그리하여 어디서부턴가 몇 천 원의 돈이라도 오게 되면 그 돈을 둘러싸고 즉각 반목, 질시하거나 세력 투쟁을 벌여 분열과 파괴를 스스로 초래한 일이 여러 번7)이었던 것이다.

그러나 나는 여기서 사회 운동을 비판하고자 하는 것은 아니다. 우리

---

7) 원문은 "再三"임.

민족성의 좋은 점과 나쁜 점을 약간 지적해 보고자 했을 따름이다. 게다가 이 민족성이야말로 모든 운동과 건설에 가장 커다란 기본적인 힘이 되는 것이다.

그리고 어느 한 민족이 고유의 정치적 실력을 상실하고 다른 새로운 세력에 의해 움직이게 될 때는 그 민족이 가진 좋은 쪽의 특성은 대부분 모습을 잃고 결점만이 나타나게 되는 것이다. 이 점에 대해서 나는 6장에 이르러 약간 다루려 하거니와, 여기서는 목전의 현상으로서 우리 민족의 결점을, 특히 우리 민족 이외의 사람들로부터 곧잘 지적되며 나 자신 역시 그것을 시인하고 싶은 두세 가지를 예거해 검토해 보고자 한다. 이는 개인적으로도 향상을 위한 반성의 재료가 될 것이라고 믿기 때문이다.

3.

이것은 재작년경 어느 잡지에 쓴 일이지만, 나는 이와나미 시게오(岩波茂雄)[8] 씨로부터 조선의 청년은 도대체 침착함이 없다고 들었다. 그리고 이는 하나의 반성 재료로 오랫동안 내 머리에 남아 있었던 일이 있다. 이와나미 씨는 꽤 열심히 조선인을 돌보아 주고 호의도 보이고 있는 사람인데, "침착함이 없다"는 것은 씨가 직접 접했던 사람들로부터 느낀 체험담이었다.

이 "침착함이 없다"는 말은 그 전에도 몇 번 들었던 것인데, 예를 들어 하나의 일자리를 주고 사업에 취직시키고 적극적인 원조를 해도 오래

---

8) 1881~1946. 1913년에 이와나미서점을 열고 이와나미 문고 등을 출판함.

계속하는 일이 없다는 것이었다.

이와 관련해 나는 동경에 사는 조선인만 모인 집회와 중국인 및 내지인의 그것을 비교해 보고 역시 우리는(주로 유학생이었지만) 단순한 집회에서도 침착함이 없다, 어딘지 모르게 들떠 있는 모습이 보였다는 점을 지적했던 것이다. 예컨대 어떤 음악회였다. 마지막까지 한 자리에 침착하게 앉아 조용히 듣고 있는 사람은 반도 되지 않았다. 한 곡목이 끝나 악사가 물러나자 청중들도 줄줄이 뒤쪽에 선다든지 걷는다든지 와글와글 시끄럽게 군다. 악사가 나타나자 청중은 또 구두소리를 내며 자리로 되돌아온다. 악사는 필요 이상으로 긴 시간을 기다리고 있다. 그래도 여간해서는 소란이 가라앉지 않으므로 청중 사이에서 쉿쉿, 하며 꾸짖는 목소리가 나와야 겨우 조용해지는 식으로 휴게 이외의 곡목과 곡목 사이마다 이 소란이 계속되었던 것이다. 그렇게 자꾸자꾸 자리를 떠날 필요가 없는데도, 하고 생각될 정도.

이런 일만으로 우리는 침착함이 없는 민족이라고 단언할 수는 없으리라. 게다가 모든 집회가 전부 이렇다고도 말할 수 없을 것이다.

그러나 그렇다고 해도 내지인(지식 계급)의 정적(靜寂)과 진지함, 중국인의 유장함과 허탈한 태도에 비교해 보았을 때 무언가 우리는 들떠 있고 부화뇌동하고 격해지기 쉬우며 침착성이 없는 것처럼 생각된다. 이는 나로서는 분하지만 별 수 없는 일이었다. 그리고 이 일 역시 우리가 지닌 격정성의 나쁜 면이 나타난 것이 아닐까 하는 생각도 해 본다.

그 후 나는 어느 내지인으로부터 군들은 정의심(正義心)이 없다는 반박문을 받은 적이 있다. 이것은 내가 몇 해 전 요미우리신문에 발표한 짧은 글에 내지에 있는 내지인의 선량함을 칭찬한 반면에 조선 내의 내지인을 비난한 것에 대해 옛 조선총독부의 고관이었던 그 사람의 조선인관을 토로한 것이었다. 약간 의견 차이가 있어 두 번 정도 편지로 논쟁하고 가을에 직접 대면해 같이 이야기하기로 했지만, 그 후 만나지 못하게 되어버렸던 것이다.

요즘 원래 좌익의 투사였던 조선의 친구가 우리는 '인의(仁義)'가 없다고 탄식하는 것을 보았다. 옛날에 야쿠자들 사이에는 하룻밤을 재워 주고 한 끼를 먹여준 은의(恩義)만으로도 설령 어떠한 일이 있어도 그 은의가 있는 사람을 배신하고 물어뜯는 일은 하지 않는다는 것을 그 친구는 예로 들면서, 오늘날 내지인 사이에는 이 인의가 살아 있는데 우리는 오늘 은의를 입은 사람이라도 내일이 되면 자기의 생존을 위해 중상하고 매장하는 일을 아무렇지도 않게 저지른다고 말하는 것이었다.

요컨대 정의심이 결여된 것이 아닐까 하고 나는 생각한다. 사정(私情)이 강한 사회에 정의가 결핍됨은 필연적이다. 우리는 우리 조선인만으로 형성된 사회, 즉 신문사, 은행, 학교, 문단 등에서 분쟁이 빈번했다는 점과 이 사실을 관련지어 생각할 필요는 없을까. 왕년에 동아일보사와 조선일보사가 정면충돌한 추태 등을 떠올리면 된다. 그리고 그 싸움의 결과로 무엇을 얻었는가, 많은 경우 싸움 그 자체가 얼마나 비정의(非正義)였으며 더 나아가 유야무야로 끝났는가를 재고, 삼고해 보면 된다. 예컨대 기독교 교회와 관계있는 제군은 신의 이름으로 친목과 이해와 사랑에 가득 차 있어야 할 목사 상호 간에, 신도 상호 간에 얼마나 뿌리 깊은 반목과 질투가 횡행하고 있는지를 조사해 보는 것이 좋다. 이 기독교 교회만의 현저한 예만으로도 나는 얼마든지 재료를 가지고 있는 것이다.

여기에도 우리 민족성이 지닌 격정의 결함이 있다고 생각해 본다.

4.

그리고 여기서 문제 삼아야 하는 것은 질투다.

하지만 이 질투는 어느 민족에도 있는 것이며 우리 개인 누구라도 가지고 있는 본능 중의 하나이다. 질투심이 없는 개인은 인형이며 그러한 민족에는 진보 없는 사회만이 허락된다. 질투는 향상의 근원이며 발달의 동기다.

그렇지만 질투가 자기를 크게 하는 동시에 다른 사람도 돕는다면 그 개인도 민족도 향상하겠지만, 다른 사람을 억누르거나 망하게 하는 것으로 삼아 자기 현재의 유리함만을 꾀한다면, 그것은 자기도 크게 하지 못하고 끝날 뿐 아니라 결국 다른 사람도, 나아가 민족도 국가도 쇠망에 떨어뜨리는 결과를 낳는다. 하나는 진보적 질투라고 칭한다면, 다른 하나는 소극적, 쇠퇴적 질투가 된다.

이는 질투에 대한 나의 상식적 지론이다.

이것을 조금 자세히 논하면, 질투는 다른 사람을 선망하는 데에서 발생해 다음으로 작렬하는 경쟁심을 불러일으켜, 그 결과 투쟁을 시작하게 한다. 그리하여 자기도 다른 사람도 대(大)로 이끈다. 이를 부단히 반복함으로써 개인도 민족도 번영하는 것이다. 이를 위해서는 타인의 대를 인정하는 것이 첫 번째 조건이며, 다른 사람의 결점을 보아도 정의에 따라 이를 비판하고 공격하여 시정한다. 이것이야말로 모범적 질투다.

그런데 타인의 대를 선망하고 이어서 증오하여, 그 선(善)을 배격하고 결점만을 과대하게 지적할 뿐 아니라, 그것을 전문으로 공격해 상대를 죽이고 만다. 이 질투는 단지 사물을 불태워버리고 때려 부수는 용도밖에 되지 못한다. 게다가 이런 심리를 가진 사람은 대개 태다(怠惰)하고 위축된 위치에 안주하고자 하는 퇴영적인 사람이라고 말할 수밖에 없다.

나의 이 유치한 수신서적(修身書的) 언론을 냉소해도 좋다. 하지만 그럼에도 불구하고 내가 여기에서도, 또 이전에도 재삼 반복해 말하는 까닭은 우리 조선인은 뜻밖에도 이 퇴영적 질투의 심리에 움직이는 경향이 아주 많다고 믿기 때문이다. 게다가 이 글에서는 지극히 명백한 일도, 실제의 경우에는 거의 무의식적으로 행동하면서 자기는 훌륭하며 정의를 따르고 있다고 믿으므로 일은 또다시 중대해지는 것이다. 이는 우리 조선의 각 사회가 아직 세계 일류 문화를 구축하지 못한 가장 큰 원인은 아닐까.

예를 들어 문학이 그러하다.9) 조선의 신문학은 이십 수년의 역사를 가졌으므로 중국의 신문학 창시기보다도 몇 년 빠름에도 불구하고 아직 중국 문학만큼 레벨이 높은 작품의 생산이 부족하다는 점을 생각해 볼 필요는 없을까. 나는 조선의 문학이 중국의 그것보다 열등하며 중국 작품에 필적하는 걸작이 하나도 없다고 말하는 것은 아니다. 몇 편은 걸작도 있으리라. 하지만 대체적인 모습을 조망할 때에는 아직 아주 훌륭하다고 자신 있게 외칠 수 없는 것이 현상이 아닐까. 예컨대 『조광』 신년호의 신인 좌담회 기사(247면 상단)에,

박노갑　기성 작가들의 작품을 대부분 읽었습니다만, 선배로서 사숙할 만한 작품은 거의 없지 않았습니까. 신인 중에 조선 문단의 수준을 목표로 삼는 사람은 아마 없을 것이라고 생각합니다.
현　덕　저도 그렇게 생각합니다. 사실 저는 기성 작가들을 염두에 두지 않고 출발했습니다.

라고 한 것으로 보아도 이상의 내 글에 크게 분개할 사람은 없으리라고

9) 원문은 “たとへば文學である”이지만, 위와 같이 의역했다.

생각한다.

　그러면 우리 조선인은 중국인보다 열등한 인종일까. 이에 대해서 나는 아니라고 대답한다. 우리 조선인은 결코 중국인보다 열등하지는 않다. 우리 선조들의 찬란한 문화유산을 보아도 그것은 잘 알 수 있다. 그렇다면 정치적 원인 때문일까. 이는 어느 정도 있을 듯하다. 검열도 부자유스러웠고 출판도 왕성하지 못했을 것이다. 그러나 이 사실만을 가지고 조선 문학의 비우수성을 초치한 죄로 삼는 것은 허용될 수 없다고 생각한다. 그것은 많은 타 민족의 문학의 역사를 보면 알 수 있다. 그러면 무엇일까? 나는 대답한다. 문단의 인위적 관계가 대부분 작용하고 있다. 그 인위적 관계의 많은 요소 중의 하나는 분명히 질투 심리의 횡행이라고 말할 수밖에 없다고.

　조선의 평론에 건설적인 논문이 많았는지 파괴적인 논문이 많았는지의 문제를 놓고 지난 달 경성에서 온 출판사 주인이자 학식 있는 젊은 R씨와 함께 이야기했는데, R씨는 확실한 통계는 없지만 건설 3분의 1, 그 나머지는 전부 공격, 중상, 욕설의 말다툼이 아니겠습니까, 하고 일언지하에 대답했다. 이는 여기서 경솔하게 결정할 수 없는 문제라고 생각하지만, 우리의 인상에는 R씨의 말에 그렇지 않다고 말할 수 없을 정도로 아주 많은 파괴적 글에 접해 왔던 듯하다. R씨의 말도 한번 인용하겠다.

　　"조선에서는 처음 싹을 틔우면, 우레같이 칭찬하고 부추깁니다. 하지만
　그 사람이 조금 크게 되고 훌륭하게 되면 때려 부숴버리고 맙니다. 이래
　서는 아무리 세월이 흘러도 진정으로 위대한 사람은 나올 수 없습니다.
　같이 무너질 뿐입니다."

　얼마나 비참한 말인가. 전율할 만한 사실이리라. 문학에서도 그 외의 사업에서도, 어떤 한 사람이 대성하는 것은 그 사람의 각고의 노력과 동

시에 그런 인물을 생산하고 조성하는 사회(인위 관계)가 없으면 안 되는 것이다. 그리하여 우리 조선의 모든 사회가 아주 훌륭한 인물이나 사업을 가지지 못한 것은 우리의 사회 그것에 위와 같은 결함이 있어, 오히려 의식적으로도 그런 인물이나 사업을 방해하기 때문이라고 평가받아도 항변의 여지가 없지 않을까.

이 실로 중대한 일에 대해 진실로 걱정하고 그것을 제거하려고 적극적으로 활동하는 사람은 없는 것이다. 눈에 보이지 않는 이 심리적인 현상은 역시 한 사람이나 두 사람의 단기적인 노력으로는 아무래도 처리할 수 없는 괴물이다. 우리는 의식하면서도 어떤 때는 무의식적으로, **그 놈**에게 이끌려 마침내는 먹혀 버릴 수밖에 없다고 보인다.

나는 수년 전 **그 놈**의 최대 원인을 질투라고 판단했다. 그것을 제거하는 일이야말로 우리에게 부과된 급무이며 모두 함께 싸우지 않으면 안 된다고 하는, 나로서 보았을 때 아주 순진한 열의가 있는 글을 「문단 페스트균」10)이라는 일문(一文)에 써 발표했던 일이 있다. 조선의 독자는 이 일에 대해 지금도 여전히 선명하게 기억하고 있을 것이라고 생각한다.

그런데 나의 이 글은 폭이 좁았을 뿐 아니라 많은 부분 나 개인에 대한 조선 문단인의 악의적인 가십을 재료로 삼았기 때문에 보기 좋게 말꼬투리를 잡혀 버렸던 것이다. 어떤 신문에는 6~7회에 걸쳐서, 어떤 잡지에는 반년에 걸쳐 반박문이 연재되었다. 그 주지(主旨)는 나, 장혁주는 조선 문단의 제일인자인데, 그럼에도 불구하고 모두가 달려들어 미워하고 인정해 주지 않는다고 말하지만, 이는 장혁주가 대단히 자기도취에 빠져 있는 것이다. 이런 말꼬투리를 잡히고 보니 나는 아연해져서 더 이상 할 말이 없다고 생각했던 것이다. 게다가 나에 대한 김문집 군의 공

---

10) 『삼천리』, 1935년 10월호에 발표된 글임.

개장(公開狀)[11]이 발표되어 이것 역시 커다란 소동을 연출했다. 모든 사람들은 손뼉을 쳤다. 이로써 장혁주는 문단에서 몰락이다, 얼마나 통쾌한 일인가 하고.

나는 5~6년 전의 일을 지금 또 다시 여기 가지고 와서 세상을 시끄럽게 하려는 것이 아니다. 내 마음에서 이 일은 먼 과거지사로서 이미 잊혀졌다. 게다가 김 군도 지금은 그 글에서 나의 처녀작을 대작(代作)했다든지 가필했다든지 하는 허구의 언사를 농했던 일을 후회하고 있을 뿐 아니라, 조선 문단이 나를 골탕 먹인 그를 처음에는 우레 같이 치켜세웠지만 금일에는 오히려 그를 때려 부수고 있다는 점을 총명한 그는 이미 깨닫고 있으리라고 믿는다.

그 글을 발표했을 때, 나는 내 이상을 위해 나에 대한 고의적인 공격, 중상, 비방으로 된 경성 문인 사이의 가십에 분개했던 것이다. 악질의 가십이 경성 문인 사이에서만큼 성행하는 곳도 드물지 않겠는가. 가십은 동경에도 있다. 하지만 나는 아직 한 번도 중상을 위해서 가십이 이야기되는 것을 접한 적이 없다. 그만큼 이곳은 대인(大人)이며 정의를 지니고 있다. 이에 대해 하야시 후사오(林房雄) 씨가 나에게 보낸 편지에서 "문단은 시끄러운 곳이다. 그러나 진정한 역작에는 머리를 숙이는 좋은 습관이 있다"고 써 보낸 것을 지금도 갖고 있는데, 경성 문인의 "시끄러움" 속에는 이 좋은 풍습이 상당히 적은 것이 아닐까(직접 들은 일이 없으므로 이것만은 자신이 없다). 그러나 내가 「문단 페스트균」을 발표했을 때에는 그렇게 믿었던 것이다.

그러나 지금도 여전히 그러한 악질의 가십이 행해지도 있음은 다음 사실로 설명된다.

---

11) 『조선일보』, 1935년 11월 3일부터 10일에 걸쳐 연재된 글임.

즉, 「저급한 가십」이라는 글이(『조광』 신년호, 249면 작은 박스기사 안에)
안회남 씨에 의해 씌어져 있다.

> "최근 우리 문단에는 소문이 너무나도 많다. 지상에 발표되는 어떤 문
> 학적 의견이 아니라, 누군가를 만나면, 모씨는 이렇게 했다고 한다, 저 사
> 람은 저런 일을 했다는 등의 개인적인 가십이다. 여자들의 우물가 회의[12]
> 를 연상시키는 듯한, 게다가 그 소문의 내용이 대개는 악질적인 욕설, 타
> 인의 결함을 폭로하기 위한 것이므로 아주 불쾌한 현상이다."

이 하잘 것 없는 일을 내가 여기서 문제 삼는 것을 비난할 것인가. 나
도 이 장에서 기분이 아주 저급해져 버린 것은 사실이다.

하지만 이 사소하고 저급한 사실이야말로 민족심리나 성격을 형성하
는 근저의 요소가 되기 때문에 중대한 일이 아닐까. 이 일상의 행위가
개인의 성격이 되고 민족심리가 되어 내가 말하는 격정적이고 정의심이
없는 대신 질투가 깊은 사회 심리를 낳을 뿐 아니라, 나아가 '대(大)'의
발생을 방해하는 결과가 되는 것이 아닐까. 이는 결코 나의 독단적인 농
언(弄言)이 아니다. 최근, 경성이나 동경의, 순진하게 민족의 장래를 우려
하는 아직 20대인 젊은이들의 의견도 나를 움직였던 것이다.

5.

그 젊은 사람들의 비분은 다음의 사실과 관련된 것이었다.

작년 봄에 나는 조선의 『겐지모노가타리(源氏物語)』라고 부를 만한 「춘

---

12) 원문은 "井戸端會議(この 節意譯)"임.

향전」을 각색해 동경에서 상연한 일이 있었다. 이 「춘향전」은 조선 옛 형식의 가요극(倡調劇이라고 고고학자 송석하 씨가 명명했다)으로, 이것은 그 가요의 곡 그대로를 이곳에 옮겨오는 것이 현재로서는 거의 불가능하며, 옛 형식 그대로 여기서 상연한다고 해도 대중들에게는 외국인이 '노(能)'를 보는 것보다도 어렵기 때문에 나는 이것을 신극의 형식으로 개작할 것을 의도했다. 그것은 예컨대 고골리의 「검찰관」 같은 극을 만들어도 좋으며 전혀 다른, 당시의 정치와 경제 조직을 강조하는 극으로 만들어도 좋지만, 나는 로맨티시즘을 강조하며 조선 민족의 미적 정신을 내지어로 옮기고 싶었던 것이다. 따라서 다분히 나 자신의 창작적 요소를 가미했음은 물론이며, 나도 원작 그대로의 맛을 낼 수 있었다고는 생각하지 않았다. 이 점은 상연 당시 각종의 선전물이나 각본 후미의 부기에 자세히 밝혔던 것이었다.

상연 결과, 동경에서는 각본 그 자체의 문학적 가치도 상당히 인정받았으며, 극을 본 사람들도 하나같이 조선 민족의 독특한 미적 정신과 문화를 느끼며 아주 즐거워해 주었던 것이다. 동경의 조선인 제군들도 이와 똑같이 감사하게 받아들여 주었다(고 나는 믿고 있지만, 이 사실은 달리 증명해 줄 사람이 없어서는 안 된다. 그리고 엑조티시즘으로 환영된 것이 아니라는 점도 확실히 말할 수 있다).

지금까지 조선을 몰랐던 많은 사람들로서는, 조선인이라면 넝마주이나 노가다[13]밖에 모르며 정신문화 방면은 전혀 무지했던 동경 사람들로서는 단지 그런 것들을 알았다는 것 이상으로 감탄하게까지 되었다. 그 영향은 대단히 커서, 도호(東寶) 레뷰에서는 「숙향전(淑香傳)」을 상연하게 되었고 일극(日劇) 댄싱팀은 '쇼 춘향전'을 상연했으며, 아사쿠사 방면에서

---

13) 원문은 "土方", 즉 도카타임.

도 조선물이 무대에 오르는 등, 한때 조선물(朝鮮物)의 시대를 초래한 듯
한 모습조차 있게 되었던 것이다.

이는 나로서도 기쁜 일이었다. 하지만 이는 나에게만 한정된 일이 아
니라 재류 조선인과 조선의 제군에게도 기쁜 일임에 틀림없었다. 이는
전혀 나의 공적이 아니었다. 이는 물론 우리 민족의 공적이었다.

만일 불만이 있다면 나의 각본에 대해서일 것인데, 그에 대해서는 이
각본을 진정으로 자기들의 것으로 사랑해 주고 있다면, 누군가 한 사람
정도 각본의 결함을 지적하고 친절하게 충고하며 재료를 제공해서 더욱
완전한 작품으로 만들 수 있도록 조력해 주는 사람이 있어도 좋겠다고
생각했지만, 반년 이상이 지나도 그런 특지가(特志家)는 한 사람도 없었다.

그래서 작년 가을, 조선에서 공연하게 되어 나도 경성에 갔는데, 역시
나와 무릎을 맞대고 함께 이야기하는 사람도 없었다. 겨우 송석하 씨 한
사람이 여러 가지 가르쳐 주었으므로 나중에 고칠 것을 약속했다. 그런
데 며칠 후 지방을 순회하게 되었을 때 어느 신문에서 공격이 시작되어
우리들이 동경으로 돌아갈 때까지 세 사람이나 등장해 계속 후려치는 것
이었다. 이런 비겁한 일이 있을 수 있을까 하고 나는 생각했다. 그 필자
들은 나나 무라야마 도모요시(村山知義)14) 씨가 경성에 있을 때, 또는 봄
에 희곡이 발표되었을 때, 왜 일언반구도 해주지 않았을까. 공격을 위한
공격을 하기 위해 죽 기다리다가 마치 야습(夜襲)하듯이 나타난 것이다.
게다가 지방의, 직접으로는 극을 보거나 각본도 읽지 못했던 독자들에게
올바른 비판을 제공하는 문장이 아니라 흡사 비적(匪賊) 같은 행동을 공
공연히 저지르면서 내심 통쾌해 하고 있었던 것이다.

경성의 젊은이들이 나에게 분개하는 편지를 보내주었으므로 나는 그

---

14) 1901~1977. 극작가, 연출가. 1934년 "신극단의 대동단결"을 주장하며 신협극단(新協劇
團)을 결성함.

후의 진상을 알았지만, 여기서 그것들을 예로 드는 것은 그 필자들에게
반박하기 위해서가 아니라 진실로 민족 문화를 위해서, 또는 정의를 위
해서 했는지 어떤지, 조금의 사심도 없이 질투도 없이 했는지 어떤지, 신
을 향해서도 양심에 부끄러움이 없다고 믿고 있는지 어떤지를 그 사람들
이 생각해 주기를 바라기 때문이다. 또한 그렇게 공격해서 내 각본을 혼
내주고 신협(新協)의 극을 후려친 후, 도대체 무엇을 얻었는가를 생각해
보기를 바라기 때문이다.

우리는 이렇게 매사에 나중에는 영(零)을 남겼을 뿐이었다.

이를 무서운 자멸적인 민족성이라고 생각해도 내 잘못일까. 이런 사회
에 발전이 있고 호조(互助)에 의한 대성(大成)이 있을 수 있다고는 생각되
지 않는다. 몇 백 년이 지나도 남는 것은 무(無)나 소(小)가 아닐까.

문득, 내 유년 시절에 즐겨 이야기했던 옛날이야기가 생각난다.

옛날 어떤 곳에 아이가 태어났다. 문득 보니 그 갓난아이에게는 날개가
자라고 있었으므로 부모는 그것이 무서워 갓난아이를 죽여 버렸다. 어른
이 되면 너무나 훌륭해져서 세상을 시끄럽게 하면 곤란하다고 생각했기
때문에.

옛날 어떤 곳에 수려한 산이 있었다. 사실 그 산에는 인간 갓난아이가
잉태되어 있었으므로 산허리가 점점 커지고 있었다. 이 아이는 태어나면
영웅이 될 사람인 것이다. 그런데 국왕이 그것을 탐지하고 그 산을 깎아
무너뜨려갔다. 갓난아이가 태어나 영웅이 되어 국왕의 위치를 빼앗을지도
모른다고 생각했기 때문에. 갓난아이는 필사적으로 깊은 곳으로 깊은 곳
으로 도망했지만 마침내 칼에 베어져 죽었다. 한 달 후면 완전한 인간이
될 수 있을 것임에도 불구하고. 실로 유감스러운 일이었다. 그러므로 조선
에는 곳곳에 붉은 산이 많은 것이다.

제군은 이 동화를 무엇이라고 보는가. 이것은 결코 나의 창작이 아니다. 광주(廣州)의 서당에서 6~7세의 우리들이 함께 이야기했던 동화다.

이 동화야말로 내가 천만 마디를 말하는 것보다도 훨씬 단적으로 우리 민족성의 결함을 표현해 주는 것이다. 이와 같이 우리는 자기보다 큰 사람이 나타나는 것을 질투하고 무서워하는 심리를 선천적으로 부여받고 말았다고 하면 잘못일까. 이는 이조 오백년 역사에 나타난 유자(儒者)나 양반 계급의 반목, 질시의 사실을 찾아보면 곧 알게 되는 일이다. 적어도 신라, 고려 시대에는 이런 심리가 없었다고 믿고 싶다. 정치의 힘은 무섭다.

(그런데 나는 잠시 붓을 놓고 자신을 반성해 이 글에 결함은 없을까를 스스로 검토해야 한다. 이 글에 나 자신의 사적 감정이 작용하고 있지는 않을까, 스스로 격해 있는 점은 없을까, 민족의 향상 운운하면서 무비판적인 망언을 한 점은 없을까 냉정히 판단하지 않으면 안 된다.

그것은 이 글이야말로 나마저도 우리 모두의 민족적인 반성의 재료로서 제공하는 것이며, 우리 이외의 제3자의 눈에도 노출될 것이므로 나의 경솔한 잘못이 있다면 오히려 민족의 반감을 사고, 제3자도 잘못에 빠뜨리게 되기 때문에.)

6.

몇 시간 반성했다. 그리하여 나의 이 글은 아주 좁은 범위를 대상으로 하고 있음을 알았다. 자식인 중의 문인을, 그 문인 중에서도 극히 적은 사람들을 대상으로 이야기하고 있다고 받아들여질 것 같은 점. 나 자신에게 직접 관계가 있는, 예컨대 「춘향전」 이야기를 할 때에는 나도 역시 흥분하고 있었다는 사실을 깨달았다. 나의 이러한 앙분(昻奮)은 내 불민(不敏)의 탓임을 지적해 두고, 이 글의 직접 대상이 아닌 많은 제군들은 실로 관대하고 유장(悠長)하며 대인적인 도량을 갖춘 사람들이라는 점을 추가하자. 그것은 많은 사람들이 이 글에 들어맞는 심리를 가진 사람들조차 잘 포용하며 묵허(默許)하고 있음을 보아도 알 수 있다.

그러나 아무리 그 수가 적더라도, 가장 열정적(劣情的)이며 소인적(小人的)인, 그리고 내가 지적한 여러 결함을 가진 사람이 우리 사회의 중추에 있다는 사실만은 부정할 수 없는 이상, 이는 역시 우리의 공동 책임으로서, 공동의 반성 재료로 삼지 않으면 안 된다고 생각했다. 그리고 재료로 제공할 때에는 그 중 가장 현저하고 특수하며 독특한 예를 드는 것이 보통이라고 보면, 그런 의미에서 독자는 이 글을 일단 용인해 주리라고 믿는 것이다. 그러므로 나는 여기서 우리의 조금 부족한 결점이라고 간주되고 있는 **비뚤어짐**에 대해 최후의 비난을 하려 한다. 이는『문학계』의 좌담회 이야기인데, 내선(內鮮) 문화의 제휴라는 문제가 나왔을 때, 나는 자작의「춘향전」을 화제로 삼아 보았다. 왜냐하면 이 작품 같은 것이야말로 그 좋은 예일 수 있다고 생각했기 때문이다. 그러나 경성의 제군은 예상치 않게 일제히 각본에 대해 공격을 퍼부었다. 게다가 그 공격은 하등의 과학적 비판이 아니었으며 그저 나쁘고 좋지 않은 한 점에만 집중되었지만, 무엇이 왜 나쁘다든지, 저건 이렇고 이건 이랬으면 좋겠다는 말은 하지 않았다. 나는 단지 멍하게 바라볼 수밖에 없었다. 공격당한 것에 **압도**당해서가 아니라 제군의 심정을 이해하기 어려웠고, 좌담회의 주지가 각본 비판도 뭐도 아니라 내선 문화의 융화라는 점을 충분히 알고 있는데도 왜 그런 말을 꺼낼까 하고 생각했기 때문이다. 나는 이 사실을 말하며 논쟁하고 싶었지만 그래서는 좌담회가 엉망이 되어 주최자에게 미안한 일이 될 것이고 또 강연을 위해 10분 이내에는 그곳을 떠나야 했으므로 단지 방관하는 것이 좋겠다고 생각했던 것이다.

이 기사를 제3자가 읽고 **비뚤어졌다고** 느끼는 것은 내가 제군의 심정을 이해할 수 없었던 것과 일치한다. 또한 그 후의 좌담을 나중에 기사로 읽었을 때도, 제군들의 불명료한 태도는 아주 안타까울 정도였으므로 차라리 결연히 그 자리를 떠나 주는 편이 좋았을 것이라고 생각될 정도였다.

이 일에 대해서 자세히 알고 싶으면 『문학계』의 좌담을 읽기 바란다.

이미 주어진 지면의 배나 쓰고 있으므로 좌담회 일을 이 이상 상세히 다룰 수는 없지만, 내 경험으로 보아 다른 경우에도 우리는 때때로 **비뚤어져** 보인다고 말할 수 있다. 그러므로 일단 그 점을 시인하자.

그러나 이 **비뚤어짐**은 30년 전에는 없던 것이라고 나는 믿는다. 이것은 내지인의 조선 이주와 함께 발생한, 새로운 식민지적 심리다. 이 사실도 상론하려면 또 20매의 원고지가 필요하다. 아주 간단히 말하면, 우리가 서로 다른 민족성을 지닌 내지인과 접하며 여러 모로 억눌리거나 융화해 갈 때, 지금까지 가져왔던 우리들의 민족성 그대로는 통하지 않게 되어 시정을 요구당한 일도 있었으며 실은 잘못된 일도 종종 있었다. 그리하여 우리는 앞서 지적했듯이 침착하지 못한 성정과 함께 자연스럽게 비뚤어져 왔던 것이다. 지금도 조선에 대해서 감정이 거칠거칠해지는 것은 두 개의 전혀 다른 민족적 성정이 눈에 보이지 않는 곳에서 끊임없이 서로 부딪치고 있는 증좌다. 조선인이 그 어떤 비뚤어짐을 지니게 되었다는 점은 오히려 동정해 주었으면 좋겠다고 할 만한 일이다.

하지만 조선에 이주한 내지 인간에게 문화가 완성되고 조선인이(좋아하건 좋아하지 않건 간에) 내지인화(內地人化)하여 둘 사이의 거리가 눈에 띄지 않게 됨에 따라 이 **비뚤어짐**은 점차 그림자를 감추고 침착함도 나타날 것이다.

7.

　여기서 생각할 수 있는 것은 전 장의 논법으로 보았을 때, 만일 우리가 완전히 내지화해 버린다면, 우리는 자연히 침착하고 비뚤어지지 않은 민족이 될 수 있다는 사실이다.

　이 내지화라는 것을 금일 미나미(南) 조선 총독의 내선일체(內鮮一體) 운동과 결부해 생각하면 안 된다.

　내선일체는 문자 그대로 내지인과 조선인을 완전히 하나로 만드는 것을 의미하며, 양자 사이에 아무런 차별을 두지 않는, 차별을 두어서는 안 된다는 것이다. 이 내선일체는 전 우가키(宇垣) 총독 시대의, 농촌 자력갱생 운동에서 발단되고 있다. 그리고 양자 모두 조선에 사는 내지인 사이에 상당한 반대 운동을 야기했던 것이다. 이는 조선에 사는 내지인이 그들의 자본가적 욕구로 인해 조선인을 식민지인에서 내지인으로 승격시키는 것을 자기 생활의 불이익으로 보았을 뿐 아니라, 고래의 우월감과 약간의 공포심을 지녔기 때문에 발생한 것임은 물론이다. 이 사실로 보면, 우가키 이전에 내지의 정당 정치가 세력이 있었을 시대로부터 보면, 아주 양심적인 통치 방법이라고 말하지 않으면 안 된다. 즉, 민정(民政) 정우(政友)의 실력이 정치를 움직이던 당시의 역대 총독은 내지 및 조선을 완전히 식민지로서 취급하고 있었지만, 군부 정치(이 말은 허락되리라고 생각한다)가 된 후부터는 하나의 양심이 싹터 왔다. 다시 말해 이상(理想) 정치가 시작되었던 것이다. 이 사실은 후일 상론하기로 하고, 나는 조선 통치에 관한 한, 정당 정치의 부활을 두려워하는 사람이며, 군부 정치의 진보성을 인정할 것을 주저하지 않는다. 이렇게 말한다고 해서 나를 파쇼 취급하고 싶다면 해도 좋다, 차라리 나는 미나미 총독을 향해 진정한 내선일체를 희구하며 어느 정도의 열의로 매진하고 있는가, 어떤 시기의 과도기적 수단으로서 이것을 이용하고 있는 것은 아닌가 등의 질문을 하고 싶을 뿐이며, 내선일체가 되어 있지 않은 여러 사실들을 내세워 총독에게 육박하고 싶은 것이다.

그리고 이런 종류의 운동은 당연히 일어나야 한다고 생각한다. 이는 민간의 운동으로도 정치 단체로서도 출현해야 한다고 생각하고 있다. 이 일이야말로 목전의 우리 민족이 빨리 취해야 할 정치 수단이며 민족 부흥 운동이다. 이 민족 부흥은 종래의 민족주의의 그것과는 물론 다르다. 부흥하고 행복하게 되는 한 어느 쪽이든 상관없지 않을까.

이것이 나의 정치적 감상이다.

그러나 조선의 지식자 중 몇 사람이라도 이런 내 이론의 지지자가 있으리라고는 생각하지 않는다. 대부분은 고식적이고 은둔적으로 살고 있다. 제군들은 무엇을 바라고 있는가. 나는 제군들의 심리를 이해하지 못하는 것도 아니다.

하지만 사태는 제군들이 바라는 대로는 되지 않는 것이다. 조선 통치는 날로 날로 새로워져 갈 뿐이다. 이미 학교령(學校令)이 바뀌었고 경찰령(警察令)도 바뀌었다. 다음에 올 것은 의무교육과 징병령의 실시다.

그런데 문인에게 직접 문제 되는 것은 이 의무교육이다. 금년에 이것이 실행되면, 30년 후 조선어의 세력은 오늘날의 반으로 감퇴한다. 한번 더 30년 후에는? 아일랜드는 300년이 걸려 영어가 되었으며, 금일에는 무척 깊은 산간 주민들 사이에서가 아니면 켈트어는 들리지 않게 되었다고 한다. 오늘날에는 300년 걸릴 일이 100년이면 족하다.

이 점에서 문인 제씨는 점점 더 조선어에 매달릴 것이다. 그것을 나는 장하게 여긴다. 그러나 그와 동시에 내지어에 진출하는 일도 반드시 배격할 것은 아니라고 생각하는데, 어떨지.

일본어는 금후 점점 동양의 국제어가 되어 갈 것이다. 버나드 쇼도 예이츠15)도 켈트어로 작품을 썼더라면 오늘날과 같은 세계적 작가가 되었을까. 아일랜드와 조선의 오늘은 조금 사정이 다를 터이다. 하지만 30년 후에 경성에 내지어 문단이 생기지 않을 것이라고는 그 누구도 예언할 수 없다.

물론 이 점은 지나에서 수행되는 군부 정책의 성부(成否)에 정비례하는 일이다.

더 이상 쓰는 것은 지면이 허락하지 않는다. 이 마지막 장은 아주 불완전하다. 반박할 사람이 있다면 그것을 기회 삼아 상론하기로 하자.

이 글의 요지는 재삼 반복했던 것처럼 민족적 결함을 제거하고 우리가 진실로 우수한 민족으로 부흥하고 싶다는 것일 뿐이다. 나는 단지 침착하게 함부로 분격하는 일 없이 비판받고 싶다고 희망하면서 붓을 거둔다.

❝『문예』, 1939. 2. 원제 「朝鮮の知識人に訴ふ」

---

15) William Butler Yeats(1865~1939).

내선 문학의 교류

최재서

나는 내선(內鮮) 문학의 교류라는 제목을 부여받고 이 마이크 앞에 섰습니다.

그런데 사변 이래 반도에서 총후(銃後)[1]의 열성은 내지의 그것에 못지않은 바가 있다고 이야기되고 있다. 차제에 내지인과 조선인이 더욱더 친밀하게 서로 이해하는 것은 무엇보다도 바람직한 일이다. 그리고 그러는 데에는 문학에 의지하는 것이 가장 유효하고도 가장 확실한 길이라고 생각된다.

나는 이러한 각도에서 내선 문학의 교류를 이야기해 보고 싶었지만, 조금씩 준비하다 보니 아무래도 이 제목에 직접 들어맞는 재료는 의외로 적다는 사실을 깨달았던 것이다. 그것은 지금까지 내선 문학 사이에 교

---

1) 후방을 말함.

섭이 없었기 때문이 아니라 그 흐름이 한 방향으로만 한정되어 있었기 때문이다. 즉 조선이 내지로부터 문학을 받아들인 일은 있어도 역으로 조선에서 그 독자적인 문학을 내지로 보내 어떤 영향을 끼친 예는 적어도 현대에 들어와서는 별로 없다. 하긴 최근에는 「춘향전」이 신협(新協) 극단에 의해 동경에서 상연된다든지, 조선의 아악이나 가요가 이 마이크를 통해 내지에 널리 방송된다든지, 또는 조선인의 손으로 만든 영화가 내지의 각 상설관에서 상영된다든지, 기타 개개인의 노력에 의해 회화, 음악, 무용 등이 내지인들에게 널리 감상될 기회가 주어져, 문화 조선의 소개는 한 단계 깊어진 감이 있지만, 중요한 문학의 경우는 불행히도 아직 거기까지도 가지 못한 형편이다.

예를 들어, 영국과 아일랜드의 관계는 내선 문학을 말할 때 종종 인용되는 예지만, 이 양자 사이에는 문학의 교류라는 것이 어느 정도 잘 이루어지고 있다고 생각된다. 버나드 쇼처럼 처음부터 세계적인 의식을 가지고 보편적인 재료를 취급하는 작가는 별개로 하더라도, 우리들이 보통 아일랜드 작가라고 부르는 사람들, 예컨대 최근에 죽은 예이츠 같은 사람은 분명한 아일랜드 의식하에 아일랜드 특유의 재료로써 작품을 썼지만, 그가 영문학에 끼친 공적은 의심할 여지도 없는 것이다. 그는 어려서부터 런던에 가 영국의 교육을 받고 영문학의 전통 가운데서 자란 사람이었다는 점으로도 그가 영문학으로부터 영향을 받은 것은 말할 나위 없다. 그 대신 그는 영문학에 확실히 답례하고 있다. 즉, 영국은 예이츠를 통해 아일랜드 문학으로부터 꽤 풍부하고 귀중한 것을 받아들이고 있는 것이다. 어떤 것을 받아들였는가를 여기서 일일이 말씀드리지는 않겠지만 어쨌든 영국은 아일랜드로부터 영국 문학에서는 구할 수 없는 것, 통상적으로 문학에서의 켈트적 요소라고 이야기되는 것을 수용하고 있는 것이다. 18세기 말에 맥퍼슨(James Macpherson)에 의해 『오시안(Ossian)의 시』라는 것이 소개된 이래 켈트적 요소가 영국 문학에 광범하고 실질적인 영향을 주어 온 것은 주지의 사실이다. 특히 예이츠 이래 양자 간의 문학적 교류는 이러 외부적인 곤란이 있음에도 불구하고 아주 원활히 수행되고 있다.

내선 문학의 교류에 대해서도 우리는 이러한 상태를 희망하며 또 당연히 기대해야 하지만 불행하게도 오늘날 거기까지는 가지 못하고 있다. 그래서 그것은 장래의 과제로 남겨 두고, 오늘은 우선 조선의 현대 문학이 내지의 문학으로부터 어떤 영향을 받아 왔던가, 그 방면에 대해 대충 개괄적으로 말씀드리고자 한다.

그러기 위해서는 조선 문단의 사정을 조금 설명 드리지 않으면 안 되는데, 조선의 현대 문학이라는 것은 금일 우리들이 언문(諺文)으로 쓰거나 읽고 있는 문학을 말한다. 그리고 그 중에는 시, 소설, 희곡, 평론, 수필 등의 모든 부문이 포함되어 있는 것이다. 그래서 이러한 현대 문학이 조선에서는 언제쯤부터 시작되었는가 하면, 지금으로부터 약 30년 전, 즉 메이지 40년경부터이다. 다시 말해 현재의 최남선 씨가 잡지 『소년(少年)』에 신체시(新體詩)나 구라파 문학의 번역을 발표하고 또 이광수 씨가 같은 잡지에 처음으로 단편소설을 썼던 때로부터 조선의 현대 문학은 시작되었다고 보아야 한다.

그런데 우리들이 주목해야 할 것은 아시다시피 최남선 씨나 이광수 씨는 젊은 시절에 동경에서 공부한 분들로 그 당시 팽배해 일어났던 내지의 문학열에 깊이 추동되었으며 조선에 돌아온 후 각각 그 포부를 작품으로 피력했던 것이기 때문에 이미 그 출발에서부터 내지 문학의 영향을 받았다고 인정된다는 점이다.

하지만 조선의 작가가 내지 문학에 의해 예술적으로 자각된 것은 이 사람들로부터 비롯된 것이 아니라 조금 더 거슬러 올라가 메이지 35~36년경부터 있었던 일이다. 그에 대해서는 조선 문단의 사정을 조금 더 거슬러 올라가 설명할 필요가 있다. 즉, 최남선 씨나 이광수 씨가 언문일치체를 가지고 새로운 문학 정신을 고취하기 이전에 조선에는 이른바 일종의 과도기라고도 할 만한 시기가 있었다. 과도기라고 하는 것은 조선의 옛 문학으로부터 현대 문학에 이르는 과도기라는 의미다. 그리고 조선의 옛 문학이라 하면 대개 상상할 수 있듯이 시로는 한시(漢詩)가 주였으며 그 외에 시조(時調)라는 것이 있다. 시조라는 것은 '시대(時)의 가락(調)'이라 쓰며 언문과 한문을 병용하는 일종의 운문이다. 그 외에 소설이 있는데, 이것은 주로 부녀자나 서민 계급을 대상으로 했기 때문에 언문만으로 쓰인 것이다. 그러나 순언문이라고 해도 깊이 한문의 영향을 받은 것이므로 어떤 한정된 경우를 제외하고는 그것을 일상 이야기되는 말, 즉 스포큰 랭귀지(spoken language)와 동일시할 수는 없는 것이다.

그리하여 이러한 옛 문학으로부터 언문일치를 꾀하는 현대 문학에 이르기까지는 앞서 말씀드린 것 같은 하나의 과도기가 있었는데, 그것은 대체로 메이지 35~36년에서 40년까지의 시기이다. 그리고 이 시기에 생산된 많은 작품은 '신소설(新小說)'이라고 불리고 있다. 이것은 구소설에 대비된 말인 동시에 현대 소설에 대비된 말이기도 할 터이다. 이 작품들은 언문일치체를 지향했던 것이기는 하지만 그 용어가 아직 한문의 어투에서 완전히 벗어나지 못한 어중간한 것이라는 점에 그 시대적인 특징이 있다.

이 어중간한 점은 용어에 한정되지 않고 그 사상 내용이나 작품 구성에서도 보이는 특징이다. 옛 소설이라면 「춘향전」 기타 몇 종류의 고전을 빼고는 대개 군기물(軍記物)이거나, 그렇지 않으면 재자가인의 출세 이야기 또는 의붓자식 이야기 같은 것이므로 황당무계한 이야기가 많고 묘사도 조잡하며 대부분 교훈주의로 떨어져 인정의 기미(機微)를 포착한 것은 적었다. 그것이 현대적인 소설의 성격을 가지게 되기까지는 반드시 과도기가 필요했던 것이며 그 과도기를 대표하는 작가는 조선 현대 소설의 선구자로 불리는 이인직 씨이다. 그의 대표적 작품으로 평가되는 『귀(鬼)의 성(聲)』을 보면, 거기에는 옛 이야기책의 깊은 그림자를 배경으로 새로운 개화사상의 빛이 비쳐 들어가고 있는 하나의 혼효(混淆) 상태를 발견할 수 있다. 재제의 선택, 환경의 설정, 묘사의 구체성 등에 있어서, 또는 용어의 현대화에 있어서 그것은 이미 근대 소설 정신의 세례를 받은 작품임을 보이고 있다.

그런데 이인직 씨가 이러한 문학 정신을 어느 곳에서 배워 왔는가 하면 그것은 동경에서이다. 그는 러일전쟁 직후 동경에 있었는데[2] 거기서 그는 새로운 소설을 배워 돌아왔던 것이다. 앞서 이름을 거론한 『귀의 성』도 기쿠테이 코스이(菊亭香水)[3] 씨의 『산부히우 세이로닛키(慘風悲雨世路日記)』에 자극받아 창작된 것으로 추정된다. 또한 이것은 말할 것도 없이 니와 준이치로(丹羽純一郞) 씨의 번안소설 『가류슌와(花柳春話)』[4]에서 힌트를 얻은 것이다. 요컨대 그 당시 조선의 사정은 내지의 메이지 10년경 사정과 비슷한 점이 있어, 일반적으로 재자가인을 배치하고 적당히 서양 숭배열을 짜 넣은 후 해피 엔드로 끝나는 청신한 읽을거리가 요구되고 있었다. 그리하여 모리타 시켄(森田思軒)[5] 씨가 "아방(我邦) 소설의 추향(趨向) 일변함에 오다(織田)[6] 씨가 번역한 『가류슌와』가 그 효시를 이루노라"라고 한 말은 조선의 이인직 씨에게도 곧장 해당될 터이다.

이와 같이 내지의 문학은 처음부터 조선 현대 문학의 유력한 추진력이 되었으므로 조선 현대 문학의 사실상의 창시자로 볼 수 있는 최남선 씨나 이광수 씨에게 준 영향은 추정하기 어렵지 않다. 최남선 씨는 동경에서 돌

---

2) 이는 오류임. 이인직은 러일전쟁이 일어나기 전에 동경으로 유학을 감.
3) 1885~1942. 본명은 사토 구라타로(佐藤藏太郞)임.
4) 1878년의 번안소설. 영국 소설가 Edward John R. Lytton의 「Ernest Maltravers」(1837)와 그 속편인 「Alice」(1838)를 축약 번역한 것임.
5) 1861~1897. 번역가이자 신문기자.
6) 오다 준이치로(織田純一郞 : 1851~1919). 니와 준이치로로 개명함.

아오자 조선 역사의 연구에 몰두하는 한편, 조선의 고전이나 계몽적 팜플 릿을 간행했으며 또 한편으로는 앞서도 말씀드린『소년』을 메이지 41년에 창간해 신체시를 씀과 동시에 구라파문학을 번역 소개했다.『소년』에 발 표된「해(海)에게서 소년(少年)에게」나「구작(舊作) 삼 편」같은 것은 조선 어로 된 최초의 자유시로 이야기되고 있다. 이 작품들은 메이지 15년에 나온『신체시초(新體詩抄)』의 작품들과 비교할 만하지 않은가 생각된다. 특히 흥미 있는 것은 그의 번역문학인데, 그 목차 중 두드러진 것을 골 라 보면「로빈슨 표류기」,「걸리버 여행기」,「프랭클린의 좌우명」,「가리 발디전」,「프랑스혁명관기」,「톨스토이의 노동에 관한 교시」,「스마일의 용기론」등이 있다(소개하는 김에 말씀드리자면 후쿠자와 유키치(福澤諭吉) 씨의 「처세요령(處世要領)」도 소개되고 있다). 그리고 이는 대부분 국어7) 번역을 통 해 이루어진 중역(重譯)인 것이다.

　말이 나온 김에 여기서 그 당시 내지의 작품 또는 번역 작품을 통해 이루어진 조선문의 번안물 이름을 열거해 보면, 앞서 말씀드린 이인직 씨에 의한『셋츄바이(雪中梅)』의 번안,8) 조일재 씨에 의한『곤지키야샤(金 色夜叉)』및『호토토기스(不如歸)』의 번안, 이상협 씨에 의한『몬테크리스 트 백작』및『철가면』의 번안, 최남선 씨에 의한『부활』의 번안, 민태원 씨에 의한『레미제라블』및『집 없는 아이』의 번안 등이 있다. 그 중에 서도 조일재 씨에 의한『곤지키야샤』와『호토토기스』의 번안은 소설이 되고 연극이 되어 도회에서건 시골에서건 모든 계급 모든 연령의 사람들 에게 애호되어 대단한 인기를 불러일으켰던 것이다. 이 작품들이 일반 민중에게 끼친 영향은 그 후 나온『부활』이나『레미제라블』의 번역이 지식 계급에 준 영향과 함께 잊을 수 없는 것이다.

---

7) 일본어를 말함.
8) 이는 오류임.『셋츄바이』의 번안자는 구연학임.

그러나 오늘날 보듯이 조선의 현대 문학은 조선 작가들이 한편으로는 내지의 문학에서 직접 또는 간접의 영향을 받으면서도 그것을 직역하는 식이 아니라 일단 자기의 것으로 소화한 후 새롭게 창작함으로써 만들어진 것이다. 이는 조선의 현대 소설을 창시한 이광수 씨의 작품을 보면 명료하게 알 수 있는 사실이다. 그는 메이지 37년에 동경으로 가 와세다에 들어갔으며, 거기서 처음으로 신문학을 접했다. 거기서 그는 구니기타 돗뽀(國木田獨步), 나츠메 소세키(夏目漱石), 시마자키 도송(島崎藤村), 다야마 가타이(田山花袋) 등과 같은 여러 사람의 작품을 읽었으며 또한 구라파의 작품들을 읽었다. 그 중에서도 바이런의 『카인(Cain)』, 『해적(Corsair)』, 『마제파(Mazeppa)』, 『돈 쥬앙(Don Juan)』 등은 그의 혼을 근저에서부터 뒤흔들었다고 그의 「추억담」 속에서 말하고 있다.

하지만 그에게 진정으로 지속적인 영향을 주었던 것은 톨스토이다. 그의 작품 전체를 통해, 특히 그의 걸작으로 평가되는 『흙』이나 『무정』에 보이는 이상주의적이고 인도주의적인 정신은 이 대문호에 의해 배양되었던 것이다. 물론 그가 톨스토이를 수용하기까지는 여러 매개자가 있었을 터, 혹은 도쿠토미 로카(德富蘆花) 씨의 이름이 거론되고 혹은 요시다 겐지로(吉田絃二郞) 씨의 이름이 지적될 것이다. 그러나 이광수 씨의 경우 중요한 것은 이 선각자들의 소개를 통해 파악한 정신을 조선 속에 살려냈다는 점이다. 조선의 현실에서 제재를 얻고 거기에서 인물을 창조하고 사건을 구성했으며 그것들을 통해 이상주의적인 인도주의를 높이 구가했던 데에 이광수 씨의 예술적 생명이 있었던 것이다. 그리고 소설의 기교적인 방면에서도 그는 이미 새로운 시대의 챔피언으로서의 자격을 충분히 갖추고 있었다.

이렇게 조선의 작가가 내지의 문학을 통해 세계적인 것을 파악하는 상태가 그 후에도 계속되었으므로 내지 문단이 세계적인 조류에 따라 메이지 중기의 낭만주의로부터 말기 및 다이쇼 초두에 걸쳐 자연주의로 변하고 나아가 다이쇼 7~8년경 상징주의를 기조로 하는 데카다니즘으로 떨어지기에 이르자 조선에서도 여러 조류의 변화가 나타났다. 즉 이곳에서 다이쇼 7~8년경의 자연주의 시대에는 김동인, 염상섭, 현진건 씨 등의 활약을 보았던 것이지만, 그들은 다야마 가타이, 마사무네 하쿠쵸(正宗白鳥), 도쿠다 슈세이(德田秋聲) 등의 작품을 통해 이 조류를 이해했을 것이라고 상상된다. 또 더 내려가 데카당 문학의 시대에는 나도향 씨를 중심으로 하는 『백조(白潮)』파의 화려한 활동이 있었다. 이 시대의 조선 문학에 깊은 영향을 준 책으로서 우리는 우에다 빈(上田敏) 씨의 역시집 『가이쵸온(海潮音)』을 들 수 있다.

　내선 문학 사이에 펼쳐진 이와 같은 관계는 시의 경우에도 보인다. 그 중에서도 시마자키 도송 씨는 당연히 예상되듯이 조선 신시 운동의 초기에 커다란 영향을 끼친 사람이다. 씨의 어느 정도 감각적이고 적당히 센티멘털리즘을 가미한 낭만적 정서는 조선인의 기질과도 잘 맞는다고 보여 상당히 읽힌 것이다. 이런 방면으로부터 들어가 조선의 신시를 일으킴과 동시에 그것을 보급하는 데에 공적이 있던 시인으로 우리는 김안서 씨의 이름을 들 수 있다. 이 시기를 전후해 주요한 씨 등은 자유시를 도입해 이윽고 금일의 성황을 보기에 이르렀는데, 이 방면에서 가와지 류코(川路柳虹) 씨 및 기타 여러 사람의 영향도 잊을 수 없다고 생각한다. 그 후 상징주의에 있어 미키 로후(三木露風) 씨 등이 애독된 사실은 당연히 예상되는 대로이다. 그 외에 김소월 씨에 의한 노구치 우쥬(野口雨情) 씨, 이상화 씨에 의한 노구치 야타로(野口米次郎) 씨 및 다카무라 고타로(高村光太郎) 씨, 김기진 씨에 의한 이시카와 타쿠보쿠(石川啄木) 씨 등의 소개가 있었으며 다른 방면에서는 김석송 씨에 의한 휘트먼, 박영희 씨에 의한 보들레르 등의 소개가 있어 조선의 시단은 점점 다채롭게 되어 갔다.

이 기회에 그 당시 조선에 번역된 구라파 문학을 일별하면, 김기진 씨에 의한 모파상의 『여자의 일생』, 이상화 씨에 의한 같은 모파상의 『벨아미(Belle Amie)』, 최승일 씨에 의한 투르게네프의 『봄의 파도』와 산 피에르의 『바다의 탄식』, 이상수 씨에 의한 입센의 『인형의 집』, 홍난파 씨에 의한 위고의 『레미제라블』, 현철 씨에 의한 셰익스피어의 『햄릿』, 조명희 씨에 의한 투르게네프의 『그 전날 밤』, 신태악 씨에 의한 고리키의 『반역자의 어머니』, 나도향 씨에 의한 듀마의 『춘희』 등을 들 수 있다. 이 번역들은 대개 국어 번역에서 중역한 것이라는 점에서 이 연설 제목과도 관계된다고 생각한다.

다음으로는 평론인데, 대개 조선에서 본격적인 문예 비평이 일어난 것은 다이쇼 말기에서 쇼와 초두에 걸친 경향문학의 대두로부터이다. 이 시대에도 직접 외국으로부터 문예 이론을 수입한 것이 아니라 대개는 내지의 평론가를 통해 간접적으로 수용되었다고 생각된다. 이 방면에서 영향을 끼친 평론가로서 아오노 스에키치(靑野季吉), 히라바야시 하츠노스케(平林初之輔), 니이 이타루(新居格), 나카노 시게하루(中野重治), 구레하라 고레히토(藏原惟人) 씨 등의 이름을 들 수 있을 것이다. 이 시기에 이르면 내선 문인 사이의 교류는 꽤 밀접하게 되는데, 오늘 그것을 자세하게 말하는 것은 바람직하지 않다.9)

이상으로 나는 메이지 40년경10)으로부터 쇼와 10년경11) 사이에 조선의 현대 문학이 건설되는 데에 내지의 문학이 어떠한 영향을 주어 왔던가를 그저 메모 식으로 말씀드렸는데, 이와 같은 일면은 조선 문학의 중요한, 아마도 가장 중요한 일면일 터이다. 그러나 그것이 전부가 아니라

---

9) 프롤레타리아 문학자들의 국제주의적 교류였음을 암시함.
10) 1907년경.
11) 1935년경.

는 점은 대략 추찰할 수 있으리라고 생각한다. 왜냐하면 조선의 작가들은 내지의 문학을 거의 일상생활의 일부분으로서 섭취하는 반면, 또한 독창적인 문학을 만들어내는 것을 잊지 않았기 때문이다. 단지 제재가 조선적일 뿐 아니라 그 해석과 수법에 있어서도 독자적인 것에 도달하고자 하는 노력은 오늘날 젊은 작가들을 지배하고 있는 일반적인 경향이라고 생각한다. 그리고 그 방면에서 상당히 볼 만한 업적을 남기고 있는 작가도 몇 사람 있다. 그러나 그것은 이 강연의 내용과는 조금 동떨어지므로 잠시 그만두고 앞에서 말씀드린 내지 문학의 영향을 요약해 보면, 조선에서 신문학 건설을 향해 계몽적인 역할을 수행했다는 한 마디 말로 귀결된다. 그것은 우선 문학에서의 언문일치의 모범을 보였고, 신체시와 자유시의 개념을 부여했으며, 소설 특히 단편소설의 정신과 형식을 가르쳤던 것이다. 특히 단편소설의 경우에는 보통 일본의 독특한 것이라고 칭해지는 사소설(私小說) ― 또는 심경소설(心境小說)의 형식이 최근까지 조선에서도 압도적이었다는 사실이 지적될 수 있다.

또한 앞서부터 몇 개의 실례를 들어 제시했듯이, 끊임없이 변화하는 세계의 문예사조에 관해 내지의 문학은 시종 선도자의 역할을 수행해 왔다. 그것은 동경 문단의 저널리즘에서 취급된 문제는 반드시 여기에서도 일단은 그 어떤 형식으로든 문제된다는 사실에 비추어보아도 명백히 알 수 있다. 창작과 달리 평론가는 차라리 동경의 그것을 너무 추수했지 않았는가 하는 감조차 준다. 이는 좌익 문예 이론 이래의 전통이어서, 내지 문단이 경향문학의 퇴조 후 휴머니즘으로 기울어짐에 따라 이 논제는 여기에서도 꽤 진지하게 추구된 사실 등도 있는 것이다.

이러한 경향은 금후라 하더라도 계속될 뿐 아니라 점점 더 활발해지리라고 예상된다. 사변 후 그 어떤 의미에서 주목되고 있는 내지 작가는 조선의 문단에서도 깊은 주의를 끌고 있다는 점을 기억해주면 좋겠다.

예컨대 대륙문학에 관계하고 있는 작가들이 앞으로 어떤 방향을 목표로 해 나아가고 어떤 작품으로 그 세계를 개척해 갈 것인가 하는 점은 조선 문단에서도 실로 절실한 문제가 되어 있다. 그와 관련해 '흙의 문학'이나 '생산문학' 같은 것도 이미 이곳의 민감한 비평가들에 의해 면밀히 추구되고 있다. 그 신흥 문학들은 직접적이거나 간접적으로 마침내 조선의 문학 역시 움직일 것이라는 점이 예상되기 때문이다.

그런데 나는 마지막으로 이 강연의 가장 중요한 문제에 이르렀거니와, 동시에 그것은 가장 곤란한 문제이기도 하다. 즉, 어떻게 하면 내선 문학의 교류라는 말이 실현되도록 할까 하는 문제이다. 30년 동안 조선의 문학은 내지 문학의 신세를 져 왔으므로 조선의 문학도 이제는 진정으로 독창적인 것을 만들어 내어서 내지 문학에 답례하지 않으면 안 된다는 것이 우리의 거짓 없는 기분이다. 우리는 올바른 의미에서 독창적인 문학을 가지지 않는 한, 어떻게 내지 문학에 답례할 것인가를 알지 못한다. 앞서 말씀드렸던 영국과 아일랜드의 경우도 그런 것이다. 문제는 어떻게 해서 우리가 진정으로 독창적인 문학을 만들어 내는가이다.

다행히도 조선에는 옛날부터 우수한 문화가 있었다. 게다가 그것은 반도의 지리적 위치가 상징하고 있듯이, 지나 대륙과 일본 내지를 연결하는 거멀못으로서의 지위에 있었던 문화다. 이 문화 속에서 무언가 독창적인 것이 창출되지 않겠는가 하는 예상은 결코 단순한 공상이 아니라 상당히 확실성이 있는 문제이므로 서로 신중히 생각했으면 좋겠다고 생각하는 바이다.

다음으로 조선은 인구의 구 할이 농민이라는 사실로써도 나타나듯이 아직 농업 지대이다. 대륙 건설과 관련해 문학에서 흙의 의의와 가치가 비상한 관심을 갖고 반성되고 있는 현상에 비추어 보면 조선은 이 방면에서 실로 풍부한 장래가 약속되어 있다고 보아도 지장이 없다.

또 한 가지, 이것은 조선의 문단에서 작금 가장 관심을 가지고 있는 문제인데, 그것은 이번 사변을 재료로 한 전쟁문학을 가지는 일이다. 그 목적을 위해 조선에서는 적은 사람이기는 하지만 펜 부대가 조직되어 지난 5월 상순으로부터 6월 중순에 걸쳐 황군(皇軍) 위문을 겸해 북지 일대를 종군하고 왔던 것이다. 이 일행에 참가했던 작가들은 귀환 이래 전심으로 원고의 작성에 매달려 있으므로 곧 단행본이 되어 세상에 나올 날도 그리 멀지는 않다고 생각한다. 이 계획이 처음부터 문단과 출판계의 이니셔티브에 의해 된 것이라는 점에서 내지의 그것과는 약간 느낌이 다르지 않을까 하고 생각하는 바이다. 그리고 조선 작가의 눈에 비친 현지 보고는 어떤 것일까, 거기에 약간은 독창성을 기대하는 것 역시 당연한 일이라고 생각한다.

단, 아무래도 조선의 문학은 읽을 수 없으니까 곤란하다는 불평을 때때로 듣지만, 이는 언어가 다르므로 어쩔 방법이 없는 것이다. 이 장애를 제거하기 위해서는 우수한 작품을 계속 번역해서 내지로 보내는 것이 제일 좋다고 생각한다. 몇 해 전 나는 조선의 작품을 조금 번역해서 『개조(改造)』에 발표한 일이 있는데 그 후 좀 더 계속하면 좋겠다는 의견이 발표된다든지 해서 뜻을 굳혔던 것이다. 모쪼록 이 방면에 대해 동경의 잡지 편집자분들에게 협력을 부탁하는 바이다.

오늘날 조선의 작가가 국어로 작품을 발표하는 것이 때때로 논의되는 듯하다. 그리고 그것은 아주 좋은 일이다. 하지만 그것은 조선 문학에서 진실로 독창적인 것을 만들어 내고 나아가 국어 구사력에서 내지의 작가에게 일보도 양보하지 않을 정도의 역량이 있는 작가에게만 허용되어야 할 것이지 아무라도 할 수 있다는 뜻은 아닌 것이다. 그렇지 않으면 단지 내지 작가를 모방하는 데에 그칠 것이며, 나쁘게 가면 내지 작가의 캐리커처가 되고 말 위험이 있기 때문이다. 조선의 문화로 하여금 진실로 자주적인 것을 창조하게 하고 그로써 일본 문화의 발달에 기여하게 하는 것이 바람직한 일이라면, 또 그와 마찬가지로 조선의 문학으로 하여금 진실로 독창적인 것을 창조하게 해 그로써 일본의 문학을 풍부하게 하는 것이 바람직한 일이라면, 언어의 문제는 더욱 신중을 요하는 일이라고 생각한다. 틀림없이 조선의 문학은 조선의 말을 떠나서는 생각될 수 없기 때문이다. 그리고 한 나라의 문화는 단지 외면적으로 통일되어 있을 뿐 아니라 그 내용에 복잡 다양한 것을 포용함으로써 가치를 증대시키고 위대성을 더하는 것이라는 사실을 잊어서는 안 된다고 생각한다. 이러한 이해가 철저할 때 내선 문학의 교류는 비로소 의의 있게 이루어질 것이다. (6월 12일 JODK로부터 전국 중계)

66 『라디오 강연·강좌』, 1939. 7. 25. 원제 「**內鮮文學の交流**」

문학과 순수성

서인식

1. 유진오 대 김동리의 논쟁

1)

요즘 이곳 문단에서 화제로 이야기되는 문제는 한두 가지에 그치지 않는다.

(1) 신세대의 문학적 성격의 문제를 비롯해, (2) 순수 시비, (3) 비평 기준의 문제, (4) 소설 인물 성격론 등등

여기서 소개하는 순수성 논의는 문학 정신의 본질과 관련된 문제로서 그 의의는 한번 음미할 가치가 있다고 생각된다.

어느 곳의 문학이라도 그렇겠지만 토픽으로 이야기되는 화제로서, 더 나아가 문학의 근본 문제를 건드리는 것 중에는 적어도 그 원리적 측면

에 있어서는, 그 나라 문학사의 어떤 시기에 다른 화제의 형태로 이미 한 번은 논의된 것이 많다. 여기서 소개하는 순수성의 문제 역시 문학의 형식과 내용에 관한 것으로서 과거 어떤 시기에 이미 한 번 제기되고 논의되었던 문제가 아니었던가 하고 생각된다. 하지만 그것이 또 다시 문제 된다고 해서 그 민족의 문학이 심화와 발전을 수반하지 않는 무의미한 순환을 반복한다고는 할 수 없다.

2)

그런데 문제의 발단은 현재 문단의 중견 작가로 중요한 지위를 점하고 있는 유진오 씨가 문예지 『문장(文章)』 6월호에 쓴 「순수에의 지향」이라는 시평문(時評文)에서 시작되었다. 씨의 논지는 대체로 다음과 같은 것이 아니었던가 생각된다.

금일의 기성 작가와 신인 작가 사이에는 같은 시대에 살면서도 문학하는 태도상 서로 말이 통하지 않을 정도의 커다란 거리가 있다. 많은 신인들은 30대에 속하는 기성 작가의 고뇌의 소재(所在)를 전혀 이해하고자 하지 않는다. 그러한 고뇌를 지속하는 것을 일종의 희극으로밖에 보지 않는 사람이 많다. 그 중에는 의기헌앙(意氣軒昻)해서 몇 년 이래 30대의 비평가가 문학 정신의 정상적인 발전을 위해 싸워 왔던 공적을 일소에 부치는 경향조차 보인다. 문단의 주류를 형태 지은 사상이 퇴조한 이후 일부의 작가들은 표어주의(標語主義)에 반대한다는 간판 뒤에 숨어 사실은 사상 일반을 부정하고 있다. 그러나 작가가 하등의 문학관 없이 작품을 쓸 수 없는 이상, 우리가 과연 사상 일반을 쉽사리 부정할 수 있을까? 사상이 멸망해 버린 문단에는 길드적인 사제관계나 질 나쁜 문단 정치가 유행한다. 오늘날의 기성과 신진 사이의 거리는 문학 정신의 상이(相異)나 발전이기보다는 수년 이래 분주하게 전환해 온 세계의 양상이 문단에 반영된 것에 불과하다. 문학은 인간고의 표현이며 문학 정신의 본질은 인간성의 옹호에 있다. 요즘만큼 문학 정신에 대한 순수한 정열이 절실히 절망(切望)되는 시기는 없는 듯하다.

　　3)

　　유진오 씨의 이 경고(?)에 답하는 항의로서 신진 작가 중 한 사람인 김동리 씨는 『문장』지 8월호에 「'순수'이의(純粹異義)」라는 글을 발표했다.

　　유 씨는 우선 "진실한 신인 작가는 결코 문학상의 모든 주의 주장을 부정하는 사람은 아님"에도 불구하고 그들이 일단 부정하는 듯이 꾸미는 데에는 이유가 있다고 말한다. 우리는 주어진 주의 주장에 동화되기 전에 그것들을 조금 더 신중히 음미해야 하기 때문이다. 작가가 요구하는 것은 살아 있는 사상, 살아 있는 지혜이지 딱딱한 공식이나 표어가 아니다. 유 씨는 문학 정신의 본질이 인간성의 옹호에 있다고 말하지만, "30대 작가의 인간성 옹호의 정신은 과연 어느 정도의 문학적 표현을 획득할 수 있었던가?" 문학에서 표현이 없는 정신은 오히려 "순수성"의 적이다. 우리는 30대 평론가들이 말하는 소위 고전(苦戰)의 성과에 대해서도, 그것이 문학에 정상적인 발전을 가져왔다는 점에 대해서는 그러한 해석을 받아들이지 않는 것이다. 오늘날 기성과 신진 사이의 차이는 그저 단순한 세상의 반영이 아니라 문학 정신의 상이이며 발전이다.

2. 김환태가 외치는 "순수" 시비

4)

이상이 김동리 씨의 항의 요지인데, 우리가 제3자로서 공평하게 보았을 때, 김 씨의 말에 경청할 만한 것이 있다면, 표현을 획득하지 못하는 정신은 문학과 무연(無緣)하다는 말일 것이다. 이는 분명히 경향문학을 고봉(高峰)으로 하는 과거 일련의 정론적(政論的) 문학이 지닌 아픈 곳을 찌른 것이다. 그러나 정론적 경향에 대한 반성과 비판은 이곳 문단에서도 최근 2~3년 사이에 이루어질 만큼 이루어졌던 터이다. 그렇게 보면 김 씨가 새삼스럽게 표현이 없는 정신은 문학과 인연이 없다고 **호통을 쳐** 보았자 유진오 씨가 의미하는 문학 정신이 설마 그런 벌거숭이인 채로의 정신일 리는 없다. 그것은 유 씨의 글을 다시 **잘** 읽어보면 알 수 있을 것이다.

게다가 김동리 씨의 논리에는 하나의 모순이 있다. 그것은 오늘날 신인들이 문학의 모든 주의 주장에는 갑자기 동화될 수 없다고 하면서도, 기성의 문학과 신진 문학 사이의 서로 다름을 문학 정신의 발전으로 간주한다는 점이다. 문학 정신에 그 어떤 발전이 있었다고 한다면, 그것은 구체적으로는 이미 옛 '에스프리'에 대한 새로운 '에스프리'가 되어 나타나 있었을 터이다.

역사적으로 발전하는 정신은 어느 때 어느 것이라도 구체적인 것이다. 문학사 일정 단계의 문학 정신이 해당 단계의 그 어떤 특정 원리나 사상을 빼놓고 다른 곳에 있을 리가 없다.

이 점이 진실이라면, 오늘날의 신인 문학을 기성의 문학과 상이한 문학 정신의 발전이라고 단언하기 위해, 적어도 신인들은 자기들과 기성

사이에 명확히 선을 그을 수 있을 만큼의 특정한 주의 주장을 가지지 않으면 안 될 것이다. 그럼에도 불구하고 오늘날의 신인들은 아직 자기들의 주의 주장은 고사하고 주어진 것도 충분히 다 음미하지 못했다는 것은 언어의 모순이다.

그것은 어쨌든 전체적으로 보면 김 씨의 항의는 논쟁이기보다는 변해(辨解)에 가깝다. 만일 유 씨의 탄핵이 신인들을 무고(誣告)했다면,

김 씨의 항의는 그 무고를 고발했다고도 할 수 있다.

그만큼 제3자에게 두 사람 사이의 논의는 그다지 흥미를 자아내는 것은 아니었다.

5)

그런데도 그 후 『문장』 11월호에 김환태 씨가 「순수시비(純粹是非)」라는 논문을 썼다. 그것은 문학의 근본 문제를 다룬 것인 만큼 문단의 주의를 끌고 물의를 빚어냈던 것이다.

씨는 다음과 같이 말하고 있다.

> "문학 정신이란 결국 인간성의 탐구요, 그에 표현의 옷을 입히려는 창조적 노력이다. 그러므로 문학 정신이란 문학상의 주의와는 완연히 다른 것으로, 주의란 문학 정신의 방향 혹은 자세에 지나지 않는 것이다. 따라서[1] 한 작가에게 먼저 필요한 것은 문학상의 주의가 아니라, 문학 정신의 확립이다. 그런데 우리 문단에서는 강렬한 문학 정신의 토양이 없이 문학상의 주의의 싹만 이식하였으며, 작가는 문학 정신보다도 주의를 먼저 가지게 되었다.[2] 그 결과 우리 문단에는 신문학이 수입된 지 불과 30년에 실로 많은 주의가 있었으나 그 주의들에서 우리가 기대할 수 있었을 만큼

---

1) 김환태의 원문은 "따라"임.
2) 김환태의 원문은 "하였다"임.

좋은 작품은 그렇게 많이 있지 못했다.”3)

이렇게 하여 씨는 문학 정신을 문학상의 여러 주의로부터 잘라 내어 무언가 독자적으로 존재하는 것인 듯이 생각하는 동시에, 이 순수한 문학 정신의 처녀를 어떠한 주의에 의해서도 상처 내는 일 없이 보존해 가는 일을 순수한 태도라고 주장하고자 한다. 그리고 그에 덧붙여 종래 주의에 물든 작가들로부터 좋은 작품이 나오지 않았음에 비해 일체의 주의와 절연하고 오로지 강렬한 표현을 위한 노력을 계속해 온 작가와 시인으로부터 훌륭한 예술이 많이 생산되었음은 우연이 아니라고 하면서, 이태준, 박태원, 정지용 등 세 사람의 예술을 추상(推賞)4)했다.

3. 작가의 세계관과 인생관

“이 씨나 박 씨나 정 씨에게는, 인간 정신에 대한 심각한 탐구는 적었으나, 강렬한 표현의 노력이 있었으며, 이 노력에 있어서 그들의 문학 정신은 의연한 것이었다.” 자기들 주의를 휩쓸고 간 주의에 동요되지 않았던 만큼 “그들의 작품 속에서 심각한 사상적 동요를 볼 수는 없다. 그러나 그들의 강렬한 표현적 노력은, 그들의 관조적 감상(?)과 세태적 관찰(?)5)과 칼날 같은 감각을 형상화하는 데 성공하였다. 이리하여 그들의 작품은 그것만으로 한 완전한 예술품이었으며, 그들은 그들만으로 각각 한 독창적 작품 세계를 가질 수 있었다.”6)

---

3) 서인식의 일본어를 번역하는 대신 김환태의 「순수시비」(『문장』, 1939. 11, 145~146면) 원문을 제시함. 이하 동일함.
4) 칭찬하며 권함.
5) 괄호 속의 물음표는 서인식이 첨가한 것임.
6) 김환태, 「순수시비」, 『문장』, 1939. 11, 146면.

김환태 씨처럼 이, 박, 정 세 사람을 사상 없는 테크(기술)의 작가로 취급하는 것이 옳은지 어떤지가 첫째로 문제가 된다. 씨의 견해에는 사상이나 주의 같은 것을 너무나도 편협하게 해석하는 아쉬움이 있다. 하지만 그것은 논외로 하고, 씨처럼 문학 정신이라는 것을 문학상의 주의로부터 그 정도까지 쉽게 잘라 내어 생각하면, 그 소위 문학 정신이라는 것이 오히려 정신이 없는 교술(狡術), 내용이 없는 형식(표현)으로 전락하지 않을 수 없다. 알맹이의 껍데기[7]까지 털어낸다면 나중에는 빈 상자밖에 남지 않을 것이다.

6)

그런 의미에서 김환태 씨에 대한 이원조 씨의 반박은 일면의 이유가 있다고 말해야 한다. 이 씨는 『문장』 12월호에 「순수는 무엇인가」라는 일문을 초(草)하여 거기서 다음과 같이 말했다.

> "물론 예술이란 공장적(工匠的) 일면을 가지고 있으나 그러나 예술가가 장인으로 더불어 구별되는 영예를 향유하는 것은 표현 그것이 아니라 바로 씨가 말한 인간성의 탐구라는 것이 그 근저에 숨어 있는 때문이다."[8]

> "문학의 순수성이 비록 표현에만 있다고 하더라도 명색이 문학한다는 사람으로서 문학적인 모든 주의와 사상에 대해서 귀를 막는 것이 순수하다면 작가나 시인은 무지 몰식(沒識)할수록 순수하다는 말과 같은 것이니 이러한 상식을 우리가 가질 수 있으리까."[9]

---

7) 원문은 "アラ", 즉 '뉘'임.
8) 이원조, 「순수는 무엇인가」, 『문장』, 1939. 12, 139면.
9) 위의 책, 140면.

라고 하면서 씨는 글 끝에 지드가 테오필 고티에(Théophile Gautier)10)에 대해서 한 말을 인용했다.

> "그가 시인을 예술의 왕좌에 옹립한 것을 비난하지 않는다,11) 다만 시인의 왕국을 비참하게스리 협애하게 만든 것을12) 비난할 따름이다."13)

> "그가 공리의 예술을 욕한 것은 흔쾌히 생각한다, 그러나 그는 사상에 공리적인 것밖에 인식하지 못하고 마침내 그것을 참되이 인식하기에 이르지 못한 것은 용허할 수 없는 것이다."14)

7)

그러면 김 씨는 왜 문학 정신을 문학상의 주의로부터 떼어내어 생각하지 않으면 안 되었을까? 오류의 근원은 어디에 있을까?

한 마디로 말하면 그것은 문학 정신이라는 것을 역사적이고 구체적인 발전 과정에서 파악하지 못했다는 점에 뿌리내리고 있다.

우리가 한 민족의 문학사를 고찰할 경우 만일 그것을 문학 형식의 발전사로 보면 이른바 문학 양식사가 되어 나타날 것이며, 문학 정신의 발전사로 보면 이른바 문학 사상사가 되어 나타날 것이다.

이렇게 보는 것이 잘못이 아니라면 문학사의 각 발전 단계에서 문학 양식과 문학 정신은 구체적으로는 각 시대의 지배적인 문학상의 주의 — 고전주의, 낭만주의, 자연주의, 상징주의라는 것 각각의 표현 형식과 내용

---

10) 원문은 "고타"임.
11) 이원조의 원문은 "않는가"인데, 이는 오식인 듯함. 서인식은 이를 "非難するのではない"로 번역했다.
12) 이원조의 원문은 "만든 것은"임.
13) 앞의 책, 140면.
14) 위의 책, 140면.

을 의미하지 않으면 안 될 터이다.

회고해 보면 각 시대의 여러 사상이나 주의가 문학의 정신이 된다면 양식도 되는 것이다. 그렇다면 각각의 특정한 주의를 떠나 양식 일반이 있을 수 없는 것과 마찬가지로 정신 일반도 있을 수 없다는 것은 완전히 자명한 일이다.

이 사실은 한 민족의 문학사는 물론이거니와 한 작가의 생애에 대해서도 변함없이 적용된다. 일정한 시기에 어떤 한 작가에게서 나타나는 문학 정신이란 그 작가가 해당 시기에 지니고 있던 세계관이나 인생관을 말하는 것이다. 작가의 세계관이나 인생관이라는 것은 작품 전체를 통해 흐르는 자연과 역사와 인간 생활에 대한 사고방식이나 느끼는 방식, 그리고 감각, 취미, 심리, 정서 등 모든 감수 대상의 복합물에 대한 평가 방식이다. 그리고 그 작가의 그 작품에 보이는 주제나 소재를 취급하는 수법이 그 시기에 있어서 그의 문학 양식이 됨은 말할 것도 없는 일이다. 스타일을 통해 작가의 성향이나 재능이나 개성이 가장 단적으로 표시된다.

4. 문학적 형상과 문학적 정신

8)

그렇다면 앞에서 말했듯이 문학상의 주의가 곧 문학 정신에 다름 아니라고 하면, 김환태 씨가 말하는 문학 정신이라는 것은 문학 정신이기보다는 차라리 문학을 철학, 종교, 과학 등의 여러 문화 형태와 구별 짓는 문학의 특수성, 아니면 문학으로 하여금 문학이 되게 하는 문학성이라고 할 만한 것이 아닐까? 왜냐하면 문학에서 모든 문학적인 주의를 배제해 버리면 그 후 예상되는 것은 단지 문학인 한 어떤 문학도 당연히 예상해야 하는 기본적인 요청 또는 문학성 일반이라고나 할 만한 것이 아니면 안 되기 때문이다.

그렇다면 문학을 다른 여러 관념 형태로부터 구별하는 특성은 무엇인가. 문학이 그 정신적인 내용에서 종교, 철학, 과학 등과 상이한 어떤 것도 포함하지 않음은 물론이다. 그렇게 되면 그것을 다른 제 관념 형태로부터 구별하는 것은 예술적 형식이지 않으면 안 된다.

하지만 예술적 형식성이라는 것은 문학을 다른 제 관념 형태와 비교할 경우에 나타나는 특수성은 될 수 있을지언정 문학이라는 관념 형태 안에서는, 정신 일반이 있을 수 없는 것과 마찬가지로 형식 일반도 있을 수 없다. 그뿐 아니라 형식을 떠난 정신이 있을 수 없다면 정신을 떠난 형식도 없을 터이다.

그러므로 문학을 문학이게 하는 기본적 요청으로서의 문학성 일반은 정신적 내용에 있는 것도 아니고 예술적 형식에 있는 것도 아니다. 그리고 그것은 문학이 정신과 표현, 내용과 형식이 하나의 살아 있는 정신적 형상으로까지 올바르게 통일되어야 함을 의미하는 것이다.

문학은 정신과 표현, 내용과 형식의 통일이라고 이야기된다. 형식이 없는 정신은 죽은 사상에 그치고 정신이 없는 형상은 살아 있는 물체에 불과하다. 문학은 정신을 살리는 형상이며, 형상으로 존재하는 정신이다. 정신을 포함한 형상이며, 형상화된 정신이다.

김환태 씨가 말하는 문학 정신이란 실로 문학이 문학으로 성립하기 위한 이와 같은 요청을 의미하는 것이어야 한다.

9)

　　그런데 형상은 개성적인 것이다. 유일무이한 것이 아니라면 형상이라고 할 수 없다. 우리는 특수한 것에서만 아름다움을 발견할 수 있다. 그런 의미에서 미(美)는 언제나 살아 있는 것이라고 할 수 있다. 문학적 형상에서도 이 진리에는 변함이 없다. 정신의 형상화라는 것은 정신의 개성화를 의미한다. 형상이 되어 나타난 정신은 생명을 지닌 개성이다. 작품이 되어 나타난 사상은 작자의 형상화 과정을 거쳐 '산 인물'이 되어야 한다.

　　그러나 문학적 형상―형상에 있어서의 정신도 그것이 정신인 한 정신으로서의 보편적인 가치를 포함하지 않으면 안 된다. 인간 일반에 호소할 만큼의 보편적 가치를 포함하지 않은 사상은 훌륭한 의미의 사상이라고 할 수 없다. 정신이나 사상으로 불리는 것은 반드시 그 어떤 형태로 이념을 포함하는 것이다. 달리 말하면 정신은 그 내부적 근본 원리(postulate)로서 인간인 한 언제나 그 누구라도 승낙하지 않을 수 없는 보편타당한 가치를 지향하는 것이다. 여러 국민을 적과 아군으로 가르는 전란의 시대에도 훌륭한 문학이 국경을 초월해 사람들에게 인○○감을 불러일으키는 것은 그것이 보편적인 인간성을 표현하고 있기 때문이다. 셰익스피어, 괴테의 ○○, 인류의 영원한 고전으로서 ○○도 똑같은 이유에 의하는 것이리라. 이 경우 나는 물론 그 정신이 이른바 이데올로기로서는 어떤 사회 계층의 관념 계통에 귀속된다는 점을 부정하지는 않는다. 그러나 여기에서는 정신의 '존재'로서의 측면보다는 '이념'으로서의 측면을 문제 삼는 것이다. 어떠한 관념 계통에 속하는 사상이건 적어도 하나의 사상으로서 인류를 파악하기 위해서는 인간의 보편적 감정을 그 근저에서 움직일 만큼의 내용을 지니지 않으면 안 된다는 것이다.

5. 현대 작가와 "인간성 탐구"

이렇게 문학 정신이라는 것이 한편으로는 형상=생명으로서는 개성적인 것이며, 다른 한편으로는 이상=사상으로서는 보편적이어야 한다면, 훌륭한 의미의 문학 정신은 개성적이면서 동시에 보편적인 것임을 알 수 있을 것이다. 형상화란 한 역사적 시대의 보편적, 일반적 본질(이데)에 개성을 부여하는 일이다. 훌륭한 작품은 많건 적건 모두 이 위대한 정신에 형태를 준 것이다.

물론 이 훌륭한 정신도 작가의 세계관이 되어 표현될 경우에는 주관적, 개성적인 것에 뒷받침된다는 점을 무시해서는 안 된다. 하지만 그것은 정신의 보편성을 상처내지 않을 뿐만 아니라 오히려 작품의 형상화를 돕는다. 작품의 스타일을 결정하는 것은 주로 세계관에 있어서의 이 주관적, 개성적인 측면이다. 곤란은 오히려 작가가 처음부터 편협한 세계관에 지배될 경우에 나타난다. 그러나 가령 아무리 편협한 세계관을 지닌 작가라 하더라도 현실을 추구하는 리얼리스틱한 열정을 가지고 있는 한, 현실을 향하는 작자의 진실한 태도는 조만간 그의 편협한 세계관을 보편적인 그것으로 변모시켜 극복할 것이다.

10)

그런데 여기까지 이야기해 온 논지를 한 마디로 정리해서 말하면, 문학 정신이라는 것은 각 역사적 단계에서 특정 사상이 되어 나타나는 것이며, 게다가 그 사상이야말로 각 시대의 보편적이고 본질적인 이데를 체현하지 않으면 안 된다는 말이 된다. 그런데 이 사실이 금일 특히 역점을 두고 이야기되는 데에는 두 가지 이유가 있다. 그 한 가지는 다음과 같은 사실이다. 즉, 우리들 사이에는 현재 어떤 일정한 사상에 대한 혐오의 감정에서 더 나아가 사상 일반을 거부하는 경향이 있다. 이 경향은 특히 신인 측에서 두드러지게 나타난다고 이야기된다. 그들은 과거의 정론(政論) 문학에 대한 반동으로서 정신보다도 기술에 편중하며 현대를 둘러싼 여러 문제 영역으로부터 자기의 세계를 차단함으로써 문학의 순수성을 옹호하고자 한다. 하지만 특정한 사상을 부정하는 것이 반드시 사상 일반을 부정하는 것은 될 수 없다. 다음으로 우리들 사이에는 또 한 가지 다른 경향이 있다. 그것은 정치와 문학에 대한 잘못된 인식으로부터 두 가지의 것을 기계적으로 결합하는 일이다. 정치와 문학의 유기적 연관은 각각의 특수성을 두 쪽 모두 완료하게 함으로써 비로소 바랄 수 있는 것이다.15) 인간의 보편성을 추구하는 훌륭한 의미의 휴머니스틱한 문학이야말로 가장 국민적인 문학이 될 수 있다.

이 점은 명기(銘記)해야 할 것이다.

어쨌든 현대의 작가가 "인간성의 탐구"에서 문학의 본질을 발견한 데에는 깊은 의미가 있다. 역사와 사회라는 것은 요컨대 인간과 인간의 교섭 관계다. 시대와 계층이 다름에 따라 그 교섭의 방식이 다를 뿐이다. 그런 의미에서 인간은 역사적, 사회적 존재로서 여러 방법을 통해 복잡한 사회생활의 결절점이 되고 지표가 될 수 있다. 한 시대의 보편적 본질에 대한 인식이 여러 방식으로 존재하는 사회적 인간을 탐구하는 방법이 되는 것은 당연한 일이라고 하지 않으면 안 된다.

작가의 총명한 눈이 인간 탐구의 정열을 잃지 않는 한, 그것은 조만간 시대의 보편적 본질에 부딪치지 않으면 안 된다. (쇼와 14년 12월 13일)

❝『경성일보』, 1939. 12. 12~19. 원제 「文學と純粹性」

---

15) 원문은 "庶幾し得られるものだ"임.

조선 문단의 동향

이원조

문단이나 정계나 학계 같은 것들이 종종 이야기되지만 이렇게 말할 경우 이것들을 문예회(文藝會), 정부, 학사회(學士會) 등과 같은 하나의 조직체나 문학, 정치, 학술 등의 문화적 단위와 비교해 생각하면 문단, 정계, 학계는 조직체도 아니며 문화적 단위도 아니다. 말하자면 이것들은 현실적으로는 하등의 구체적인 형태를 갖추지 않은 일종의 분위기적 그룹에 불과하다.

그러나 이 그룹들이 현실적으로는 아무런 구체적인 형태를 갖추지 못했다고 해도, 정부의 조직 나아가 정치 방면조차 정계라는 하나의 막연한 분위기적 그룹의 활동에 의해 좌우됨과 마찬가지로 문단이라는 것 역시 문예회 등의 형성은 물론 그 시대의 문학적 동향마저 좌우한다는 점에서 이 양자는 상당히 닮아 있다.

　이렇게 보면 정계나 문단이 현실적인 구체성 대신 어떤 종류의 ‘세력’에 의해 유지되고 있음을 잘 알 수 있다. 예컨대 정계 장로(長老)의 추천이 젊은 정치가를 출세시키는 열쇠가 되는 것처럼 문단 대가에게 인정받아 문단에 출세하는 문학청년이 얼마든지 있기 때문이다.

　하지만 이는 정계라든지 문단이 정치나 문학에 작용하는 일면일 뿐이며, 그 반대의 일면을 고찰하면 무릇 정계나 문단의 성립은 정치나 문학 없이 불가능하다. 그리고 또한 정치나 문학의 전통 없이 진정한 의미의 정계나 문단은 성립될 수 없다. 왜냐하면 전통의 개념은 언제나 질서의 개념을 수반하기 때문에 어떤 문학이 전통을 지니고 있다는 것은 곧 그 문단에 질서가 서 있다는 것이며, 또 문단에 질서가 서 있다는 것은 곧 대가, 중견, 신인 등의 분야가 확실하여 서로 간에 엄밀한 한계가 있다는 것이다. 따라서 문학의 전통은 문단의 형성과 정비례함과 동시에 또한 문학에서의 전통의 작용은 문단에서의 세력의 작용과 같다.

　그러나 이런 견해로써 조선 문단의 현상을 조망해 보면 엄밀히 말해 조선에는 아직 문단이 성립하지 않은 것이 된다. 왜냐하면 이를 내용적으로 말하면 조선 문학이 아직 전통을 가지고 있지 못하기 때문이며, 형식적으로 말하면 조선에는 아직 대가의 추장(推獎)이 신인을 문단에 출세시키는 힘이 될 수 없기 때문이다. 그렇다고 해서 조선에는 문단이 없냐 하면 또 그것도 아니다. 단지 외국과 비교해 보면 일종의 모형에 지나지 않으나, 역시 그 나름대로의 조선 문단이라는 것을 전혀 인정하지 않는다는 말은 아니다. 그렇다면 조선 문단에서도 대가라든지 중견이라든지 신인이라는 질서적인 분야를 나누지 않으면 안 되는데, 대개 이 구분법은 연령적으로 보아 40대 사람을 대가라고 하고 30대의 사람을 중견, 20대의 사람을 신인이라 하는 것이 보통이다. 이는 일견 너무 외면적이거나 기계적인 구분 방법이지만 조선 문단의 세대교체는 거의 이러한 연대적

순서에 상응한다.

　이는 무슨 말인가 하면 조선의 신문학사는 겨우 30여 년밖에 안 된다. 그리고 지금 40대의 사람들이 이 신문학 초창기부터 약 20년 동안 신문학(이는 외국에서 말하면 국민문학이라 할 수 있다)을 수립했을 때에 소위 경향문학의 조류가 들어왔던 것이다. 그리하여 이 경향문학을 대표했던 사람들이 지금 딱 30대가 되었는데, 이 경향문학은 문학상의 하나의 이즘이라든지 조류로서가 아니라 실로 사회나 역사를 비판하는 눈으로써 그때까지의 문학을 비판했다. 그리고 거기에서 탄생한 새로운 문학은 정치적으로 수립되는 것이라고 생각했기 때문에 그 사람들의 정열은 문학보다도 정치로 치달리는 일종의 선풍(旋風) 시대를 보였던 것이다. 그러나 최근 4~5년간 급격한 사회적 변동과 함께 그 정치적 정열이 식어버리자 지금까지 그것에 의해 정열을 부추기던 사람들은 마치 폭풍이 지나간 황야에 혼자 남겨진 길 잃은 양처럼 엄습해 오는 공허감을 참을 수 없게 되었던 것이리라. 그리하여 지금까지는 열병에 걸린 듯이 바깥을 향하던 비판의 눈이 다시금 자기의 내부를 향하지 않으면 안 되게 되었던 것이다. 그리하여 우선 새로운 문학 세계의 전개로서 인간의 탐구라든지 모럴의 확립 같은 것이 왕성하게 논의된 것은 실로 여기에서 유래한다. 또 한 가지의 고민은 지금까지는 문학 원리의 구명을 위해 거의 전혀 돌아보지 않았던 문학적 기술의 획득이다. 이 두 가지 일이 최근 2~3년 동안 30대의 사람들이 가장 고민했던 바인데, 이제는 어느 정도의 성과도 얻었던 것이다. 예를 들어 어떤 작가는 자기 고발16)을 외치며 또 어떤 작가는 시정(市井)에의 편력을 논하면서 각각 자기의 작품을 통해 이를 실현했기 때문이다.

---

16) 원문은 "先發"이나 이는 '告發'의 오식임이 분명함.

하지만 중견의 사람들이 이렇게도 자기비판과 문학의 재건을 암중모색하고 있는 중에 새로 나타난 것이 신인 부대다. 이 신인에 대한 논의는 금년 하반기에 가장 왕성히 문제되었는데, 이 논의의 발단은 원래 어떤 비평가의 단평에 "신인불가외(新人不可畏)"라 한 것에서 비롯되어 최근 같은 비평가의 「시단(詩壇) 신세대설」을 둘러싸고 펼쳐진 논의이다.

이 논의의 경과는 처음에 어떤 비평가가 근래의 신인 중에는 무서울 정도의 문학적 정열을 가진 신인이 나타나지 않음을 지적했는데, 이에 대해 어떤 신인이 기성 문학자 중에도 두려워하기에 충분한 사람이 그다지 없지 않은가 하는 "기성불가공(旣成不可恐)"설로 반박했다. 그 후 같은 비평가가 젊은 시인들의 시집을 비평할 때 시단에는 신세대가 나타났다고 말하자, 이번에는 중견 쪽에서부터 과연 시단에 신세대라고 할 만한 새로운 시가 탄생했는가 하는 의문을 제기했다. 그 주된 견해를 종합해 보면, 신세대라는 것은 문학적 내용 또는 정신적 가치에서 옛날 것을 판별해 낼만 한 새로운 것이 없으면 안 된다, 그러나 지금 옛날 것과 다른 점이 있기는 하지만 거기에 가치를 인정할 수는 없다, 단지 다른 점이 있다는 것만으로는 신세대라고 말할 수 없다는 말이다.

역시 이것은 급소에 해당하는 말이다. 왜냐하면 만일 신세대의 표준이 새로운 문학적 정신이라고 하면 현재의 신인들에서는 그 정도의 문학적 정신을 가진 사람이 쉽게 발견되지 않음이 사실이기 때문이다. 하지만 여전히 기성에 대해 "두려워하기에 부족하다"는 일종의 대항 관념이 신인들에게 있는 것은 왜일까. 이는 아주 미묘한 문제인데, 이미 말했던 것처럼 현재의 중견들은 대체로 경향문학을 대표했기 때문에 그 정열이 문학적 원리에 집중되고 문학적 기술은 어느 정도 등한시했다. 하지만 일단 그 정열이 식자 실로 문학적 기술을 재획득하지 않으면 안 되었기 때문에 현재 중견들이 문학 기술을 다시 획득했던 시기는 바로 현 신인들의 문학 수업 시기와 일치하는 것이다. 그러므로 신인 측에서 보면 중견도 자기들도 문학적 수업 연대는 똑같은데도 그들은 중견이라 하고 자기들은 신인이라 하는 데에는 복종할 수 없다는 것이 될 터이다. 왜냐하면 문학을 비평의 대상으로 볼 경우 기술은 문학의 가치 요소 중 하나에 불과하지만 창작 과정의 심리에서 보면 기술은 문학 전체인 듯이 느껴지기 때문이다. 따라서 어느 중견작가가 문학의 순수성을 논하며 "30대 작가의 불행과 20대 작가의 행복" 운운한 것은 중견과 신인의 세대차를 잘 이야기함으로써 현 중견들의 감상을 여실히 고백한 것이 아닐까 하고 생각된다.

어쨌든 작금 조선 문단의 현저한 특징 중 하나는, 예전에는 좌였건 우였건 간에 지금은 모두 자기의 내부 성찰에 침잠하고 있다는 점이다. 이 자기 성찰이 장래 어떠한 문학을 창조할까에 대해서는 예단할 수 없다. 하지만 문학은 개인적으로도 사회적으로도 내부적 원숙의 발로인 이상, 이 자기의 내부적 성찰 현상은 조선에서 새로운 문학이 탄생하기 위한 하나의 획기적 준비라는 점은 단언할 수 있을 것이다. 그리고 이 새로운 문학이 태어난 새벽에는 조선 문단의 구도도 훨씬 선명히 그려질 것이다.

가장 광범한 문제를 사사(私事) 다망하여 이렇게도 조잡하게 논한 것을 사과하는 바이다.

⁶⁶ 『조선』, 1940. 1. 원제 「朝鮮文壇の動向」

현대 조선 문학의 환경

임 화

조선 문학의 존재 양태에 대해 사람들은 여러 가지 해석을 하리라고 생각한다. 그것은 물론 일본 문학과의 차이에 대해서이다. 똑같은 강토 내에서 반세기에 가까운 세월 동안 생활을 같이 해 오면서도 조선 문학은 여전히 고유한 형식과 내용을 가지고 자기의 길을 걸었기 때문이다. 현재 우리는 동경에서 발행된 약간의 잡지에서 그런 견해를 접해 왔으며 또 그와 비슷한 의문이나 억측은 만일 조선 문학의 내지 소개가 진전되어 가면 갈수록 한층 빈번히 들리지 않겠는가 생각된다. 하지만 나는 이런 여러 견해들에 대해 답하는 것은 평론이 아니라 작품이라는 사실을 잘 알고 있으며, 또 실제로 어떤 기회에 평론이 이 과제들에 만족을 주는 일은 상당히 곤란하지 않을까 생각한다. 왜냐하면 조선에서 현대 문학의 존재 양태라는 것은 먼 장래에는 모르지만 적어도 현대 문학이 발생한 30년 전부터 이미 정해진 길을 따라 흘러간 것으로밖에 생각되지 않기 때문이다.

그러므로 만일 정치적인 재단(裁斷)이 아니라 예술적인 겸허함으로 조선 문학을 읽는 사람들에게 바람직한 것은 이 이미 정해진 길에 있는 현대 조선 문학에 대한 이해이며 그것에 대한 문화적인 애정이다. 예술은 비평되기 전에 우선 이해되어야 하며, 문화는 재단되기 전에 우선 사랑받아야 하기 때문이다. 특히 다른 지역의 문화나 예술을 대할 경우, 이런 태도는 하나의 예의라기보다는 오히려 그 이상의 의미를 지닌다. 이런 태도 없이는 다른 문화나 예술은 만족스럽게 향수되지 않기 때문이다. 따라서 경박하게도 만일 난폭에 가까운 발언을 들을 경우, 진정으로 우리는 우리의 문학이 이해되지 않음을 억울해 하기보다는 문화 교류의 격절을 통감하게 될 것이라고 생각된다. 이는 문화나 예술의 세계에서는 슬퍼해야 할 일이다. 문화나 예술만큼 친화적인 것은 없기 때문이다. 그러므로 현재 우리가 무엇보다 경계하고 있는 것은 우리의 문학에 대한 경솔한 재단이며 억측이다. 동시에 만일 국어로 쓰인 우리의 평론에 발언의 기회가 주어진다면 조선 문학이 내지의 독자들에게 억측되고 오해되는 일이 가능한 한 적도록, 우리의 작품이 이해되고 사랑받도록 원조하는 것이 우선 부여된 일이 아닐까 하고 생각된다. 또한 이는 내가 이 짧은 글을 현대 조선 문학의 아웃라인 모사에 바치는 까닭이기도 하다.

앞서 나는 현대 조선 문학의 존재 양태라는 것이 그 발생 당시로부터 결정된 길을 따라 흘러갔을 것이라고 말했지만, 이는 전혀 억측에 해당하는 의미의 말은 아니다. 그것은 조선의 현대 문학이 초창기로부터 오늘에 이르기까지 현재와 같은 모습을 갖춘 것이 가장 타당했으며 합리적이었음을 의미함에 불과하다.

한문에서 해방되지 않고 어떻게 현대 문학이 발생할 것인가? 조선문

(朝鮮文)으로의 회귀가 현대 조선 문학 탄생의 첫걸음이었음은 당연한 일일 터이다. 게다가 그것이 옛 형태의 문학이나 전통적인 가요조로 돌아갈 수 없었던 것은, 그때 탄생한 것이 전통적 문학의 연장이 아니라 실로 현대적 문학이었기 때문이다. 그것은 새로운 정신의 한 표현 형태였다. 문학에서 새로운 형식의 발견 없이는, 또 그것으로의 정착 없이는 자기를 완성할 수 없음은 그 누구라도 알고 있는 일이다. 이 경우 우리 선배들의 새로운 정신이 이리저리 탐색했던 최대의 형식적 표식이 새로운 조선문이었음은 상상하기 어렵지 않다. 그것은 이미 지나가 버린 일일지도 모른다. 하지만 여전히 그 과정이 끝나지 않았다는 점에서 우리의 언어에 신뢰를 둘 필요가 있다.

우리의 문학은 일본 자연주의 문학[1]의 영향을 받기에 이르러, 또는 그것을 통해 서구 자연주의를 배우기 시작했던 때부터 비로소 예술문학의 유년기에 들어갔던 것이다. 금년도의 조선 예술상을 수상한 이광수 씨조차 실제는 예술문학과 전예술문학(前藝術文學)의 쌍생아이다. 게다가 그가 현대 조선 문학의 창시자라는 데에 의심의 여지는 없다. 그렇다면 조선에서 순수 예술문학의 역사는 엄밀히 계산해 20년을 별로 넘지 않는 것이다. 더욱이 그 사이의 문예 사상이나 사회의 사상은 일본 문학이 메이지, 다이쇼, 쇼와의 3대를 통해 경험했던 모든 시기를 최단시간에 통과했던 것이다. 이는 서구 문학에 비교하면 백 년에 해당한다. 그 사이에 작가들은 활동할 만큼 활동했지만 문학은 황폐할 만큼 황폐했으며 사람들은 피로할 만큼 피로했다. 그런데도 아직 이 무서운 편력을 멈출 수 없는 것이 조선 문학의 숙명이기도 하다. 지금부터도 또한 조선 문학은 서구 문학의 뒤를 좇아 일본 문학의 견제를 받으면서 앞으로 앞으로 나아

---

1) 원문은 "日本自然文學"임.

가야 한다. 이는 멈출 수 없는 일일지도 모르지만 예술의 세계로서는 한 없이 괴로운 일이다. 예술은 언제나 각 시대에 있어 자기를 완성하지 않으면 안 되기 때문이다. 우리의 문학은 완성은커녕 한 시대에서 발을 멈추는 일조차 불가능한 채, 그야말로 앉은 자리를 따뜻하게 할 틈도 없이 하나의 시대로 들어갔는가 하고 생각하자마자 다음 시대로 옮겨갈 수밖에 없었던 것이다. 주지하듯이 완성은 여유를 필요로 한다. 완성된 것이 부정되고 파괴되는 경우에만 기대할 만한 새로운 것이 탄생하는 것이다. 그렇다고 해서 우리는 우리들의 문학사적 경험을 오로지 얕보기만 하려는 것은 아니다. 그러는 와중에도 우리의 문학은 마치 승합자동차를 타고 돌아다니면서 성장하는 소녀들처럼 발전해 왔다.

이는 아마 현대 조선 문학이 자기의 고전(古典)을 만들어 내는 곳에서 끝날 것이다. 그러나 또한 이 역시 먼 장래의 일일지도 모르며, 또는 전혀 이루어지지 못할 꿈일지도 모른다. 하지만 이는 오랜 전통을 가지고 커다란 시대를 사는 젊은 문학의 거짓 없는 염원이라는 점은 사실이다.

그러나 그것은 단지 형식, 특히 언어 등의 문제에 그칠 만큼 간단한 일이 아니다. 설령 그것들이 현대 조선 문학이 태어났을 때의 첫 표식이었으며 또 최후의 표식이 될 것이라 해도, 결국 문제는 완전한 문학으로의 길이라는 것에 달려 있다.

분주히 편력하는 사이에 성취할 수 없었던 과제에 대한 집중적인 반성은 또한 그것에 상응하는 내용의 발견으로써만 완성된다. 그러나 또한 이를 위해 현대 조선 문학은 형식이나 언어에 대해 사람들이 상상하는 만큼 그렇게 신경질적이지는 않다. 그것은 우리의 문학이 아직 젊다는 증거일지도 모른다. 하지만 또 그만큼 우리의 문학은 자기의 장래에 기대를 걸고 있다. 우리는 아직 노쇠를 모르기 때문이다. 노쇠한 세계는 이미 반세기나 전에 결별했던 것이다. 우리의 문학은 건강하지 못할지는 모르지만 젊은 육체 안에 있다. 설령 우리의 육체가 고통에 들볶이고 있다 할지라도, 그 때조차 우리의 몸은 변함없이 젊고 발랄하다.

그것은 단지 우리가 제너레이션으로서 젊을 뿐 아니라 문화에서도 다른 나라처럼 포만하고 식상한 상태는 경험하지 않았기 때문이다. 물론 그것은 서구 문화에 비해서이다. 우리는 아직 서구에 비해 아주 의욕적이다. 이는 물론 조선이 후진(後進) 지방이기 때문이다. 그러나 우리는 늦은 만큼 젊다. 이 젊음은 버스를 타고 돌아다니면서 성장하는 소년처럼 차츰 발전해 왔다. 형식에서, 내용에서, 질에서. ……

하지만 우리의 문학은 어떻게 해서든 자기의 고전을 만들 만한 수준으로까지 나아가지 않으면 안 된다. 이는 하나의 커다란 시대를 사는 문화의 허위 없는 염원이다. 이 염원은 개개의 작품에 열심히 노력하고 있는 각 작가들의 작업에 가느다란 혈관이 되어 맥박 치고 있는 듯하다. 이는 사상적인 의미의 말이 아니다. 어떤 것이 씌어지고 있건, 현대 조선 문학이 태어날 때의 첫 표식은 또한 최후의 표식이 될 것이다. 요는 완미한 문학으로의 길이다. 분주하게 편력하는 동안 성취할 수 없었던 과제에 대한 집중적인 반성은 또한 그에 상응하는 내용을 발견함으로써만 이루어진다는 것도 사실이다. 그러므로 우리는 나타나는 것 속에서 정열을 느끼며 때로는 희망조차 꿈꾼다. 이는 견해에 따라서는 지체된 문화에 으레 따르는 속성으로 생각될지도 모르지만 또한 노쇠하고 포만한 문화에 비교했을 때 보람 있는 점이기도 하다. 이 점은 현대 조선 문학이 조잡2)하고 유치함에도 불구하고 비평적으로는 피곤에 지치지 않고 계속되어 갈 수 있는 기반이다.

그러나 이 면에서도 우리는 여러 억측이나 오해에 당면하지 않으면 안

---

2) 원문은 "粗笨"임.

된다. 왜냐하면 이 기반이라는 것에 대해 많은 사람들은 즉각 정치적으로 해석하고 싶어 하기 때문이다. 어째서 문학이나 예술의 세계에까지 이런 풍습이 유행하는지 나는 모른다. 그것은 단지 생활의 지리 정신상의 풍토에 불과하지 않을까. 동경에서는 벚꽃이 3월 초에 피지만 경성에서는 4월 하순에 피며, 내지에서는 밀감이 나지만 조선에서는 나지 않는 것과 마찬가지 사실이다. 경성의 벚꽃을 3월 초에 꽃 피게 하려 해 보았자 불가능한 일이다. 밀감을 일부러 조선에 가져 올 필요는 없는 것이다. 그것은 평범한 생활의 특수성에 지나지 않는다. 현실의 개성에 불과하며 고유한 환경에 불과하다. 고유한 환경 속에서 고유한 문학이 탄생하는 것은 조선에서는 안 되는 밀감이 내지에서는 되는 것과 똑같은 일이다. 조선에서는 밀감 대신 맛있는 밤과 잣이 되지 않는가?

결국 조선 문학은 우리 삶의 독특한 방식의 소산이다. 사람들은 객관적으로는 똑같은 세계에 살고 있으면서도 주관적으로는 다른 환경을 체험한다.

이 체험이 소위 '우리만의 현실'이며, 이 현실 속에서 완전히 새로운 인간이 형성되고 또 그들 중에서 새로운 사고 방법이나 정감의 독특한 양식이 발생한다. 이는 다름 아닌 독특한 문화이다. 사람들이 마치 같은 세계 속에서 다른 환경을 체험하듯이, 문화는 똑같은 일을 다른 방법으로 사고하며 다른 양식으로 정감(情感)하는 일이 가능한 것이다. 여기에 문화나 예술의 자유로움이 있을 터이다. 이런 의미에서 보면 우리는 우리 문학의 형식적인 면뿐 아니라 정신적인 존재 양태에 대해서조차 억측이나 오해나 의구심을 품는 사람들이 가진 기분의 순결성을 믿을 수 없다. 그런 사람들은 문학자의 눈으로 보기보다는 그와 다른 눈으로 조선 문학을 보기 때문이다.

이런 의미에서 조선 문학은 민족문학의 전통 위에 있는 현대의 것이 아닐 뿐 아니라 일본 현대 문학의 지점(支店)3)도 아닌, 세계 문학이 이 20세기라는 시대에 지방적으로 꽃 피운 근대 문학의 일종이라고 한 가와카미 테츠타로(河上徹太郎) 씨의 견해가 내지 문학자의 조선 문학관 중 가장 훌륭한 것이었다고 말하지 않을 수 없다. 이 이상의 한계를 벗어나 조선 문학을 논하는 일이나 조선 문학 자체 속에 있는 사소한 차이(variation)에 대한 논의는 별개의 문제다.

우리는 그저 현대 조선 문학이 그 과거의 단초에 있어, 그리고 현대의 영역에 있어 공히 고유한 자신만의 환경 속에 있다는 점을 조선의 작품을 읽는 사람들이 이해해 준다면 스스로 만족할 뿐이다.

❝ 『문예』, 1940. 7. 원제 「現代朝鮮文學の環境」

---

3) 원문은 "出店"임.

중대한 결심

조선의 지식인에게 고한다

가야마 미츠로(香山光郎)*

1. 필연적이고도 당연한 길

반도인은 중대한 결심을 하지 않으면 안 된다. 그것은 반도인 전체로서의 중대 결심일 뿐만 아니라 실로 개인, 각 가정으로서의 중대 결심이어야 한다. 이 결심 여하에 따라 반도인의 한 개인, 한 가족 및 전체의 운명이 갈리는 것이다.

그 중대한 결심이란 무엇일까. 그것은 우리는 천황(天皇)께 귀일해 받들어 모신다는 것이다. 그것은 번연(飜然)[1]하고 철저하게 천황의 신민(臣民)이 되고야 마는 일이다. 게다가 이는 면할 수 없는 일이기 때문에 이래도 좋고 저래도 좋으며 하지 않아도 좋은 그러한 성질의 일이 아니다. 반드시 그렇게 되지 않으면 안 되는 성질의, 필연적이고도 당연한 귀결

---

* 이광수의 창씨개명한 이름임.
1) 모르던 것을 갑자기 환하게 깨닫는 모양.

이다.

그러나 일부에서는 아직 이러한 결심은커녕 이에 대한 인식조차 모자란 사람이 있는 듯한데, 바로 이 점에서 커다란 불행은 발생할 것이다.

무지와 오해

조선 사람들이 이러한 필연적이고도 당연한 길을 인식하지 않는 것은 일본에 대한 무지 또는 오해에 의한 것이다. 일본의 성격, 일본의 의도, 일본의 힘을 올바르게 이해하고 있지 못하기 때문이다. 실제로 반도인은 일본을 알고 있지 못하다. 종래 그들은 어리석게도 일본을 알고자 노력하지 않았다. 50년래 동경의 각 학교에서 수만 명의 사람들이 교육을 받으면서도 일본의 역사나 문학, 일본의 풍속이나 습관 같은 것을 배운 사람은 거의 없었다고 말할 수 있을 정도였다. 오늘날조차 그들은 일본을 진지하게 알고 그 도(道)를 배우려 하지 않는 것이다. 이는 실로 어리석은 일이며 광기(狂氣)의 행위다.

조선의 학생들은 영미나 러시아에 대해 알고 있음을 자랑하지만 일본에 대해서는 알지 못함을 자랑하고 있는 듯이 보인다. 그런데도 자기는 일본을 모른다고는 생각하지 않는다. 일본에 대해서는 무엇이든지 아는 듯이 생각하고 있다. 알지 못하는데 안다고 생각하는 것만큼 위험한 일은 없다. 자신이 무지자 오해자이면서도 그 잘못된 인식을 주위 사람에게 전하기 때문에 큰 일이 되는 것이다. 있는 그대로 말하면 금일의 반도인은 전부라고 말해도 좋을 정도로 조국(祖國) 일본에 관해서 무지하다. 무지할 뿐이기만 하면 그래도 괜찮은데 더 나아가 오해하고 있다. 조국 일본의 성격도 의도도 힘도 오해하고 있거니와, 이러한 가공할 결과를 초래한 죄는 실로 조선의 지식 계급에 있는 것이다.

2. 주로 오해된 것들

반도인이 조국 일본에 대해 오해하는 인(因)이 되는 것은 그들이 국가적 의사 표시를 순진하게 받아들이지 않는 점이다. 내선일체(內鮮一體)조차도 그대로 순진하게 받아들이지 않고 무언가 이용하고자 하는 것이 있어서 나온 일종의 정책인 것처럼 곡해하며 스스로 현명하다고 생각하는 것이다.

이는 대어심(大御心)2)이 일본의 국가 의사임을 모르기 때문에 생긴 오해라는 점은 말할 것도 없다. 무한한 인자함과 무변(無邊)의 성은(聖恩)을 느껴 받들지 못하는 완고한 마음의 착각임은 물론이다. 반도인은 마땅히 순진하게 위정자의 말을 받아들여야 한다. 순진하지 않다는 것은 그 자체가 이미 악도덕(惡道德)이다. 다른 사람이 말하는 것을 순진하게 받아들이지 않고 그 뒤를 캐는 것은 결코 좋은 일이 아니다. 그는 이렇게 함으로써 결국 자기 자신을 속이고 스스로를 해치는 것이다.

일시동인(一視同仁)은 글자 그대로 말 그대로이며 내선일체도 그렇다. 이 말은 그릇된 의심을 하는 사람들이 생각하듯이 일시적인 정책도 아니며 더구나 미나미(南) 총독만의 표어도 아니다. 이는 실로 제국 국책(國策)의 근저로부터 발한 것이므로 만일 이것이 거짓이 된다면 세상에 믿을 것은 아무 것도 없을 것이다.

반도인(半島人)들이 이렇게 의심할 수 없는 곳에 의심을 지니는 것은 약자에게 특유한 시의심(猜疑心) 외에도 이유가 있다. 그것은 영국, 미국, 프랑스 등이 자국 내에서는 아주 높은 도의성을 지니면서도 이민족을 대할 때에는 기만을 자신들이 전념할 일로 삼는다는 데에 있다. 요컨대 현

---

2) 천황의 마음.

대 국가의 외국 또는 이민족에 대한 약속 따위는 일단 믿을 수 없는 것
으로 생각하는 편이 근사한 것이고, 이를 통째로 믿고 걸려드는 것은 유
치한 우직함이므로 경계해야 할 것이라고 보는 것이다. 이는 인도인에
대해 영국인이 취한, 또는 필리핀인에 대해 미국이 취한 종래의 몇몇 예
를 볼 때 실로 진(眞)이었다. 그러나 이를 일본이 반도인을 대하는 경우에
적용하고자 할 때에는 두 가지의 커다란 오류를 범하는 것이다. 하나는
일본의 국체가 여러 외국과는 달라서 대어심의 발현으로 모든 정치를 하
므로 나라의 성격이 결코 여러 외국처럼 이득만을 취하는3) 권모술수를
농하는 데에 있지 않음을 인식하지 않은 것이며, 두 번째는 이제 반도인
이 외국인도 이민족도 아니라 천황의 적자(赤子)4)라는 사실을 무시한 점
이다.

일본은 국가의 성격상 그 안의 인민에 대해서도 바깥의 타국에 대해서
도 거짓을 말하지 않으며 기만의 술책을 농하지 않는다. 그것은 일본의
자기 부정이며 일본 국체의 존엄을 생각할 때 있을 수 없는 일이기 때문
이다. 반도인은 구한국 시대로부터 일본의 이 점을 인식할 밝음(明)을 가
지지 못하고 거짓말에 대해서는 거짓말로 라는 의심암귀(疑心暗鬼)로 인해
성(誠)을 거짓으로 대해 왔기 때문에 슬픈 오해를 많이 범했다. 금일에는
장개석 역도5) 일파가 바로 그 전철을 밟고 있다. 그들이 일본의 진의(眞
意), 즉 일본의 국체로부터 필연적으로 연역되는 진실성을 인식한다면 오
늘날과 같은 일본과 지나 사이의 불행은 끝내 없었을 터이다.

그런데도 반도인 중에 아직 의심할 수 없는 것을 의심하고 믿어야 할
것을 믿지 못하며 그들의 어리석은 선배의 과오를 되풀이하고자 하는 사

---

3) 원문은 "唯利的"임.
4) 갓난아이.
5) 원문은 "蔣逆"임.

람들을 보면 정말로 염려되는 것이다.

나는 조선 동포에게 강력히 절규하고 싶다. 조국 일본에 대한 모든 의심을 버리고 갓난아기가 어머니에게 의지하듯이 순진하게 그 품에 자신을 던지라고. 이렇게 함으로써만 반도인은 구원될 것이다. 조국의 진의에 의념을 품는다든지 하는 것 그 자체가 불충(不忠)임은 물론이지만 그 결과는 큰 불행의 모습을 띠며 반도인 전체 위에 떨어져 내릴 것임에 틀림없다.

3. 최후의 결심

반도인은 조국에 대해 거짓말을 하거나 일심(一心)을 버려서는 안 된다. "충성으로써 군국(君國)에 보답한다"를 바탕으로 나아가야 한다. 국기를 게양할 때, 폐하의 만세를 외쳐 받들 때, 신사에 참배할 때, 상회(常會)[6]에 출석할 때, 이 모든 것을 가슴 깊은 곳에서 용솟음쳐 오르는 충성으로써 수행해야 한다. 무슨 일이 있더라도 국가의 진의에 대해 의념(疑念)을 품는 언동이 있어서는 안 된다. 그런 생각을 송두리째 불태워 버리는 것이야말로 반도인 전체를 사랑하고 그 복리를 증진하는 소이(所以)이며 그에 반하는 것은 국가나 조선 동포를 해치는 것이다.

이는 2,400만 반도인 전체에게 하는 말이지만, 특히 지식인의 반성을 촉구하는 것이 끽긴(喫緊)한[7] 일이며 화급한 일이다. 수만 반도인 지식계급의 임무는 실로 중대하다. 그들이 오늘날 올바른 인식과 마음가짐으

---

6) 애국반의 반상회를 말함.
7) 매우 긴요한.

로 궐기한다면 내선일체 촉진을 위해, 반도인의 지위8) 향상을 위해 멋진 결과를 올릴 것이다. 국어 보급, 일본 정신 보급, 문화력과 생산력의 향상을 위한 귀중한 사도가 될 것이다. 그리고 조선 민중으로서 위대한 정신력과 생산력을 발휘함으로써 국무와 산업에서 국가에 공헌하는바 극히 클 것이다. 국민적 신참자(新參者)로서의 반도인에게는 국가를 위해 실효를 거둘 충(忠)을 발휘하기 위해 금일의 비상시는 천재일우의 아주 좋은 시기다. 지식인 등의 암우(暗愚)와 불성실 때문에 뻔히 알면서 이 절호의 기회를 놓치는 것은 조국 일본의 불행임은 물론이거니와 반도인 자신을 위해서는 틀림없이 두고두고 후회할 일이 될 것이다.

더구나 지식인이 변함없이 회색의 방관적인 기회주의적인9) 태도를 취함으로써 조선 민중이 이 기회에 발휘해야 할 힘을 발휘하지 못한다면 그들 지식인은 자기들이 사랑한다고 칭하고 있는 바로 그 조선 동포를 돌이킬 수 없는 대불행에 억지로 끌어들였다는 무서운 책임을 지지 않으면 안 된다. 그들은 머지않아 그들이 태어난 날을 저주하고 그들의 어머니들이 그들을 잉태한 날을 원망하는 일에 맞닥뜨릴 것은 필연의 귀결이라고 하지 않을 수 없다.

이러한 사정이므로 오늘날의 조선 지식인으로서 취해야 할 길은 하나가 있다. 그러나 그것은 단 하나뿐인 길이다. 즉, 대사일번(大死一番)의 큰 결심으로서 충의(忠義) 있는 일본인으로 갱생해 조선 민중의 황민화(皇民化)와 문화력, 생산력 향상을 위해 일개 병졸(兵卒)의 마음가짐으로 진충(盡忠)하는 일이다.

우선 망국민 근성, 의붓자식 근성의 근원인 허위와 사추(邪推)의 마음을 미련 없이 팽개치고 순진한 마음이 되는 일이다. 총독이 말하는 것을 순진

---

8) 원문은 “民位”임.
9) 원문은 “日和見的”임.

하게 받아들이는 일이다. 일본의 역사를 순진하게 받아들이고, 국책을 순진하게 받아들이고, 반장이나 정동총대(町洞總代)가 하는 말을 순진하게 받아들여 마침내 모든 것을 순진하게 받아들이는 마음이 되어야 한다.

이 순진한 마음으로 조국 일본의 도를 배우자. 역사를 배우고 문학을 배우고 풍속과 습관, 특히 예의작법(禮儀作法)을 배우고 익히자. 순진한 마음은 겸허의 마음이고 감사의 마음이며 사랑의 마음이다. 일본에 관한 모든 것을 내 것으로 하고 그것을 사랑하며 소중하게 생각하는 마음이다. 그리고 식민지라든지 신부민(新府民)이라든지 민족이라든지 하는 것을 모두 물에 흘려버리고 일장기 펄럭이는 모든 곳을 우리 국토로 생각하고, 그 국토에 살고 있는 폐하의 적자 모두를 동포로 인식하여 그것에 우리의 사랑을 쏟자. 요컨대 일본의 것이라면 무엇이든 사랑하고 무엇이든 내 것으로 삼자.

이런 경지에 달한 때에 우리는 모든 기졸(氣拙)함과 불안에서 해탈하여 새로운 긍지와 희열과 희망에 빛나게 될 것이다. 우선 자기 자신을 이렇게 완전한 한 사람의 일본 국민으로 완성해 내고 다음으로 동포를 가르치고 이끄는 것이 지식인의 광영 있고 일할 보람이 있는 직역(職域)이어야 한다.

4. 위기를 보라

나는 결심 여하에 따라 반도인 한 개인, 한 가족 및 전체의 운명이 갈린다고 말했다. 이는 무엇을 의미할까.

나는 감히 이것을 반도인의 위기라고 부르고 싶다. 그것은 정말로 위기이기 때문이다.

사변이 일어난 지 이미 제4주년에 들어갔다. 일본은 현재 유사 이래 미증유의 국난(國難)을 헤쳐가고 있다. 이 국난이야말로 위대한 것을 낳기 위한 국난이지만 그렇다고 해도 국난은 국난이므로 이 미증유의 큰 국난을 극복해 아시아를 일본 정신으로 개조하는 업을 완성하기 위해서는 실로 문자 그대로 일억일심(一億一心)[10]으로 낼 수 있는 최대 역량을 내지 않으면 안 된다. 이른바 고양이 손[11]이라도 빌리고 싶은 시기인 것이다. 이러한 시기에 만일 국민의 일부가 차가운 눈으로 국책을 대하며 방관적이고 기회주의적인 태도를 취하는 사람이 있다면 그것은 실로 반역적 사보타지라고 할 만하리라. 이러한 부분의 국민에게 내려져야 할 형벌이 어떠한 것일지는 논의할 필요조차 없는 것이리라. 그것은 최악의 것이 아니면 안 된다.

그런데도 오늘날 조선에는 확실히 이러한 일부가 존재한다. 그들은 지식인, 유산계급에 속하는 사람들로 여전히 내선일체의 근본 국책에 대해, 그 항구성과 진실성에 대해 의념을 품고 심지어는 냉평(冷評)하여 민심의 추세를 헷갈리게 한다. 게다가 그들은 종래 일반 민중이나 청년층으로부터 존경받고 있던 계급인 만큼 그들의 언동이 끼치는 영향은 심대한 것이 있다.

그렇다면 왜 그들은 지금도 여전히 늙은이 같은 미몽에서 깨어나지 못하는 것일까. 나는 감히 단언한다. 그것은 일본이 그들에게 올바로 인식되지 않았기 때문이라고 — 일본의 국가적 성격이, 일본의 사명이, 일본의 힘이. 그렇기 때문에 어떤 방법으로 그들이 조국 일본의 진정한 모습을 깨닫게 되면 그들은 반드시 국가를 위해 몸도 재산도 바칠 인물이 되

---

10) 일억은 당시 일본과 조선의 인구를 합한 수치임.
11) 원문은 "猫の子"로 되어 있으나 이는 "猫の手"의 오식으로 보임.

리라고 확신한다.

따라서 나는 당국에 대해서는 이 완미한 반도인들에게 납득이 되도록 일본의 진정한 모습을 보여줄 것을 바란다. 그리고 조선의 지식인들에게는 조국 일본의 진정한 모습을 파악하기 위해 지금 당장 다시 학습을 시작하기 바란다. 나는 지식인 제군에게 단 한 마디 말을 단언할 수 있다. 그것은 나 자신이 그랬던 것처럼 제군은 일본을 모른다고, 아니면 오해하고 있다고. 제군은 일본의 역사를 알고 있는가, 일본 정신이 무엇인지를 진지하게 연구한 적이 있는가. 만주사변이나 지나사변이 어째서, 왜 일어났는가, 일본은 무엇을 위해 전쟁하고 있는가, 일본은 조선을 어떻게 할 생각인가. 일본의 국가 목표는 무엇인가, 일본의 진심, 일본의 진정한 힘은 무엇인가. 이런 질문들을 받았을 때 군은 과연 자신 있게 설명할 수 있다고 생각하는가.

조선의 지식인 제군은 무엇보다도 우선 일본을 공부해야 한다. 종래의 의혹과 사추를 버리고 일본에 대한 모든 선입견을 버리고, 겸허하고 순진한 마음으로 일본을 인식하지 않으면 안 된다. 황도학회(皇道學會)12)는 실로 이 목적을 위해 창립된 것이다.

제군은 양심적인 인물이기 때문에 조국 일본의 진의를 깨닫고 반도인의 역할을 알게 되면 반드시 신바람이 나서 조국을 위해 생명을 버릴 것을 믿는다. 제군은 하루라도 빨리 제군이 사랑하는 반도 민중을 올바른 진로로 이끌 강력하고도 바람직한 지도자가 되어야 한다.

더욱이 이, 일본을 배우는 일은 화급을 요한다. 하루라도 빨리 일본을 알고 황도를 배워 현재 진행되고 있는 성업(聖業)을 위해 우리도 응분의 봉공(奉公)을 하지 않으면 안 된다. 우리는 우선 조국 일본을 잘 알고 그

---

12) 1940년 12월 25일에 결성된 단체임. 회장은 가라시마(辛島驍)였으며, 조선인 이사로는 정인섭, 박영희 등이 활동했음.

도를 배운 신민이 되어 2,300만의 다른 동포를 가르치고 이끌어 일억 일심에 참가해야 한다. 만일 제군의 각성이 늦어져 3년 후에도 오늘날과 같은 뜨뜻미지근한 상태가 계속된다면 국가는 "괘씸하다. 반도인은 믿을 수 없다"고 판단하게 될지도 모른다.

  ❝ 『경성일보』, 1941. 1. 21~24. 원제 「重大なる決心－朝鮮の知識人に告ぐ」

문학 신체제화의 목표

최재서

구체제인(舊體制人)이 신체제를 구상하고 운용하지 않으면 안 되는 상태이므로 만사가 답답한 터이며, 그로 인해 신체제의 간판 아래 구태의연[1]한 사람이 있다든지 또는 신체제가 구호만으로 그치는 듯한 부분도 여기저기 생겨났던 것이다. 이 곤란함을 제거하기 위해서는 우선 구체제의 철저한 검토와 청산이 필요하다. 사회 변혁은 어떤 경우나 그렇지만 자칫하면 외면적, 형식적 개조에 흘러 내면적, 실질적 변혁 — 즉 인간의 개조를 소홀히 하기 쉽다. 그러나 신체제 운동이 일시적 시국 대증제(對症劑)에 그치게 하지 않고 오늘날 일본이 짊어진 새로운 역사적 창조의 추진력이 되게 하기 위해서는 사태를 전면적이고도 근본적으로 인식하고 그 위에 서서 인간 개조를 구상해야 한다. 이렇게 구체제인은 자기를

---

1) 원문은 "舊體依然"임.

준열히 비판해 새로운 세대가 태어날 만한 계기를 만들어 준다― 이것
이야말로 올바른 의미의 멸사봉공(滅私奉公)이 아닐까 생각한다.

이는 문학의 경우에도 그대로 적용된다. 금일 국민문학론이 열심히 논
의되고 있지만 대개는 국민문학을 수립해야 한다는 주장뿐이며, 그렇다
면 어떻게 하면 좋을까 하는 구체론(具體論)이 되면 의견은 거의 없는 것
이다. 그것은 결코 문학자의 국민 의식이 희박하기 때문이 아니라 그 실
마리가 없기 때문이다. 문학론의 발전은 결국 논리의 발전이므로 새로운
시대가 옛 시대의 구 문학론 속에 잠들어 있던 싹을 틔우는 식으로 한
나라의 문학은 전개되어 가는 것이다. 그러므로 새로운 문학의 탄생은
옛 문학의 비판과 검토로부터 비롯됨이 어느 나라에서건 원칙이 될 터이
다. 또 그렇기 때문에 신념이나 정열만으로는 문학을 어찌할 수 없는 것
이다.

나는 여기서 조선 문단을 예로 들어 생각해 보고자 한다. 작년도― 즉
쇼와(昭和) 15년도2)의 평론계를 조망할 때 가장 먼저 느끼는 것은 과거를
반성하고 미래를 전망하려 하는 기도가 아주 왕성하고 진지하게 수행되
었다는 점이다. 그 주요한 것의 제목만을 골라 보면, 「동양문화의 재검토」
(조선일보), 「삼십 년대를 검토함」(상동), 「조선 문화 이십 년」(동아일보), 「동
양 문학의 재반성」(인문평론), 「현대가 요망하는 신 윤리」(조선일보), 「명일
에 기대되는 인간 타입」(조선일보) 등이 있는데, 이것들로써 오늘날 조선
평론가들의 흥미가 어떤 방향을 향해 움직이고 있는지를 대체로 알 수
있으리라고 생각한다. 이 글들은 대부분 신체제(新體制)가 시행되기 전에
씌어진 것이므로 물론 신체제를 당면의 목표로 삼고 있지는 않다. 하지
만 앞에서도 말했듯이 이것들은 조선 문학이 직접 혹은 간접으로 자기반

---

2) 1940년.

성을 행했던 것이므로 문학의 신체제화에는 근본적인 중요성을 지닌다
고 생각한다.

　예를 들어 이원조 씨는 「삼십 년대의 검토」에서 만주사변 이후 10년
간 조선 문단의 움직임을 요령 좋게 정리하고 있다. 주지하듯이 만주사
변이 일어나기까지 조선 문단은 경향문학의 전성시대였다. 그 뒤를 이어
받은 30년대는 대체로 전 시대의 기반(羈絆)에서 탈각하고자 한 시대였다
고 씨는 보는 것이다. 그런데 이 시기의 초기에 활발했던 비평 무용론(無
用論) 같은 것도 전 시대의 과도한 정치주의적 비평 만능에 대한 반동이
었으므로 이러한 포말적(泡沫的)이고 히스테리컬한 현상이 가라앉자 뒤를
이어 휴머니즘, 지성론, 교양론 등이 저널리즘에 실려 시대를 흘러갔
다. 이는 비평가들이 과거의 도그마적인 정치주의를 청산하고 더욱 교
양을 ― 문학인으로서의 교양을 확충하고자 하는 노력의 발현이라고 보
는 것이다.

　이는 작가에 대해서도 똑같이 말할 수 있는데, 금일 신진 작가들이 지
도 정신의 빈곤을 비난받는 반면, 기술 수련상 현격한 진보를 보이고 있
는 점은 역시 동일 경향에 속하는 양상으로 보인다.

　그리하여 이원조 씨는 최근 10년간의 문학을 정당하게 비평했지만, 더
나아가 좀 더 넓은 세계 문학과의 관련하에 조선의 문학을 조망한 것은
김기림 씨의 「조선 문학에의 반성」(『인문평론』)이다. 조선 문학 30년은 결
국 서양의 르네상스에서 발상했으며 나아가 메이지유신을 통해 소개된
근대정신의 모방과 추구였다고 씨는 본다. 그런데 파리가 함락되었다.
파리의 함락3)은 근대정신의 조종(弔鐘)이다. 이렇게 근대정신의 파산에
직면한 조선 문학은 무엇을 이루어야 할까. 씨는 몇 가지 조목을 들며

---

3) 1940년 6월 14일의 일.

근대정신의 청산을 제안하고 있다.

이와 비슷한 의견은 김남천 씨도 가지고 계신 듯하다. 즉, 씨는 「소설의 운명」(『인문평론』)에서 이 대전환기를 맞아 작가는 우선 개인주의가 남긴 모든 부패와 잔재를 ― 다시 말해 왜곡된 인간성을 청소하는 데에서 시작해야 한다고 말한다.

나도 문학의 신체제화에는 아무래도 개인주의 ― 그 중에서도 특히 말기 개인주의의 청산이 전제가 된다고 생각하는 사람이다. 오늘날의 문학이 조선에서건 내지에서건 또는 동양에서건 서양에서건 개인주의적 예술의 일 부문이라는 사실은 새삼스럽게 말할 것도 없다. 하지만 근대정신의 선구자로서의 초기 개인주의와 오늘날의 소위 말기 개인주의 사이에는 실로 질적인 상위(相違)가 있음을 알아야 한다.

이를테면 르네상스는 당시의 전 구라파적인 신체제 운동이었으며 개인주의는 완전히 앞길이 막힌 중세기의 봉건주의를 타개해 새로운 역사를 창조하고자 하는 시민 계급의 인생철학이었다. 특히 문학은 그 성질상 개인주의적 인생관을 표현하는 데에 가장 적합한 형식이었기 때문에 과학과 함께 시민 계급의 무기로서 100여 년간 봉사했다. 그리고 그와 동시에 문학 자체도 개인주의적 인생관에 의해 종래에 없던 깊이와 넓이와 생명감을 획득하기에 이르렀다. 인간에 대해 살펴보아도 당시의 개인은 이 발랄한 신흥 계급을 대표하고 있었으므로 아무리 개인주의적으로 행동해도 결코 말초적으로 치달리는 일 없이 충분히 적극적이고 창조적인 역사적 사명을 완수할 수 있었다. 르네상스 시대에는 작가 자신도 위대했지만, 그 작품들에 나오는 인물들도 실로 풍부한 내용을 지니고 있어서 그 한 사람을 깊이 탐구하는 것만으로도 충분히 보편적인 것에 도달할 수 있는 것이 많았다. 그리하여 개인주의는 근대 문학에서 인간성의 난만(爛漫)한 개발을 보였던 것이다.

그러나 역사는 순환해 이 신체제는 오늘날 구체제로서 역사적인 심판을 받지 않으면 안 되게 되었다. 그것은 왜일까? 그것은 마치 중세기의 봉건주의가 앞길이 막혀 인간의 자유로운 발달을 방해한 것처럼, 자유주의적 체제는 금일 완전히 앞길이 막혀 버려 인간의 자유로운 발달을 방해하기에 이르렀다는 간단한 이유에 근거하는 것이다. 이는 문학의 경우도 마찬가지이어서 자유주의의 문학적 해석인 개성 천착 내지 개성 표현이라는 것도 지나간 시대 같은 적극적인 의미를 지니지 못하게 되었다. 그런데도 무리하게 그것을 하고자 하는 데에서 오늘날 말기 개인주의 문학의 여러 폐해가 발생해 왔던 것이다.

연애 묘사는 이제 씨가 말랐다고 종종 이야기되지만, 개성 표현 역시 더 이상 여지(餘地)가 없다고 보아도 지장이 없다. 개성이라는 것은 결코 무진장의 밭은 아니다. 그것은 19세기의 낭만주의 시대에 이미 다 경작되었으며, 그 당시에조차 이류, 삼류 시인의 경우는 진정한 의미의 독창성 없이 대 시인의 재탕, 삼탕을 만들어 놓고 기뻐하는 꼬락서니였다. 당시 이래 오늘날에 이르기까지 독창적 천재를 자랑했던 무수한 시인 작가들의 개성 표현열이 얼마나 말초화되었는가를 보는 것은 사회학적으로도 극히 흥미 있는 제목이겠지만, 결론만을 말하면, 기교(奇矯)한 개성, 병적인 개성 또는 반항적인 개성만이 현대 문학 속에 범람하기에 이르렀던 것이다.

기교한 개성 — 그러나 우리는 별난 사람[4]을 단지 별난 사람이기 때문에 존중할 필요는 없다. 그것은 기묘한 동물을 보고 즐거워하는 호기심과 전혀 다르지 않으며 예술적으로 의미가 있다고는 할 수 없다. 또 반항적인 개성 — 이것 역시 개인이 신흥 계급을 짊어지고 역사적이고 창

---

4) 원문은 "變人"임.

조적인 역할을 수행하는 동안에는 의미도 있었겠지만, 단지 반항을 위한 반항이라는 것은 하등의 의미를 지니지 않을 뿐 아니라 오늘날과 같은 시세(時勢)에는 자멸을 초래할 뿐이다.

마지막으로 병적(病的)인 개성인데, 현재 가장 문제 되는 것은 문학에 나타나는 이 병적 개성의 문제다. 예전에 영국의 비평가 스토니어(Stonier G. W.)가 제1차 구주대전 후의 구라파 문학을 통관(通觀)한 『고그 마고그(Gog Magog)』 속에서 "현대 문학 속에는 병실의 악취가 떠다닌다"고 말했지만, 현대 구라파 문학 속에 진지한 것은 거의 전부라고 해도 좋을 정도로 병적인 개성을 주제로 삼고 있다. 특히 프로이트 류의 정신분석학이 작가들의 손에 의해 응용되어 나오면서부터 이 경향은 한층 더 심해진 것이다. 원래 프로이트의 정신분석학을 응용하는 심리주의 소설은 단지 인간의 심리를 표면적으로 묘사할 뿐 아니라 무의식의 세계까지도 깊이 탐구하지 않으면 안 된다는 지당한 주장에서 출발한 것이지만, 그 결과가 하나같이 병적이라는 점은 실로 곤란한 일이다. 일본에는 구라파만큼의 심각한 병적 문학은 없지만 병적 심리 묘사가 현대 소설 — 특히 단편소설의 주요한 테마 중 하나가 되어 있음은 논쟁의 여지가 없다.

한때 내지에서 사소설에 대해 떠들썩하게 논의되었다. 특히 그것은 현대 문학 중 유일하게 일본의 독자적인 것이라는 점에서 주목을 끌었으나 그것도 결국은 개인주의적인 예술의 한 변종임을 알 수 있다. 보통의 소설처럼 타인이나 외부 세계를 묘사하지 않고 작가가 개인으로서의 자기를 관조해 거기에서 어떤 종류의 특이한 자아를 발견, 그것을 신변잡화적인 것을 통해 작품에 스며 나오게 한다는 것이 이 소설의 목표다. 그 때문에 이 소설은 신변소설이라고도 불리는 것인데, 이 신변적인 작품이 소설로서 성공하기 위해서는 작자가 상당히 위대한 개성일 경우는 별개지만, 대개는 앞서 든 세 가지 타입 — 즉 기교한 개성이나 반항적 개성이나 그렇지 않으면 병적인 개성이 매달리는 길밖에 없다.

이상으로 나는 개인주의 문학의 말기적 현상 중 몇 가지를 말했다. 요컨대 그것들은 작가가 고립됨으로부터 생긴 불행한 결과인 것이다. 작가가 왜 고립되게 되었는가, 거기에는 여러 원인이 있지만, 요컨대 작가가 고립되어서는 개인주의 문학에서조차 훌륭한 문학은 나오지 않는다는 점을 이 기회에 명료하게 인식해야 한다. 시인이나 작가는 언제나 자기를 둘러싸고 자기를 살게 해 주는 전체와 함께 살아가지 않으면 안 된다.

프랑스인은 개인의식과 일반의식이라는 말을 즐겨 사용한다. 개인의식을 지니지 않으면 인간은 문화적인 그 어느 것도 이룰 수 없다. 그러나 그와 동시에 일반의식을 가지지 않을 경우 그 개성은 절대로 발전되지 않는다. 이렇게 시인이나 작가는 사회적, 종교적, 인류적으로 일반의식을 지녀야 한다는 것이 프랑스인의 생각이다. 그러나 나는 이 일반의식을 국민의식으로 생각하고 싶다. 이는 또 신체제의 우리에게 요구되는 바이기도 하다고 이해한다.

신체제하 문학의 임무를 어렵게 생각할 필요는 없다. 요컨대 작가는 개인의식의 옛 껍질을 깨고 국민 생활 속으로 뛰어들어 몸으로써 국민의식을 획득하는 것이다. 그것은 국가에 공헌하는 길인 동시에 자기의 예술을 살리는 길이기도 하다. 국민과 함께 걷고 국민과 함께 간고와 감격을 나눈다 — 거기에서부터 국민 전체에게 구가되고 국민 전체에게 읽히는 위대한 문학이 나오는 것이다. 작가가 국민의식에 불타고 국민 생활의 유지 및 발전에 보탬이 되는 문학, 단지 오락을 줄 뿐 아니라 진정으로 국민정신의 식량을 주는 문학을 창출하는 것이 신체제하 문학의 정신이어야 한다.

이상에서 나는 신체제하에서 문학이 우선 개인주의를 청산하지 않으면 안 되는 점을 말하는 김에 일본에서 개인주의 문학을 대표하는 한 가

지 것으로서 사소설을 지적했다. 그런데 이는 또 막연히 예술소설로 불
리고 있다. 그것은 말할 것도 없이 대중소설에 대비되는 말이다. 대중소
설과 예술소설의 논쟁은 충분히 오랫동안 수행되고 있지만, 결국 두 가
지 소설이 개인주의 시대의 대표적인 문학들이라는 점은 변함없다. 한
쪽이 편협한 예술적 결벽성에 의해 왜곡된 개인 본위의 소설이라면, 다
른 쪽은 그저 대중의 저급한 흥미를 부추겨 독자를 늘이고자 하는 현대
상업주의의 한 현상이다. 국민의 자숙이 외쳐지고 있는 오늘날 소위 대
중소설도 사소설 못지않게 반성될 필요에 쫓기고 있는 것이다. 그리하여
오랫동안 계속되어 온 예술소설과 대중소설의 반목도 이 기회에 해소되
어 진실로 예술적인 국민문학 속으로 발전한다 — 요즘 유행어를 써서 말
하면 발전적 해소를 이룬다, 이것 역시 신체제의 한 가지 목표여야 한다.

66『녹기』, 1941. 2. 원제 「**文學新體制化の目標**」

함 대 훈

근대극과 국민연극

1.

고요한 달밤이다. 바람도 없다. 또한 추위는 살에 스며들어도 그렇게 춥지는 않다. 봄의 향기가 물씬 나는 느낌이 있다. 그렇기는 하지만 계절로 말해도 봄 역시 지나가고 있다. 봄은 분명히 봄이지만 아직 이른 봄이다. 나는 마당으로 난 창을 열었다. 조용하고 상쾌한 달밤이다. 하지만 한월(寒月)은 왠지 모르게 슬프다. 거리의 눈 쌓인 길에서 차바퀴 소리가 들렸나 하고 생각하자마자 곧 모든 것이 다시 고요로 돌아간다. 창 바로 앞에는 소나무가 한두 그루 눈을 얹고 있다. 창보다 높은 이 나무의 가지가 그림자를 떨어뜨려 아직 쌓여 있는 마당의 눈 위에 그 교착(交錯)된 세목(細目)을 선명하게 비추고 있다. 이웃집에서 개가 한 마리 짖고 있다. 바람 없는 이 밤은 왠지 쓸쓸하다. 또 슬프다.

그러나 나는 바람 부는 밤, 눈 내리는 밤을 무수히 슬퍼하거나 울었으리라. 그래도 바람 부는 밤은 나로 하여금 어떤 새로운 세계에의 정열에 달리도록 고무해 주는 것이다. 차고 거친 바람이 불어온다. 그 바람은 북풍, 몽고나 만주의 광야에서 바다를 건너 산을 넘어 삼림을 흔들며 언덕을 넘어 불어온다. 그리고 내 가난한 창을 엄습해 온다. 이 바람 소리를 들으며 때때로 나는 잠들지 못하는 밤을 여러 번 되풀이했으리라. 젊은 청춘의 뜨거운 피에는 커다란, 더욱 커다란 자극이 필요하다. 한없이 고요한 한밤중의 공기를 이 바람이 와 웅성거리게 하자 나무들은 흔들린다. 집집의 지붕들이 흔들린다. 문은 열린다. 창은 덜컹덜컹 소리친다. '고요함(靜)'의 세계에 바람이 왔다.

나는 이 바람 소리를 어떻게 받아들여야 할까? 아주 고요한 밤중에 나 혼자 귀 기울여 바람 소리를 듣는다. 신체제는 "고요함의 세계"에 찾아온 바람이다. 그러나 바람도 방향이 있다. 결코 난폭하지는 않다. 바람이 불려 가는 코스에 방해되는 것만이 파괴된다. 불려 나가떨어진다.

우리는 신체제의 코스로, 바람의 소용돌이 속으로 날아 들어가야 한다. 그 무엇도 주저 준순(逡巡)해서는 안 된다.

예전에 나는 국민연극 수립에 관한 논문을 본란을 통해 발표한 일이 있다. 이 문제에 관해 『매일신보』에 함세덕 군이 이론을 전개하고 있다. 요는 신극인(新劇人)들이 빨리 국민연극 수립을 위해 노력해야 하며 당국은 이 기회에 그 지도에 노력을 아끼지 말아야 한다는 것이다. 이 글은 전문에 넘치는 젊은 연극인의 정열이 읽는 사람의 흉금을 울린다.

연극은 분명히 어려운 일이다. 나는 극작가도 아니고 배우도 아니며 연출가도 아니다. 그저 극을 사랑하고 극문학을 연구한 연극 학도로서 10년 가까이 실제 연극 운동의 이론 및 실제에 부딪치며 조선 연극 운동 일익(一翼)의 임무를 수행했던 사람에 불과하다.

하지만 지금도 여전히 무대가 사랑스럽다. 매 공연 피로에 지친 그 연극인들의 얼굴이 사랑스럽다. 한 달 이상이나 하나의 레퍼토리를 가지고 함께 이야기하고 함께 연구하며 같이 먹고 같이 일해 무대에 올리기까지, 또 그 연극 공연이 끝나 관객이 돌아간 쓸쓸한 무대 위에 서서 함께 손을 잡고 성과를 서로 격려하던 그 때의 동료들 얼굴이 사랑스럽고 그 무대가 그립다.

연극이 가야 할 길이 지금은 다르다. 물론 옛날과 같은 코스는 아니더라도 그 무대, 그 연극 행동이 그립다. 특히 현재 우리는 총력을 발휘하여 연극 행동에 매진할 때다. 그런데도 극문화의 모체인 신극이 국민극(國民劇)으로서 새롭게 용감한 출발을 이룰 그 때는 언제일까? ……

낡은 이념을 버리고 새로운 이념을 파악해야 한다. 하지만 정치 이념과 예술적 이념을 금방 일치시킬 수는 없다. 정치처럼 이론을 발표함으로써 즉각 실행되어야 하는 것과는 근본부터 다르다. 그러니까 예술은 정치 이념에 기초해 소재를 탐구하고 그 찾아낸 소재를 아름답게 구성하는 일이다. 여기에 예술의 특수성이 있는 것이다.

연극의 내용이 변하면 형식도 자연히 바뀌어 간다. 신극의 미에 대한 추구, 심리주의적인 섬세함보다 더욱 다이내믹한, 더욱 역학적인, 더욱 정열적인 연극 형식이 탄생할 터이다.

반복해 말하지만 연극 행동은 정말로 어려운 일이다. 부유하게 살면서 무엇 하나 부자유스러운 것 없이 자란 사람들이나 사랑 속에서 따뜻하게 잠드는 사람이 겨울 추위의 비애를 모르는 것처럼, 연극 실천의 경험이 없는 사람은 무대 뒤에서 느끼는 연극인의 비애를 모르는 것이다. 이에 국민극 수립을 앞두고 일반 연극인 및 당국에게 연극에 대한 동정(同情)과 열정을 기울이도록 한 마디 하는 것이다.

2.

시가 귀족의 유희이며 소설이 유한계급의 심심풀이 읽을거리인 시대에 연극은 민중의 필요물(必要物)이다. 민중의 힘이 크게 신장되는 시대에 연극도 크게 신장된다. 민중의 정치적이고 경제적인 권력이 신장되지 않는다고 해도, 적어도 민중의 생활이 시대의 문화에 커다란 그림자를 던지는 시대에 연극은 번영한다. 이는 소포클레스 시대의 고전 비극을 보면 알 수 있다. 한스 작스(Hans Sachs) 시대의 중세 종교극을 보면 알 수 있다. 셰익스피어 내지 칼데론(Pedro Calderón de la Barca) 시대의 문예부흥기 낭만극을 보면 알 수 있다. 몰리에르 시대의 프랑스 고전 희극을 보면 알 수 있다. 괴테, 쉴러 내지 위고 시대의 근세 낭만극을 보면 알 수 있다. 이 사람들의 작품이 직접 민중을 위해 쓰인 것도 민중 생활에서 제재를 구한 것도 아닌 경우에조차 이를 통해 우리들은 당대 민중의 생활 및 그 노력과 동경과 고뇌를 아울러 강력히 느낄 수 있다.

그런데 우리는 이들 시대의 민중적인 연극 태도를 그대로 고집할 수는 없는 것이다. 우리는 우리가 현재 살고 있는 신체제 생활 이념을 민중과 함께 국가 목적 달성의 길로 이끌 의무를 가지고 있으므로 새로운 내용과 새로운 형식의 국민 연극을 수립해야 한다.

환원하면 오늘날까지 연극사를 화려하게 장식하고 있는 근대극 운동에서 한 걸음 전진 비약함으로써 우리의 연극 태도는 선명하게 되고 내용과 형식을 새롭게 할 단서를 열 것이다.

그 옛날, 극장이 유한계급의 심심풀이로서 세월을 보내던 때에 민중은 괴로워하고 있었다. 프랑스 대혁명 후에는 빈번히 작은 반동이 일어났으며, 이 반동에 대해 프랑스와 독일을 중심으로 작은 혁명이 이곳저곳에서 반복되었다. 그것이 실패할 때마다 민중의 마음은 항상 마음에 그리고 있던 이상의 환영(幻影)에서 벗어나 현실에 눈떠 왔다. 눈뜬다기보다 신경과민조차 되었다. 이상과 영혼과 추상적 개념만 말하고 있던 당시의 종교도 철학도 그들의 날카로워진 심정에는 너무나 속이 뻔히 들여다보이는 것이었다.

겨우 프랑스 대혁명에 의해 봉건시대의 흔적인 귀족, 승려라는 특권계급을 무너뜨리고 민중의 권력과 자유를 신장시켰다고 생각하자마자, 이번에는 더 싫은 자본가라는 특권계급이 나타나고 부와 돈이라는 새로운 우상이 나와 그 권력을 학사(虐使)해 그 앞에 궤복(跪伏)[1]하지 않을 수 없게 되었다.

심령(心靈)에서 신(神)을 잃은 민중은 또한 육체에서 자유를 빼앗겼다. 안으로도 밖으로도 안심을 잃은 그들의 마음은 쓸데없이 괴롭고 슬펐다. 거기에 기묘한 신이 나타났다. 그것은 콩트가 말하는 실증철학의 신이며, 다윈이 주장하는 원숭이 얼굴을 한 진화론이며, 헥켈의 자연과학이다. 이 기묘한 사도들은 인간은 각각 하나의 신이라고 말하면서 이 신에게 인격을 인정하지 않았다. 일체의 자연물과 마찬가지로 인간도 물질의 집합이며 인간이 살아가는 것도 우주의 일정 법칙에 따라 움직이는 물질 분자의 맹목적이고 기계적인 변화의 현상에 지나지 않는다고 논했다. 그리하여 역사, 철학, 종교, 예술 등 인간이 이룬 모든 것은 우주의 진행과 마찬가지로 과학의 이법(理法)으로 설명하고 해석할 수 있다는 것이다.

그런데 이 새로운 자연과학의 가치는 어쨌든 간에 이것이 갑자기 예술에 부여한 효과는 단지 그 소질(素質)을 저하시킨 것이었다. 그것은 인생 그 자체조차도 생물의 본능에 기초한 맹목적인 생존 유희에 불과하다고 주장함으로써 오로지 보잘 것 없는 것으로 인생의 가치를 떨어뜨려 주었다. 사회는 불가피한 질곡이다. 개인은 경우(境遇)의 노예다. 이리하여 현

---

1) 꿇어 엎드림.

실 생활의 불안과 오탁에 괴로워하는 민중은 자연과학의 절망적인 숙명관에 의해 완전히 풀이 죽고 말았다.

근대 민중 생활의 이러한 현실과 그 절망적인 애조는 근대의 시보다도 소설보다도 훨씬 솔직하게 근대 연극에 나타났다. 그 덕분에 연극은 "유한계급의 심심풀이"에서 벗어나 오랜만에 민중의 생활을 강력히 반영하는 것이 되었다. 근대의 민중 생활과 연극의 교향(交響), 여기에 근대극의 기조가 있다(구스야마[2] 씨의 『근대극의 요람』 참조).

이렇게 기계적인 인생관과 적자생존 우승열패의 법칙은 거의 인간의 향상 노력의 가치를 잃게 했다. 그리하여 이 편협한 인생관에 의해 희곡이 만들어져 두 가지 방향으로 발달을 이루었다. 그 하나는 인생을 있는 그대로 받아들이고 인과의 법칙을 인간 행위의 극한으로 생각해 인생의 사실을 그것 이상의 더욱 높은 의미에서 생각하려 하지 않는 것이다. 또 하나는 인생의 사실 그대로를 미세하게 취급함을 피하고 그것을 시적인 정서, 기분이나 운현(雲現)의 박명(薄明) 따위의 베일로 숨기고자 한다. 그러나 그렇다고 그 사실의 확실성을 거부하려는 것은 아니다. 따라서 근대극의 현실 폭로적 경향과 정서적 도피적 경향이 나란히 나아가게 되는 것이다.

그러나 어디까지나 인생의 사실에 직접 즉(則)해 가며 그것을 철저히 탐지하고 폭로하려는 경향은 역시 근대극의 주장이다. 하지만 우리 국민 연극이 가야 할 길은 폭로도 정서적 도피도 아니다. 우리가 할 일은 어디까지든 우리의 신체제 생활에서 스며 나오는 새로운 생활 이념을 기조에 두고 국가 목적 달성을 향한 길로 민중을 이끄는 것이다. 제재는 현존 생활에서 취한다고 해도 이것들을 어떻게 연극적으로 소화시켜 거기에 국가 이념을 짜 넣을 것인가가 중요하다.

---

2) 구스야마 마사오(楠山正雄 : 1884~1950) : 다이쇼 쇼와기의 아동문학자이자 연극연구가.

3.

　고대 그리스 극 내지 영국의 셰익스피어 극 등 근세의 유한계급적인 연극은 왕후귀인이나 영웅호걸의 극이며, 중류 사회 소신사(小紳士)의 극이었지만, 근대극은 어디까지나 민중의 극이며 근대의 민중 생활과 문화를 가장 넓은 분야에서 다룬 극이다. 하지만 국민극은 근대극처럼 민중의 생산과 문화를 가장 넓은 분야에서 다루는 것만으로는 국민 총력의 다이내믹한 표현과 국가 이념 전도(傳道)의 중대한 역할을 달성할 수 없었던 것이다. 그러므로 국민극의 방향은 근대극이 수행했던 것처럼 계급투쟁, 부인 해방, 신구(新舊) 사상의 충돌, 양성(兩性) 문제, 유전(遺傳) 문제 등과 같은 이른바 시대의 현실 생활에 접촉함으로써 사회주의자나 부인운동자의 선전과 혼효(混淆)되어서는 안 된다. 물론 근대극이 사회주의자나 부인해방 운동자의 선전에만 치중했다고는 할 수 없다. 근대극 운동은 문예사상 가장 새로운 사실 중의 하나로서 반세기 이상의 시일을 겪는 동안 스스로 전개하고 분화하면서 여러 사회 형태를 묘사하고 있다. 그리하여 근대극의 요람기에는 그 연극을 통해 일반 사회에 근대 사상을 선전했으며, 일반 극장의 범용하고 속악한 유한계급 극에 대해서는 청선(淸鮮)하고 가열한 자연주의 희곡을 선전했다.

　이 준비 시대가 지나자 1880년대 말부터 19세기 말년에 걸쳐 유럽 극단에서는 공전의 교란과 동요의 시대가 시작되었다. 준비 시대에 싹을 틔운 씨가 한꺼번에 꽃을 피우고 열매를 맺어 그 열매가 난숙(爛熟)하기까지 부산한 추이(推移)를 보였던 것이다. 즉, 예전의 준비 시대는 프랑스와 북유럽 여러 나라, 특히 입센, 뵤른손3)의 노르웨이가 중심이었지만, 이 시대의 첫 중심은 독일이었다. 다시 말해 1889년 프랑스의 자유극장과는 1년을 사이에 두고 일어난 베를린의 옷토 브람[4] 자유무대는 극장의 형식에서 프랑스를 스승으로 삼았을 뿐 아니라 그와 똑같이 연극에 있어서 자연주의를 받아들이고 그에 더욱 세련을 가해 완전에 가까운 예술적 양식을 부여함으로써 각국 신극 운동의 모범이 되었다. 이렇게 입센의 극으로 대표되는 사회 및 인생의 현실 폭로 정신과 부인 문제, 도덕 문제 기타 모든 '문제'의 제출은 극작가 거의 모두에게 영향을 주었다. 그리하여 근대극 운동은 이러한 입센 류의 사회 문제, 부인 문제, 양성 문제 등 자유주의적 경향과 함께 벨기에의 상징시인 메테르링크[5]의 셰익스피어 풍 연애비극 「말렌느 공주(Princess Maleine)」를 산출한다. 그 다음 해에는 빈의 소년 시인 호프만스탈[6]이 아름다운 운문으로 쓴 정서(情緖) 소설 「어제」를 발표하고 있으며 뮌헨에서는 괴팍한 베데킨트[7]가 풍자적인 성(性)의 비극 「깨어나는 봄」에 파우스트와 비슷한 서사시극을 부활시켜 3막 18장 독백, 방백을 제멋대로 하는 난폭한 형식의 극을 써 입센 극의 딱딱한 삼일치(三一致) 형식에 반항했다. 나아가 그 다음다음 해에 영국에서는 달콤한 풍속희극만 쓰고 있던 오스카 와일드[8]가 "기괴한 감각과 신경 경련(痙攣)의 교향악"인 「살로메」를 발표해 자연주의의 회색 기분 속에 침체한 예원(藝苑)의 경이(驚異)가 되었다. 한편 자연주의 희곡가(戱曲家)들 역시 언제나 언제나 똑같은 현실 생활의 진흙탕 바닥에서 비예술적인 소리[9]가 교차하

---

3) Bjørnstjerne Bjørnson, 1832~1910. 노르웨이의 극작가.
4) Otto Brahm, 1856~1912. 독일의 연출가이자 비평가.
5) Maurice Maeterlinck, 1862~1949.
6) Hugo von Hofmannsthal, 1874~1929.
7) Frank Wedekind, 1864~1918.
8) Oscar Wilde, 1854~1900.
9) 원문은 "樂音"임.

는 '문제'나 '자각'만을 선전하는 데에 대해 누구보다도 먼저 작가 자신이 질리게 되었다. 문제극, 자각극(自覺劇)의 근원인 입센부터 이미 전기 말(末)인 1884년에 담담한 현실 생활의 평면 묘사에 가련한 작은 오리의 상징을 섞은 「오리」를 씀으로써, '문제'나 '자각'에서 제일 먼저 벗어나려는 경향을 보였다. 하우푸트10)만은 계급투쟁의 평면 묘사 극인 「직조공」과 동시에 「하넬레의 승천」을 써서 천국의 동화적 환영을 묘사해 냈으며 이어 한층 대규모의 동화극인 「침종(沈鐘)」에서 결정적으로 세간적인 성공을 거두었다. 그들은 ― 자연주의에 대한 반동을 대표하는 메테르링크 이하의 작가들은 자연주의로부터의 개종자까지를 포함해 신낭만파(신정서파)로 총칭된다(『근대극의 문제와 재료』 참조). 이와 같이 자연파가 결국 신낭만파로 전화하지 않으면 안 되었던 것은 현실주의의 막다른 끝을 뚫고 나간 해결의 한 가지 길이었다고도 이야기된다. 그리하여 우리가 실천해야 할 과제로 국민연극이 부과된 현 단계에 있어, 여기에 국가 이념의 인식이라는 큰 목표는 있다고 하더라도 이것이 연극으로서 관중을 획득하기 위해서는 특별한 준비가 필요하다. 극장과 배우가 언제라도 있고 또 이를 중심으로 모여든 관객이 끊임이 없도록 하기 위해서는 국민연극이 사상성을 강조함과 함께 우리 일상생활에서 일어나는 제재를 연극화해야 한다. 소위 정치 이론처럼 생경한 것만으로는 예술도 연극도 성립되지 않는 것이다.

---

10) Gerhart Hauptmann, 1862~1946.

                                    4.

　그런데 우리가 건설해야 할 국민극은 국가 이념을 어떤 방법으로 관중들이 싫어하지 않게 전달할 수 있을까? 재미있는 연극을 보여주면서 알지 못하고 느끼지 못하는 사이에 국가 의식을 주입함으로써 총후(銃後) 국민으로서의 활동을 어떻게 고무해야 할까는 우리에게 부여된 중대한 과제이지 않으면 안 되는 것이다.

　특히 국민연극은 흥행극과 분야를 달리 하므로 일반 지식 계급에게 호소하는 것이다. 따라서 첫째, 종래의 연극 수준보다 고도의 것, 즉 내용의 풍부함, 사상의 건전성, 형식의 변전무쌍함을 갖춘, 더욱 다이내믹하고 선양적(宣揚的)이며 참신한 것을 상연해야 한다. 둘째, 지금도 여전히 지식 계급은 자유주의 내지 어떤 이즘에 구애되어 그 견고한 이념의 잔재가 각 층에 흘러넘치고 있으므로 이것들을 깨뜨리기 위해서는 상당한 예술적 연극을 보여주어 그들의 사상성을 국가 이념 아래로 이끌기 위해 노력해야 한다. 아직 문학 영역에서조차 국민문학 수립의 논초(論初)를 열지 못하고 있는 조선 문학의 현 단계에 우리가 무대에 올릴 레퍼토리는 당연히 문제되어야 한다. 이는 문학 내지 연극의 전통을 깨뜨리고 새로운 문학 이념, 새로운 연극 이념을 수립하는 시기에는 불가피한 사정이다. 그리하여 우리가 이루어야 할 길은 우리의 이념을 고집하며 일로매진하는 일이지, 이에 주저준순(躊躇浚巡)해서는 안 되는 것이다. 국민연극 행동에 있어 오로지 우리가 수행하고 있는 연극 행위가 과연 국민연극 실천 행동으로서 적절한 것인가 그렇지 않은가, 또 국민연극의 형식은 종래의 연출 형식과 어떻게 다른가, 그리고 무대를 통해 새로운 체제의 국가 이념을 전도해야 할 임무를 지니면서 과연 이 임무들을 우리가 수립할 국민연극으로써 완수할 수 있는가 그렇지 않은가에 대해 자신만만한 마음가짐을 가져야 한다. 그리고 우리는 우리의 생활 — 예컨대 공익 우선, 배급제도, 주금(株金) 배당 제한, 사치금지령, 통제경제, 국제 정세와 우리나라의 입장, 자숙, 저축, 총후봉공, 지원병 문제, 청년훈련소 국어보급 문제 등의 신체제 생활로부터 그 제재를 구해, 이로써 능숙한 극작가의 손에 의해 훌륭한 희곡을 생산함을 제일의 임무로 한다. 그리고 이를 현란한 무대보다는 좀 더 역학적인 무대로 구성해 관중을 우리 연극 세계에 도취하게 하는 것이 우리의 두 번째 과제다.

극은 스스로의 창조적 의도와 계획으로써 전체로서 고안되고 완성된 극장 예술 작품이다. 그것은 극장 예술의 모든 창조적 분자를 단일한 예술적 전체로 조직하며, 그 통일은 주제에 의해 조건 부여되고 사상적 의도, 계획, 방법, 양식, 앙상블의 통일 속에 표현된다. 국민연극도 이 연극 이론에 기초하되, 주제를 더욱 적극적이고 더욱 행동적인 세계 속에서 선택해야 한다. 결국 극의 사상적 의도와 연출 계획은 각본의 의도, 주제, 줄거리에 따라 결정되는 것이므로 각본의 작명(作名), 즉 극작가는 극장에 국민적인 의도, 주제, 문학 텍스트, 줄거리를 제공해야 한다. 이로써 극의 사상적 방향을 결정할 수 있는 것이다. 그리고 그 다음으로는 연출이다. 이 국민적인 의도, 주제에 의해 만들어진 텍스트를 어떻게 국민 연극적으로 연출할 것인가는 연극 실천 행동에서 중대한 역할이다.

연출자는 극작가와 극장의 제작적 집단 사이에 존재하면서 집단 전원의 창작적 의지를 통일한다. 연출술(演出術)은 한편으로는 극작가의 예술과 연결되고 다른 한편으로는 배우술(俳優術)과 연결되도록 조건 부여되어 있다. 연출자는 극작가가 부여한 주제 및 형상의 체계를 해석해 배우에게 방향을 제시한다. 연출자의 창작 재료는 배우의 예술, 작곡가, 미술 장치 등의 예술이다. 극의 창작상의 사상적 의기(意企), 재료와 기술적 수

단의 선택, 극의 계획과 형식 그 자체 등이 대부분 연출자의 힘에 의한
것이다. 연출자는 이렇게 극의 조직자, 집단의 창작적 지도자가 된다.

그렇다고 해서 극은 연출자의 자기표현일 뿐은 아니다. 그러므로 국민
연극의 연출자는 모름지기 어떻게 하면 국민이 무대를 향해 재미있게 연
극을 보게 할 것인가, 어떻게 하면 그들에게 문화적 교양을 주면서 국가
이념을 인식시킬 것인가를 목적으로 해야 한다. 이 점에서 연극의 사상
성과 예술성의 혼연한 합치가 필요한 것이다.

5.

그런 만큼 극은 연출자가 자기를 과시하는 구실 내지 수단이어서는 안
된다. 연출자의 예술이 극의 외부로 나가 일단 과제를 해결할 배우의 창
작적 발의를 압박할 때 우리는 연극이라 하기엔 당치 않은, 연극의 한
요소에 불과한 고립된 연출의 예술에 접하게 될 것이다. 집단을 자기에
게 종속시키고 자기의 창작 지령을 소극적으로 실행하게 하지 않고, 극
장의 모든 창작력에 영감을 주고 이를 조직해 그들 사이에서 최대의 창
작적 발의와 열정을 불러일으키는 일이야말로 연출자의 과제이며 책임
이다. 그런 의미에서 연출자는 집단의 예술적, 사상적 지도자이자 표현
자이지 않으면 안 된다. 요는 극장의 전 집단이 최대한으로 극의 사상적
의도를 해결하는 데에 참여하는 일이다. 그러할 때에 비로소 평범한 각
본조차 커다란 예술적, 정치적 반향을 지니는 극이 되는 것이다(『바이츠키
(ヴィツキ)극의 교양』).

특히 극 상연의 준비, 창작 과정의 준비 기간에 연출자의 역할은 중대

하다. 그러나 극이 완성되어 그것이 긴장된 창작상의 사회생활을 시작하게 되면 연출자는 중심에서 사라지고 만다. 연출자는 상연 중인 그곳에 있지 않아도 좋다. 예술가와 이를 받아들이는 사회 층과의 생생한 직접적인 연락은 연출자와의 관계가 아니라 배우와의 관계를 통해서 이루어진다. 따라서 연출자가 새로운 국민연극을 연출할 때 주의해야 할 것은 예술성과 나란히 국가적 이념을 연극에 집어넣는 일이다. 이 역사적 시기에 연출자의 역할에는 이 점에서 중대한 임무가 부여되는 것이다. 또한 극의 기본적인 재료인 배우도 이 이념을 더욱 깊이 더욱 강력히 수용해야 한다. 극은 배우로부터 만들어지는 것이다. 하지만 배우는 단지 극및 극장 예술 일반의 재료일 뿐은 아니다. 그와 동시에 배우는 극의 창조적 주체, 무대 형상의 창조자이기도 하다. 그는 배우 예술 및 극장 예술의 기본이다.

무대 형상의 기본적 내용은 각본의 문학적 형상에서 탄생한다. 형상의 기본적 내용을 부여하는 것은 극작가이다. 배우는 자기의 연기로써 각본, 극의 기본적 의도를 전하고 해명하며 주해(註解)를 준다. 하지만 그는 그 의도를 자기가 이해하는 대로 표현하며 문학적 형상의 해석에 자기의 현실에 대한 세계관적 관계를 삽입하는 것이다.

배우가 무대 형상을 만들어 내는 재료는 그 자신의 심리와 오가니즘(organism)이다. 코크란11)은 배우술의 재료는 그 생활이라고 말하는데, 이는 어느 점까지 옳다. 왜냐하면 배우는 자기 생활에서 경험하여 기억에 강하게 남아 있는 감정을 자신의 창작적 상상에 의해 환기하고 선택하기 때문이다.

많은 배우들은 창작 과정에서 자기의 의식의 이원성, 주의의 분열성,

---

11) Charles B. Cochran, 1873~1951. 영국 배우.

창작의 내부적 모순을 지적한다. 살비니[12]는 말한다. "배우는 무대에서 이원적인 생활을 경험한다. 즉 한편으로는 웃고 울 때에 다른 한편으로는 자기의 웃음과 눈물을 분석한다."(「무대 예술에 관한 약간의 고찰」, 『배우』, 1891년도 제14호)

배우는 직접적인 감정, 경험의 진실함, 커다란 주관의 힘을 형상에 삽입함과 동시에 자기의 일거일동을 계산하고 자기 예술의 모든 표현 수단을 다 앎으로써 의식적인 예술을 완전히 획득하는 심오한 침착함을 가지도록 노력해야 한다. 한편으로는 경험의 힘에 몸을 맡기고, 다른 한편으로는 이 경험들을 분석하여 관객에게 줄 효과를 정확하게 계산하지 않으면 안 된다. 이 모순은 배우가 창작의 주체와 대상, 창작가와 재료를 한 몸에 겸하고 있다는 배우 예술의 특성에서 발생한 것이다.

그런데 우리가 국민연극을 창조할 결의를 굳히기 위해서 중요한 것은 창작, 연출, 연기에 국가 이념을 어떻게 훌륭히 짜 넣는가의 문제다. 이는 하루아침에 이루어지는 일이 아니다. 또 이념만을 늘어놓아 보았자 아무 소용도 없는 것이다. 이것이 과거에 연극 문화사에 빛나는 공적을 남긴 신극 관계자가 새롭게 국민연극을 조직해 연구, 탐구, 모색함으로써 새로 낳아야 할 새로운 연극의 과제인 것이다.

나는 연극이라는 일이 상상 이상으로 고난스러운 작업임을 알고 있기 때문에 지금 새로이 탄생의 첫 울음소리를 내기 위한 준비 과정에 있는 국민 통제야말로 다단한 험로를 밟지 않으면 안 된다고 생각한다. 따라서 나는 연구적이고 행동적인 극단의 출현을 바라면서 그 가야 할 길에 대한 한 가지 경종으로서 이 일문을 초한 것이다.

❝『경성일보』, 1941. 3. 5~9. 원제 「近代劇と國民演劇」

---

12) Tommaso Salvini, 1829~1915. 이탈리아 배우.

조선 문학과 동양적 과제

한 식

　괴테가 말한 것처럼 문학의 최대 효용은 감정의 친화력이다. 이 점을 조선 문학의 경우와도 결부해 생각해 보면 그 문화적 의의가 자명하고 크다는 사실을 알 수 있을 것이다.

　오진텐노(應神天皇)[1]의 어대(御代)에 왕인박사(王仁博士)가 『논어(論語)』, 『천자문(千字文)』 기타의 전적들을 가지고 도래한 이후 내선(內鮮) 문화의 교류는 실로 오랫동안 깊이 이루어졌다. 그러나 그럼에도 불구하고 오늘날의 양상은 오히려 어떠할까. 정치적인 방면은 어쨌든 간에 문화적인 방면에 이르러서는 서로가 극히 천박한 이해와 지식밖에 갖고 있지 않은 것이다.

　예를 들어 내지의 일류 문화인들은 미국 영화 등에 대해서는 많은 지식을 갖고 있으면서도 조선어나 조선 문학에 대해서는 조금도 모르며 알

---

1) 15대 천황임.

려고도 하지 않을 뿐 아니라 몰라도 상관없다는 듯한 상태이다. 이래서
는 동양 문화의 종합 등과 같은 일은 아직 전도요원한 이야기인 듯한 기
분이 들지 않는 것도 아니다.

모든 진정한 융합은 결코 인위적, 정책적으로 이루어지는 것이 아닐
터이다. 인간의 진정한 융합은 상대를 이해하고 그 인격을 존중하는 마
음과 마음의 결합으로부터 올 것이다. 이 점에서 보아도 내지의 문화인
들은 조선의 옛 문화와 동시에 새로운 조선 문학을 존중하고 크게 이해
하지 않으면 안 된다.

이와 같이 함으로써 피아(彼我)의 정신적 교류를 더욱 긴밀히 하는 일
없이는, 즉 만하임의 말을 빌리면 심정(心情)의 윤리를 확립하는 일 없이
책임 및 운명의 윤리만을 공동으로 갖는 일은 아주 어려운 일이라는 말
을 들어도 어쩔 수가 없다.

생각건대 현대 일본 문학은 그 발전 도상에서 부득이한 점이 있었다고
하더라도 오늘날까지 그 토대이자 친근해야 할 동양의 문학에 대해서는
너무나도 소원한 태도를 취했으며 그 비교 교류를 등한시했음에 반해 서
구 문학의 도입에만 몰두하여 드디어는 그 찌꺼기2)를 핥는 일조차 있었
다고 말할 수 없지도 않을 정도였다.

이러한 현상에 비추어 보았을 때 일본 문학이 동아의 문학으로서 나아
가기 위해서는 무엇보다도 먼저 그 동양적 예술 전통이 반성되어야 한
다. 최근 빈번히 외쳐지고 있는 국민문학의 초석은 동양 문학에 대한 반
성에서 출발하지 않으면 안 된다.

일본의 국민문학 수립이라는 것은 단지 내지인 다수가 독자가 되는 문
학을 일컫는 것은 아니다. 그런 식의 사고방식은 국민문학의 역사적 의

---

2) 원문은 "糟糠"임.

의를 망각하고 있는 것이다. 오히려 동양 문화 형성의 일환으로서 창조되는 것, 따라서 동양인 전체의 독서를 감당할 수 있으며 동양인 전체에게 공감되는 문학이어야 한다.

그러한 문학을 창조하기 위해서는 우선 여전히 일본 문학에 많이 잔재해 있는 서구적 문학의 영향을 일소할 힘을 지녀야 한다. 그리고 동양 전체의 여러 문학이 비교 연구되고 대륙 문화의 전통이 반성되어 동양 문화의 정신이 교류되지 않으면 안 된다. 일본 문학을 애호하는 일과 만주 문학, 중국 문학, 조선 문학을 애호하는 일은 결코 모순되는 일도 상반되는 일도 아니다.

'사비(さび)',3) '모노노아와레(もののあわれ)',4) '유우겐(幽玄)'5)이 일본 문학의 전통임과 마찬가지로 '섬세(纖細)', '소박(素朴)', '우아(優雅)'가 조선 문학의 전통이다.

그리고 그것들은 모두 동양 문학의 기품 있는 전통이며, 지금부터 함께 풍부하게 해야 할 커다란 문화재이기도 하다. 이를테면 그것들은 문학의 동양적 계보 중 하나라는 점에서 서로 차이가 없는 것이다. 새로운 동양 문학은 서구적 모방에서 벗어나 이 풍부한 동양적 감성과 지성의 결합 위에서 건설해야 하는 것이다.

단순히 쇼비니스틱(chauvinistic)하고 편협한 애국문학이 아니라 웅장하고 큰 계획을 지닌6) 아시아 대륙의 문학, 혼연(渾然)히 동양적 제 전통을 살리는 부분을 계승하는 것이어야 한다.

이렇게 하여 각각의 가치를 공유하는 지반으로서 각각의 문학이 신시

---

3) '寂' : 예스럽고 차분한 아취가 있으며 고담하고 수수한 기분이 드는 것을 말함.
4) 모토오리 노리나가(本居宣長, 1730~1801)가 『겐지모노가타리』의 본질을 규정하면서 사용한 말임. 객관 대상(모노)과 주관의 감동(아와레)의 일치에서 발생하는 조화적 정취의 세계로서 헤이안(平安) 시대의 문학과 그를 낳은 귀족 생활의 중심 이념이었음.
5) 중세 일본 문학의 미적 이념으로 깊은 여운이 남는 것을 말함.
6) 원문은 "鴻謨な"임.

대의 동양 문화에 어울리는 것이 되기 위해서는 무엇보다도 서로가 더욱 겸허한 입장에 서서 포용력 있는 태도를 취하는 일이 필요하게도 된다.

문화적 의의가 있는 모든 것이 그러하듯이, 조선 문학 또한 조선인에게는 위대한 가치 생활을 의미하는 것이다. 다른 부문의 그것과 마찬가지로 그것은 조선인의 일체의 활동이 더 한층 발전할 수 있으며, 내적인 의미에서 더욱 질 높은 정신 활동력을 지닐 수 있다는 증거이기도 하다. 그들이 스스로 독자적인 문화재를 창조할 수 있다는 점과 그에 대한 긍지를 가지고 있다는 점은 실로 큰 의미가 있음을 잊어서는 안 된다.

그들이 자력으로 인간적 생활과 경험을 통해 이상과 완전에 마주서기 위한 문학을 갖고 있음과 갖고 있지 않음 사이에는 커다란 차이가 있다. 그 유니크한 문학을 가진다는 것은 바꿔 말해 그 개성이 더욱 발전, 신장하여 일본 및 동양 전체 또는 더 나아가 세계성(世界性)으로 고양될 근거가 되는 것이다.

더구나 특수한 지방이나 민족 문화에 의해 구성되지 않은 그 어떤 종합적 동양 문화도 있을 수 있을 리가 없는 것이다.

문화가 지닌 특색 중 하나가 고도의 개성에 있다는 점은 물론이거니와, 그 중에서도 문학 예술은 가장 개성적인 것이므로 개성이 강하면 강할수록 훌륭한 것이라고 할 수 있다. 조선 문학이 점점 더 개성적인 존재가 되면 될수록 그만큼 일본 문학 및 동양 문학으로서는 교류해야 할 가치를 가지는 것이며 또한 협화적(協和的) 문화로서 그 가치를 발휘하여 문화협동체라는 본래의 면목으로 돌아가게 할 수 있을 것이다.

숱한 불멸의 기원(祈願)을, 노래를 지은 지방 사람들은 그들의 문학이 자유로운 창조력을 발휘할 때에는 사물의 가장 깊은 본질과 인정의 기미를 파악하는 데까지 나아갈 수 있음을 알고 있다. 그리고 이윽고는 심정협동체(心情協同體)에까지 도달하고자 하는 조선 문학의 문화적 사명을 결코 과소평가해서는 안 된다. 따라서 또한 조선 문학이 동양 문화의 계보 속에 있는 하나의 플러스 가치임을 정당하게 이해하지 않으면 안 된다.

❝『신문화』, 1941. 8. 원제 「朝鮮文學と東洋的課題」

국민문학의 여명기

가네무라 류사이(金村龍濟)*

1. 새로운 순수성

조선에서 문예잡지가 통합된 후 전체 문단 모두가 기대하고 있던『국민문학』이 창간되었다. 한때는 그렇게도 왕성하게 행해지던 문예 시평(時評)도 당분간 그림자를 감춰버려 문단의 침체와 공백을 여실히 반영했던 무풍의 상태였다. 나 자신으로서도 정말로 오랜만에 시평의 붓을 드는 충동에 쫓겼으나 이 구원된 듯한 밝은 기회를 얻은 점을 기쁘게 생각한다.

요즘 몇 년 동안 조선 문단은 우리의 세대와 함께 격심한 변동을 스스로 경험해 왔다. 그것이 문학사적으로는 명백히 새로운 국민문학에 대한 엄격한 요구였기 때문에 현실적으로는 종래의 문단과 작가의 전 존재권(存在權)을 확정하고자 하는 운명의 활동으로서 강력히 작용해 왔던 것이

---

1) 김용제(金龍濟)의 창씨개명한 이름임.

다. 문학적 주체의 본질에 대해서는 반성도 하지 않고 단지 시국적 정치성만을 보고자 하는 이러한 속견(速見)의 경향은 수동적이니 자발적이니 하는 일종의 변명 같은 말을 여전히 통용시키고 있는 듯하다. 문학하는 일은 창조하는 일이다. 창조하는 태도나 동기 자체가 생명의 연소(燃燒)다. 자발적이라는 것은 이 경우에는 무의미한 형용사다. 요즘 사용되고 있는 "자발적"이라는 거리(距離)가 있는 동안에는 정말로 자발적인 창작욕이라고는 할 수 없는 것이 아닐까.

국민문학의 역사적 동기는 세계관으로서의 국가의 역사적 현실 속에 있는 문학 현실의 주체(主體) 그 자체에 있었던 것이다. 그것은 우리나라 본래의 문학 생명이 스스로 부활하고자 하는 구상에 부여되어야 할 새로운 창조의 형식이다. 훌륭한 시인은 그 영감의 광휘에 접촉하며 시혼(詩魂)의 떨림을 실감할 것이다. 그것을 그대로 정열의 곡조에 얹어 아름다운 국민문학을 노래할 것이다.

이러한 내적 동기와 함께 나라를 걱정하고 사랑하는 시국의 현실성이 다행히도(아아, 다행히도!) 때를 같이 하여 불타올라 점점 더 문학자의 국민 의식과 문학 신념을 일치시켜 주었던 것이다.

그런데도 여전히 지금도 '문학'의 이름으로 우리의 국민문학에 냉담한 사람들에게 나는 '문학'의 동구이음(同句異音)인 '순수'라는 말을 이렇게 되돌려주고 싶다―그렇다, 순수다! 문학으로서 순수하려 하기 때문에, 작가로서 국민으로서 순수하고자 하기 때문에 사이좋게 같이 나아가자는 것이 아닌가 하고.

2. 결별의 문학

『일본의 풍속(日本の風俗)』 10월호에 신진 평론가인 아오야기 아쓰시(靑柳優) 씨는 「조선 문학에 대해서」를 쓰며 다음과 같은 의미심장한 말로 끝맺고 있다. 즉, "조선 문학이 일본 문학의 일환으로서 적극적으로 진출해 오기 위해서는 **언어의 문제**와 함께, 이렇게 대략적으로 말하자면, 조선 문학 전반을 덮치고 있는 **색조를 어떻게든 처리해** 가지 않으면 안 된다고 생각한다. (…중략…) 조선 문학도 지금까지는 일종의 결별의 문학이었다고 할 수 있다. **금후 훌륭한 다수의 작가들을 가지고 있는 조선 문학에 내지의 문단이 이윽고 위협을 느끼는 날이 없으리라고는 말할 수 없다.**"고(강조 필자).

이 암시에 가득 찬 아오야기 씨의 말과 관련해 이번 『국민문학』 창간호는 이미 그 확답이 가능한 날을 충분히 준비하고 있다고 볼 수 없을 것도 없다. 이제까지의 "조선 문학 전반을 덮치고 있는 색조를 어떻게든 처리"하는 일에 대해 말하면, 조선 문학은 이를 희망에 불타는 혁신 지표로 삼아 국민문학으로 나아가고 있는 것이다.

"내지의 문단이 이윽고 위협을 느끼는 날이" 있을까 없을까 하는 문제에 대해 말하면, 조선의 작가로서는 그만큼의 야심과 기백을 지녀도 좋지 않을까. 이 『국민문학』이라는 표제가 이야기하는 조선의 문단 상태[2]와 문학 정신의 성격에 대해서는, 일종의 경이를 느끼지 않을 수 없다고 생각한다.

더 나아가 아오야기 씨는 "조선 문학도 지금까지는 일종의 결별의 문학이었다고 할 수 있다"고 말하는데, 여기서 나는 절절히 생각한다. 문학

---

2) 원문은 "態制"임.

과는 다른 의미에서 말하는 인생 이야기이지만, 인생에서 결별의 동기나 사건은 반드시 슬픈 추억에만 있는 것일까. 그리고 슬픔은 슬픔만으로 살 수 있는 것일까. 아니면 그것만으로 죽을 수 있는 것일까. 그것은 실로 삶도 죽음도 아닌 문학병(文學病)이며, 폐병 걸린 여인을 그리는 화회미(畵繪美)일 뿐이리라. 우리는 애절한 여인의 눈물보다도 장인영웅(長人英雄)의 우세애국(憂世愛國)의 눈물에서 더욱 크게 감동을 느끼는 것이다. 그 환희의 눈물에서 더욱 강력히 감격하는 것이다.

아아, 불행한 습성과 결별하는 데에 그 무슨 연약한 슬픔이 필요하리오. 언제까지나 과거에 구애되어 "결별의 문학"에 신음해서는 안 되지 않을까. 지금까지의 "결별의 문학"과 결별하고 새로운 국민문학으로 비약할 반성과 용기를 가져야 할 것이다.

하여간 우리의 국민문학은 이런 논의를 하는 날로부터도 빨리 결별하지 않으면 안 된다.

3. 제재의 광범성(廣汎性)

다섯 사람의 작가 중에 중견작가 이효석 씨가 가장 옛 얼굴이다. 그 정도로 이번에는 모두 기예(氣銳)의 신진이며 또는 처음으로 세상에 나서고자 하는 신인의 진지한 태도가 창작란을 긴장시키고 있다. 옛 부대의 새 술은 물론 헤아려 주어야 한다. 그러나 새로운 그릇의 새로운 과일은 더욱 칭찬해야 할 것이다.

국민문학으로 나아가는 이 의기양양한 의기는 소중하게 육성해야 한다고 생각한다. 이 의기는 그 튀어오를 듯한 젊음과 함께 새로운 문학

질서를 자기표현 속에 기초 부여하려 하고 있다. 그를 위한 노력이 충분히 보이는 것은 실로 믿음직스럽다. 이 의식 자체가 이미 가치전환의 모멘트다. 구시대의 문학 관념에 대한 강경한 항의이다. 자기가 배우고 행한 획득의 방법을 통해 다른 작가들에게도 보여주는 살아 있는 교훈이지 않으면 안 된다.

옛 문학의 껍질 속에 움츠러들어 있기만 해서는 우물 바닥의 썩은 물만이 자유롭고 넓은 세계처럼 생각될 것이다. 더욱 슬퍼해야 할 일은 이 지하실이야말로 자유롭고 애착을 끊기 어려운 문학 세계라고 생각하는 미신이다.

국민문학은 편협해서는 안 된다고 한다. 하지만 이 말은 그것을 말하는 사람들의 태도에 따라 의미를 달리하는 경우가 있다고 생각된다. 자기 자신이 믿고 사랑하는 국민문학의 세계에서 실제로 충분히 살아온 끝에 이 말이 나온 것이라면, 즉 순수한 자기 확대와 가치 발전을 위한 실감적(實感的) 동기에서 나온 것이라면 이 말은 가능성 있으며 필요한 발언이다. 그러나 그 그럴듯한 말을 하는 자기 자신이 아직 국민문학이라고 자임할 한 줄의 시도 한 편의 소설도 쓰고 있지 않는 사람이라면, 이 말은 쓸데없이 문학 실천을 주저하게 하는 공론이며 비웃어야 할 관념 유희에 지나지 않을 것이다.

국민문학은 편협하므로 틀렸다고 한다. 이런 입장의 사람을 통절히 평한다면, 우리의 국민문학을 전혀 인식하지 못하거나 반대를 위한 구실이라고 의심 받아도 별 수 없을 것이다.

앞서 나는 국민문학이야말로 새로운 순수성을 지니고 있다고 말했는데, 이러한 신념에 철저하지는 않더라도 국민문학의 제재가 다양하고 광범한 것이며 그 내용이 복잡하고 풍부하다는 점만은 쉽게 이해할 수 있어야 한다. 그 점은 여기에서 거론하는 겨우 5편의 소재만 보아도 그 일단(一端)을 엿볼 수 있으리라고 생각한다. 이는 500편의 일단이다. 아니, 5,000편의 일단이 이처럼 나타났던 것이다.

시험적으로 보자. 「아자미의 장(薊の章)」에 나타난 내선 남녀 사이의 애정 문제, 「달은 동쪽에(月は東に)」에 보이는 전우 사이의 애증(愛憎)의 귀결점. 「고요한 폭풍(靜かな嵐)」에 고백되는 작가의 반성 과정. 「청량리 부근(清凉里界隈)」에 전개되는 애국반 중심의 명랑한 이야기. 「아버지의 다리를 들고(父の足をさげて)」에 묘사된 교육자의 새로운 전형과 내선 동료 사이의 동지적 우정 등……. 이것들은 광범하며 다양함의 한 예에 불과한 것이다.

4. 현실에 대한 애정

위에서 나는 『국민문학』을 무턱대고 지나치게 찬미했던 것일까. 그러나 그 사실은 이번 잡지의 모양새가 이상적이라고 하는 것과는 별개이며, 개개의 작품이 완전하다고 하는 것과는 의미가 다르다. 이를 향한 나의 비평 태도는 결코 독선에 기울어서는 안 되며, 그렇다고 해서 타협에 떨어져서도 안 될 것이다. 감히 말하면 자기 살에 아픔을 느끼는 기분으로, 동지들의 지우주마(遲牛走馬)에 격려의 채찍질을 해 보고 싶은 것이다.

오늘날 작가의 창작 태도는 시대정신의 전체에 대한 명확한 인식의 뼈대로부터 시작되어야 한다. 그와 동시에 작품의 혈육이 되어야 할 현실 생활에 대한 애정과 열의가 무엇보다도 중요하다. 이 현실에의 애정을 흐뭇하고도 명랑하게 묘사하고 있는 것이 정인택 씨의 「청량리부근」이 아닐까.

이 작품은 시골 냄새 나는 청량리 부근이 무대로, 그곳의 어떤 애국반(愛國班)에 모인 가난한 사람들의 '일상생활'이 테마가 되어 있다. 그렇다, 애국반은 일상적인 것이다. 이미 특수성이 아니다. 그 주인공은 호인 타입의 젊은 샐러리맨의 인텔리 부부인데, 그곳의 애국반장으로 뽑힌 '옥상(奧さん)'이 새로운 시대의 새로운 인간 타입으로 성장해 가는 과정을 그리고 있다. 애국반의 일에 의해 그때까지 남 같던 사람들이 가족적인 이웃사랑을 '조직'해 가는 집단의 윤리성. 갑돌 소년이 효심이 지나쳐 연출하는 희비극의 에피소드. 불행한 가족에 대한 동정과 친절. 사립학원의 개구쟁이 학생에 대한 호감이 이윽고 혐오가 되고, 그것이 다시 바뀌어 학원 재흥 운동으로까지 발전되는 공동 정신……. 그런 것들이 섞여 짜여 유머러스하기까지 한 필치로 구상화된 가작이다. 즐거움을 주는 명랑한 이야기다.

하지만 내 욕심을 말하자면 저 방공훈련에서 활약하는 그녀의 "명반장(明班長) 활동"도 사실적으로 묘사해 주었으면 좋았을 것이다. 단지 "짙은 피로의 그림자가 몸 안에 드리워져 있다"는 말을 읽고 상상하는(상상시키는) 것만 아니라 그 정도로 피곤하기까지 싸우는 모습을 독자는 보고 싶은 것이다. 애국반의 구체적인 활동 중 하나로서 방공훈련(防空訓練)은 얼마나 치열하게 수행되고 있는가 하는 점 — 이것은 단지 '가르친다'는 의미에서가 아니라 문학의 진실성 추구로서 중요한 점이다. 즉, 이는 그녀가 심신 모두 실제로 훈련되고 성장되는 실천의 장면이기 때문이다. 이것이 이 가작에 대한 욕심이다.

「달은 동쪽에」 — 이 작품의 작자 다나카 히데미츠(田中英光) 씨는 「올림푸스의 과실(オリンプスの果實)」이나 「우리는 바다의 아이(われは海の子)」 등으로써 동경 문단에 등장하고 있는 작가다. 이 작자가 내지인 창작가가 전무한 상태라고도 할 수 있는 조선에서 생활하고 있다는 점은 그 자

체가 하나의 의의를 지닌다고 생각한다. 이 사람이나 나중에 언급할 미야자키 세타로(宮崎淸太郎) 씨 같은 진지한 사람들이 계속 나와 이 아름다운 하늘빛을 호흡하면서 이 삼한사온(三寒四溫)의 땅에서 몸으로써 내선 문화 교류의 사업에 꽃을 더함은 즐거운 분위기라 하지 않을 수 없다.

귀환한 이 작자에 의해 실전기(實戰記)의 형식으로 쓰인 작품에 대해 실감적인 기준으로 평하는 위험한 일은 나에게 무리이지만 — 걸핏하면 객관 세계의 틈으로부터 작자의 문학청년적인(좋은 의미라고 해도) 치기가 얼굴을 드러내지만, 이는 뒤의 미야자키 씨의 경우와도 마찬가지로 사랑할 만하며 혐오스러운 냄새를 풍기지는 않는다. 우선 전쟁문학의 하나로서, 또는 이 작가로서 무난한 작품이라고 할 수 있다. 나에게 가장 감명 깊었던 점은, '나'와 '이츠무라(逸村) 상등병'이 서로 한 마디도 하지 않는 사이면서도 막상 생사의 장면에 직면하자 역시 눈물겨운 전우의 본성으로 돌아오는 긴장미다. 전장을 다룰 때에도 작가는 더 이상 단순한 르포타쥬에 머물지 말아야 한다는 점, 즉 싸우면서 활짝 꽃피는 인생의 근저를 깊이 추구해야 함을 느끼게 하는 면이 있다.

5. 주제의 적극화

깊은 반성과 전환이 오늘날의 문학에 요구될 때, 그에 대응하는 작가의 대담한 고백이 있어도 좋다고 생각한다. 이석훈 씨의 「고요한 폭풍」은 그러한 세계를 그린 한 작품이다.

박태민은 민족주의적 입장의 작가였다. 그가 이 시대적인 폭풍 속에서 작가로서 살아갈 길에 고민하고 회의하며 실망하고 있을 때, 그는 "의외

(意外)"로도 문인의 시국 강연대 중 한 사람으로 지명되었다. 그에게는 아직 그만큼의 신념도 사상의 지주도 없었지만 그 새로운 운명에 몸을 맡기고 자기를 시련(試鍊)하고자 한다. 그 후 일주일 전후의 심리 과정이 심각하게 묘사된다. 작자는 여기서 사상적 본질의 올바름 등에 대해서는 조금도 언급하지 않지만, 그 소박한 만큼의 진지한 태도에 감동되는 것이 있다. 그러나 작자는 이 박태민을 너무나 동정한 나머지 지나치게 좋게 묘사한 점은 없을까. 이 속성의 행동자가 앙분(昻奮)하고 있는 독선에도 무조건적인 공감을 허락하고 있지는 않을까. 작자의 의도와는 별개로 나는 어떤 걱정되는 점을 느끼지 않을 수 없다.

이효석 씨의 「아자미의 장」은 국어의 사용 방식도 산뜻하다고 할 수 있으며, 표현에도 상당히 빛나는 곳이 있다. 그런데 이 작품은 내선 남녀 사이의 애정 문제를 다루고 있다. 이러한 문제가 적극적인 주제성을 띠는지, 단순한 흥미의 소재성(素材性)으로 끝나는지는 작자의 태도에 달려 있다고 할 수 있다. 영화 「너와 나(君と僕)」에 보이는 내선 남녀 두 쌍의 아름다운 연애 장면 등은 분명히 전자를 의미하고 있는 것이다(이 점은 절대로 상대가 군인이라는 사실만을 의미하지 않는다).

이 시대의 새로운 연애는 그 동기를 단지 성(性)의 감능(感能)과 개인의 성격에서만 추구해야 할까. 「아자미의 장」의 의도로 보면, 내선 남녀의 이러한 연애를 "시국성이라고는 할 수 없는 에두르는 식으로" 쓰는 일 자체가 이미 내선일체의 자연적인 인생화(人生化)임을 암시했던 것일까. 나는 그렇게까지 생각하는 최대의 이해를 아까워하지 않으려고 노력할 수 있다. 하지만 아자미(阿佐美)라는 바(bar)의 여자는 엉겅퀴(薊 : 아자미) 같은(이름과도 닮았다. 아니, 그 성격 때문에 붙인 그녀의 이름일 것이다) 농후한 꽃 — 그 "화려하고 분방한" 광태성(狂態性)의 주인공이다. 작자는 그에 대한 강한 흥미로 인해 "아름답게 쓰고 있다"고는 할 수 없을까. 오늘날의 윤리로는 어떨까. 제목부터가 단순한 개인의 개성과 개인의 감각을 추구하는 상징이라고 말한다면 극언일까.

「아버지의 다리를 들고」— 이 작품의 작자인 미야자키 세타로 씨는 내가 아는 범위에서는 완전히 새롭게 접하는 이름이다. 그러나 본 호에 실린 다섯 편 중에서 가장 신선한 감명을 준 작품이라고 하지 않으면 안 될 듯하다. 그 주제의 적극성과 내선 문제의 인간적 귀결 방법에는 많은 반성을 촉구하는 것이 있다. 현실에서 발생하는 이 격렬한 애정은 정색하고 있는 작자의 진지함과 함께 절실하게 박두하는 것이 있다.

이 내선 동료 두 사람의 교원(중학교의)은 독자를 '가르친다'는, 인생 교육의 작중인물로서 허구(虛構)된 것이 아니다. 그 정도로 작자의 열의는 순수하고 격렬하다. 주인공인 박 선생은 유머러스할 만큼 성실한 한학벽(漢學癖)이 있는 교원이지만 그 자체가 또한 내지인 동료가 그를 마음으로부터 신뢰하고 존경하도록 하는 인격으로서 깊은 곳에서 무섭게 빛을 내고 있다. 자기들을 서로 가르치며 분투하는 두 교원의 모습은 "훈훈하고"3) 따뜻하며 눈물겹기까지 하다. 이러한 생활을 일러, 이미 문학의 경지에서 살고 있는 것이라고 할 수 있을 것이다. 박 선생은 "여러 가지 다 생각한 끝에" 내선일체야말로 올바르게 사는 길임을 신념한다고 말한다. 그 단 한 마디의 감루(感淚). 그러한 문학적 감동성은 인생에 설명의 무용(無用)함을 깨닫게 한다. 문장의 장황함이나 표현 형식의 혼란스러운 점이 없다고는 할 수 없지만, 그러한 기술상의 불비(不備)를 커버하고도 남는 가작이라고 할 수 있는 것이다.

❝『동양지광』, 1942. 1. 원제 「國民文學の黎明期」

------

3) 원문은 "'ほのぼの' として"임.

반도 문단과 국어의 문제
국어 창작의 족적과 금후의 수업

가네무라 류사이(金村龍濟)

1.

최근 『국민문학』이 창간되고 국어판도 나오게 된 후부터 이제까지 국어로 쓰고자 했던 작가에게 그 가까운 무대가 주어졌다. 이러한 구체적인 기회가 작가의 실천을 대망(待望)하고 있는 시대는 된 것이다. 오늘날의 실상으로는 그 적은 발표 지면에 대해서조차 작품의 양적 자원이 오히려 빈곤할 정도이다. 이제까지는 몇 사람의 작가나 시인이 국어로 작업을 해 왔지만, 그것은 실로 조선 문단의 문학적 존재로서가 아니라 동경 문단의 이례적인[1] 현상으로서 보여 왔던 것이다. 그것이 최근이 되면서부터 조금씩이기는 하지만 조선 문단의 토대 안에서부터 자연스럽게 발생하는 분위기를 만들고 있는 것이다. 이러한 기운은 이윽고 커다란 동향이 되고 더 나아가 새로운 문학 전통을 쌓아 가는 것이 아닐까 — 하

---

1) 원문은 "異數的な"임.

고 나는 전망하고 있다.

벌써 2~3년 전부터 이미 문단의 어떤 사람들은 국어로 창작하는 일의 의의와 필요를 느껴 다른 사람 모르게 그를 위한 수업을 쌓고 있었다고 생각한다. 나 같은 사람도 "국어로 작품을 써 보고 싶지만, 여간해서 잘 되지 않는다. 어떻게 하면 훌륭하고 빨리 습득할 수 있을까"와 같은 진지한 상담에 임한 적이 한두 번이 아니었다. 실은 오늘도 조금 전에 어떤 한 사람의 작가와 한 사람의 시인을 만난 자리에서 이 문제에 대해 이야기했던 참이다.

이제까지 조선 출신의 작가로서 어느 정도의 사람들이 국어로 작품을 써 왔는가를 보자. 일시적인 연구 논문이나 소개적인 번역은 상당히 옛날부터 꽤 많은 사람들이 써 왔을 것이다. 하지만 국어를 자기의 문학 표현상의 언어로 삼아 작품 전부 또는 대부분의 작품을 생산해 왔던 것은 최근 20년이 되지 않는 역사에서 아주 적은 사람 수밖에 가지지 않은 듯하다. 이는 현역의 문단적 존재를 꼽아 보면 잘 알 수 있는 일이거니와, 실은 그만큼의 사람들뿐이었던 것이다.

2.

국어 창작의 길을 진전시켜 온 족적을 간단히 더듬어 보자. 여기에서 나는 그 최초의 사람으로서 정마부(鄭馬夫)[2]와 김소운(金素雲)을 들고

---

2) 「혼(魂)」, 「이상촌」, 「과격파 운동과 반과격파 운동」 등을 쓴 정연규(鄭然圭)를 이르는 듯함(하동호, 『한국 근대문학의 서지 연구』, 깊은샘, 1981 참조). 정연규는 1923년에 『さすらひの空(방랑의 하늘)』(宣傳社)을 출판한 바 있다(大村益夫, 布袋敏朴, 『朝鮮文學關係日本語文獻目錄』, 1997 참조).

자 한다. 정마부는 한 편의 장편을 남긴 채 홀연히 모습을 감춘 것이 애석하다. 김소운은 창작이 아니라 번역 작업이지만, 조선의 문학을 문학적 번역으로써 널리 소개했다는 의미에서 거론한다. 그의 시가 번역에서 보여준 국어의 수법은 완전히 높은 경지에 이른 것이다. 왜냐하면 그는 국어를 자기의 창작적 언어로 삼아 자유롭게 발상하며 종횡으로 구사하고 있기 때문이다. 그가 작업한 지는 벌써 20년 가까이나 될 것이다.

그 다음으로 진정한 창작을 가지고 나온 사람은 누구였을까. 여기서 나는 백철과 함께 어이없게도 나의 이름을 들어두지 않을 수 없다. 백철 쪽이 나보다 조금 빨랐지만, 그의 국어 작업은 그가 시작(詩作)을 그만둠과 동시에 중단되었다. 우리 두 사람은 동경에서 각자의 시 잡지에 동인으로서 시를 쓰고 있었지만, 곧 대여섯 잡지의 합동에 의해 100여 명의 시인 집단이 되었다. 그 모임에서 우리는 단 두 사람뿐인 조선 출신이었지만, 백철과 함께 나도 중앙 간부의 자리를 더럽히고 있었다. 그 모임에 조선에서 오랫동안 시 잡지3)를 경영하고 있던 우치노 겐지(內野健兒),4) 고토 이쿠코(後藤郁子)5) 부부가 있어 종종 조선에 대해 함께 이야기하곤 했던 일은 지금도 그리운 추억이다. 쇼와 4, 5, 6년경6)이었다고 생각한다. 이 시인의 집단이 이윽고 더욱 커다란 작가 집단으로 해소될 무렵, 백철은 고등사범을 마치고 경성으로 돌아가고 말았다. 그는 그와 함께 동경의 환경에서는 자연히 멀어지게 되었으며, 시로부터 평론 전문의 길로 달려갔다. 그 후 국어로는 별로 쓰지 않게 되었지만, 2~3년 전부터 다시 국어로 평론을 쓰고 있다. 그가 국어로 시 쓰기를 그만두었을 당초에 나

---

3) 『시정신』, 『경인』 등의 잡지임.
4) 1899~1944. 필명은 아라이 테츠(新井徹)임.
5) 본명은 우치노 이쿠코임.
6) 1929~1931년경.

는 연인이라도 빼앗긴 것처럼 쓸쓸했다. 하지만 이윽고 그가 경성에서 훌륭한 평론가가 되었을 때, 나는 그가 역시 평론가의 기질이었다는 경의를 품으면서 포기해 버렸다.

다음으로 평론의 세계에서 상당히 예전부터 국어로 쓴 문단인으로서는 김두용이 약간 본격적으로, 최재서가 헉슬리 등을, 한식이 조선 문학을 소개하는 글을, 김문집이 무질서하게 ─ 이 중에서 김두용의 어떤 기간의 활동을 빼면 본인들에게는 그 어느 것이나 부차적이고 간헐적인 연상이었다.

창작하는 사람들로 돌아가 보자. 쇼와 6년이나 7년의 봄, 대구에 있던 장혁주가 『개조(改造)』의 당선작가로서 나타났다. 그는 그 후 상당한 기간 화려하기도 했으며 훌륭히 작업을 계속한 사람이라고 감복한다. 우선 국어 창작에서 대표적인 존재로 인정되고 있다. 그의 문장은 그 자신이 고백했던 일이 있듯이, "순수한 국어이고자 하기보다도 내가 쓰는 국어로서 살려 나아간다"고 하는 일종의 정견(定見)을 가지고 있는 것 같았는데, 넓은 의미에서 이는 내지인 작가에게도 해당되는 말일 터이다. 그것이 조선 출신일 경우에는 어떤 운명적인 의미를 지니는 동시에 적극적으로는 국어 문화 발전의 한 동기도 될 것이다. 그가 오늘날에는 더욱 침착한 태도로 생산적인 작업을 하고 있는 것은 바람직하다. 동경 문단에서 이미 중견적인 존재라고 해도 좋을 것이다. 그가 정확히 세 번째 상경7)했을 때였던가 하고 생각하는데, 그 때 그는 동경에서 영주할 야심과 각오를 가지고 왔다. 내가 돕고 있던 문학 잡지사 주최로 그의 환영회를 긴자(銀座)에서 열었을 때는 대가나 중견 작가가 삼사십 명이나 모여 주었다. 그 때가 그의 득의(得意)의 절정이 아니었던가 생

---

7) 서울이 아니라 동경에 간 것을 의미함.

각한다. 쇼와 11년경이었을까, 회장의 천정에 선풍기가 도는 여름밤이었다.

지금으로부터 겨우 5~6년 전에 평양 지방의 철도 종업원이었던 김성민(金聖珉 미야하라 소이치 宮原惣一)이 『선데이 매일(サンデ-毎日)』에 당선되어 나왔지만,8) 그가 통속적인 작품으로 출발했다는 것이 근본적인 약점이 되어 오늘날에는 내지와 조선 어느 쪽에서도 이미 문단적으로 인정되지 않는 것은 애석하다. 그도 그 원인을 알았기 때문이었으리라. 그는 내가 아직 그곳에 있을 때 동경에 왔는데, 아마 순문학 공부를 새로 할 생각이었던 듯하다. 단 여기서 알아두어야 하는 것은 통속적인 출발로부터 문단에 오른다는 것은 일본의 문단에서는 거의 역사에 없는 일이며, 순문학으로 이름을 얻은 후에 통속문학으로 전락(또는 발전)하는 것이 보통의 길이라는 점이다. 그 사람을 위해 조금 유감스러운 것은, 그 직장을 버리고 동경(東京)에의 꿈에 지나치게 취한 문학청년의 통폐(通弊)다. 우에다 히로시(上田廣)9) 등의 경우를 보아도, 출정(出征) 전에 그는 철도 종업원이었는데 꾸준히 문학을 하고 있었다. 출정 중에 문명(文名)을 얻었지만 귀환한 후에도 그는 역시 전 직장으로 돌아가 근무하면서 문학 작업을 계속하고 있지 않은가. 이 사실은 그가 현재 문학만으로는 먹고 살 수 없기 때문은 아니다. 실제로 그의 봉급은 한 편의 원고료에도 미치지 못할 것이다. 하지만 그가 그것을 계속하고 있는 것은 역시 문학자로서의 필요성 때문이 아닌가 생각한다. 어쨌든 이 김성민이 크게 활약하지 못하는 것을 동정하면서 그 전도를 기원한다.

---

8) 「반도의 예술가들(半島の藝術家たち)」『선데이 매일(サンデ-毎日)』 1936년 8월 2일부터 8회에 걸쳐 연재됨(大村益夫, 布袋敏博 편, 『朝鮮文學關係日本語文獻目錄』, 1997을 참조함).
9) 1905~1966. 중일전쟁의 경험을 바탕으로 쓴 「황진(黃塵)」, 「포경항(鮑慶鄕)」 등으로 인기를 얻음. 히노 아시헤이(火野葦平)와 함께 "군인작가(兵隊作家)"로 인기를 얻었음.

김사량이 아쿠다가와상(芥川賞) 후보로 3~4년 전에 나온 일은 그 누구나 알고 있는 대로이다. 문학자에게 학력 따위는 그 어떤 중요한 것이 아닐지도 모르지만, 같은 재능을 가진 경우라면 학력이 있는 쪽이 없는 쪽보다 강점이 있음은 물론이다. 내선 문단을 통틀어 그는 최고의 학력을 가지고 있는 한 사람이다. 동경제대를 거쳐 그 대학원에서 미학을 전공10)한 그는, 예(例)의 삽일(颯逸)한 재필(才筆)을 휘둘러 이채 있는 신진으로서 인정받고 있다. 현재 국어 창작에서 장혁주 다음 되는 존재다. 확실히 쇼와 11년쯤이었을까 — 와세다의 안영일(현재 경성에 와 있는 연출가)의 집에서 그와 처음 만났다고 기억하는데, 그 날 만났을 뿐이고 별로 가까이 될 기회도 없었다. 그때의 인상으로서는 학생다운 발랄함은 있었지만 문학청년적인 들뜬 기분은 없는, 침착한 됨됨이였다. 그때 아마도 그의 손으로부터가 아니라 안영일의 부인 손으로부터 무어라고 하는 프린트 인쇄된 동인잡지를 받아 보았는데, 거기에 그의 습작 「토랑(土廊)」이 실려 있었다. 듣자하니 대학생들끼리 하는 것이라고 했다. 그 「토랑」 등은 아쿠다가와상 후보작을 내기 이전부터 『문예수도(文藝首都)』에 실리곤 했다. 그의 전도는 크게 기대해도 좋은데, 최근에는 국민문학 쪽으로 현저하게 변화한 것이 한층 기쁘다. 이 외에 조선에는 거의 알려지지 않았지만 작년 가을 제일서방(第一書房)에서 『농사짓는 사람들 무리(耕す人々の群)』를 내 주목을 끈 아오키 히로시(青木洪)11)가 있다.

---

10) 원문은 "專巧"로 오식됨.
11) 본명은 홍종우(洪鍾羽)임.

3.

　이상과 같이 보면 최초로부터 오늘날까지 국어를 자기 문학 표현상의 주체 언어로 삼아 온 사람은 의외로 적었다. 번역에서 김소운. 소설에서 장혁주와 김사량, 아직 미지수인 김성민까지 세 사람. 부끄럽지만 시에서 나까지 쳐도 겨우 다섯 손가락에 지나지 않았다. 이것이 지금까지의 쓸쓸한 족적이었던 것이다. 최근이 되어서부터 차츰 조선의 발표기관에 더듬거리는 표현이나 능숙한 기법으로 작품을 보이고 있는 사람들이 나타나고 있지만 객관적으로 보아 아직 수업시대의 단계라고 해야 할 것이다. 이전에도 두세 사람이 두세 번의 기회에 동경 쪽에 소개된 일이 있지만 그것은 물론 아주 드문 한때의 편집적 흥미의 대상으로서였다. 앞에서 든 사람들처럼 국어 그것이 작품 활동의 전적인 동기이며 전적인 무대가 아니었음은 물론이다.

　그러나 이제부터는 그 정도로는 끝나지 않고, 또한 그것으로 끝날 수도 없으며, 나아가 그것으로 끝내서는 안 되는 시대가 온 것이다. 지금부터는 더욱 많은 사람들이 많은 기회에 장혁주나 김사량처럼 국어를 최초의 문학어로 삼아 나타날 것이다. 단, 여기서 문제되는 것은 이제까지 국어로는 별로 쓰고자 하지 않았건 기성의 사람들이나 쓰려 해도 쓸 수 없었던 사람들이 어떻게 하면 국어로 작품을 쓸 수 있을까 하는—수업적인 궁리[12]이다. 논문이나 감상문 정도는 대개의 사람들이 쓸 수 있으며 지금은 대개의 사람들이 그것을 쓰고 있다.

　그것이 일단 소설이 되고 시가 되면 자못 용이한 일이 아니게 된다. 하지만 그 수업을 필요로 하는 사람들을 위해서 나는 그것이 충분히 가

---

12) 원문은 "工夫"임.

능하다는 점을 믿어 의심치 않는다.

　조선의 많은 현역 작가들은 국어로 쓰인 책으로 문학을 공부했던 사람들이며, 지금도 그것으로 공부하고 있다고 보아도 틀림없다. 충분히 문학적 감상을 할 수 있으며 충분히 회화가 가능한 사람들이다. 하지만 그 국어로써 작품을 쓰고자 해 보아도 어지간해서는 잘 안 되는 것 역시 엄연한 사실이다. 소학생의 경우, 국어로 자기 수준에 상응하는 작문을 내지인 동급생보다 잘 쓰는 아이들이 많을 것이다. 그러나 대학 문과를 나온 조선의 작가는 국어로 문학적 작품을 자유롭게 표현하는 일이 쉽지 않은 것이다. 논문이나 회화가 단순한 의지를 표현하는 데에 반해 소설이나 시는 그 어감, 어맥(語脈)에서 발상되는 사상과 감정을 미적으로 표현해야 하기 때문이다. 이 점을 배우는 것이 쉽지는 않지만, 이를 가르치는 일은 더욱 어려운 과제가 될 것이다. 나에게는 원래부터 그러한 불손한 생각이 털끝만큼도 있을 리 없다. 그뿐 아니라 나는 빈약하면서도 처음부터 국어로 출발했으므로, 그 수업상의 실험담(實驗談)을 이야기할 자격이 없다고 할 수 있을지도 모른다. 그러나 나에게도 의식되지 않았던 무언가가 없을 수 없다고도 생각된다.

　그저 내가 깨달은 점으로 그 어떤 참고가 되지는 않겠는가 하는 것만을 써 볼 뿐이다. 결국 누구라도 생각하고 있는 상식적인 말이겠지만, 아무도 그리고 한 번도 이에 대해 발언하지 않았던 처녀지이므로, 나의 미련한 착상이 하나의 계기가 되어 이 구체적인 실천의 과제가 진지하게 토의되게 된다면 고마운 일이다. 그러나 지면이 늘기 때문에 지금은 항목만 제시하기로 하겠다.

4.

1) 어학 상의 원칙에 혜택 받고 있는 점

국어는 언어학적으로 조선어와 완전히 동일 계통에 속한다. 문법, 어맥(語脈), 문장 구성이 모두 동일하다. 자연적 조건에 혜택 받고 있다.

2) 어학 상의 천분에 혜택 받고 있는 점

조선 사람들은 일반적으로 어학적 천분이 풍부하다. 이 장점을 더욱 발휘하면 된다.

3) 독서를 통해 배울 것

(가) 일본의 문학적 고전을 정독할 것. 이는 여러 의미에서 필요하다고 생각한다.

(나) 현대 작가의 작품을 많이 그리고 상세하게 읽는 일인데, 단지 감상을 위한 독서 방법으로는 공부가 되지 않는다. 그 문장, 용어법, 말솜씨, 기교 등에 표시를 해 가면서 공부한다. 재미있는 표현이나 모르는 언어 사용은 철저하게 그 자리에서 추구해 자기의 언어로 획득한다. 도오송(藤村)이나 나오야(直哉) 등의 대표작 몇 권을 텍스트로 삼아 해 보면 이 방법은 큰 성과를 얻는다.

4) 어학(어법)적 연구의 필요

문법을 복습할 필요는 없다. 옛 전통 속에 개척되어 가는 새로운 일본어학에 뒤처지지 말라는 의미이다. 우선 『국어 및 국문학(國語及び國文學)』, 『일본어(日本語)』 등과 같은 월간 잡지를 애독하면 좋다.

5) 자작(自作) 자역(自譯)의 방법

우선 자기의 원작을 스스로 국어로 바꿔 보는 방법이다. 가장 쉬운 방법이지만 최선의 방법은 아니라고 생각된다.

6) 대담하게 원작의 붓을 들 것

일종의 모험적인 용기를 발휘해 대담하게 실천해 보는 일이다. 이 방법은 곤란한 방법이지만 그만큼 가장 좋은 방법이다. 창작을 거듭하는 중에 자신도 생기게 된다.

7) 배우는 데에 부끄러워하지 말 것

조선어 작품으로 대가(大家)의 이름을 이룬 사람도 국어가 시험적 작품이라면 훌륭한 문장이 아니더라도 전혀 이상하지 않다. 기탄없이 다른 사람에게 보여서 상담한다. 내지인에게 보여준다. 단, 내지인의 경우 이상적인 상대는 적어도 문학을 알 뿐 아니라 작자가 국어를 아는 정도로 조선어를 아는 상대면 좋겠다는 것이다. 의기투합할 수 있기 때문이다.

8) 합평(合評) 연구회의 필요

겸허하고 열심인 동료들이 자기들 책상 곁에 모여 각각의 원고를 서로 합평하는 일이다. 본인과 함께 타인의 참고도 되는 가장 좋은 방법이다. 몇 번이라도 퇴고한다. 이 경우는 실제의 고심에 의한 작품을 각각 가지고 모이는 것이 제일 조건이다.

❝『녹기』, 1942. 3. 원제「半島文壇と國語の問題－國語創作の足跡と今後の修業」

조선 영화, 연극의 국어 사용 문제

함대훈*

요즘 몇 년 동안 제작된 조선 영화의 다이아로그(대사)에 국어를 사용한 수는 상당히 있다. 그러나 그 국어의 사용에 계획성이 없고 또 그 사용된 국어가 너무나도 졸렬했기 때문에 국어의 사용 문제는 한번 검토하지 않으면 안 되게 되었다.

고려영화의 「수업료(授業料)」[1]에서 처음 시도된 국어의 사용은 그 후 「집 없는 천사(家なき天使)」,[2] 「반도의 봄(半島の春)」, 「아내의 윤리(妻の倫理)」

---

* 글 끝에 "작가, 국민연극연구소장"으로 소개되고 있음.

1) 1940년 4월 30일에 명치좌와 대륙극장에서 개봉된 고려영화사 2회 작품. 감독은 최인규, 방한준, 원작 우수영, 각색 야기 야스타로(八木保太郞), 대사 유치진, 출연 정찬조, 우스다 겐지(薄田研二), 복혜숙, 집종일, 김신재, 독은기, 전택이, 김일해, 문예봉(한국영상자료원 편, 『고려영화협회와 영화 신체제』, 2007 참조).

2) 1941년 2월 19일 성보극장에서 개봉됨. 감독 최인규, 대사 임화, 출연 김일해, 문예봉, 김신재, 이상하, 진훈(위의 책 참조).

등에서도 시도되어 오늘날에는 조선 영화에서 국어 회화의 사용은 당연한 일 이상의 것이 되어 있다. 하지만 국어의 사용에는 많은 연구가 수행되지 않으면 안 된다. 「수업료」, 「아내의 윤리」 등에서는 국어의 회화가 그렇게 부자연스럽지 않았지만, 「집 없는 천사」, 「반도의 봄」 등에서는 국어의 사용이 무규율적이었을 뿐 아니라 그 국어가 너무나 졸렬했기 때문에 관객에게 불쾌함을 느끼게 할 정도였다. 언어의 아름다움은 예술에서 중대한 것이다. 특히 영화, 연극에서 다이아로그의 아름다움은 영화, 연극의 기본적 요소다.

현재 제국(帝國)은 대동아전쟁에서 대첩(大捷)의 성과를 거두고 있으며, 이윽고 남방(南方) 문화 공작의 실천에 수반해 조선 영화도 공영권 내의 각지에서 상영되는 경우가 있다고 생각하는데, 이 경우 국어가 졸렬한 조선 영화에 의해 국어의 아름다움을 해치게 되는 일이 있다면, 그것이야말로 중대 문제인 것이다. 내지에 반출된 경우에도 그 국어 회화의 어색함과 부자연스러움이 웃음거리가 될지도 모른다. 나는 조선 영화 속에서 국어를 사용하는 일은 당분간 조선 사람들의 보통 회화 속에서 잘 나오는 용어 정도로 하는 것이 진짜가 아닐까 생각한다. 만일 국어 판으로 해서 이를 전부 국어 회화로 할 경우는 회화의 연습에 의해 충분히 연마해서 국어의 아름다움을 해치지 않을 정도에 달할 때에 하든지, 만일 그래도 여전히 불충분하다고 생각될 경우에는 국어 판의 다이아로그는 내지의 배우에게 맡기는 것이 진짜가 아닐까 생각한다.

조선 연극 속에 국어를 사용한 것은 각 극단이 조금씩 시도했던 일이지만, 영화처럼 3분의 1 정도를 과감하게 시도한 예는 지금까지 없다. 연극은 영화보다 더 다이아로그가 중요하다. 영화는 메커니즘에 의해 자연 풍경 등의 여러 아름다운 장면을 구성할 수 있지만 연극은 소위 네 개의 벽에 의해 만들어진 한정된 장면밖에 구성할 수 없다. 그러므로 다이아로그의 아름다움이야말로 연극의 생명이다. 이 연극의 생명인 다이아로그를 국어로 할 경우, 많이 연마하지 않으면 언어의 아름다움으로서 회화의 아름다움으로서 예술의 아름다움으로서의 성과를 거두기 어렵다.

나는 국어 연극을 연구할 기회를 만들기 위해서 한 해에 한두 번 소강당을 빌려 한정된 관객(지도자 계급)을 초대해 국어 연극의 시연(試演)을 거듭한 후, 그 성과가 적당하게 되었을 때 이를 일반 공개용 연극으로 연장해 가는 방법을 생각해 보았다. 이 안은 머지않아 한 번 시험해 보고 싶은 것이지만, 가까운 장래에 국어 연극의 새로운 발족이 보이리라는 점은 의심치 않는다.

따라서 영화, 연극에서 다이아로그의 국어화는 급속히는 실현 곤란하겠지만, 영화 연극계의 사람들이 충분히 이를 연구하고 항상 이에 대한 깊은 관심과 열의를 가지고 실현하기 시작한다면 머지않은 장래에 그 실현을 볼 기회에 이를 것이라고 생각한다. 그것은 국어 교육의 일반화와 평행하는 것이다.

결론적으로 말하면 첫째, 배우의 교양에 의해 국어미를 잃지 않을 정도로 연구해야 할 일, 둘째, 관객에게 한 사람도 남김없이 국어 연극을 이해시키도록 하기 위해 국어 교육의 철저를 기할 일, 이 두 가지 조건이 완수될 때 비로소 국어로 된 조선 영화, 연극도 꽃을 피울 것이다.

66 『녹기』, 1942. 3. 원제 「朝鮮映畵, 演劇における國語使用の問題」

조선 영화의 일반적 과제

오영진

요 전에 「시마(嶋)」라는 영화를 보고 최근 일본 문화영화의 현저한 발전에 놀랐다. 「시마」라는 작품 그 자체가 그다지 크게 차이 나게 뛰어나지는 않지만 보고 있는 중에 제작자들의 열정이 절절이 몸에 육박해, 왠지 작품에서 오는 것과는 다른 감동에 잠시 젖었던 것이다.

우리는 이전에 문화영화가 아직 발달하지 않은 유치한 상태에 있었을 때에조차 극영화에서는 발견되지 않는 어떤 순수함을 종종 느꼈었지만 오늘날에는 기술적으로도 극영화를 추월하고 있는 듯한 느낌이 든다. 실제로 극영화 작가가 별로 사용하지 않는 수법을 문화영화의 작가들은 대담하게 시도하며 그에 상응하는 효과를 올리고 있는 것이다.

문화영화가 이렇게 극영화와 비교해 급격히 발전한 것은 왜일까. 정부에 의한 문화영화의 강제 상영이나 이번 사변 이후 뉴스영화를 통해 문화영화를 대하는 일반 대중의 관심이 높아진 일 등 여러 가지 외부적인 원인이 있겠지만, 또 하나 중요한 내부적이고 근본적인 것으로서 문화영화 작가 상호 간의 활발하고 끊임없는 이론 활동을 들지 않을 수 없다.

극영화가 여전히 관객의 기호, 상업성, 흥행 가치 등과 같은 제이의적(第二義的)인 것에 매달려 있는 동안, 극영화의 작가들이 저속한 일반 관중의 갈채에 스스로 안주하고 있는 동안, 문화영화의 작가들은 초라한 카메라 한 대를 둘러싸고 생산력 있는 연구와 토론을 계속해 왔던 것이다. 이론을 실천으로 옮기고, 수행된 실천으로부터 더욱 올바른 이론과 방법을 도출했다. 한 사람 한 사람의 창작가가 각각 이론가가 되고, 자기에게 불충분한 것은 외부(독일, 영국)에서 탐욕스럽게 흡수했다.

이런 연구 활동은 일본의 문화영화 작가에만 한정되는 것은 아니다. 그 출발에서 구미에 크게 뒤떨어져 있던 소비에트가 오늘날에는 역으로 영화의 선진국을 능가할 정도의 융성함을 보이고 있는 것은 어째서일까. 급격한 정치 변동이나 국내 소요 속에서도 그들은 자기들의 연구를 게을리 하지 않았다. 아니, 오히려 그런 시기에 봉착한 만큼, 하루라도 빨리 그들의 대중에게 줄 혁명적이고 지도적인 수법과 정신을 영화 속에서 발견하지 않으면 안 되었다. 그리하여 클레쇼프1) 및 그 우수한 제자들2)에 의해 몽타주라는 무성영화 시대의 황금률이라고도 할 수 있는 영화 기법, 영화 정신이 발견될 수 있었던 것이다. 그 당시 아직 필름 산업은 기업화되지 않았으며 또한 국내 전쟁 등에 의한 국민 생활의 불안정 때문에 소련의 영화인은 생필름3) 입수난이라는, 그들로서는 치명적인 불행을 감내해야 했다. 그러나 그 사이에도 그들은 부지런하게 연구를 거듭했다.

---

1) Lev Kuleshov(1899~1970) : 러시아의 영화 제작자이자 이론가. 소련 몽타쥬 이론을 수립함.
2) 푸도프킨(V. I. Pudovkin)이나 아이젠슈타인(Sergei Eisenstein) 등을 말함.
3) 아직 촬영하지 않은 필름.

A라는 컷 다음에 어떤 컷을 연결했을 때 그것은 더욱 비유적일까 또는 더욱 강조적일까. A라는 컷 다음에 B라는 컷을 잇는 것은 어떠한 창작 정신을 기반으로 할까. 그들은 이론을 전개했으며, 그리고 그것을 모든 기회에 실천적인 창작 활동으로 옮겨, 거기서부터 더욱 새롭고 올바른 이론화로 나아가기 위해 끊임없이 노력했다. 이러한 그들의 진지한 노력을 위해서는 정부의 최고 책임자(당시 레닌, 루나차르스키)도 모든 편의를 도모해 주었던 것이다.

일개 이주 유태인의 10센트짜리 흥행에서 시작한 미국 영화가 오늘날 세계 시장에서 가장 넓은 판로를 획득한 것은 실로 월가의 강력한 금융 자본과 결탁한 이후의 일이다. 제작 자본이 윤택하지 않은 프랑스 영화가 오늘날의 예술적 수준에 오를 수 있었던 것은 수많은 예술가들의 진지한 협동의 은택이다. 외국에서는 영화의 예술적 완성을 위해서, 또는 상품 가치 확보를 위해서, 각각 방향은 다를지언정 예술가들이 노력했으며 강대한 자본과 정부가 협력했다. 그리고 그 결과, 현재 영화 선진국으로서의 빛나는 영예를 짊어짐과 동시에 국가를 위해 많은 공적을 이루었던 것이다.

그렇다면 일본 영화는 어떠할까, 아니, 그 범위를 더욱 좁혀 그 일익인 조선 영화의 경우는 어떠할까.

처음부터 정부의 지도와 협력은 도저히 바랄 수도 없었다. 게다가 제작 자본의 결핍과 기재의 불비(不備)는 계속적인 창작 활동조차 허락하지 않는 상태였다. 한편 영화 예술가 개인 생활의 불안정은 이론 활동이나 협동 연구의 기회조차 저지했던 것이다.

조선의 영화인은 핍박하는 생활고에 짓눌리면서도 여전히 팔짱을 끼고 어느 날 찾아올지 모르는 기회를 멍하게 기다리고 있었다. 그리고 똑같은 잘못을 두 번도 세 번도 반복했다. 불행하게도 그들에게 잘못을 지적해 주는 비평가도 없다. 신문 잡지는 가끔 미목수려한 스타 이외에는 별로 기쁘게 페이지를 할애해 주지 않는다. 영화인을 깔보는 저널리즘이 나쁠까, 업신여김 당하는 영화인에게 열등감이 있을까, 어쩌면 공과 죄가 서로 반반씩일 것이다. 그것은 여하튼 간에 이런 상태로 조선 영화의 발전 향상을 바라는 것은 너무나도 무리한 이야기다.

그러나 이제부터는 그래서는 안 된다. 조선 영화도 국민 문화재(文化財)로서 자기의 중요성을 자각하지 않으면 안 된다. 당국도 늦게나마 이 점을 깨달았다. 기세 활발한 활동을 위해 새로운 조직도 탄생하려 하고 있다(이 일에 대해서는 더욱 신중히 이야기해야 하지만, 금일 아직 그 시기가 아니므로 여기에서는 오직 가장 일반적인 점에 대해서만 이야기한다). 하지만 영화로 하여금 진정으로 문화재와 예술품이 되게 하는 것은 결코 친절한 정책도 완전한 기구도 아니다. 정책이나 기구는 하나의 수단에 불과하다. 그보다 먼저 조선 영화의 발전과 향상, 조선 영화의 새로운 출발은 조선 영화 예술가의 자각과 반성과 노력 그것에서 기대해야 할 것이다.

조선 영화는 외부로부터 적극적으로 도움을 받는 동시에, 내면적으로는 서로 더더욱 긴밀히 연결되어야 한다. 비평가는 이론 활동을 활발히 하여 측면에서 도와야 한다. 이론가의 말이 별로 실천가에게 도움을 주지 않아도 최소한 지도(地圖)로서의 가치만은 있다. 실천가(감독, 각본가, 기술가, 연기자)는 비평가의 말에 의해 자기가 어떤 지점에 서 있는지를 알 것이다.

이론에서 실천으로, 실천에서 이론화로의 끊임없는 노력은 외부와의 사이에서만이 아니라 '창작 집단' 안에서도 더욱 활발히 수행되어야 한다.

연출가가 연출에만 마음을 쓰면 되는 것, 즉 제작 과정의 완전한 분업화는 기구가 완비된 곳에서만 바랄 수 있는 일이다. 우리는 너무나도 빈약하고 부족한 것이다. 이 점은 스스로 확실히 인식하고 겸허하게 긍정해야 한다. 우리의 '창작 집단'을 단순한 '창작 집단'으로 끝나게 해서는 안 된다. 그것은 제작 단체인 동시에 연구 단체여야 하는 것이다. 각본가는 세트에까지 들어가야 하며 연출가는 각본가의 서재에까지 들어가야 한다. 상호 간의 겸양과 동시에 똑같은 영화 사랑의 정신하에.

조선 영화를 혼돈과 무기력에서 구하는 것은 실로 하나의 기술이나 자본이기보다는 최고의 지도자로부터 한 사람의 조수에 이르는 영화 사랑의 정신 및 협동과 겸양의 마음이다. 한 사람의 기술가가 단순한 기술가에 멈추는 이상, 아쉽게도 그 기술은 어떤 영화 집단에 그다지 도움을 주는 것이 되지 못할 것이다. 하나의 창작 집단은 하나의 목적을 위해서 집중적으로 움직이고 일하지 않으면 안 된다. 이런 협동과 겸허한 연구심과 사랑의 노력은 수많은 결점을 덮어 가릴 뿐 아니라, 내일의 조선 영화 발전의 중요한 원동력도 될 것이다. 견고한 자본이나 어떤 파트의 우수한 기술보다도 실로 협동의 정신이야말로 조선 영화에 가장 결핍된 것이다.

그렇다면 이러한 정신하에 모인 창작 집단, 연구 단체는 어떤 방향으로 길을 개척해 가야 할까.

긴밀한 창작 협동체 다음으로 문제되는 것은 기획이다.

기획이라면 항간에서는 단순한 소재의 선정, 원작의 채택인 것처럼 오해되고 있지만, 진정한 기획이라는 것은 물론 이런 안이한 것이 아니다. 하나의 작품을 제작하는 경우, 상업적으로는 제작 기간, 제작비 및 흥행과 그에 의한 확실한 이윤을 계상(計上)하는 것이며, 대내적으로는 하나의 창작 집단(감독, 연기자, 기술가)을 어떻게 배치할 것인가 하는 예술적인 면까지 다루는 것이다.

「아이젠가츠라(愛染かつら)」,4) 「소주의 밤(蘇州の夜)」 같은 여성 취향의

영화를 제작함으로써 고정적인 여성 팬을 획득함과 함께 오오후나조(大船調)5)의 기예(氣銳) 있는 작가를 양성하는 것이 지금까지의 쇼치쿠(松竹)6)의 기획 방침이었다. 도호(東寶)7)는 고명한 영화 작가나 인기 있는 배우를 포용함으로써 그 흥행 성적을 더욱 더 올렸다.

그러나 이것들은 이미 자유주의 경쟁 시대의 이야기다. 영화 신체제가 법령에 의해 발포된 이후 지금까지와 같은 상업주의도 완전히 없어지게 된 금일에는 기획의 상업적 승리보다 먼저 그 국가적 의의가 강조되고 있다. 이제까지 각자의 입장에서 이윤 추구에 급급하던 내지의 모든 영화 제작 회사는 국가적 견지에서 보아 새롭게 편성되거나 통합, 흡수되어 쇼치쿠, 도호, 다이에(大映)8) 세 개의 조직으로 정리되었다. 지금까지의 개인주의적인 상업주의를 포기하고 국가적 견지에서 국민 문화에 기여하도록 재출발하게 된 것이다.

한편 조선 영화의 기획은 이제까지 대체로 어떤 방침을 이야기하고 있었던 것일까. 이에 대해서도 나는 말할 만한 아무 것도 가지고 있지 않다. 한 사람의 각본가도 갖지 못한 조선 영화가 한 사람의 건실한 기획자를 갖고 있을 리가 없다. 있다고 해도 그것은 위에서 말한 엄밀한 의미에서의 기획과는 전혀 인연이 먼 일개의 브로커적인 존재에 지나지 않았던 것이다. 다만 고정 자본이 없는 영화인이 작품 제작에 임해 무엇보다도 우선 자금 융통이나 전주(錢主) 찾기 등과 같은 브로커적인 일에 만

---

4) 가와구치 마츠타로(川口松太郎) 원작의 소설로 1938년에 영화화됨. 가수가 된 전직 간호사 다카이시 가츠에(高石かつ枝)와 청년 의사의 연애를 그린 작품으로 주제가 「여행의 밤바람(旅の夜風)」과 함께 전시 일본을 풍미함.
5) 연애 이야기 풍을 말함. 오오후나에는 쇼치쿠 촬영소가 있었음.
6) 1902년에 창립된 연극, 영화, 연예의 흥행회사.
7) 1932년 설립된 東京寶塚劇場株式會社. 1943년에 東寶映畵株式會社(1937년 설립)를 합병함.
8) 1942년 전시통제 정책에 의해 新興키네마, 日活 등이 합병해 발족한 大日本映畵製作株式會社를 말함. 초대 사장은 키쿠치 캉(菊池寬)이었음.

족해야 했던 사정도 일단은 수긍할 수 있지만…….

기획, 이라기보다도 제재의 선택이라는 것은, 그렇기 때문에 자금을 융통해 온 사람(이 경우 그것은 거의 연출가였지만) 혼자만의 판단에 의한 것이었다. 따라서 만들어진 작품 그것도 대단히 개인의 취미성이 승한 것이었다. 지금까지 세상에 나온 많은 조선 영화를 반성해 볼 때, 물론 약간의 예외는 있지만, 그 취급된 소재의 부정적 요소, 작가적 시야의 편협함은 도저히 감출 수 없다. 이는 단지 한 작가의 시야가 좁다는 것으로만 끝나는 문제가 아니다. 더 크게 말하면 이는 지금까지의 조선 영화계의 한 가지 한계라고도 할 수 있다. 봉건 가정의 비극에 대한 무비판적인 동감, 허무적인 영탄, 우발적인 허구에 의한 저속한 선정(煽情), 우리는 이것들 이외에 그 어떤 것을 조선 영화에서 발견할 수 있는가. 물론 절대로 이런 저속한 취미가 전부라고는 할 수 없다. 그 중에는 그 예술성, 사상성의 점으로 보아 외국 영화에 비견할 수 있는 작품도 발견된다. 그러나 이런 근소한 노력으로는 조선 영화 일반의 저속함을 전혀 구원할 수 없었던 것이다. 이런 일련의 작품으로 인해 조선 영화는 음참(陰慘)하고 허무적이며 구질구질하게 어둡다, 그것은 민족성에서 오는 것이라는 둥, 경솔하게 단정하는 사람도 있다. 하지만 상술한 조선 영화의 부정적인 색조는 민족성에 기인한 것도 물론 아니며 또 조선 영화의 본질적인 특색도 아니다. 이는 일부 영화 작가(기획자)의 협소함이며 작가 개인의 노골적인 취미성이 나타난 것에 불과한 것이다.

조선 영화의 무기획성 및 작가의 개인 취미성은 조선 영화가 그저 외부의 멸시 속에서 뒤떨어지는 일을 멈추고 스스로 바깥으로 영역을 넓힘과 동시에 자연히 소멸될 것이다. 작년부터 창도되어 온 조선 영화의 쇄신은 이런 기운을 가속화할 것임에 틀림없다.

그렇다면 이제부터 조선 영화는 어떠한 기획하에 전진해야 할까. 나는 여기에서 그 구체적인 제안을 펼치기 전에 시국의 진전과 함께 어떻게 새로운 기획과 영화 활동이 요청되어 왔는가에 대해, 덧붙여 그 실제적인 시도에 대해 간단히 이야기하기로 하겠다.

영화는 우선 과학품(科學品)으로서 대중에게 받아들여졌다. 처음에 움직이는 사진을 본 사람들의 놀라움과 호기심은 처음으로 자기 모습을 거울에 비춰 본 원시인의 그것에 필적했으리라. 움직이는 사진은 머지않아 대중의 오락품으로서 발달했으며, 이윽고 그 대중 침투력이 절대(絶大)한 점으로 인해 혜안을 가진 위정자가 주목하는 바 되었다. 따라서 영화는 점차 단순한 오락품으로서의 소극적인 지위를 벗어나 국가의 중요한 문화재로서 유력한 프로파간다와 계몽 수단으로서 등장했던 것이다.

1919년에 레닌은 영화 산업 국유화를 선언했으며, 나치스 독일도 1933년 히틀러가 정권을 잡은 이후 강력하고 격렬한 영화 통제를 단행, 아리안인 이외의 영화인에 대한 국외 추방(모든 문화면에서도 그러했지만)을 선고했던 것이다. 이탈리아에서도 무솔리니는 모든 영화 기관을 국영으로 되돌려 왕성하게 파시스트의 정신을 고취하고 있다. 자유주의 국가라고 과칭(誇稱)하고 있는 미국의 영화업자, 이 유태인들도 정책에 따름으로써 얻을 수 있는 자기의 이익 옹호를 위해서는 뻔뻔스럽게도 천박한 반추축국적(反樞軸國的)인 비방 영화를 제작해 정부에 아유(阿諛)하는 것이다. 영화야말로 인터내셔널한 예술이라고 이야기되었던 것은 이미 옛날이야기다. 영화는 국가에 밀접하게 연결되면 연결될수록 더욱 민족주의적이고 국가주의적인 색채가 농후해지며, 국가 선전의 유력한 수단으로서 중요한 역할을 떠맡게 되어 온 것이다.

우리나라에서도 늦었지만 최근 영화법의 발령 이후, 대동아전의 진전과 함께 전진하듯이 민간의 여러 영리회사가 국가 이념에 따르도록 새롭게 편성되었다. 그리하여 종래의 영리 본위의 제작 활동 대신에 국민에게 더욱 건전한 오락품이 되기 위해, 또한 국가의 중요한 문화재가 되기 위해 많은 노력을 바치게 되었다. 이렇게 국민 영화의 논의가 일어나고 그 실천화로서 출정미담(出征美談), 총후미담(銃後美談) 또는 전선에서 취재한 많은 영화가 만들어져 나왔던 것이다.

이렇게 위와 같은 이념에서 생산된 국민 영화는 필연적으로 지금까지 영화계가 별로 주의를 기울이지 않았던 개체와 전체의 문제, 개인과 협동체의 운명을 어떻게 구성하고 어떠한 방향에서 로맨스를 발견해야 하는가 하는 지난한 명제에 봉착하고 말았던 것이다. 이는 한 기획자에게만 지난할 뿐 아니라 각본가, 연출가에게 똑같은 곤혹을 초래했다. 게다가 그것은 하루라도 빨리 해결되어야 하는 종류의 것9)이다.

전체의 움직임을 묘사하는 일, 하나의 협동체, 국가적인 로맨스나 앙분(昂奮)을 묘사해 내는 일은 영화로서 그렇게 곤란한 일은 아니다. 특히 기록영화에 의한 효과는 다른 어떤 장르의 예술에 의한 것보다도 더욱 구체적이며 따라서 직접적이다. 그렇기 때문에 소련에서도 레닌이 영화 산업 국영(國營)의 첫 걸음으로서 손을 댄 것은 기록영화의 방향에서였다. 키노프로니카(뉴스영화) 및 아기토카(단편 선동영화)가 소련 영화의 초기에 국가에 헌신한 역할은 위대한 것이었다. 히틀러도 기록영화10)를 제작했다(레니 리펜슈탈11)의 「신념의 승리」, 「의지의 승리」, 「올림피아」 및 선전성(宣傳省)이 만든 「폴란드 진격」 이하 일련의 르포르타주). 칼 리히터나 구스타프 바이츠키 등에 의해 순수한 나치스 정신에 입각한 극영화가 만들어진 것은 그보다 나중의, 극히 최근의 일이다.

---

9) 원문은 "解決されるべくていのもの"임.
10) 원문은 "劇映畫"로 되어 있으나 이는 오식임.
11) Leni Riefenstahl(1902~2003). 독일의 영화감독.

소련이, 그리고 맹방 독일이 모두 영화 재건의 제1단계를 기록영화에서 출발한 것은 이유가 없지 않다. 왜냐하면 기록영화의 경우 관중, 즉 영화를 보는 국민 한 사람 한 사람은 각각 스스로 진전해 가는 위대한 '극'의 주인공이 될 수 있기 때문이다. 영화막에 비쳐 나온 사람, 예컨대 한 사람의 병사 또는 근로봉사대원의 행동, 기쁨, 슬픔은 그대로 국민의 한 사람인 관객 자신의 그것이다. 포화의 세례를 받고 있는 한 병사의 아무 장식도 없는 모습은 그대로 언젠가 자신이 체험했던 그것이며, 가까운 장래에 체험하게 될 모습이다. 보는 사람과 영사된 사람 사이에 아무런 거리도 없는 완전한 공감이 거기에 있다. 지도자에게 환호를 지르는 군중의 감정은 그것을 보고 있는 군중의 심리와 완전히 동일하다. 이 대상과의 거리 없음과 친밀감, 그리고 완전한 심리적 공명, 그에 의한 효과는 헤아려 알 수 없을 만큼 큰 것이다.

그것이 한번 극영화가 되면 기록영화의 경우와는 감상 심리가 달라진다. 기록영화의 경우 같은 공감 대신에 여기서는 상업주의적인 작품에 대한 감상의 태도, 비판적 태도가 작용하게 된다. 관중은 하나의 상품 또는 예술품에 대한 냉정한 감상자가 되어 극 중에 나오는 주인공이나 사건에 대해 완전히 비판적이 되어 버리는 것이다.

「팔십팔 년째의 태양(八十八年目の太陽)」(다키자와 에이스케(瀧澤英輔) 작품), 「지도이야기(指導物語)」(구마타니 히사토라(熊谷久虎) 작품), 「우리 사랑의 기록(わが愛の記)」(도요다 시로(豊田四郎) 작품) 등 양심적인 기획에 의한 작품이 흥행적으로 지독한 실패를 당한 것은 왜일까. 환원하면 이는 이 작품들의 주인공과 여주인공이 왜 일반 대중의 공감을 불러일으킬 수 없었는가의 문제가 되는데, 그 원인은 무엇보다도 개인(주인공)과 전체(국가)의 상관관계, 상극(相剋)이 한때의 멜로드라마처럼 극적으로 고조되지 못했다는 점에 있다. 즉, 개(個)와 전체의 운명을 그리고자 하는 좋은 기획에도

불구하고 그것은 현란하고 선정적인 로맨스로까지 꽃 필 수 없었기 때문이다. 주인공의 심리적인 추이도, 그 상극도, 그리고 최후에 도달할 해결도 극의 사건 자체의 추이와 함께 너무나도 확실하고 단순 명쾌하게 결론이 나 버리고 있는 것이다. 개인과 개인의 상극 속에만 로맨스가 있음을 배웠으며 또 개인과 개인의 사건에서만 많은 흥미를 발견하고 있던 관객의 감상 심리에, 이와 같은 개와 전체의 문제에 관한 일반적인 추구 및 관념적으로조차 보이는 사건의 해결은 이성적으로는 긍정되면서도 일종의 낯선(fremd)12) 서먹서먹함을 느끼지 않을 수 없었다. 그 결과로는—물론 앞서 든 세 작품 때문이 아니라 그것보다는 몇 등 떨어지는 우열(愚劣)한 시국영화나 천박한 국책영화의 조제남조(粗製濫造)에 의한 것이지만—, 지독히 형편없는 흥행이 되든가 아니면 관중의 민소(憫笑)13)를 삼으로써 역효과밖에 얻을 수 없다는 아이러니한 현상을 초래했던14) 것이다. 따라서 관계 관청도 각 제작소 측에 조금 더 영화를 재미있게 만들도록 하라는 공고까지 돌리게 되었다.

이와 같이 극영화에서 개와 전체의 운명, 로맨스를 어떻게 묘사해야 할 것인가, 개인과 국가의 이야기를 어떻게 극적으로 구성해야 할 것인가, 어떻게 더욱 효과적으로 일반 대중의 공감을 얻도록 만들 것인가 등의 문제를 해결하기 위해 영화인들은 노력을 기울이게 되었다.

두 번째 단계의 시도로서 영화의 제재를 역사에서 구하고자 하는 경향이 나타났다. 국민 누구라도 친숙히 알고 있는 역사적 인물이나 사건을 발굴해 온 것이다. 「오무라 마스지로(大村益次郎)」,15) 「가와나카지마고센(川中島合戰)」,16)

---

12) 원문은 "フレムデな"임.
13) 가엾게 여겨서 웃음.
14) 원문은 "將來した"임.
15) 오무라 마스지로(1825~1869)는 일본 육군의 창립자였으나 수구파에 의해 암살당함.
16) 다케다 신겐(武田信玄 : 1521~1573)과 우에스기 켄신(上杉謙信 : 1530~1578)이 1552년

「겐로쿠추신구라(元祿忠臣藏)」17)는 즉 이러한 시도라고 할 수 있다. 이 작품들을 선편(先鞭)으로 삼아 이제부터 더욱더욱 전기영화나 순정(純正)한 의미에서의 역사영화(이는 지금까지 시대극이라는 명칭으로 수많은 황당무계한 작품을 세상에 내놓았지만)가 속속 나타나 국민 영화의 한 방향을 결정할 것이다.

또 하나의 방향은 인간의 아름다운 심정을 그리고자 하는 시도일 것이다. 동양에만 존재하는 도덕률, 애정을 절절이 묘사함으로써 아름다운 심정의 세계를 전개하고자 하는 것이다(오즈 야스지로18) 등의 작품). 가족주의의 미풍, 육친 간의 애정 등, 우리에게 남겨진 미풍을 일본적인 심정으로 그리고자 하는 노력, 이것이 또 하나의 방향이다.

이와 같이 내지의 영화계는 국가 이상 완수의 선(線)을 따라 새롭게 출발한 지 아직 일천(日淺)함에도 불구하고, 여기서 구체적인 방향을 지닌 국민 영화의 확고부동한 이념을 발견할 수 있었다. 물론 금후의 작품 활동에서 이것이 어떠한 전개를 보일 것인가를 기대해야 하겠지만, 어쨌든 국민 영화의 이념에 변함은 없을 것이다.

그렇다면 일본 영화의 일익을 담당하는 조선 영화는 금후 어떠한 방향으로 발전해 가야 할까.

총독부의 방침에 의해 조선 영화계는 통합되어 하나가 되었으며, 일본 영화계의 네 번째 회사로서 새로운 중대 역할을 담당하게 되었다. 네 번째 회사로서 조선 영화계는 그 제작 과정도 종전과 같은 수공업적인 생산 과정을 포기함과 동시에, 기획의 개인 취미성도 배제해야 한다.

조선 영화는 국가적 요청에 의해 한 걸음 비약을 완수하지 않으면 안

이후 가와나카지마에서 수차례 싸운 일을 말함.
17) 대표적인 가부키를 마야마 세이카(眞山靑果)가 영화화한 작품임.
18) 小津安二郎(1903~1963). 영화감독. 「만춘(晚春)」, 「도쿄이야기(東京物語)」 등의 작품이 있음.

되게 된 것이다. 조선 영화는 지식층에게는 물론이지만, 일반 대중에게도 완전한 오락품이 될 수 없었으며, 관객의 호기심과 동정에만 의존하고 있었다. 하지만 오늘날에는 이미 이러한 경지에 머무는 것이 허용되지 않게 된 것이다. 20년에 걸쳐 조선 영화가 정체한 죄를 제작 자본의 부족, 기재의 불완전, 기획자의 무능, 기술의 유치, 또는 영화인의 태만이나 다른 문화면과의 몰교섭 등에 돌리려는 모든 논의는 오늘날 이미 필요하지 않다. 이제부터의 노력은 이런 여러 악조건을 어떻게 빨리 극복하여 국가의 문화재로서 훌륭하게 역할을 할 것인가 하는 한 점에 집중되어야 한다.

영화가 대중을 위한 단순한 오락품인 시대는 벌써부터 지나가 버렸다. 조선 영화도 2,400만 대중을 위한 오락임과 동시에 대중을 지도하고 계몽해 깊은 정서를 함양해야 한다. 따라서 이제부터 조선 영화의 기획은 신중하게 이 선을 따라 수립되지 않으면 안 될 것이다.

최근 두세 개의 기획이 직접 지원병(이것은 최근에 가장 현저한 국가적 현상이지만) 또는 총후의 미담을 다루는 것도 이런 견지에서 보면 너무나 당연한 일이라고 말하지 않을 수 없다. 그러나 여기에 안이한 기획이 빠지기 쉬운 함정이 있다는 점도 미리 주의해야 한다. **나타난 사건**만을 필름에 담아 나아갈 경우, 내지에서 나타난 일시적 현상(지금은 이미 이런 경지를 벗어났지만)처럼 천편일률적인 무미건조함으로 인해 일반 대중의 가엾어 하는 웃음을 사기에 이를 것이다. 지원병의 생활을 진지하게 묘사함으로써, 또는 총후 국민의 멸사봉공 정신을 그림으로써, 조선 영화도 훌륭하게 국민 영화로서 국가 문화재의 역할을 충분히 수행할 수 있을 것이다. 하지만 조선 영화의 길은 이렇게 좁고 단조로워서는 안 된다.

조선 영화는 지원병을 내보낸 촌락이 어떻게 생생하게 향상 발전해 가는가, 어떠한 가정에서 지원병은 태어나고 자랐는가, 조선 가족주의의

미점(美點)은 어디에 있으며 단점은 무엇인가 등을 더욱 깊고 넓게 고찰하는 일도 이 경우 반드시 필요하다. 또한 대륙의 병참기지로서 조선의 모든 산업 부문에서 활동하고 있는 사람들의 기쁨과 슬픔에 카메라의 시야를 넓힐 수도 있다. 종전과 같은 작가 개인의 취미성이나 고답적인 태도는 물론 배제함과 동시에 시국적인 현상, 저널리스틱한(신문기자적인) 사건만을 무비판적으로 섭취하는 안이한 기획에 언제까지나 머물러서는 안 되는 것이다.

대중의 흥미를 잃는 일이 영화로서 얼마나 가공할 일인가. 또한 영화만큼 대중에 민감하게 작용하는 것은 없다는 점을 당사자는 충분히 인식해야 한다. 영화가 한번 대중의 흥미를 잃을 때는 그 안에 담긴 사상이 아무리 선미(善美)하고 제작 의도가 아무리 훌륭하다고 해도 가두에 붙은 한 조각 표어 이상의 역할도 하지 못하는 것이다.

조선 영화는 대중에게 건전한 오락을 주고 대중의 사상 생활을 지도하며 지식을 계몽하기 위해 서로 협력해야 한다. 조선 영화는 하나의 목적을 위해 집중적으로 노력하고 연구해야 한다. 이렇게 일단 조선 영화가 나아가야 할 지침이 확실하게 되면 그 작품 활동도 무수한 방향을 향해 전개될 것이다.

새롭게 눈떠 일어선 민중 의식 속에, 향상해 가는 도시 노동자의 생활에, 농촌, 어촌, 광산 등 모든 생활 지대(이는 아직 조선의 문학도 충분히는 들어갈 수 없었던 미개간지이지만)의 발전 향상의 모습에, 점차 변질되어 가는 봉건 가정의 양상에 카메라는 대담하고 탐욕스럽게 침입해 들어가야 한다. 더욱 넓게, 지역적으로는 내지, 만주, 지나에 사는 동포들의 고귀한 생활 체험을, 시간적으로는 새로운 조선의 역사적 인물, 사건 속에서 그 제재를 구할 만큼의 기백과 용기를 가지지 않으면 안 된다.

조선 영화인 및 그 관계 관청이 새로운 조선 영화의 확고한 이념을 파악하는 동시에, 영화작가가 고식인순(姑息因循)한 개인 취미를 방척(放擲)함으로써,19) 그리고 기획의 안식성(安息性)이나 시국에 아첨하는20) 추수주의(追隨主義)를 던져 버리고 생각을 더욱 깊게, 시야를 더욱 넓게 함으로써, 비로소 귀중한 필름을 사용하는 조선 영화도 국민 영화의 한 부문이자 국가의 중요한 문화재로서 자기의 사명을 완전히 이룰 것이다. 조선 영화도 모든 분식(扮飾)을 던져 버리고 좌고우면(左顧右眄)하는 일 없이 국가를 위해 진실한 한 길로 싸워 나아가야 한다.

이러한 방향하에 조선 영화 협동체 그것이 어떻게 구체적인 활동을 이룰 것인가, 또 그 기구 내의 각 부문을 구성하는 각각의 예술가, 기술가가 어떠한 방법으로 활동해야 할 것인가(예를 들어 시나리오 작가, 연기자, 감독 등의 창작 태도, 연구 태도) 등과 같은 구체적인 문제에 대해서는 다음 기회로 미룬다. (17년 5월)

      66 『신시대』, 1942. 6. 원제「朝鮮映畫の一般的課題」

---

19) 내던짐으로써.
20) 원문은 "時局阿諛的な"임.

새로움에 대해

마키 히로시(牧洋)*

나는 『녹기(綠旗)』 3월호에서 국민문학은 국어로 씌어야 한다고 말했다. 그 글에서 나는 새 술은 새 항아리에서 번성해야 한다는 말을 사용했는데, 이러한 나의 주장은 일부에서 묘하게 오해되고 있는 듯하다.

오해되는 것은 내가 국민문학을 아주 편협하게 제한해 다루는 것이 아닐까 하는 점이며, 또 하나는 국민문학이 지금까지의 문학과는 전혀 다른, 땅에서 솟은 새로운 것이라는 식으로 내 말을 받아들이는 듯한 점이다.

이 문제들에 대해 조금 보족(補足)하고 싶다. 우선 국민문학은 국어로 씌어야 한다(써야 한다고 말해도 좋다)고 한 말이, 조선어로라도 국민적인 문학만 쓰면 되지 않는가 하는 사고방식에서는 마치 아주 편협한 것처럼 보이는 듯하다. 조선어로라도 국민적인 것을 쓰면 된다고 하면 말 자체

* 이석훈의 창씨개명한 이름.

는 아주 타당한 것처럼 생각되지만, 조금 생각해 보면 이는 하나의 논리적 유희에 불과하다는 점을 곧 깨달을 것이다. 왜냐하면 오늘날 이야기되는 국민문학의 국민이란 "일억의 국민"이므로 약 7,500만의 내지인과 약 2,500만의 조선인을 포함하는 국민이다. 그 7,500만과 2,500만의 공통 언어는 국제어 즉 일본어다. 따라서 그 1억을 위한 문학인 국민문학이 공통의 언어인 일본어 즉 국어로 씌어야 한다는 것은 사실 그 자체를 말한 것일 뿐이지 편협한 것도 뭐도 아닐 것이다.

또는 이렇게 말할지도 모른다. 즉, 조선어로 쓰고 국어로 번역하면 되지 않는가 하고. 그러나 이것도 논리적 유희다. 언어라는 것은 민족의 정신과 생리에서 탄생되는 하나의 혈연적이고 유기적인 것이므로 일본적인 국민문학은 일본어 이외에는 달리 적절한 표현어가 없기 때문이다. 그 문자가 국민적이면 국민적일수록 그 가장 미묘[1]한 국어의 힘이 나타날 것임에 틀림없다. 일본어의 미묘한 힘을 마음껏 구사할 수 없는 한, 최상급의 국민문학은 창작할 수 없을 것이다. 단, 일본 예찬이나 일본에 대한 심취 정도라면 조선어로도 영어로도 러시아어로도 가능할 것이다. 실제로 스페인 사람[2]인 모라에스,[3] 영국 사람인 라프카디오 헤른[4] 등등의 예가 있지만, 단순한 심취나 예찬만으로 그 나라의 국민적 문학이 만들어지는 것은 아니다.

이렇게 말한다고 해서 나 자신이 '조선 작가'이면서도 너무나 조선어

---

1) 원문은 "美妙"임.
2) 포르투갈인을 스페인인으로 착각함.
3) Wenceslao de Moraes(1954~1929) : 포르투갈의 해군으로 1898년 도일해 고베 오사카 총영사를 지냄. 일본 여성과 결혼했으며 일본의 생활과 풍습을 소개하는 저서를 씀. 『극동유기(極東遊記)』, 『대일본(大日本)』 등이 있음.
4) Lafcadio Hearn(1850~1904) : 그리스 출생의 영국인으로 1890년 도일해 고이즈미 세츠코(小泉節子)와 결혼 후 일본에 귀화함. 영어와 영문학을 가르치며 일본에 관한 인상기, 수필, 이야기 등을 발표했음. 『마음(心)』, 『괴담(怪談)』, 『영의 일본(靈の日本)』 등이 있음. 일본명은 고이즈미 야쿠모(小泉八雲).

문학을 배척하기라도 하는 것처럼 말꼬투리를 잡히면 곤란하지만, 나는 문학의 순수성을 **차제에** 강조했을 따름이다. 또한 문학은 일면 보편성을 지니는 것이므로 조선어 작품이라 할지라도 세계 인류가 공명하는 걸작을 쓰면 그것은 모든 국어로 번역되어 세계문학으로서 애독될 것임에 틀림없다. 틀림없이 최고의 국민문학은 세계문학에 통하는 것이다.

다음으로 "새로운 항아리"라는 말인데, 내 말의 의미는 우리가 조선 작가이므로 일단 조선적인 편협성을 지양할 필요에서 "새로움"을 말한 것이지, 종래의 문학적 전통이나 기술 등등이 너무나도 케케묵은 것이 되었다는 말은 정말 아니다. 국민문학이라고 해도 그것이 문학인 이상 그 전통적인 영원성은 변하지 않는다. 게다가 오랜 세월 동안 연마되고 완성된 기술도 크게 필요한 것이다. 단, 최근의 서구적인, 유물적(唯物的), 퇴폐적, 세기말적인 것을 청산하지 않는 한 이미 시대에 뒤떨어질 것이라는 사실은 오늘날의 정세를 보면 알 수 있는 일이다.

이런 각도, 즉 우선 편협한 조선적인 것, 서구적인 것을 지양하는 각도에서부터 새로운 술은 새로운 항아리에 담지 않으면 안 된다고 한 것인데, 그 새로운 항아리라는 것은 지금까지의 표현 형식이나 스타일의 양기(揚棄)를 말하는 것이 아니라 국민문학은 국어로 쓴다고 하는, 그 표현어를 가리킨 것이다.

이상은 다른 사람에게 강요한다는 의미는 털끝만큼도 없으며, 나 자신이 이런 신념을 가지고 재출발할 것을 맹세하는 것일 뿐이므로 너무 마음에 두지 않아도 된다. (5월 12일)

❝『동양지광』, 1942. 6. 원제「新らしさについて」

문학의 이상성

백 철

1.

'문학의 이상성(理想性)'은 편집부에서 지정되어 온 제목이므로 나는 수 동적이다. 따라서 이 논제에 관한 한, 나는 나 자신이 적극적으로 나아가 무언가 주장 비슷한 것을 말하기보다는 편집부의 의견을 존중하면서 이 논제가 오늘날 어떤 의미로 부과되고 있는지에 대해 하나의 해석적인 태 도를 지키며 낮은 어조로 논지를 진행시켜 보고자 한다.

우선 이 논제가 오늘날의 문학적 과제로 보았을 때 어떠한 필요에서 제출되었는지에 대한 논의가 되는데, 그를 위해서는 미리 이 제목 글자 가 가리키는 직접적인 의미를 한정해 두지 않으면 안 된다. 왜냐하면 이 제목은 해석하는 논자의 태도에 따라서는 완전히 다른 내용이 될 수 있 는 두 개의 표정을 보이고 있기 때문이다. 문학은 본래 이상성에 대한 요망적인 표현이다! 그런 의미에서 이 경우는 문학 자체의 문제로서 이 문제를 한층 파고들어가 보려는 것이 아닐까 하는 것이 하나의 표정이다. 문학에서 이상성을 논하는 것은 언제라도 가능한 일이 아니다. 그 문학에 특히 이상성을 주어도 좋은 때와 그렇지 않은 때가 있는데, 현재 쇼와 17년대의 국민문학을 위해서는 이상성을 그 특징으로 크게 주장해도 좋은 때라는 점이 또 하나의 표정이다. 나는 이 두 가지 중 하나, 전자 쪽을 완전히 무시하고 후자 쪽을 취하려는 것은 아니다. 예를 들어 문학에는 본래 이상성이 내재하고 있다는 일반론이라면 새삼스럽게 이런 제목을 내세워 논의할 필요가 없다. 인간의 생활 바로 그것은 현실성과 함께 이상성을 지니고 있으므로, 어느 때 어느 인간이라도 그의 생활은 약간의 이상성과 함께 그 이상이나 이하의 현실성을 지니고 있다. 생활의 의미를 문학에서 찾는 것도 마찬가지 일이다. 문학이 단지 사진이나 모방에 그치지 않는 한, 거기에는 항상 인간의 이상화(理想化)의 문제가 포함되어 있다. 데소와르(Max Dessoir)[1]는 시가(詩歌)의 언어 자체에서 이미 현실 개조 및 이상화의 작용을 발견하지 않았느냐고 해도, 그것으로 이 문제가 지닌 의미를 다 이야기했다고는 생각하지 않는다. 어쨌든 문학의 이상성 문제를 그저 순수한 문학 자체의 문제로 추구하는 한, 현시대에서 그 필요성이 거절되어도 별 수 없을 만큼 의의가 없는 것으로 보일 것이다. 또한 그만큼 일종의 현실도피적인 위험한 경향으로도 보일 터이다. 그에 비하면 후자 쪽, 즉 문학의 이상성을 오늘날이라는 시대 위에 놓고 주장해 가는 것은 오늘날의 문학적 과제로서 중요한 것이며, 또한 금일 문학의 한 가지 특성을 꿰뚫는 일도 된다고 생각한다. 그런 의미에서 나는 전자를 버리고 일거에 금일의 문학과 이상성이라는 더욱 현실적인 의미로 나아감으로써 이 소론의 어조를 한층 강력하게 하고 싶다.

---

1) 1867~1947. 독일의 철학자, 미학자.

그렇다, 오늘날은 문학에서 특히 이상성의 문제를 주장해도 좋은 시대
다. 그러나 이는 문학을 위해 행복한 일이나 불행한 일이기 때문이 전혀
아니다. 결과로서는 물론 문학을 위해서도 행복한 일이며, 문학이 미래
에 융성하게 될 조건도 되겠지만, 그 전에 이는 문학 자체의 문제보다도
현 시대라는 객관적인 상태에 의해 결정되어 온 문제이다. 그렇기 때문
에 여기에서는 우선 현 시대, 즉 문학에서 이상성을 주장해도 좋은 시대
라는 점이 전제 되는 것일 터이다.

그 시대는 어떤 시대일까. 문학의 과제로서 강력히 이상성이 주장되는
시대는 역사적인 성격에서 보면 어떤 연대를 의미하는 것일까 하고 질문
된다면 이렇게 말할 수 있다. 즉, 이 시대를 인간 개인의 생애에 비유해 보
는 것이 허락된다면, 이상성이 특히 주장되어도 좋은 시대는 노년기도 장
년기도 아닌 젊은 청년기이므로, 시대적으로는 퇴폐기나 성숙기가 아니라
실로 신흥하는 사회, 건설기의 시대다. 그 시대에 그 이상! 그것은 어떤 신
흥 세력을 대표하는 민족과 국민, 그리고 건설적인 시대에 부여된 특권적
인 의욕이므로 어느 민족 어느 시대나 다 가질 수 있는 것은 아니다.
　따라서 그것은 문학 자체에 관한 질문이기보다도 그 시대와 민족과 국
가의 문제다. 이상을 지닌 문학자, 이상성이 강한 문학보다도 먼저 이상
을 지닐 수 있는 세력을 보유한 신흥적인 민족과 국가가 문제인 것이다.
　자기에게 주어진 역사적 수명을 다 살아버린 민족과 국민에게는 단지 오
만, 냉정, 잔혹성, 노회함만이 있을 뿐이다. 그들에게 생생한 정열과 이상이
있을 리 없다. 청춘의 정열은 그 누구라도 가지는 특권은 아닌 것이다.
　오늘날은 두 세력의 대립 시대다. 역사의 구(舊)에 속하는 민족의 세력
과 역사의 새로운 위치에 선 민족 세력의 대립이다. 지금 나는 멀리 서
구의 문제, 예컨대 영국과 독일의 문제까지 언급하려는 것은 아니다. 내

가 말하고 있는 것은 우리가 직접 체험으로 알고 있는 현실의 사실이고 일본 민족의 문제이며 더 크게는 동아의 운명과 행운에 관한 문제다.

이 경우, 우리가 일본 민족 및 동아의 민족을 신흥 세력에 넣고 있는 것은 단지 자기가 중심이 되는 지위를 나중에 적당히 규정한 편의주의적인 것은 아니다. 거기에는 그만큼의 역사적인 필연성도 있으며, 민족적인 특성도 내재해 결정된 현실 문제다.

신흥 세력의 민족이란 물론 새롭게 발생했다는 문자적 해석의 의미는 아니다. 일본 민족은 2602년의 오랜 역사를 살아내어 온 민족이며, 지나 민족은 장장 5000년을 살아 온 오래된 민족이다. 이 동아 민족들이 현재 신흥 세력이 되었다는 말은 시대적인 역사의 명령으로써 일어난 갱생의 민족 세력임을 의미하는 것이다. 여기서 이런 사실을 예증하기 위해 역사상의 옛일, 예를 들어 우리 눈에 확실히 비친 근대사의 예로서 일승일패를 반복한 독일과 프랑스의 역사를 지적할 필요는 없다. 또 지나의 성쇠사(盛衰史)가 흉노이적(匈奴夷狄)에 의해 경질되었던 역사적 사실을 들춰낼 필요도 없다.

이번 대동아전쟁에서 영국, 미국, 화란 등이 옛 세력에 속하고 일본을 대표로 하는 동아의 민족이 신흥 세력으로 일어난 현실의 배경에는 그러한 역사적 사실들 이상으로 강력한 역사적인 근거가 잠재해 있었으며 그 시기는 무르익고 있었던 것이다.

근대 과학의 발달에 의한 귀중한 발명 정신이 지리적 신발견의 기운을 이끌고, 신항로를 탐험한 항해가 신대륙을 발견하고 희망봉을 발견했을 때까지는 좋았지만, 그 순수한 발견의 동기가 불행하게도 구미 여러 나라의 불순한 식민지 획득과 쟁탈의 정책에 의해 왜곡되었던 근대사에서, 특히 동아에서는 비인도적인 착취와 민족적 모멸의 글로 쓰인 수치의 근대사에서, 영미(英米)는 오랫동안 우쭐거린 나라이자 부유한 나라이며 강한 나라였음에 반해 동아는 항상 수동적인 입장에서 피해를 입고 치욕을 감수하며 자산을 빼앗겨 빈핍하게 살아왔던 것이다.

이 대동아전쟁이야말로 횡포한 영국과 미국으로부터 빼앗긴 권리를 되빼앗는 전쟁이다. 이는 이 전쟁이 다른 나라의 식민지 쟁탈 같은 침략 전쟁과는 달리, 영미의 동아 착취사로부터 동아의 민족과 토지를 해방하는 성스러운 전쟁이 되는 까닭이다. 그것이 이번 대동아전쟁의 실적으로 나타난 정직한 사실이기도 한 것이다. 또 그 현실적인 사실에 의해 오늘날이야말로 역사적으로 보아 영미는 옛 세력으로서 퇴장을 재촉 받는 대신, 동아의 민족이 신흥 세력으로서 일어난 역사적인 순간이라는 점, 그런 사실을 딛고 한 걸음 더 나아가 생각하는 것은 이 동아의 신흥 세력을 지도하는 민족이 일본 민족이라는 점, 그리고 이 일본 민족은 2602년이라는 오랜 세월 동안 야마토 다마시(大和魂)라는 독특한 정신을 혈관에 받아 살아 온 우수한 정신력을 가진 민족이라는 점이다. 그렇다. 현재 일본 민족이 보여주고 있는 우수한 정신력은 오랜 세월에 걸쳐 이루어진 것으로서, 예를 들어 똑같은 전체(全體)로의 정신이라 해도, 국가에 대한 일본 민족의 정신은 다른 나라에서 보는 것과 같은, 때에 맞춰 임시변통으로 준비된 전체에의 의욕이나 노력이 아니다. 신(神)과 역대의 선조에 대한 감사보은의 길도, 가장 높은 분 앞에 신명을 받드는 진충보국의 정신도 단순한 전체로의 정신일 리 없다. 또한 똑같은 전체에의 정신인 것처럼 보여도 그것이 일조일석에 준비된 것은 아니다.

현재의 대동아전쟁에서 세계를 놀라게 하고 있는 수많은 기적적인 전적을 뒷받침하는 정신력은 결코 우연이 아니라 유구한 역사 속에서 연마되고 축적되어 온 정신력이다. 이 일본정신은 말하자면 일본 민족의 전통적인 정신이며 일본 국민의 국민성이다.

이번 대동아전의 제1차, 제2차의 승리가 단순한 무기의 승리도 과학의 승리도 아니라 하나의 정신력의 승리라는 사실에서 우리는 또 한 번 중대한 세기적인 의미를 주장하지 않으면 안 된다.

이 위대한 정신력을 가진 일본 민족에 의해 대동아의 민족이 지도되고, 이 위대한 정신력이 중심이 된 동아의 민족이 영미의 옛 세력에 대항하는 신흥 세력으로서 일어나 현재 근대의 세계사는 계승, 건설되고 있다.

2.

이상으로 한 항에 걸쳐 나는 직접적으로는 문학의 문제도 아닌 점에 논조(論調)를 두어 왔는데, 그것은 대동아전쟁에서 일본 민족을 중심으로 하는 동아 민족이 신흥 세력을 대표하는 것이라는 점, 그 신흥의 민족 문화, 그 국민문학이기 때문에 문학의 이상성을 크게 주장할 수 있다는 점, 또 한 가지 중요한 것은 금일이야말로 동아의 문학은 우수한 정신력 밑에 신흥하는 동아의 문학으로서 지금까지 구미의 근대적 물질문명의 영향 아래 자라온 근대적인 리얼리즘 문학에 대해 큰 수정(修正)을 수행할 신문학(新文學)의 탄생 시대라는 점을 주장하기 위해서다. 이 경우, 그 신문학은 이상성을 충분히 살린 문학일지도 모른다. 그것은 적어도 이상성을 하나의 성격적인 것으로 삼은 문학일 것이다. 그러나 이 경우 이상성을 금일의 문학에 필요한 것으로 받아들이는 일이 가능하다면, 그 이상성은 다른 면에서 수정된 후에 받아들여야 한다고 생각한다.

첫째로, 여기서 말하는 문학의 이상과 '이상주의의 문학'은 일단 구별

되어야 한다. 문학의 이상은 '이상'주의적인 것을 배척하며 정립되어야 한다. 왜냐하면 앞에서도 말했듯이, 오늘날 문학이 이상성을 가지게 하는 일은 문학자만이 가진 특권이 아니며, 문학에서만 나타나는 현상도 아니기 때문이다. 그것은 일본 국민 전체가 지닌 이상이자 나아가 동아의 전 민족이 지닌 이상성이며 이윽고 전 세계에 영향을 줄 가능성이 있는 것이므로 지금까지의 서구적인 이상주의처럼 문학자만이 수립한, 시대적인 필연성을 수반하지 않은 개인적이거나 작은 유파적인 주의와는 의미가 다른 것이다. 이제까지 문학자는 단지 그 시대의 의미를 문학으로 옮겼을[2] 뿐이었다. 물론 과거 구주의 문학에 나타난 이상적인 경향에도 현실에 즉한 건실한 경향이 없었을 리는 없다. 예컨대 17세기의 해외 진출 시대에 그 시대적인 요망을 구체화한 이상적인 문학을 들 수 있지만, 그 외의 것은 대체로 현실 초탈의 경향으로 나타나 공연히 이국 정서적인 신기함을 추구하거나 단순한 주의를 위한 주의로서 주장되었기 때문에 영원히 인류가 영위할 건설과 진보의 목표이자 추진력이어야 할 이상이 쓸데없는 공상으로 끝나고 초현실적인 것이 되어 지상에서 물거품처럼 사라져버렸던 것이다. 그것은 시대의 횃불이어야 할 이상이 문학자의 서재에 켜진 창백한 촛불이 되었기 때문이다.

그와 비교해 현재 우리가 문제 삼고 있는 오늘날의 이상성은 앞서도 말했듯이, 무엇보다도 역사의 의지를 반영하고 있는 것이며 또한 그 역사의 사건을 집행하는 주체로서 민족의 실현력에 동반된 것이므로, 이 이상은 단순하고 막연하며 공상적인 것이 아니라 우리 앞에서 날마다 전진되고 실현되는 현실 위에 선 일정한 이상적 시대를 가능성으로 구상하고 있다. 따라서 그것은 공간적으로도 시간적으로도 확실한 한계가 결정

---

2) 원문은 "移譯"した임.

되어 있다. 이 큰 전쟁이 목표로 하는 대동아공영권은 이미 지역적으로 확실히 구역이 결정되어 있으며, 시간성에서도 지금까지의 제1차, 제2차 승리의 속도와 눈금으로써 어떤 일정한 시기에 선을 그어 실현될 날을 가까운 미래에 그릴 수 있는 것이다. 현재 일본의 이상, 동아의 이상은 가능성과 실현성에 의해 굳게 연관된 것이며, 이는 단지 오늘날이 역사적으로 혁신되는 단계라고 하는 외부적인 조건 외에 주체적으로 동아의 지도자 지위에 선 일본 민족의 우수성과도 관계되는데, 그 우수함은 특히 정신력의 우월함 위에 놓여 있는 것이다.

이 정신력의 우월, 그 자신과 긍지 아래 우리 문학자도 구미 문학을 대신할 신동아 문학의 건설에 착수하면 되는 것이다.

지금까지 우리가 부지런히 수업에 노력했던 문학은 그 주조(主潮)도 방법도 주로 근대의 리얼리즘 문학을 위주로 한 것이지만, 이 리얼리즘 문학은 실상 서기 19세기적인 것이다. 그것은 근대 과학이 구주 사회의 균형이나 그 사회의 이익에 재래의 의미에서 공헌할 수 있을 동안, 그 과학 정신의 반영으로서 태어나 성장했던 문학이었다.

그러므로 이 리얼리즘 문학에 대해서는 세기말에 이미 그에 대한 비판과 반성이 왕성하게 이루어졌음을 알고 있다. 하지만 수정과 비판이 수행되기는 했지만, 그것으로 20세기의 문학이 리얼리즘 문학으로부터 완전히 비약된 것도 아니었으며 또 근대 문학이 위기를 극복한 것도 아니었다. 세기말 이후 이른바 '신(新)'을 추구하는 경향이 문학자들에 의해 여러 가지로 주창되었지만, 그것이 예술지상의 경향이건, 사회 경향이건 또는 상징주의, 신비주의, 이상주의, 초현실주의, 심리주의 등의 명목으로 주창되었던 간에, 그것들로써 진정한 신문학의 탄생을 본 것은 아니었다. 역사가 진전하기 위한 새로운 궤도 위에 오르지 못한 채 방황하고 있는 시대에 일부의 문학자들이 개인적이거나 작은 유파의 합의로 주조를 주창하고 지(知)의 회의(會議)를 개최해도 정신은 점점 더 데카당으로 흘렀으며 문학은 생채(生彩)를 잃고 불건전하고 병적인 것으로 타락했다. 이에 당연히 시의 멸망, 정신의 위기를 외치지 않으면 안 되었던 것이다.

우리 일본의 문학(조선의 문학을 포함해)은 그 환경의 조건이 구주의 그것에 뒤떨어져 있었으므로 이 리얼리즘의 문학이 근세에 자연스러운 세력으로 주조가 되어 왔다. 그러나 이윽고 전체적인 운명에 의해 이쪽 문단에서도 리얼리즘 문학은 앞길이 막혀 불건전한 심리적인 리얼리즘으로 흐르거나 신변잡사로 시종하는 시정문학(市井文學)과 사소설로 편속(偏俗)했던 점이 지적되었다. 따라서 오늘날에는 동아를 통틀어 이 문학상의 대변혁이 주관적으로도 시대적으로도 요망, 요구되고 있는 것이다.

이 위기의 문학, 정신의 멸망을 노래하는 문학 앞에 현재의 대동아전쟁이 여명을 불러올 전야(前夜)의 폭풍우로서 다가왔다. 전쟁은 그것이 올바른 시대로의 추진력이 될 때 일체의 속진(俗塵) 같은 것, 불필요한 것을 일소하는 불가사의한 작용을 가지는 것이다.

그렇다면 이 대동아전 중에, 또 이 전쟁의 완수와 함께, 전쟁이 계속 올리고 있는 대 전적(戰績)에 필적할 만한 문학에서의 성적을 일본의 문학자들은 어떠한 방법으로 건설해 갈 수 있을까. 즉, 어떻게 지금까지의 구주 문학의 위기를 극복해 신동아의 문학을 새로운 세계 문학사의 건설로서 수립할 수 있을까 하고 반문한다면, 나는 즉각은 구체적 방법의 설명에 답변할 수 없을지도 모른다. 하지만 이 경우에도 세계를 향해 가슴을 펴고 말할 수 있는 것은 일본인에게는 지금부터 새로운 세계문학의 과제를 물려받아 완수할 만큼의 자신과 실력을 주체적으로 가지고 있다는 점이다. 앞에서도 말했듯이, 이 대전의 승리가 물질의 유리함이나 영토의 유리함이 아니라 진실로 우수한 정신의 힘에 있으므로, 군대가 제일선에서 싸우는 고생과 희생적 노력을 본받아 우리가 문화 건설의 길로 나아간다면 문학 건설 상 최대의 무기이며 생명인 우수한 정신력을 합쳐 대동아전의 승리에 필적하는 위대한 신문학을 건설하는 일이 불가능할 리 없다.

그리하여 지금까지의 서구 리얼리즘 문학을 구원하고 세계문학의 정신을 일신(一新)하는 일이 동아 문학의 이상성 추구로 수행되는 것임을 이 제목의 힘에서 논정(論定)해 보는 것이다. 사태와 경험과 사실에 대한 계산과 묘사의 문학으로부터 목적과 이상을 향한 구성적인 정열과 의지의 문학으로 나아가는 대전환이 문학사에 등장하는 시대다.

이 경우, 지금도 일부의 문학자들이 낭만파를 이루고 있듯이, 구체적인 하나의 조류로서 낭만주의 같은 것이 공공연하게 등장할지도 모른다. 그러나 이번에 등장하는 것이 질적으로 낭만주의에 속하는 것이라 해도, 내가 원하는 것은 현재의 모습 같은 작은 유파적인 것이 아니다. 또한 과장해서 낭만주의를 주창하는 형식적인 것으로 도래하지 않을 것이라고 생각한다. 애당초 매사에 주의(主義)를 명명해 표정을 나타내고 함부로 지껄이는 것은 파리 시민들이 할 것 같은 일이고, 우리 동양인은 함부로 희로애락을 표정에 노출시키지 않는 것이 그 덕성이다. 과묵한 채 그저 실행하는 것, 여기에 오늘날 일본 국민의 실력과 동아의 성격이 있으며 강함이 있으므로 신문학의 문제를 수행함에 있어서도 우리는 묵연(默然)히 실행으로 나아가면 되는 것이다.

또 그 문학이 낭만주의적인 것이라고 해도, 그것이 서기 19세기 전반의 것처럼 단지 개인적인 사정(事情)을 해방하는 것, 무턱대고 주관적인 정서를 외계에 퍼부어 가는 듯한 것이어서는 안 된다. 어디까지나 그것은 현실과 생활 위에 수립된, 오늘날의 국민 문화적인 생활 문화의 성격을 확고히 지켜낸 것이어야 한다. 나는 올해 1월호의 어떤 평론에서도 금일의 국민 문화 건설이 현실의 생활과 미래에 대한 이상의 조화성 위에 수립되어야 한다는 점을 말했다. 이를테면 현실의 생활 속에 관철된 이상일 때에야 비로소 우리의 실제에도 문화에도 역할을 하는 것이며, 그렇지 않은 한 그 이상은 공상적인 꿈 이야기밖에 될 수 없다. 예컨대 현재 남방(南方)의 승리와 함께 그 남방의 풍부한 자원을 생각할 경우, 일부의 사람들이 이야기하듯이 남방의 그 풍부한 물산이 곧장 우리 주위에 범람할 것 같은 달콤한 감상성으로 임하는 일은 아주 위험하다. 그에 대해서도 어디까지나 현실을 꿰뚫어 착실히 생각해 가야 한다. 즉, 현재 상태로는 남방과 우리 일본의 거리는 육로(陸路)로는 남방 여러 나라의 국철과 우리나라의 국철을 합산만 해도 족히 이만 킬로나 되며, 해로(海路)로 하면 그 거리가 훨씬 단축된다고는 해도 현재의 운수 선박의 문제나 운수의 위험 상태를 일일이 생각할 경우, 현재로서는 남방의 물산을 우리의 생활에 충당하는 일은 상당히 곤란하다, 그러나 이는 결코 그 실현이 불가능한 일은 아니다, 이제부터 우리나라의 남방 건설 공작이 고난 속에서도 착실히 실현됨에 따라 일정한 장래의 날에 확실히 올 기정사실이다. 이런 식으로 현실의 과정을 꿰뚫는 파악 방법이어야 한다.

우리 문학자가 우리나라의 남방 문화 공작에 국민 문학의 건설로써 참가할 때에도 머지않아 태평양 위에 세계 문학사에서 일찍이 보지 못한 위대한 일본적인 문화가 융성을 극할 황금시대가 오게 되었다고 감상적으로 소란을 피워서는 안 된다. 그 융성의 시대가 확실히 도래한다고 해도, 지금까지 남방 여러 나라는 물론 전 동아에서 지배적 세력을 가지고 있던 미영 문화를 물리치고 그 공허한 부분을 채워 더욱 융성을 기하기까지 문화 건설의 길은 얼마나 고난에 찬 과정일지를 충분히 반성하고 각오하지 않으면 안 된다. 그 현실의 과정을 투시하면서 그 과정이 아무리 고난에 찬 것일지라도 우리는 그것을 극복해 갈 각오와 자신과 실력을 가지고 그 신문학 건설의 위치에 서는 것이다. 바야흐로 대동아전쟁은 제3단계로 진전하고 국가는 남방 정책의 구체적인 길로서 문화 공작을 구체화하고 있는 요즈음, 우리 문학자는 동아의 신문학 건설로써 그에 참가할 때이다. 그리고 그 신문학은 지금 말한 것 같은 현실을 충분히 살림으로써 이상성을 추구하는 문학이어야 한다.

그 문학은 현재 건설기에 처한 신흥 민족의 문학으로서 야심에 찬, 개척적이고 건설적이며 구성적인 문학이므로, 그 문학이 자기의 중심적인 성격을 이상성에서 발견하는 일은 극히 정당하며 필연적인 일이라고 생각하는 바이다.

❝『동양지광』, 1942. 6~7. 원제 「**文學の理想性**」

<h1 style="text-align:center">새로운 사시(史詩)의 창조</h1>

김종한

그 옛날 시인들은 인간을 노래했다. 그 중에서도 특히 영웅을 노래했다.

동정(東征)하실 때 야마토타케루노미코토(日本武尊)[1]의 영자(英姿)는 오늘날의 국민학교의 전신인 보통학교 국사의 삽화로도 나와 있다. 하지만 그것이 "사가무(相模) 벌판의 타는 불 속에서 나를 위해 말을 걸어 주신 당신이여"[2]라고 읊은, 『고지키(古事記)』에서 오토타치바나히메(弟橘姬)[3]에 의해 영웅화된 노래의 설명도임을 깨달은 것은, 부끄러운 고백이지만 근

---

1) 전설상의 인물로 景行天皇의 황자(皇子). 천황의 명을 받들어 구마소(熊襲)를 정벌했으며, 동국(東國)의 에미시(蝦夷)를 진압했음.

2) "さねさし相模の小野に燃ゆる火の火中に立ちてとひし君はも." 오토타치바나히메(弟橘姬)가 바다에 투신하기 전에 읊은 노래. 사네사시(さねさし)는 사가미(사가무, 相模 : 현재의 가나가와 현)를 수식하는 마쿠라 고토바(枕詞 : 관용적인 수식어)임.

3) 야마토타케루토미코토의 비(妃). 야마토타케루노미코토가 동쪽을 정벌할 때 사가미 해상에 일어난 풍파가 해신의 분노를 달래기 위해 대신 바다에 몸을 던졌다고 전해짐.

년의 일이다. 진무텐노(神武天皇)4)가 붕어(崩御)하셨을 때 황후인 이스케요리히메(伊須氣余理比賣) 곁에는 세 황자(皇子)가 계셨다. 서형(庶兄)인 다키시미미노미코토(當藝志美美命)가 황위(皇位)를 빼앗기 위하여 세 황자를 죽이려는 계획을 예지한 황후는 "고이가와(狹井川)에서 구름이 피어올라 우네비야마(畝火山)에서는 나뭇잎이 수런거리고 있습니다"5)라고 하는, 자연에 의탁한 우의(寓意)의 노래로 경고하셨던 것이다. 그것이 『고지키』의 진무텐노권의 일절(一節)이다.

영웅은 시인 자신이었어도 좋았다. 반도에도 지사(志士)가 없었던 것은 아니다. 정몽주라는 충신은 "擊鼓催人命, 回頭日欲斜, 黃泉無客店, 今夜宿誰家"(석양은 붉고 바람은 차네, 북을 두드리면 스러지는 생명은—필자 역)라는 눈물겨운 사세(辭世)6)의 노래를 남기고 있다. 징병의 광영을 입은 반도인의 혈관에도 지사의 열혈은 맥맥히 흐르고 있는 것이다. 이제 그 열혈은 징병됨으로써 마침내 명확한 조국과 방향성을 가지게 된 것이다.

나는 서양사에 대해서는 아무 것도 모른다. 그러나 그렇기 때문에 최근 너덧 권의 책을 읽어 보았는데, 트로이 전쟁을 노래한 호메로스의 사시(史詩)도 그 배후에 그리스 문명의 창성기(創成期)가 있으며, 그것을 창성시키기 위해 피를 흘린 무수한 유명, 무명의 영웅들이 있는 듯하다. 그리스인의 선조들은 오늘날 에게 문명이라고 불리는 선주민의 문화유산을 상속하는 한편 바빌로니아, 아시리아, 이집트 등 동방의 문명에 영향 받으면서 오로지 자신의 문명을 창성해 갔다는 것이다.

지방 문화로서의 조선 문화도 국민 의식의 연소(燃燒)에 의해 재출발되어야 하는 오늘날에는 무수한 선각자들의 무형의 유혈(流血)로써 추진되

---

4) 일본의 초대 천황.
5) "狹井川よ雲立ちわたり畝火山木の葉さやぎぬ風吹かむとす.", "畝火山"은 우네비야마(畝傍山), 즉 가시하라시(橿原市) 서남부에 있는 작은 산.
6) 세상을 떠남.

어야 할 것이다.

오랫동안 시인들은 영웅을 노래하는 일을 잊고 있었다. 근대는 영웅이 부정된 시대며, 근대시는 시에서 위대함이라는 것을 깔본 시사(詩史)였다.

대동아전쟁의 한 가운데에서 흔들리면서 나는 묘한 생각이 떠올랐다. 옛 시인들처럼 영웅을 노래하기로 한 것이다. 물론 무명의 영웅인 경우도 있다. 때로는 집단인 경우도 있다. 어쨌든 히어로이즘(heroism)을 지니지 않은 소재는 흥미가 없게 되었다.

따라서 나는 「원정(園丁)」에서 내선일체에 헌신하고 있는 한 문화인의 운명적 인과의 아름다움과 슬픔을 노래하고자 했다. 「합창에 대해」에서는 대동아의 건설에 참여하는 반도인의 풍모와 감격을 벽화(壁畵)하려[7] 했다. 「풍속」을 쓴 동기는 경성 거리에서 묵도(默禱)하는 집단이 영웅적인 장엄함으로 육박해 왔기 때문이다. 물론 태작(駄作)뿐이었던 듯하지만 의도만은 그랬다.

자랑거리 삼을 생각은 전혀 없지만, 이런 시작(詩作)의 태도는 하나의 정리된 주장이나 작품 행동으로서는 내지에서조차 아무도 시도해 주지 않았다. 따라서 하나의 모범이 되었기 때문에 마음이 괴로워 참을 수 없다. 만일 그런 시인이 있었다고 하더라도 일부러 내지로부터 와서 반도의 새로운 영웅들을 노래해 주는 호기심 많은 시인은 없다. 그러므로 솜씨 없는 대로 작은 자부심을 가지고 계속 노래해 가면 다소는 나라를 위하는 일도 되리라고 생각한다.

예를 들어 대동아건설이라는 국민적 이상과 의욕이 있었다고 하자. 내가 그것에서 주로 느낄 수 있는 시적인 것은 그 '이상(理想)'이 아니라, 그

---

7) '인간희극'의 작품들로 다양한 풍속을 그린 발자크의 태도를 상기시키는 말임.

것을 건설하고 싶어서 피를 흘리며 괴로워하는 국민의 '인간'으로서의
생명력과 진실의 아름다움에 한정되는 것이다. 따라서 최악의 경우, 대
동아라는 것이 하나의 국민적 몽상으로 끝난다고 해도, 그것을 희구해
마지않았던 '인간'들의 국민으로서의 생명력과 진실은 영원히 이어질 시
적인 아름다움으로 남을 수 있다고 생각한다.

　나 자신의 내부에 대한 자기 선고로서, 자기규정으로서 말하는 것이지
만, 가네무라 류사이(金村龍濟) 씨의 「아세아시집」이 보여주는 시작 태도
에 대한 나의 의혹은 그런 점에 근거를 두고 있다. 그는 작품에서 '인간'
을 노래하려 하지 않고 '이상' 그것을 노래하고자 했다. 내 생각으로는
국민의 이상이라는 것은 시대와 필요에 응해 언제라도 변할 수 있는 현
상적인 것이며, 그것을 희구하고 설계해 마지않는 인간(국민)의 생명력과
진실에야말로 영원히 이어질 본질적인 아름다움이 있다고 생각하기 때
문이다. 나의 이 순진한 도전을 가네무라 형도 미소 지으며 받아들일 수
있을 것이다.

　그렇다면 영웅이란 무엇일까. 타인보다 한 걸음을 앞선 사람은 천재
다. 그리고 그 한 걸음의 차이가 백 걸음의 차이라는 사실을 세상 사람
들은 깨닫지 못한다는 의미의 말을 아쿠다가와 류노스케(芥川龍之介)가 표
명했다고 기억하는데, 나의 영웅은 그런 천재에 행동성을 가미한 사람에
다름 아니다. 그러므로 그런 의미에서 인간으로서, 국민으로서 충실한
순간에는 그 누구라도 나의 영웅이 될 수 있는 것이다.

　조선에 징병제가 선포된 날, 어느 비평가가 나에게 말했다. 아이들을
보면 귀여워서 어쩔 수가 없군요. 마음속에서 나는 그 말을 번역하고 있
었다. 아이들이라는 영웅을 시로 써 보고 싶어졌습니다. 나의 영웅이나
천재는 대충 그런 것이다.

따라서 칸트, 쇼펜하우어, 와이닝겔(Otto Weininger)[8] 등의 천재론에 나는 아무런 흥미도 없다. 하물며 비네(Alfred Binet)[9]와 시몬(Théodure Simon)[10]의 지능검사법 따위, 개에게나 주어라다.

정직히 말해 29세인 내가 다음 세대의 출현을 두려워하고 있을 정도이다. 그것이 현대라는 것의 성격이다. 이 무서운 시간의 맥진(驀進)[11] 속에서 다른 사람보다 한 걸음을, 하루를 앞서 산다는 일이 어째서 천재적이고 영웅적인 일이 아닐 것인가. 그런 영웅들을, 그런 천재들을, 나는 사시(史詩)로 쓰고 싶은 것이다. 그러한 현대의 신들을 계속 노래하리라.

내일, 또 내일, 다시금 또 내일
때는 매일 한 발 한 발 기어,
마침내 최후의 일분에까지 도달한다.
그리고 어제와 함께 지나간 때가 바보들을
묘혈로 이끈다. 꺼져라, 꺼져라, 짧은 납촉(蠟燭), 사람의 일생은
걷고 있는 그림자다, 가련한 배우다,
주어진 시간만큼 무대에서 날뛰고 나면,
이윽고 아무 것도 들리지 않는다. 백치가 지껄이는 이야기처럼,
쓸데없이 소리만 지를 뿐,
종잡을 수 없는 것이다.

이것은 『맥베스』의 제5막 제5장의 19행에서 28행까지의 대의라고 하

---

8) 1880~1903. 오스트리아의 사상가. 모든 상식적으로 좋은 성질을 남성에, 그렇지 못한 것을 여성에 돌렸으며, 여성을 어머니형과 창부형으로 나누어 전자에는 생식욕밖에 후자에는 색욕밖에 없으므로 연애의 대상이란 남성이 구성한 환영에 불과하다고 주장함. 여성은 남성이 아니라 여성 자신으로부터 해방되어야 하며 여성 해방의 최대 적은 여성이라고 논함.
9) 1857~1911. 프랑스의 심리학자. 시몬의 조력을 얻어 지능검사의 기초 정식인 비네-시몬 방법(Binet-Simon method)를 수립함. 교육심리 연구에 공헌했음.
10) 비네와 함께 개별적 지능검사법의 기초를 이룬 시몬 검사를 1905년에 발표함.
11) 좌우를 돌아보지 않고 힘차게 나아감.

는데, 현재 반도 문단에 이러한 비극적 위대성을 지닌 중견이 있어서 내 손을 꽉 쥐면서 "우리는 어차피 짧은 납촉이다. 그러나 군들처럼 젊은 세대는 의연히 새로운 시대를 살아라" 하고 갈파해 줄 큰 인물이 있다면 나는 생애의 심혈을 쏟아 부어 그 한 사람을 벽화(壁畫)해도 후회하지 않을 것이다.

하지만 그런 통 큰 아저씨가 있을 것 같지도 않으므로, 지금까지 나의 사시(史詩)는 겨우 소품(小品)밖에 없었다. 크게 내세울 것도 없는 어제까지의 작가적 명성을 애석(愛惜)해 하며 작은 동물처럼 자기 보존의 본능을 발휘해 본다든지, 불순한 무리의 경우에는 두각을 나타낼 듯한 신인을 중상해 본다든지 한다.

큰 시대에 사는 인간들은 더욱 통이 커지지 않으면 안 된다고 생각한다. 싫다고 생각하는 놈에 대해서라면 가차 없이 욕을 하기도 해야 하겠지만, 이것은 좋다고 생각하는 새로운 작품이 출현한다면 도시락을 싸 가지고 다니면서 칭찬도 해야 하지 않겠는가.

이 글을 쓰고 있는 나도 인간인 셈이다. 그 옛날 나는 누구보다도 약자에 대한 체흡의 섬세하고 투명한 애정에 경도되었다. 알자스의 한 소년 이야기, 프랑스어의 「마지막 수업」으로 인해 알퐁스 도데를 사랑했다. 미에키치(三重吉)[12]의 「흑발(黑髮)」, 「물떼새(千鳥)」의 순정에 십칠 관(貫)[13]의 남자가 울기도 했으며 멸망해 가는 사람에 대한 사랑 노래의 아름다움을 돗뽀(獨步)[14]의 「도미오카 선생(豊岡先生)」에서 만끽하기도 했다. 그와 마찬가지로, 또는 그 이상으로, 이태준과 이효석과 정지용을 사랑했다. ─ 하지만 정직히 말해, 이제 그것만으로는 참을 수 없게 된 것이다.

---

12) 스즈키 미에키치(鈴木三重吉 : 1882~1936) : 작가. 나츠메 소세키의 문하생. 『赤い鳥』를 창간하는 등 아동문학에 공헌함.
13) 한 관은 3.75kg임.
14) 구니키다 돗뽀(國本田獨步 : 1871~1908) : 시인, 소설가.

명중률이 높은 유진오의 문학 정신조차 이미 완전하게는 나를 구원해주지 못한다.

가끔 5~6년 전의 조선밖에 모르는 내지의 작가가 와서, 필요 이상의 이상한 휴머니즘을 발휘해 어제까지의 반도 문학을 이상한 방식으로 칭찬하기라도 하면, 너무나도 지우(知遇)를 얻은 것처럼 철없이 기뻐하거나 하는 사람도 있다. 그럼에도 불구하고 자신이 없어 별 수 없는 것이다.

전진, 단지 전진이 있을 뿐이 아닐까.

현대는 행복한 시대다. 개방된 시대이기 때문이다. 개방된 세계에서 성장한다면 반도 문학도 10년만 지나면 그 일반적 수준이 내지의 그것에 도달하지 못할 것도 없다.

그러므로 우리는 그 기초공사를 해 두면 좋은 것이다. 체홉적인 것이 있다느니, 애수가 어떻다느니 등의 멍청한 말을 하지 말고 과감하게 선이 굵은 신문학의 주류를 형성해 갈 용기는 없는가.

어쨌든 아름다운 쇼와 17년이다. 소재는 굴러다니고 있다. 굴러다니고 있는 것이다.

❝『국민문학』, 1942. 8. 원제 「新しき史詩の創造」

주제로 본 조선의 국민문학

유진오

어떤 인연에서일까, 요즘 몇 년 동안 나는 종종 조선 문학의 현상에 관한 간단한 리포트 비슷한 것의 집필을 부탁받았는데 바로 최근에도 또 모 잡지를 위해 똑같은 일을 하지 않을 수 없었다. 그런데 사실을 말하면 이번에 이 원고에 대한 이야기가 있었을 때에는 똑같은 일을 또 반복할 수 없다, 그렇다고 해서 거절할 수도 없어 적잖이 곤혹스러웠던 것이다. 다행히 최근 어떤 기회에 『국민문학』지가 창간된 작년 11월 이후, 약 1년 동안에 걸쳐 발표된 주요 창작의 거의 전부를 읽은 일이 있었기 때문에, 그것에 대해 무언가 특수한 화제를 생각해 내지 못할 것도 없으리라고 생각해, 어쨌든 받아들이게 된 것이다.

그렇기는 하지만 그 작품들에 관한 한 차례의 비평은 이미 다른 잡지에 써 버린 후이므로 화제의 선택에는 역시 상당히 갈피를 잡지 못했다.

결국 표제에 내건 것처럼 되었지만, 이런 제목을 붙여버리고 보니 언제까지나 추상적인 논의만 반복하기보다는 이러한 구체적인 쪽이 나 자신의 공부를 위해서도 이 글을 읽어 줄 독자를 위해서도 오히려 의의가 있을 것 같이 생각되지 않는 것도 아니다.

그러나 본론으로 들어가기 위해서는 역시 일단 조선 문단의 현세(現勢)라는 것에 대해 간단히 소묘하는 편이 좋을 듯하다.

결론부터 먼저 말하면, 최근의 조선 문학은 무엇보다도 양적으로 아주 쇠퇴하고 있다고 할 수 있다. 앞에서 나는 지난 1년 동안 발표된 창작(단편소설)의 거의 전부를 보았다고 했지만, 실은 겨우 40편도 되지 않는 소수에 불과하다. 무명작가의 습작이나 신문 잡지의 연재소설 등을 모두 합산해도 최근 1년 동안 발표된 창작의 전체 편수는 100편을 넘지 않을 것이라고 생각한다. 이를 쇼와 14년도의 240여 편(쇼와 15년 판『조선문예연감』에 의함)과 비교하면 그 현격의 격심함에 누구라도 틀림없이 좀 놀랄 것이다. 게다가 쇼와 14년도의 240여 편이라는 것은 전부 언문(諺文) 창작이지만, 지난 1년 동안 나온 40편 속에는 반수 가까운 국어 창작이 포함되어 있는 것이다.

그러면 질의 방면은 어떤가 하면, 이것도 크게 변하고 있다고 말하지 않으면 안 된다. 쇼와 14년경까지의 조선 문단은 거의 순수문학 일색으로 온통 칠해져 있었지만(그 무렵의 사상적 색별로서 민족주의나 좌익 사상을 빈번히 내놓는 사람도 있지만 나는 그렇게 생각하지 않는다. 물론 과거의 잔재는 아직 꼬리를 끌고 있지만, 쇼와 10년경에는 종래의 민족주의 내지 좌익적인 작가들은 대체로 모두 순수 작가가 되어 있었다), 쇼와 14년 가을의 조선문인협회(朝鮮文人協會) 결성을 계기로 국민 문화의 일익으로서의 제일보를 밟기 시작했던 것이다. 아니, 조선 문학의 국민문학으로의 전환은 조금 더 거슬러 올라가 쇼와 13년 겨울부터 다음해 봄에 걸쳐 황군위문사절(皇軍慰問使節) 파견의 이야기가 일어나던 때까지 소급해야 하는 것인지도 모른다. 이 위 문사절의 파견은 당시의 조선 문학으로서는 실로 파천황(破天荒)[1]의 시도 였으므로, 당시 일부에서는 이것을 가지고 문단의 '호신술'이라든지 하 는 악질의 선동까지 있었던 일로 비추어 보아도 그 급각도의 전환 양상 을 추찰(推察)할 수 있는 것이다.

그 후 4년, 조선 문단은 실로 다사다망한 발걸음을 계속해 왔다. 문예 강연회, 시국강연회, 호국신사(護國神社)에서의 근로봉사, 지원병훈련소의 견학, 위문품 및 위문문의 발송 등등, 종래 상아탑 속에 틀어박혀 지나사 변의 발발이나 그 진행에 따라 일어난 여러 국내 정세의 변화 등에는 오 불관언의 태도를 취하는 것처럼 보였던 조선 문단은 급템포로 시국에 보 조를 맞추어 왔다. 물론 그 동안에는 시국 인식의 정도 차이나 작가적 교양과 기질의 상이함 등으로 인해 작가들의 보조가 고르지 않은 일도 없지는 않았지만, 결국은 시간 문제였고 성전(聖戰)의 진행에 수반하는 일본 정신의 앙양과 동양의 자각 내지 대동아 신문화의 건설이라는 역사 적 대사업을 외면하는 사람은 있을 수 있을 리 없다. 조선 문학의 국민 문학으로의 전환은 최근 4년 동안에 대충 기초공사를 끝낸 느낌이라고 할 수 있는 것이다.

그러나 이로써 조선 문학은 바야흐로 아무 것에도 방해받는 일 없이 쏜살같이 탄탄한 국민문학으로의 길을 나아갈 수 있게 되었다고 말하는 것은 물론 경솔한 판단이다. 대체로 국민문학이란 무엇인가 하는 기본적 인 문제에 대해서조차 여전히 일치된 견해가 발견되지 않은 꼬락서니인 것이다(이것은 참으로 중대한 기본적 문제로, 지금 이 한정된 원고 매수로는 도저히 그 분규 착잡한 여러 양상을 검토할 방도가 없지만, 한 마디 내 신념을 말하게 해 주 신다면, 국민문학이란 국민적 의식에 입각하는 문학을 말한다. 그 이상으로 이것에

---

1) 미증유(未曾有).

협소한 해석을 가하는 것은 문학의 건전한 발전에 유해무익한 일이라고 생각한다). 그뿐이 아니다. 용어의 문제도 여전히 명확한 형태로 해결되어 있지 않다. 발표 기관의 문제, 신인 양성의 문제, 작가의 생활 문제, 중앙 문단과의 연계 문제, 나아가 조선 문학이라는 것의 존재 방식, 그 일본 문학 전체 속에서의 지위와 성질, 장래에 대한 전망 ― 중앙 문단에 대한 관계에 있어 큐슈(九州) 문학이나 도호쿠(東北) 문학과 마찬가지로 완전히 한 지방 문학에 불과한 것인지, 아니면 어느 정도의 독자성을 유지해 가는 것인지 ― 등등, 지금부터 해결 또는 결정해 가야 할 문제는 산적해 있는 것이다. 더 나아가 작년부터는 국어를 용어로 하는 '조선 문학'이 나타나기 시작했기 때문에 종래 반도인뿐이었던 '조선의 작가'에 내지인도 참가할 수 있게 되었으므로 사정은 한층 복잡해지고 있는 것이다.

하지만 그것은 그렇다 치고, 다음으로는 이 국민문학으로의 전환이 작가들의 작품 활동에서 어느 정도의 성과를 낳았는가를 검토해 보고자 한다. 유감스럽게도 이 문제에 대해서 나는 그다지 자랑할 보고는 할 수 없다. 구호나 제스처만큼은 성과가 크지 않은 것이다.

물론 작가들이 국민적 내지는 시국적인 주제를 외면하는 것은 결코 아니다. 특히 대동아전쟁이 발발한 후부터는 수많은 애국시가 발표되었으며, DK[2]의 마이크를 통해서 직접 이번 전쟁에서 취재한 소설도 적지 않게 방송되었다. 단지 이를 예술적인 입장에서 문제 삼을 때, 아직 이렇다 할 작품을 만나지 못했다는 말일 뿐이다.

그것은 도대체 무엇 때문일까. 첫째로 작가의 정열 부족, 둘째로 역량 부족, 셋째로 감동의 장(場)이 부족한 것 등등을 들 수 있을 것이다. 이 항목들 중 무엇에 대해서도 상당한 주해가 필요하리라고 생각하지만, 한

---

2) JODK, 즉 경성방송국을 말함.

마디만 하면, 이것들은 결코 제각각 흩어진 것이 아니라 서로 밀접히 관련되어 있는 것이라는 점을 주의해 두고 싶다. 그 중 무언가 한 가지만을 들어 작가를 책망해도, 또는 역으로 작가가 그 중 한 가지만을 가지고 변명의 이유로 삼아도, 그것은 들어맞지 않는다.

서론이 아주 길어져 버렸지만, 어쨌든 이와 같은 것이 조선 문학의 현재 모습이다. 그렇다면 작가들은 어떤 주제를 즐겨 취급하고 있을까. 이제부터 이윽고 본 주제로 들어가고자 한다.

누구에게든지 가장 먼저 머리에 떠오르는 것은 '사상문학(思想文學)'일 것이다. 민족주의, 좌익 사상, 자유주의 등에 대해 정면에서 맞붙는 문학, 즉 이런 것들과 맞붙어 일본 정신, 내선일체의 승리를 고조하는 문학이다. 그러나 실제 작품으로 이런 종류의 것은 마키 히로시(牧洋)[3]의 「고요한 폭풍(静かな嵐)」과 「밤(夜)」 이외에는 별로 나타나지 않았다. 이런 현상은 대단히 적막하다고 할 수밖에 없지만, 그것은 작가들이 이 문제에 관심을 갖고 있지 않아서가 아니라 오히려 이것을 기피하고 있기 때문이라고 나는 생각한다. 왜냐하면 작가들이 이 문제에 대해 부정적인 생각을 갖고 있다는 말은 물론 아니므로, 이런 종류의 주제를 취급하기 위해서는 민족주의라든지 좌익 사상 같은 것에 상당히 파고들어가야 하지만, 시국의 형편상 그런 것은 꺼리지 않을 수 없기 때문이다. 하지만 이는 결국은 한번 밟고 넘어가지 않으면 안 되는 중요한 문제이므로, 머지않아 시기가 익으면 연달아 테마로 선택될 날이 오리라고 생각한다.

현재의 첨예한 시국적 신경에 저촉되지 않고 생각보다 쉽게 오늘날의 문제를 다룰 수 있는 것은 역사문학이다. 그러나 이것도 지금까지 조용만의 「배 안(船の中)」 이외에 이렇다 할 작품은 나오지 않았다. 하지만 지

---

3) 이석훈을 말함.

금 말한 대로 이것은 비교적 편한 길이므로 이제부터는 차츰 나오리라고 생각한다. 일청, 일로의 양 전쟁을 배경으로 한, 김옥균, 박영효 등의 활약에서 취재한다면 웅대한 장편도 몇 편은 만들어질 것 같다. 아직 활자로는 되지 않은 듯하지만 유치진의 희곡 「북진대(北進隊)」(현대극장 상연)도 이 시대에서 취재한 역사물이었다.

시국적인 테마로서 가장 많이 다루어지고 있는 것은 내선 간의 연애다. 지금 내 머리에 떠오르는 것만 해도 한설야의 「피(血)」, 이효석의 「아자미의 장(薊の章)」, 아오키 히로시(靑木洪)의 「아내의 고향(妻の故鄕)」 등이 있다. 그러나 현재까지 이 주제도 단지 주인공이 우연히 내선 남녀였을 뿐이고, 그 이상으로 파고들어가 내선 남녀이기 때문에 일어날 수 있는 여러 장해 등과 같은 것까지 다루고 있지는 않다. 한설야의 「피」는 어느 정도 그런 점을 건드리고자 한 흔적이 보이지만, 그러나 이 작품도 중요한 점은 얼버무리고 말았으므로 읽은 보람이 없다. 이것도 결국에는 시국의 사정상 작가가 삼가고 있는 탓이라고 생각되지만 언제까지나 실속이 없는 겉치레만 있을 수는 없다. 내선 간에 연애가 성립했지만 내선 간이므로 버둥거리며 괴로워하는 젊은이들이 현실에 무수히 있으므로 문학에서도 더욱 파고들어간 작품이 나와 좋은 해결을 시사해 주어도 좋겠다고 생각된다.

총후국민(銃後國民)의 일상생활은 격렬한 감동의 장이 주어지지 않은 조선에서는 가장 많이 작품의 제재를 공급해 주는 세계다. 애국반(愛國班)에서 취재한 정인택의 「청량리 부근(淸凉里界隈)」, 방공연습에서 취재한 이효석의 「서한(書翰)」 등이 이에 속한다. 그러나 이런 종류의 작품도 수에서나 질에서나 현재까지 큰 성과는 보이지 못하고 있다. 그 원인은 작가들이 너무 답답하기 때문이 아닐까 생각한다. 총후의 생활이라 하면 즉각 애국반이나 방공연습이라는 식으로 무언가 직접적으로 시국과 관

계된 생활을 묘사하지 않으면 안 되는 것처럼 작가들은 생각하고 있는 듯하다. 그러나 그런 것보다 낫지는 않겠지만, 보통 국민의 일상생활에서 취재해도 그것이 건전하고 명랑하며 긍정적이고 능동적인 한 좋지 않겠는가. 전시라고 해서 모두가 정치가가 되어야 하는 것도 아니며 직역(職域)을 버리고 방공연습이나 애국반상회만 하고 있을 수도 없다. 국민적 자각 위에 서서 충실히 일상의 일에 매진한다면 그것으로서 훌륭한 총후의 국민인 것이다. 어쨌든 문학자나 작가라는 사람들은 너무 소심하다. 예전에 나는 어떤 다방 바깥에 "끽다보국(喫茶報國)"이라는 커다란 간판이 화려하게 걸려 있는 것을 보고 어이가 없었던 일이 있는데, 그런 강심장도 골칫거리지만 작가들도 좀 더 배짱을 부려 해볼 필요는 있다고 생각한다. 이런 종류의 작품 중에 내가 가장 감탄했던 것은 미야자키 세타로(宮崎靑太郎)의 「아들과 함께(子と共に)」였다.

서양 사상에 대항하는 의미에서 동양정신의 의의를 탐구하는 문학도 또한 충분히 시국적이라고 할 수 있을 것이다. 왜냐하면 이번 전쟁은, 이것을 사상적으로 보면 서양에 대한 동양의 싸움이며 동양의 발견 및 확립의 과정이기 때문이다. 졸작 「남곡선생(南谷先生)」이나 「정선달(鄭先達)」은 서양적 합리주의에 대해 동양적 의리를 선양하고자 했던 작품이다. 석인해(石仁海)의 「가보(家譜)」는 동양적 가족주의와 선조 숭배의 의의를 재발견하고자 한 작품이다. 정인택의 「색상자(色箱子)」도 이 계열에 속할 만한 작품이라 할 수 있다. 조선의 문화인들은 모두 지금까지 구미적인 문화에 너무 심취했던 결과, 동양적인 것, 전통적인 것이라고 하면 전부 멸시하고 적대시했으며 심하게는 죄악시하는 듯한 모습이었다. 이 소위 '아시아적'이라는 말은 이러한 사상의 표현이며, 동양의 후진성, 원시성을 강조하는 말이다. 이제야말로 우리는 이 말을 극복해 버리지 않으면 안 된다.

울민(鬱悶)과 애수(哀愁)는 일견 명랑 건전해야 할 전시의 문학으로서 배척해 버리지 않으면 안 되는 주제처럼 생각될지도 모른다. 또 실제로 종종 그런 식으로 생각되고 있는 듯하다. 그러나 나는 이 문제에 대해서도 근시안적인 태도는 삼가야 한다고 생각한다. 물론 우리는 소위 세기말적 데카당스나 허무주의적 사상에 대해서는 단호하게 싸워야 한다. 하지만 동양적 울민이나 애수는 그런 것과는 사정이 다르다. 이에 대해서도 여기서 자세히 논할 여유는 없지만, 예를 들어 수백 년 동안 동양의 시성(詩聖)으로 추앙된 두보(杜甫)의 문학에서 울민과 애수를 빼 버리면 무엇이 남을 것인가. ‘사비(さび)’, ‘모노노아와레(もののあわれ)’ 등과 같은 일본 문학의 전통에서 발견되는 것도 결국 이런 종류의 정신세계에 속한다고 나는 생각하고 있다. 그런 의미에서 나는 이태준의 「무연(無緣)」이나 「석양(夕陽)」 등도 크게 포용하고 싶다.

또한 전시하 지식 계급의 동향도 현하의 적당한 문학적 주제가 될 수 있을 것이다. 한때 이 땅의 지식인들은 그 흰 손과 회의적인 눈에 대해 비웃음을 받으면서 담배 연기에 싸여 요령부득의 생활을 보내고 있었다. 하지만 지금 그들은 어떻게 되어 있을까. 김남천의 「등불」에 의하면 그들은 현재 훌륭한 생활자(生活者)로서 각각의 직장에서 갱생하고 있다. 지식인적인 약점을 극복하고 한 사람 몫의 직업인으로 완성되고자 열심히 노력하면서. 박노갑의 「백일(白日)」은 지식인의 귀농을 다룬 작품이지만, 이것도 확실히 현 지식인의 한 동향을 보여주는 것이기는 하다.

농민문학은 예전에 조선의 작가 대부분이 기쁘게 달려들었던 주제지만, 이것도 작금에 아주 쇠퇴해 쓸쓸하다. 단 한 사람 이무영이 「궁촌 이야기 제일화, 제이화(宮村物語 第一話, 第二話)」 하는 식으로 연달아 순박하고 선량한 농민의 모습을 독자적인 수법으로 그리면서 기염을 토하고 있을 뿐이다. 「궁촌 제칠화」인 「문서방(文書房)」은 단지 농민문학으로서만이 아니라 금년도 조선 문단의 한 수확이라고 할 수 있을 것이다. 온갖 불행에 짓이겨지면서도 문서방은 결코 절망도 하지 않으며 누구를 원망도 하지 않는다. 그는 하늘의 은혜와 나라의 은혜를 굳게 믿으며 묵묵히 일에 매달리는 것이다. 입으로 시국을 팔면서 뒤로는 변함없이 이기적인 책동에 열중하고 있는 부심득자(不心得者)가 많은 현재, 문서방이 보여주는 무언의 행(行)은 참으로 엄숙하고 살아 있는 교훈이지 않으면 안 된다.

개척문학은 백만의 농민을 만주에 보내고 있는 조선으로서 크게 발흥해야 할 것이지만 이것 역시 적막한 부진 상태에 있다. 이것은 종래 농민의 만주 이주가 개척자로서가 아니라 '추방된 사람들'로 이해되었던 것에 기인한다. 따라서 최근 신인 안수길의 「원각촌(圓覺村)」을 얻은 것은 큰 진보라고 하지 않을 수 없다. 이 작품은 건국 전, 만주에 간 반도인 선구 개척민들의 고투를 묘사한 작품이지만, 쓸 데 없는 감상 따위는 한 조각도 없이 튼튼하고 늠름한 감투(敢鬪)의 정신으로 일관하고 있어 바람직하다. 특히 작자 안 씨는 재만 작가이며, 이 작품은 이런 종류의 "일련의 작품 중 한 편"이라는 작자의 말까지 붙어 있으므로, 크게 장래를 기대해도 좋다고 생각한다. 여기에서 특필해야 할 것은 금년에 처음으로 본부 척무과(拓務課)로부터 유치진, 정인택 두 사람이 만주에 파견된 일이다. 이 두 사람의 기행문이나 감상문은 이미 상당히 발표되어 있지만, 훌륭한 창작으로 결실할 날도 먼 장래의 일은 아니리라. 내년에도 또 그 다음해에도 계속해서 유능한 작가를 만주로 파견해 주실 것을 다시금 기원해 두는 바이다.

조선 동포는 병역에 직접 관계가 없으므로 전쟁문학이 창작되지 못하는 것은 어쩔 수 없는 일이기는 하지만, 역시 쓸쓸한 일이라고 할 수밖에 없다. 조선 문단에서 전쟁문학으로는 지금까지 쇼와 14년 북지(北

支)에 종군했던 임학수의 「전선시집(戰線詩集)」과 요시무라 고도(芳村香
道)4)의 「전선기행(戰線紀行)」이 있을 뿐이다. 올해 들어 다나카 히데미츠
(田中英光)가 「달은 동쪽에(月は東に)」, 「검은 개미와 흰 구름(黑蟻と白雲)」
등을 썼기 때문에 겨우 이 방면의 보충이 조금은 된 듯한 모습이다. 그
러나 시 쪽은 반드시 직접적인 체험을 필요로 하지 않기 때문에 대동
아전쟁의 발흥 이래 상당한 양의 전쟁시가 발표되었다는 사실은 앞에
서 말한 대로이다.

이상으로 아주 조잡하나마 현재의 조선 문학에서 다루어지고 있는
작품의 주제 몇 가지를 예거해 보았다. 하지만 문학의 주제가 이것들만
있는 것은 당연히 아니므로 이 이외에도 꼽는다면 무한히 있을 터이다.
그러나 앞에서도 말했듯이, 그 어떤 것을 주제로 선택하던, 현재의 조
선 문학이 국민문학으로 나아갈 토대를 대체로 갖추었다고는 말할 수
있다. 국민문학이라는 말의 해석 방법에 따라 나의 이 말에 그대로는
찬성할 수 없으며, 위에서 거론한 여러 작품 중의 몇 가지는 국민문학
의 영역 밖으로 내 보내 버리려 하는 견해가 성립할 수 있음을 나는 결
코 모르지 않는다. 그러나 나는 감히 말한다. 그런 근시안적인 태도로
는 국민문학의 건강한 성장은 바랄 수 없다는 점을. 국민적 의식에 눈
뜨고, 그 의식 위에 서서 작업하는 이상, 소이(小異)를 버리고 대동(大同)
을 취해 서로서로 손을 맞잡고 나아감으로써야말로 빛나는 성과도 얻을
수 있는 것이다.

마지막으로 내가 걱정하는 것에 대해 다시 한 마디 하겠다. 그것은 앞
에서도 이야기했듯이, 쇼와 14년에 240몇 편에 달했던 창작이 지난 1년
동안에는 40몇 편, 이런저런 잡동사니 같은 작품을 전부 합산해도 100편

---

4) 박영희의 창씨개명한 이름임.

을 절대 넘지 않으리라는, 그 극단적인 위축 현상이다. 그렇게 된 데에는 여러 가지 원인이 있을 것이다. 하지만 어쨌든 모든 방면에서 약진 또 약진을 계속해야 하는 요즈음, 오로지 문단만이 이런 상태를 계속할 수는 절대로 없다. 작가도 평론가도 당국도 함께 신중히 그 원인을 고구하여 대책을 수립하지 않으면 안 될 때라고 생각한다. (10월 2일)

❝『조선』, 1942. 10. 원제「主題から見た朝鮮の國民文學」

니체적 창조

조연현

1.

우리의 종래의 철학적 습관에서 보면 니체의 철학을 철학이라고 부를 수 있을지 어떨지도 의문이다. 왜냐하면 종래의 철학개론이 부여했던 철학적 요구를 니체는 일절 무시하고 있기 때문이다.

니체 철학으로부터 종래의 철학에 대해서처럼 논리의 통일성을 추구하는 사람은 실망하고 말 것이다.

짐멜도 "니체를 논리적으로 이해하는 일은 불가능하다"고 『쇼펜하우어와 니체』에서 말하고 있다.

니체는 우리가 사유의 근거로 삼을 만한 하등의 논리적 일관성도 부여해 주지 않는다.

그러나 니체의 철학적 사명 중 하나가 실로 그 논리적 세계의 파괴에 있었다면, 우리의 불만은 무슨 의미가 있을까.

오직 니체의 논리적 불통일성에서 일관된 사상의 흐름을 포착할 수 있는 이상, 논리는 전혀 무례천만(無禮千萬)한 것[1]이다.

니체의 철학은 논리적 단편과 모순에 충만해 흐르는 사상의 격류다.

하지만 그 사상의 흐름은 모순에 충만할 뿐 아니라 생생하게 흐르는 생명의 용일(涌溢)이다.

그리고 그 논리적 모순 뒤에 맥맥히 흐르는 시적 통일성은 간과될 수 없다.

니체가 친해지기 쉬우면서도 난해한 이유는 그곳에 있는 것이다.

니체 이외의 다른 철학은 우리가 그 논리를 더듬어갈 성의와 열심만 있으면 이해하기에 용이할 터이지만, 니체의 철학을 이해하기 위해서는 무엇보다도 니체의 시적 정서에 깊이 고양될 것을 조건으로 하기 때문이다. 그렇지 않으면 니체 철학의 심연에 닿지 못하고 쓸 데 없이 그 격정의 단편적 방황에 머물게 될 것이다.

그렇다고 해도 니체 철학이 야기하는 진리는 너무나도 지나치게 다면적이다. 마치 인생이 다면적이듯이.

따라서 나는 여기서 오직 한 면, 즉 니체적 창조에 대해서만 이야기해 볼까 한다.

니체적 창조! 만일 이런 말이 허용된다면, 오늘날만큼 그것이 적절하게 요구되는 시기는 드물 것이라고 생각한다.

가공할 파괴와 경탄할 만한 건설이 동시에 이루어지는 전투, 이에 대한 약간의 주저와 조금의 방심이 돌이킬 수 없는 무서운 결과를 초래하는 것이 오늘날의 격렬한 세대다.

---

1) 원문은 "代物"임.

몇 천 년 동안의 방대한 문화적 축적도 패전의 순간에 그 존재 이유를 잃어버리는 사실을 우리는 요즘 2~3년간 이미 몇 번이나 경험해 왔던 것이다.

우리의 눈에 전쟁의 승패만이 모든 가치를 결정하는 척도처럼 보이는 것도 오늘날 벌어지는 전란의 엄혹함에 비추어 생각하면 무리한 일도 아니라고 해야 한다.

"선(善)은 이기는 것이며 악(惡)은 지는 일이다."

독일과 프랑스의 승패가 다른 모든 전쟁과 똑같이 우리에게 가르쳐 준 심각한 교훈은 그것이었다. 싸움에는 반드시 이기지 않으면 안 된다는 사실은 어쩐지 고통스러운 진실로 현 세대 누구라도 가슴에 품고 있는 감정의 폭풍우였다. 헤르만 헤세가 말한 것처럼 오늘날의 현실은 전쟁이며, 전쟁만이 오늘날의 현실이다.

이와 같은 오늘날의 세대를 오르테가가 "철학적 전투 세대"라고 해명하고 있었는데, 나는 이를 그럴듯한 표현이라고 생각하며 감탄했다. 그러나 오르테가는 왜 그저 전투 시대라고는 하지 않고 "철학적 전투 시대"라고 이름 붙였던 것일까. 바로 그곳에 니체적 창조가 오늘날에 적절한 단적인 이유가 있는 것이다.

오르테가가 "철학적 전투 세대"라고 말했을 때, 그것은 특별한 의미를 지닌 것은 아니었다.

전투가 야생적인 원시인에게만 허용되었던 것처럼 생각하기 쉬운 사람들에게, 전투는 단순한 '싸운다'고 하는 그런 의미에만 머무르지 않는다는 것, 그것은 생명의 자율성과 비약성이 필연적으로 초래하는 불가피한 생명의 본질에 근거하고 있음을 의미했을 따름이었다. 생명의 자율성과 비약이 전투를 필연적으로 부득이하게 한 세대가 오늘날의 세대라는 것이다.

니체적 창조가 오늘날만큼 적절하게 요구된 시기는 없다고 한 것은 그런 오르테가적인 의미를 전제로 한 것이었다.

종래 거의 포기되어 있었던 니체 철학이 오늘날 무언가 중요한 의미를 띠고 우리 앞에 등장한 것도 니체 철학이 이 세대와 깊은 교섭을 지니기 때문이다.

주지하듯이 니체는 싸우는 일의 모든 미덕을 역설했다. 싸우기 전에 싸우는 일의 정당한 이유를 발견하지 않으면 만족할 수 없는 현대 지성인에게 니체는 예리한 반항조차 보이고 있다. 그는 분연히 "좋은 이유가 좋은 싸움을 낳는다고 하는가. 좋은 싸움은 항상 좋은 이유를 낳는 것이다."(『짜라투스투라』), "공격하는 일은 나의 본능에 속한다"고 비철학적으로 외쳤던 것이다.

그러나 이러한 니체의 철학적 사유는 조금 더 엄숙하게 생각하지 않으면 안 된다. 왜냐하면 니체의 모든 저작이 말하고 있는 극단적 투쟁 사상은 많은 곡해를 낳기에 충분한 것이므로.

니체를 비난하는 사람과 마찬가지로 니체를 상찬하는 사람들 역시 니체에 대한 몇몇 오류를 범하고 있음을 나는 보았다. 니체를 비난하는 사람들 대부분은 이성 철학만이 진리를 낳는 유일한 것이라는 신념에 들린 보수적인 사람들이며, 니체를 포옹하는 사람들 대부분은 니체의 철학을 그들 사색의 천박함과 지성의 빈약함을 변명하는 도구로 사용하고 있기 때문에.

우리는 물론 그런 사람들에게 니체에 대한 정당한 이해를 기대할 수는 없다.

왜냐하면 우리가 중세를 이해하지 않고 문예 부흥기를 이해할 수 없는 것과 마찬가지로, 전 세기 중엽 이후의 세계적 불안과 혼란을 이해하지 않고 니체를 말하는 것은 위험하기 때문이다.

오늘날의 사람들에게 니체의 철학이 하나의 상쾌제(爽快劑)[2]가 될 수 있는 것은 니체의 철학이 저 전 세기 중엽 이후 우리를 극도로 괴롭혔던 이성의 질곡과 지성의 과잉에 의한 모든 불안과 회의와 혼란에 대해 하나의 강력한 해결을 암시해 주기 때문이다. 적어도 현대인이 니체를 요구하지 않을 수 없는 심리적인 원인은 그곳에 있다고 생각하는 것이다. 그렇지 않다면 이성을 일종의 질병으로 보고, "분노는 분노에 의해 종식되지 않는다. 분노는 화합에 의해 종식된다"고 하는 기독의 가르침을, "그것은 도덕이 아니라 생리학"이라고 비난했던 니체의 사상은, 그것이 설령 생명에 대한 무한한 존경과 무한한 고양을 위한 것이라 해도 일종의 야만주의 철학이라고 곡해되기 쉬울 것이다.

나는 전 세기 중엽 이후의 세계적 불안과 회의를 지금 새롭게 이야기해 볼 흥미는 없다. 그것은 오늘날의 우리에게 여러 모습으로 그 잔해를 남기고 있기 때문이기도 하며, 또 우리가 그것에 대단히 상처 입었던 인간이고 보면 더 무슨 말을 하겠는가. 오직 소크라테스, 플라톤, 칸트, 헤겔 등 니체 이전의 유일한 철학이었던 이성주의 철학이 낳은 합리주의에 구속되어 그 무엇 하나도 정열을 가지고 할 수 없었던 점을 기억하면 족할 것이다.

나쁜 것이라고 이성이 선언했던 일을 범하지는 않을까, 이러한 하나의 위구(危懼) 때문에 모든 행동을 말살했던 비참한 불행이 우리를 저 니체가 비난하는 "근대적 유약(柔弱)"으로 떨어뜨려 무능과 무력이라는 세계적 혼란을 불러일으켰던 것이다.

---

2) 원문은 "爽快濟"임.

생각건대 이성만이 진리의 유일한 척도이며, 이성만이 모든 악으로부터 인간을 구제한다는 신념에 들려 있던 사람들에게 그러한 자의식 과잉적인 불행은 물속의 물고기 같은 것이었을지도 모른다. 그리고 아무리 괴로워도 이성 이외의 것은 배리(背理)라는 신념에 홀려 있는 그들이 이성 이외의 것에서 진리를 발견하고자 하지 않았던 것도 지극히 당연한 일이었으리라.

이 점에 가장 위대한 진리가 오랫동안 매장되지 않으면 안 되었던 이유가 있으며, 또한 전 세기의 모든 불안과 회의가 발효하지 않으면 안 되었던 원인이 있었던 것이다. 바로 그렇기 때문에 오늘날 니체의 철학에서 근대적 유약과 이성의 질곡에서 발생한 비참한 불행을 해결하고자 하는 두드러진 경향이 일어날 수밖에 없었던 필연성이 가로놓여 있는 것이다.

2.

니체는 우선 이성의 파괴에서부터 시작했다.

니체에게 이성의 파괴는 니체 자신의 철학을 획득하는 것이었던 동시에 그 수립이기도 했다. 이성이 인간에게 준 일체의 것을 방기하고, 자유로운 생명의 율동에 따르는 니체의 이성 파괴는 오직 니체 철학의 본질인 "이성의 피안"이라는 진리를 위해 싸워야 하는 방법론적 테러리즘으로서만 중요한 것이었다. 따라서 인생이란 싸움이며, 선악이란 이성의 판단으로 결정되는 것이 아니라 살아남는 것이며, 이기는 일이 즉 선이라고 하는 그의 철저한 사상! 다시 말해 세계를 움직이는 것! 그리하여 인생에 가장 필요한 것은 "정의가 아니라 권력"이라는 사실이 그의 윤리의 출발점이었다. 그리고 "이성의 초월"은 그가 획득한 진리의 결론이었다.

니체 자신에게는 자명한 이치인 이성의 무력함과 불신이 변함없이 절체적(絶體的)인 권위와 만능의 신처럼 떠받들어져 생명이 무자비한 굴욕을 맛보고 있는 세계 사조 몇 천 년 동안의 전통적 흐름을 묵인할 수 없었을 때에 니체의 광적인 투쟁은 역설적으로 시작되었던 것이다.

"나는 꿈을 꾼다"고 니체는 쓰고 있다. "구속되지 않고 그 어떤 인정도 용서도 모르는 '파괴자'로 불리기 바라는 사람들의 일단(一團)을." 니체는 이성 전능에 의한 옛 도덕을 파괴하기 위해서는 스스로 파괴자라는 사실에 커다란 자긍조차 가지고 있었던 것이었다. 바로 그렇기 때문에, 종래의 생활 원리였던 "너 자신을 알라"라는 말에 대해서도 그는 깊은 분노마저 느끼고 있었다. 그것은 종래 그 누구도 끄집어내지 않았다. 게다가 그것은 자명한 진실이 눈가림되어 있는 것에 대한 반발이었다.

그는, "우리는 과연 구성할 수 있을까. 그리고 구성하지 못하는 일이 종종 없었는지 어떤지를 모른다. 세간에는 비겁한 비관론자나 체념주의자가 있다. 우리는 이런 사람이고 싶지 않다"(『도덕의 계보』)고 말했다. "너 자신을 알라!"는 것은 수천 년 인류에게 강제했던 커다란 교훈이었다. 그것은 자기를 앎으로써 부주의하게 범하는 우리의 과오를 사전에 방지하고자 하는 이성의 집념 깊은 배려에서 나온 것이었다.

그것은 어떤 일면에서는 우리의 과오를 사전에 막을 수 있었는지도 모른다. 하지만 그 이상으로, 자기를 아는 일은 자기를 어떤 한정된 범위 속에 밀폐하는 일에만 이바지한 것이었다. 왜냐하면 니체가 말하는 것처럼, "우리는 우리에게 완전한 타인이다. 우리는 예전에 한번도 자기를 탐구한 일이 없기" 때문이다. 우리는 어떠한 경우에도 자기를 완전히 알 수 있을 정도로 전능하지도 않은 것이다. 자기의 일부분을 알고 그것으로써 자기의 전부를 한정하는 일은 니체에게 가장 커다란 죄악으로 생각되었다. 왜냐하면 종래의 철학이 "자기를 알라"고 할 때, 그것은 "자기를 어떤 한도 내에 구속하라"는 말과 완전히 동의이명(同義異名)일 뿐이었기 때문이다. 그뿐 아니라 니체에게는 이성이 불가능하다고 단념하는 일마저, 불가능한 것이 아니라 그저 구실에 불과한 것처럼 생각되었던 것이다. 자기의 무력함이 자기의 도덕이 되고 있는 예는 우리도 많이 보고 있다. 그는 시도하기 전에 단념하는 비관론자나 체념주의자일 수 없었다. 너무나도 니체는 강한 인간이고자 했던 것이다.

그와 같은 니체가 보았을 때 "양심의 가책도 나쁜 사고방식"이었다. 그는 "실패한 바로 그 사람을, 실패했기 때문에 점점 더 사랑하는 일"을 그가 말하는 '도덕'으로 삼았던 것이다(『이 사람을 보라』).

이성이 불가능하다고 단정한 것을 향해 달려들 때, 니체는 이미 광기의 화신이었다. 그것은 합리적으로 수행될 수 없었던 것이 광기적(狂氣的)으로 수행될 수 있다는, 그의 불굴의 신념에서 나온 것이었다. 그러나 이는 또 이성이 말하는 배리적인 것이 이성이 수행할 수 없었던 새로운 진리를 획득하는 유일한 것이라는 사실에 대한 하나의 증좌이기도 했다.

니체 철학 그것의 심볼이자 그 가장 완성된 형태를 우리는 『짜라투스트라』에서 발견한다. 그 외의 대부분의 것들은 이에 이르는 하나의 과정이고 시험이며 보충이었다. 그리고 『이 인간을 보라』는 가장 요령을 얻은 니체 철학의 입문서 같은 것이자 자기 해설의 책이었다.

나는 여기서 니체 철학을 설명해 볼 흥미도 필요도 느끼지 않는다. 단지 짜라투스트라가 어떻게 극단의 사상을 지닌 초인으로서 창조되었는가를 상기해 주면 좋겠다.

"스스로를 위해 자유를 창조하고 의무를 부정한다. 신성(神聖)의 부정을 창조하는 데에는 나의 형제여, 사자가 필요하다."

"만일 너희 적이 있다면, 그의 악에 선으로 보답하지 말지어다. 그것은 그로 하여금 부끄럽게 할 것이다. 차라리 그가 너희들에게 그 어떤 좋은 일을 했던가를 증명하라. 그리하여 그를 부끄럽게 하기보다 스스로 분노하라."

"너희들은 덕(德)에 대해서 무언가를 안다. 선한 행위는 그것에 사(私)가 없기 때문이 아니다, 나의 친구여! 너희들 자신이 어머니가 아이를 대하듯이 행하라! 이것을 너의 덕의 말로 삼아라."

"선이란 무엇인가 용감한 것이 곧 선이다."

"모든 창조하는 자는 냉혹하다, 모든 커다란 사랑은 그 연휼(憐恤)[3]을 초월한다."

"이제까지 양심의 가책과 함께 모든 지식은 생장했다, 파괴하라, 너 인식자(認識者)여 옛 무대를, 파괴하라!"

"전진하라! 옛 도덕도 하나의 희극에 속한다."

__『짜라투스트라』

일반적으로 이야기되고 있듯이, 『짜라투스트라』의 오싹오싹하게 육박하는 잠언(箴言)이 얼마나 투지에 불타고 얼마나 자기를 "존재 중의 최고 종(種)"으로 의식하고 있는가를 상기해 주기 바란다.

그리고 "복수나 원한의 정이 약함에 속하는 것과 똑같은 필연성으로", 니체가 말하는 진공적(進攻的) 격정이 얼마나 "강함에 속하는가"를 상기해 주면 좋겠다. 왜냐하면 내가 정말로 말하고 싶은 것은 다음 문제이기 때문이다. 다음의 문제야말로 내가 말하고 싶은 것이며, 또한 나에게 가장 어울리는 과제이기 때문이다.

---

3) 불쌍히 여겨 도와줌.

내가 말하고 싶은 것은 별 것이 아니다. 진실로 니체에게는 결코 자기의 철학이 자신에게 딱 맞는 것은 아니었다. 내가 니체에 홀린 이유는 그곳에 있었다.

니체는, "이성은 질병"이라고 함부로 말할 정도로 대담했고, "동정은 악덕"이라고 비난할 수 있을 만큼 완전히 냉담했으며, "공격하는 일은 나의 본능에 속한다"고 말할 정도로 용감했을까.

니체의 전기와 생활 기록은 이에 대한 의문을 쉽게 해결해 준다.

니체는 본래 자기의 철학과는 상반되는 약한 인간이었다. 더구나 짜라투스트라 같은 초인과는 너무나도 인연이 먼 존재일 뿐이었다.

니체의 누이는, "오빠 니체는 친구의 가난을 동정한 나머지 사재를 나누어 주었으며 그의 취직을 위해 자기 일을 희생하는 일이 많았다"고 『고독한 니체』에서 쓰고 있다.

그리고 듀런트4)는, "병사가 되는 일이 불가능했기 때문에 니체는 병사를 숭배했다"고 『철학야화』5)에서 말하고 있다.

니체의 모든 투쟁과 초인의 철학은 니체가 자기의 약점을 의식했을 때 하늘의 계시처럼 번뜩인 사상이었다. 이 사실은 오늘날의 니체 연구자에게 극히 중요한 사실이라고 생각한다. 왜냐하면 도스토예프스키와 스탕달로부터 심리학을 배웠다고 말하는 니체는 심리적으로 연구하지 않으면 안 되는 많은 점을 지니고 있기 때문이다.

"내가 염세가임을 중지한 것은 나의 활력이 최저에 도달했던 해쯤이었다. 자기 회복의 본능은 나에게 빈약과 저상(沮喪)의 철학을 금지했다"고 『이 사람을 보라』에서 그 자신도 말하고 있다. 이는 빠뜨릴 수 없는 말이다. 따라서 "근대적 유약"함을 니체가 지독하게 비난했던 것도 그러

---

4) William James Durant(1885~1981).
5) 도야마 츠토무(陶山務)의 번역으로 1940년 제일서방(第一書房 : 東京)에서 출판됨.

한 "근대적 유약"함이 자기 안에 서식하고 있기 때문이다.

"일생을 통해 자기를 단련해 이상적 남성으로 만들 수단을 육체적으로도 지적으로도 탐구하고 있었던"(『짜라투스트라』) 니체에게 그 수단은 단지 짜라투스트라와 같은 초인이 되는 일 이외에는 없었던 것이다. 그러므로 니체에게 『짜라투스트라』는 짜라투스트라이고자 하는 니체의 동경과 의지의 표현이었던 것이다.

기성의 도덕을 파괴하는 "가치의 전환"도 이와 같은 의미에서 자기 극복이며 일종의 자기 개혁의 테러리즘이었다.

권력을 주장하는 니체에서 무력함의 진리를 보고, 지성을 비난하는 니체에서 지성의 극치를 보는 것은 나의 사심(邪心) 때문일까?

나는 단지 약자의 강한 힘을 발견하며 유쾌하게 생각할 뿐은 아니다. 이 약자의 강한 힘! 이것이야말로 니체적 창조의 본질이며 추진력이 아닐까.

그는 말하고 있다. "병자의 광학(光學, 견지)에서 더욱 건전한 개념과 가치를 보며, 또 다시 역으로 풍부한 생명의 충일과 자신(自信)으로 이루어진 데카당스 본능의 은밀한 활동을 내려다보는 일, 이것은 내가 가장 오래 연습한 것이자 내 특유의 경험이다. 그러므로 만일 내가 어떤 일의 대가(大家)가 되었다면 그것은 그 점에서다"라고.

니체는 자신이 말하듯이, 허무를 극복하기 위해 허무6)에 투철했던 인간이었다.

니체의 모든 강함은 그 약함의 극복으로부터 얻은 것 이외의 아무 것도 아니었던 것이다. 바로 그렇기 때문에 그는 전 세기의 불안과 허무에 대한 최대의 대변자였다. 극단의 가공할 니힐리스트인 세스토프도 니체

---

6) 원문은 "虛"임.

앞에서는 모자를 벗었던 것이다.

　나는 이와 같은 약자로부터 태어난 강력한 힘을 니체적 창조라고 부르는 사람이다. 나에게 니체 철학이 필요하다면, 그것은 그런 의미에서이다.

　❝『동양지광』, 1942. 12～1943. 1. 원제「ニーチェ的創造」

조선 문학의 특질과 방향에 대해

안함광

시대와 함께 변하는 것은 문학의 양식 면일 뿐이며, 실체는 영구불변하다는 것은 종종 이야기되는 말이다. 그리고 일단 그럴듯한 견해이기도 하다. 이런 견해는 언젠가 이 잡지에 실린 '금후 어떻게 써야 할까'라는 앙케트에서도 다시금 볼 수 있었던 것이다.

그러나 양식 면이 변한다는 것은 그 실체가 변했다는 것의 증명일 수밖에 없으며, 따라서 시대의 변천과 함께 그 가치 표준도 이동되지 않을 수 없음은 하나의 상식적인 논리에 속하는 문제가 아닐까!

피화(皮貨)나 석화(石貨)가 통용되던 시대가 있었다고 해서 그것들도 화폐라고 한다면, 그것은 요컨대 역사에 대해 말하고 있는 것에 불과하다. 이를테면 그것은 메이지 17년 이래 신축제한법(伸縮制限法)에 의해 발행되기 시작한 우리나라 현재의 화폐에 대해서 말하고 있는 것은 아니리라!

이런 의미에서 지금까지의 조선 문학으로 하여금 진정한 의미의 국민 문화 창건의 일익이 되게 하기 위해 필요한 것은 결코 새로운 양식의 탐구에 그치는 것이 아니라 포괄적인 의미에서 문학 자체의 혁신이어야 한다.

물론 문학은 더욱 빈번히 인간의 생명에 직접적이거나 내면적[1]으로 교섭되는 세계인 만큼, 그 혁신도 문학 자체의 내부적 요청에서 출발해야 하리라는 것은 물론이다.

문학인의 입장에서 원칙적으로 생각하지 않으면 안 되는 것은 칭찬받거나 비방되는 그 어떤 경우건 간에 그것은 '문학' 그 자체의 책임이라는 사실에 대한 투철한 자각이다.

이렇게 하여 문학의 혁신과 재건은 무엇보다도 우선 자기 자신의 고질(痼疾)을 발견하는 일을 전제해야 하며, 그 치료 방법도 역시 정치학적이나 사회철학적인 언사에 의해서가 아니라 문학 자신의 언어와 책임으로 행해져야 하는 문제일 것이다!

재건이 불가피함에 이르러, 필자는 조선 문학 그 자신의 고질을 발견하는 일에 그 어떤 실마리를 만들기 위해 조선의 신문학이 양식을 수입할 때 어떠한 특질을 보였는가를 생각해 보기로 하겠다.

그 어떤 국토 그 어떤 시대에도 똑같은 일이기는 하지만, 조선 문학이 지닌 두 가지 경향의 큰 흐름 역시 그 후 공리성과 비공리성에 대한 극단적 자기주장의 대립이 되어 나타났다.

그것은 소위 예술을 위한 예술과 인생을 위한 예술로 번역되면서 나타났으며, 지금은 표면적 대립의 형식으로 현상하거나 하고 있다. 그러나 동시에 그것은 조화 이전의 분류(分流) 상태로서 내재적 흐름을 이루고 있는 것만은 확실하다.

---

1) 원문은 "內奧的"임.

하지만 병폐는 이 두 가지 경향으로 나뉘어 흐르고 있는 점에 있는 것이 아니라, 차라리 각자의 경향에 철저한 작가가 나타나지 않은 점에 있다고 일단은 해석해야 할 것이다!

이렇게 문학의 실체를 통해 증명, 주장되지 못하고 단순히 문학 이전의 표정으로만 대립하는 일을 즐기는 습성으로 인해, 이를테면 고티에[2]가 프랑스 문학의 무쌍한 마술사인 동시에 완벽의 시인이기도 했다는 사실이나 『전쟁과 평화』의 작자 톨스토이가 동시에 『안나 카레니나』의 작자이기도 했다는 사실을 망각하는 나이브한 세계를 각자 주장하면서도 여전히 부끄러움을 느끼지 않았던 것이다.

우선 조선 문학의 유미주의(aestheticism)에 대해 생각해 보면, 조선 문학이 오직 기술의 면에서 자기 존재의 의의를 발견하고자 하는 경향은 역사적으로는 오래 되었으며 현실적으로도 상당히 강인한 힘을 가지고 연면히 계속되고 있음을 간과할 수 없다.

그 객관적 이유로는 르네상스 전기, 이른바 '암흑기'를 경험하지 않고 지나갔기 때문이리라! 조선에서는 행인지 불행인지는 잠시 접어두더라도 어쨌든 세계적 규모의 거대한 파동이라는 것을 경험할 기회가 없었으며, 이와 같은 특질이 문학의 온실성(溫室性)을 조장하는 하나의 강력한 요인을 형성했다고 보아야 한다.

실로 조선에서는 젊은 정신의 프라이드를 주장하는 위대한 낭만주의적 세례[3]도 받지 못한 채 자연주의로 들어갔으며 사실주의로 해체되어 버리고 말았던 것이다.

그리하여 프로테스탄트적인 정신의 앙양도 거대한 양식에 대한 동경도 없이, 오로지 음영미(陰影味)나 풍류미(風流味)나 아취(雅趣) 같은 것만을

---

2) Théophile Gautier(1811~1872). 프랑스 시인으로 위고와 함께 낭만 운동의 선두에 섬.
3) 원문은 "先禮"이나 이는 "洗禮"의 오식인 듯함.

연모해 따랐기 때문에, 이런 특질로 인해 이윽고는 한 송이의 꽃잎으로
부터도 자연 전체를 알 수 있다고 하는 방면에서는 뛰어날지언정, 사회
현상의 한 작은 일에서 시대 전체의 동향을 엿보아 안다고 하는 현실적
파악력에는 어두운 결과를 초래하고 있는 것이다.

이러한 특질은 조선 문학의 자연주의가 보인 결말에서 여실히 현시되
고 있다.

자연주의가 요청하는 본래의 길은 말할 것도 없이 이데올로기적인 길
이었던 것이다.

그것은 그 철학적 기반일 터인 오귀스트 콩트의 일련의 실증주의가 일
체의 형이상학적인 것에 대한 반역이었으며, 그러한 한 프랑스혁명이나
제1차 산업혁명 등과 같은 실생활에 대한 의식의 강화를 그 토양으로 하
고 있다는 점에서 오는 당연한 귀결이었다.

그러나 프로테스탄트적인 세련4)을 경험할 수 없었던 조선 문학은 자
연주의를 문학 세계의 자기 협소화의 길로 폐쇄해 버렸으며, 그리하여
자연주의적 폭로라는 것도 사회적 규모로 수행되지 못하고 그저 사생활
적인 연애 관계의 면에서만 행사되었던 것이다.

거기에는 물론 봉건적 규제하의 '성(性)'의 압제에 대한 반역이라는 의
의가 없지는 않았다. 하지만 그것이 전 사회적인 규모로 넓고 깊은 외연
의 길을 열었다기보다는 오히려 사생활적 규모에서 내잠적(內潛的)인 개
별적 심리의 세계를 제시5)하는 데에 불과했던 것이다.

조선에서 뿌리 깊은 사소설(私小說)의 연원은 양식적으로는 이러한 자
연주의의 조선적 특질에서 탐구되어야 할 문제다.

그리하여 서구 문학의 자연주의와는 그 질과 판도에서 커다란 상이를

---

4) 원문은 "先練"임.
5) 원문은 "プレゼント"임.

보였던 것이다. 이러한 약점은 조선의 순문학적 주장으로 하여금 그 예술에서 철저한 실체를 완성할 수 없게 한, 오직 비문학적(문학 이전) 표정에만 특색을 부여하게 한 결정적 요인이다.

새삼스럽지도 않지만 원래 기술이라는 것은, 기술이라는 용기(容器)에 포섭되어야 할 질료의 충실을 전제하지 않는 한 의미가 없는 것일 터이기 때문이다.

그렇다면 문학에서 공리주의(utilitarianism) 역시 자기에게 철저한 문학 실체를 창조하는 데에 기여하지 못한 채, 화려하기는 했지만 대단히 첨단적인 정치적 사변(辭辯)의 잡음과 함께 끝없는 허실(虛實)을 현상한 이유는 어디에 있을까?

앞에서 말했듯이, 그것은 조선 문학에서 사실주의가 자연주의로부터 넘겨받은 받은 바통(baton)이 아주 빈약한 것이었다는 점에 기인한다고 이해해야 한다.

리얼리즘이 약속한 길은 광범한 현실과의 친화이며 다양한 세계의 흡수였을 터이다. 그러나 그럼에도 불구하고 조선에서는 리얼리즘이 그와 같은 자기 본래의 길을 개척하기에 자연주의가 제공한 토양은 너무나도 척박했으며 또한 그것이 포섭한 영양소는 너무나도 특정적인 것밖에 없었다.

그러한 사정과 더불어, 후진국의 특성이 초래한 것이었겠지만, 리얼리즘이 자기 육성을 위한 충분한 시간적6) 여유를 가지고 그 본래의 성격을 창조하기에는 제1차 구주대전 이후 도도히 흘러들어온 계급적 정치사상의 문학에 대한 나쁜 접목(接木)의 정도가 너무나도 심했으므로, 리얼리즘은 매우 융통성이 없는 편협한 것이 되고 말았다.

문학의 공리성에 대한 적극적 주장이 리얼리즘을 자기의 양식(樣式)으

---

6) 원문은 "期間的"임.

로 삼으면서 출발했다는 것은 이치상 당연한 귀결이겠지만, 그러나 그것이 자기에 철저한 문학 실체를 위해 기여할 수 있었던 것은 극히 미소했을 뿐이었다는 점은 오로지 자연주의로부터 물려받은 바통의 빈약성과 더불어 정치사상의 정책적 성급함이 초래한 것이었음은 특히 명기(銘記)해야 할 사태다.

주지하듯이 최근 조선 문학의 대세는 국민문학적인 방향에서 새로운 활로를 발견하고 있다. 이는 당연한 일이라고 말해야 하리라!

지금까지 조선 문학의 존재 방식을 범주적으로 나누어 보면, 그 사회철학적인 기초는 민족이나 계급 또는 보편자의 이름으로 세계주의적이거나 했던 것이다.

이것들은 각각 불완전하나마 어느 정도의 계몽적 역할은 수행했다. 하지만 이것들은 자기 존재의 지속성을 보장할 수 있는 아무런 현실적 이유도 갖지 못했다.

문화 단위로서의 민족이 국민이라는 역사적 범주에 포섭되어야 하는 한편, 세계의 질서라는 것이 계급적 횡단(橫斷)에 의해서만 보전될 수 있음은 실제적으로도 이론적으로도 생각될 수 없는 일이기 때문이다.

또한 현실적으로 세계주의라는 것은 단지 공상적인 영예를 획득하는 데에 멈추는 것이리라!

역사적으로 보았을 때, 과연 국민문학이라는 개념은 그리스, 로마 시대에는 없었던 것이다. 물론 당시에도 주위에 적대적 존재를 지니고는 있었다. 그러나 자국민이 천하이며 우주였으므로 오늘날과 같이 문화적 대립 관념에 의해 성립된 국민문학적인 개념은 없었던 것이다. 이러한 사실은 고대의 지나에서도 마찬가지여서, 그 전통적 정신이 '중화(中華)'라는 말로 표현되고 있는 듯하다.

일본도 외부에 적대적 존재가 없었을 리는 없지만, 쇄국 시대까지는 일반적으로 국민의식을 가지고 있지 않았다고 보아야 한다.

그러나 구라파에서는 16세기 이후 발달해 온 국민의식의 집합적 마찰이 제1차 구주대전을 초래했다. 그리고 그렇게 생각했을 때, 그 전쟁 결과의 불합리(그 정치적 표현은 베르사유 조약[7]으로 나타났을 터이지만)에 대한 반동으로 일어난 것이 이번 제이차대전이라고 보아야 할 것이다.

이와 같은 세계관의 흐름이 우리에게 준 교훈은, 제일차대전 이후 한때 유력한 경향으로 나타났던 국제주의나 세계주의라는 것도 이제는 하나의 부도수표가 되어 버렸다는 점이다.

지구의 표면, 이를테면 국토, 기후, 환경, 전통 기타 등등이 다른 이상, 세계 문화의 일색화(一色化)를 이념으로 하는 세계주의는 현실적으로 하나의 공상일 수 있을 뿐이다. 정서의 면에서는 세계인이 동일하다고 일단은 생각할 수 있다. 그러나 세계인이 동일한 비희애락(悲喜哀樂)을 똑같이 느낀다고도 한정할 수 없다. 오히려 그 반대이리라!

세계주의보다는 좀 더 현실적이었던 국제주의도 결국은 국제연맹의

---

7) 1919년 6월 제일차대전 후 독일과 연합국 사이에 체결된 평화조약임. 베르사유 조약과 관련해 니시타니 게이지(西谷啓治)는 '세계사적 입장과 일본'이라 명명된 『중앙공론』의 좌담회에서 다음과 같이 말한 바 있다. "역사적으로 봐도 독일의 사회민주주의는 베르사유 조약의 승인에 입각해서 독일의 생존을 유지해가려 했지만 결국 실패했습니다. 그러자 나치는 그 실패를 보고 베르사유 조약의 파기를 아예 처음부터 표방하고 나섰습니다. 그랬기 때문에 나치가 급속도로 대두될 수 있었던 것 아닐까요?"(이경훈·송태욱·김영심·김경원 역, 『태평양전쟁의 사상』, 이매진, 2006, 261면) 한편 스즈키 시게타카(鈴木成高)는 다음과 같이 말한다. "공영권, 광역권이라고 할 때는 아까 말한 베르사유 조약에서 보이는 민족자결이라는, 별개로 독립된, 다시 말해 원자적인 민족국가의 이념과는 다른 그야말로 '광역권'의 의미를 잘 생각해야 된다고 봅니다. 원자적 민족국가라는 추상적이면서도 세계주의적인 것을 극복하는, '민족권으로서의 광역권'의 이념 말이죠."(위의 책, 264면), "'민족의 자각'이라든가 '독립성'이 베르사유 조약 직후에 생긴 '민족의 자각'이나 '민족자결주의'의 영향을 받아 여기저기서 일어난 단순한 민족의 독립성의 자각일 뿐이라면, 거기에는 정치의식만 있지 윤리의식은 없어요. 거기에 민족의 역사적 자각, 즉 윤리적 자각이 들어가지 않으면 안 됩니다. 그런 의미에서 생각한다면, 결국은 윤리의 문제는 공영권의 기본 문제가 되겠습니다."(위의 책, 293면)

파탄에 의해 자신의 비현실성을 폭로했을 뿐이다.

세계의 정세는 시시각각으로 국민의식, 조금 더 구체적으로는 국가주의 의식의 앙양으로 육박해 가고 있다.

과연 지난날에는 세계사의 최고 존재가 '자연'이나 '신' 또는 '인간'으로 파악되던 시대가 있었으며, 다른 측면에서는 그것이 '이성'이나 '생산력'으로 파악되던 시대도 있었던 것이다.

하지만 역사는 단지 자연, 신, 인간 또는 이성, 생산력 등과 같은 의식(意識)의 장(場)에 성립하는 것이 아니다. 현실적으로 그것은 국가를 통해 창조되고 보존되어 가는 것이 아닐까!

자본주의의 확립은 근대 국가의 성립과 상응했다. 국가가 그 중심을 이루었던 것이다. 그러므로 현재에는 국가를 세계사의 최고 존재로 파악하지 않으면 안 된다. 따라서 필연적으로 문화는 자기의 중심적 지반으로서 국가를 요구하지 않을 수없게 되었으며, 그러한 한 조선 문학이 잘못된 일체의 지반을 양기(揚棄)하고 국가주의적인 국민문학의 방향으로 갱생의 의욕을 표명한 것은 당연한 논리적 귀결이라고 하지 않으면 안 될 것이다!

문학의 존재 방식은 세계주의적이지도 계급적이지도 않으며, 국민이라는 역사적 범주를 무시하는 협소한 민족적인 것도 아니다. 그것은 항상 국민적이며 국가주의적인 것일 터이기 때문이다.

이러한 조선 문학의 갱생을 촉진했던 것은 즉 현재의 시국적 특성임은 말할 것도 없다.

그리하여 조선에서 국민문학 앞에 부여된 현재의 과제는 단지 '국민문학'을 말로만 칭양하는 것이 아니라, 앞에서 말한 것 같은 조선 문학의 내재적 고질을 치료하여 그로써 국가가 요청하는 방향에 문학적으로 부합8)시켜 가는 일이다.

그러나 현재 조선 문학의 내재적 고질은 제쳐두고서 단지 '국민문학'을 크게 외치는 것만으로 국민문학자인 척하는 경향은 없을까!

조선적인 자연주의에서 연원하는 사소설의 범람이 시정되었다는 점은 커다란 수확으로 인정해야 하지만, 그렇다고 해서 국민의식의 앙양이 새로운 시대적 배경과 현실적 넓이를 가지고 형상화되는 대신, 그것으로 가는 직접적인 통로를 그저 지적이고 차가운 반성으로 차단하는 일종의 내잠적(內潛的)인 경향은 없을까!

지적인 반성이 나쁘다는 말은 아니다. 하지만 시대적 감격이 귀중한 신념이나 행동으로 전화되는 것을 방해하는 지적인 반성은 결국 문학적 귀족 취미의 온상일 뿐이다.

당연히 국민문학은 이러한 문학적 귀족 취미를 양기하는 것이어야 한다. 국민문학은 국민의 공유물일 터이기 때문이다. 하지만 이 사실은 양적으로 국민 전체를 포괄함을 의미하는 것이 전혀 아니다. 이른바 지적으로도 감각적으로도 레벨이 낮은 독자에게 영합함을 의미하지 않는다. 셰익스피어, 몰리에르, 괴테, 톨스토이…… 등은 각자 최고의 국민문학자이기는 하지만 그러한 독자와는 무릇 인연이 먼 존재들이다.

그럼에도 불구하고 국민문학을 주창하는 작가들 속에서도 대중작가의 어조가 의외로 높이 울린다는 사실은 어찌 된 일일까! 국민문학에 대한 당사자의 이해 정도가 의심스러운 것이다.

대중문학은 결국 저급한 상식으로 무장된 문학이다. 그리고 상식이라는 것은 기존 사회의 내부에서 반복되어 굳어진 어떤 종류의 타당성은 지니지만, 그 대신 시대의 전환기에는 쓸데없이 보수주의와 궤를 같이할 숙명에 있다. 역시 시대의 전환기에는 상식으로는 충분히 납득되지 않는

---

8) 원문은 "契合"임.

많은 일이 현상될 터이다.

대중문학에는 리얼리티가 없으므로 틀렸다든지 하는 뻣뻣한 견해는 잠시 접어두더라도, 상식에 의해 무장된 이런 것이 새로운 시대를 대변하는 국민문학일 수 없음을 이해하는 일은 그다지 곤란한 문제가 아니다.

국민문학은 갱신되는 시대의 새로운 모럴, 새로운 숨결, 새로운 성격을 자기의 것으로 하는 문학이지 않으면 안 된다. 그렇다고 해서 현재의 특성을 단적이고도 집약적으로 표현하는 전쟁과 직접적인 교섭을 갖는 것만이 국민문학이라고 하는 견해에는 좌단(左袒)9)할 수 없다. 현 시점에는 전쟁이야말로 새로운 모럴, 새로운 숨결, 새로운 성격이 창조되어 가는 가장 유력한 장이며 저장고일지도 모른다. 하지만 전쟁문학은 하나의 장르일 뿐이다. 그 이상의 것일 수는 없는 것이다. 전선에서의 체험이 없으므로 훌륭한 국민문학 작품은 쓸 수 없다는 작가의 고백은 결국 그가 국민문학을 아주 여유가 없는 협소한 형태로 인식하고 해석하기 때문에 나온 말일 뿐이다!

그러나 현재의 국민문학이 전시의 문학이라는 점은 부정될 수 없다. 고도국방국가의 요청은 "국가 국민의 총력을 최고도로 발휘하여", "어떠한 사태가 발생해도 독자적인 입장에서 신속 과감하며 유효적절하게 이에 대처할 수 있는" 국가 체제에 있는 것인데, 이 요청을 문학의 장에 옮겨 말하면, 그것은 그대로 전시 문학의 체제에 다름 아닌 것이다.

그렇게 보았을 때 현재의 국민문학을 전쟁과 분리된 일반적인 형태로 인식하고자 하는 태도 역시 똑같이 오류다. 그보다는 오히려 준엄히 단죄되어야 할 태도다. 그런 인식 태도는 그 정신의 밑바닥에서부터 전쟁과 문화를 이율배반적으로 생각하고 있는 것이라고 보아야 한다.

---

9) 편듦. 가담함.

과연 독일의 30년 전쟁 같은 것은 문화, 산업 할 것 없이 국내의 전반적 방향에서 지체를 초래했으며, 따라서 개인주의 사상의 권화(權化)인 지드 같은 사람은 전쟁이 문학에 기여한 재산에 대해 대단히 부정적인 견해를 표명하고 있기도 하다. 지금 이런 말들에 대해 구체적으로 비판하는 수고는 생략한다 하더라도, 어쨌든 이런 견해들이 적어도 현재의 총력전에 대해 말하고 있지 않다는 점만은 확실하다.

현재의 총력전은 동시에 건설전이기도 하다는 식의 명쾌한 말은 하지 않기도 하더라도, 전쟁은 미래에 대한 의지와 국가에 대한 의지를 자각시키는 유력한 계기를 제공하는 것이다. 전쟁은 인간적 존재를 국가적 존재로 앙양시키고 매개하는 것이다. 간단히 말하면 이번의 성전(聖戰), 그 중에서도 특히 대동아전쟁의 발발이라는 감격적 사실이 없었다면 조선에서 국민의식의 앙양은 오히려 장래의 일이었을지도 모른다. 약간 예가 이상하기는 하지만, 황군 비행기의 프로펠러 소리가 지나 전토 방방곡곡에 울리는 일이 없었다면 지나 민중의 국민의식의 자각은 여전히 전무했을지도 모른다.

전쟁은 국가 형식적이며 국민의식의 매개자이기도 하다. 국민의식의 실천적 인식을 대전제로 삼을 국민문학이 전쟁과 관계없어도 좋을 리는 없다. 국민문학은 때를 초월해 성립할 수 있는 성질의 것이 아니다.

그리하여 반복해 말하지만, 현재의 국민문학은 전시의 문학이다. 그러므로 전시의 근본적 요청이 국가 총력의 육성과 집중에 있다고 하면, 국민문학의 요체도 실로 국가 총력의 육성과 집중에 있어야 한다.

그런데 이는 정치의 문제이기도 하다.

그렇다면 정치와 국민문학의 관계는 어떤 식으로 해석되어야 하는 것일까!

물론 이 문제는 문학의 정치성과 예술에 대한 이론적 고구를 필요로 하는 것이겠지만, 여기에서는 이 글의 성질상 시평적인 소묘만 하겠다.

지금의 문제를 중심으로는 대체로 두 가지 견해가 나타나고 있는 듯하다. 국민문학은 시국의 호령을 준봉(遵奉)10)하여 철저히 정치 문학이 되어야 한다는 주장과, 정치 문학이라는 것을 비교적 평정(平靜)한 눈으로 고찰하면서 가능한 한 정상적인 위치에 정위(定位)하고자 하는, 이른바 절도를 중시하는 태도가 그것이다.

전자는 시국의 요구에는 최대한도로 복종하여 적극적 의의가 있는 문학을 창조해 가야 하며, 가령 그 결과가 협의적(狹義的)이고 조야한 것이 되어버리는 일이 있더라도 그렇기 때문에 주저할 수는 없다는, 아주 열의가 있는 주장으로 나타나고 있는 반면, 후자는 올바른 생활을 힘차게 살아내는 것으로써 문학자의 사명은 다 한다는 중용적인11) 말로 번역되고 있다.

전자의 주장은 일단은 옳다.

문학은, 특히 당래(當來)할 문학은 정치적 생기(生起)와의 가장 긴밀한 연계를 보전해야 한다.

하지만 국민 생활에서 정치가 가장 높은 지위를 차지한다고 해서, 그것이 국민문학에 있어 정치의 독재를 뜻하는 것이어서는 안 된다. 그리고 그런 의미에서 국민문학이 협의의 정치 문학으로 떨어지는 일은 크게 경계할 필요가 있지 않을까! 소재주의에 의해 현실의 한 가운데로 뛰어들어 문학인적인 야심을 발휘해 보는 일도 물론 좋은 일이다. 그러나 소재는 어디까지나 소재이며 조야하다. 역사적 조망의 긴 안목으로 국민 생활을 보면, 서투르게 노래한 정책보다는 능숙하게(예술적으로) 노래한 자연 쪽이 오히려 이득이 되는 경우도 있지 않겠는가! 국민 생활의 본질이란 아주 풍요로우며, 그 생활적 감격도 다종다양하다. 팔굉일우(八紘一

---

10) 충실히 따름.
11) 원문은 "中正"임.

宇)이며, 나아가 여운적(餘韻的)이기도 한 것이다.

물론 정치는 국민 생활이 가장 집약적으로 표현되는 구체적 장면이기는 하다. 그러나 그 구체적 장면은 생활의 넓이나 깊이를 떠나 단독으로 성립되는 것이 아니다.

국민문학이 극도로 첨단적이고 편면적(偏面的)인 소묘에만 전념하는 일이 있다면, 그것은 분명히 오류며 편파다. 시국의 사정상, 어쩌면 선전과 정책의 견지에서는 그와 같은 일이 가능할지도 모른다.

그러나 그것으로는 아무래도 편파적일 터이다. 또 그러한 일은 문학인이 아니라도 충분히 수행할 수 있는 일이 아닐까!

문학적으로 국민 총력을 육성하고 집중하는 일은 국민문학이 이렇게 자기를 편파적인 것으로 한정함을 의미하기보다는 실로 그 반대일 것이다.

여기에서 우리는, 자연주의로부터 받은 바통이 빈약했던 이유 때문이기도 하지만, 그와 동시에 정치사상을 성급하게 정책적으로 접목했기 때문에 예술적으로는 하나의 형해화(形骸化)로 떨어진 쓰라린 체험을 맛보았을 뿐인 과거 공리주의의 교훈을 상기해야 한다.

현재의 국민문학은 뒤집힌 형태로 계급문학의 전철을 밟는 것이어서는 안 된다.

하지만 현재의 국민문학이 광의의 정치 문학일 필요는 있다. 아니, 그렇게 되는 것이 최대한도로 요구되고 있음도 납득해야 한다.

그렇다면 정치와 문학의 관계상 문학인은 결국 옳은 생활을 힘차게 영위하면 된다고 하는, 중용12)이기는 하지만 막연한 언어로써 표명되는 정신적 태도는 어떻게 받아들여야 할까.

작가적 생활의 그 날 그 날이 그대로 전진하는 역사의 한 페이지씩을

---

12) 원문은 "中正"임.

진행해 갈 수 있도록 되는 것이 가장 바람직한 일이기는 하다. 하지만 현재와 같은 과도기에 처한 작가 중에 그렇게 이상적인 올바른 생활을 하고 있다고 대외적으로 주장할 수 있는 사람은 몇 명이나 될까? 마음가짐의 문학(構への文學)이라는 것이 작가 측에서도 시인되고 있는 오늘날의 사정을 미루어 생각해보면 더욱 그러하다.

떠도는 그러한 말을 나는 지금 객관적인 장소로 끌어내 논하는 것이지만, 어쨌든 현재의 특성은 작가 스스로가 내면생활을 혁신할 것을 요청하고 있다고 보아야 한다. 말로는 잘못이 없으면서도 객관적인 결과에서는 결국 지난날의 모럴, 지난날의 성격을 연장할 뿐인 경우도 없다고는 할 수 없다. 그것은 그렇다 치고, 문학 대상으로서의 조선 민중의 넓은 생활상에 대해 살펴보아도 진정으로 올바른 생활의 실천은 적은 것이 아닐까. "철저히 황국 신민이 된다"는 말이 종종 이야기되지만, 이는 황민(皇民) 의식을 개념적으로 파악하는 것만으로는 도저히 기대할 수 없는 일이다.

이런 말을 할 장소가 아닐지는 모르지만 요즘 농촌의 실정에 대해 잠시 생각해 보겠다. 현재 농촌 사람도 개념적으로는 부락상회(部落常會) 등의 훈육을 통해 황민 의식이나 시국 의식을 지니고는 있다. 그러나 정작 실행에 옮기는 데에 있어서는 황국 신민이 다 되지 못했으며 올바른 생활을 발휘할 수 없다. 즉, 그들은 국민 저축, 양곡 공출, 국민개로운동(國民皆勞運動)…… 등을 주저하는 경향이 있는데, 요컨대 이 역시 다름 아니라 그들의 의식이 생활 속에 스며들어 있지 않기 때문이다. 그렇게 생각하면 조선 민중의 생활 속에 진정으로 황국 신민으로서의 올바른 생활이 부상하는 것은 징병 제도가 시행되는 쇼와 19년 이후의 일일 것이다!

리노이에(李家)13)의 아들은 빨간 딱지14)를 받았다는데! 이웃 가네무라

---

13) 이(李) 씨의 창씨개명.
14) 원문은 "赤紙"임. 이는 군대의 영장을 의미함.

(金村)15)의 동생은 장렬하게 전사했대! 이런 식으로 생활 그것 속에 직접적으로 시국 의식이 스며들게 될 때 비로소, 평소라면 온돌에서 아이라도 돌볼 예순 나이의 할아버지나 할머니도 이마에 하치마끼(鉢卷き)16)를 두른 모습으로 들일에 나갈 것이며, 전선의 아들을 생각하거나 동생을, 형을, 친구를 그리워하며 올바른 생활을 아낌없이 발휘하게 될 것이다! 이렇게 될 때, 들일에 지쳐 잠시 석양의 하늘을 바라보는 경우에도, 그것은 막연하게 바라보는 것이 아니라 붉은 석양 아래 용감하게 돌진하는 손자를, 아들을, 동생을 그리고 있는 것일지도 모른다.

현재 조선 민중의 생활 실태가 여기까지 도달하지는 않았지만, 그렇다고 해서 추호도 비관할 필요는 없다.

그 어떤 시대에도 사회적 심리라는 것은 항상 사회적 경우(境遇)보다 지체되었던 것이다. 지체된 사회적 심리를 사회적 경우에까지 끌어 올리는 것이 다름 아닌 문학의 사명이다. 사회적 심리를 사회적 경우로 끌어 올린다는 것은 즉 국민 총력(현상적이거나 잠재적인)을 육성해 정치가 요구하는 방향으로 집중하는 것에 다름 아니다.

그런데 여기서 이야기는 원점으로 돌아간다. 그것은 작가의 주체성 문제인데, 진정으로 올바른 황민의 생활을 주체화하는 일은 과도기에 처한 문화인이 당연히 받아야 할 고난이다. 하지만 여전히 그것을 생활적으로는 획득할 수 없다는 것이 일반적인 문제로서 숨길 수 없는 사실이라면, 작가는 쓸데없이 미리 중정(中正)을 준비하는 미온적인 태도를 버리고 크게 의욕적일 필요가 있다. 작위적(作爲的)이고 준비적17)이며 크게 경향적(傾向的)일 필요가 있다. 시대에 대한 열의와 기백을 가지고 광의의 정치

---

15) 김(金) 씨의 창씨개명.
16) 머리를 천으로 동여매는 일. 머리에 동여맨 천. 원문은 "針卷き"로 오식됨.
17) 원문은 "構ヘ的"임.

와 교섭, 그것에 가담하며 부합하지 않으면 안 된다.

조선의 문학인에게 국민문학은 하나의 도량(道場)이기도 할 터이다. 자기를 단련하면서 독자를 단련해야 한다. 그 역도 또한 가능하다. 그렇게 함으로써만 국민문학은 쌓아올려지는 것이리라! 미리부터 중용만을 이념으로 삼는 태도는 결국 국민문학을 큰소리로 외칠 뿐 구태의연한 문학의 의미 없는 연장(延長)을 초래할 뿐이지 않을까!

현재의 국민문학이 커다란 시대에의 의욕을 지니고 광의의 정치 문학적인 성격을 갖추어야 한다고는 해도, 이는 정치에 종속됨을 의미하는 것이어서는 절대 안 된다. 문학은 단지 정치의 수단이어서는 안 된다. 그와 달리 문학은 정치의 매개자여야 한다. 우수한 국민문학은 자기 고유의 지반 이상으로 세계적으로 확대되거니와, 그것은 항상 정치의 매개자적 역할을 수행하고 있는 것이다. 셰익스피어의 구라파적 확대는 데모크라시즘의 확충이기도 했다.

대동아공영권의 건설이라는 국가적 과제는 단지 정치적 문제로 끝나지 않는다. 그것은 동시에 문화적 문제이기도 하다. 즉, 여러 문화권 속에서 일본 문화가 세계사의 주류일 수 있게 됨으로써 정치적 성업(成業)이 시공적(時空的)으로 보장되는 정도도 점점 더 강해질 터이다.

그런데 세계사의 주류이고자 하는 문화는 다른[18] 문화의 종합 위에 자기의 성격을 쌓아올릴 필요가 있다. 이여(爾餘)의 문화를 그저 조건으로만 삼는 것이 아니라, 특수성의 상호 존중에 의한 공명적(共鳴的) 교환(交驩)[19]에 의해 영양소를 보존, 섭취해 가는 아량 있는 정신일 필요가 있다.

최근 공영권 내 각 문화권에 대한 연구열이 높아지고 있는 것도 그간의 소식을 전해주는 것이리라!

---

18) 원문은 "爾餘"임.
19) 서로 즐거움을 나눔.

그리고 문화권 상호 간의 관계에서만이 아니라 지방적인 의미에서도 이와 똑같으므로, 조선 문학의 특수성은 크게 인정되고 크게 천착되지 않으면 안 되는 문제다.

똑같이 무를 재료로 하고 있지만 '다꾸앙'에는 다꾸앙의 맛이 있고 '김치'에는 김치의 좋은 점이 있다. 담그는 법, 색채, 맛 등에서 각각 개성적이기는 하지만, 그러나 이 사실이 무라는 공통적 근원성은 추호도 일그러뜨리지 않는다. 이질적 다양성은 결코 동질적 종합성을 방해하는 것이 아니다. 오히려 그 역이어서, 이질적 다양성은 동질적 종합성을 더욱 풍만하게 확충하는 것이다.

문제가 문화에 관한 것인 한, 단순한 양의 부가만큼 무의미한 것은 없다.

국민 문화 창조의 일익이고자 하는 조선에서 국민문학은 그만큼의 개성적 광망(光芒)이 있으면 좋겠다. (11월 25일)

❝『국민문학』, 1943. 2. 원제「朝鮮文學の特質と方向について」

작가와 기백

유진오

『문예(文藝)』 4월호에 '시평(時評)'을 써야 하므로 나는 이 펜을 들었지만, 생각해 보면 나 같은 사람은 시평의 필자로서 결코 적임이라고는 말할 수 없다. 멀리 동경을 떠나 있으므로 내지 문단의 분위기 같은 것을 전혀 모르는 울타리 바깥의 사람일 뿐 아니라, 어떤 이유 때문인지 이번 달은 일부 잡지의 도착이 늦어져 『문예』와 『문학계(文學界)』는 아직 읽지 못한 상태이기 때문이다. 게다가 더 나쁜 일은, 나는 최근 1~2년 동안 나온 내지 문단의 작품을 별로 알지 못한다는 점이다. 이전에는 각 잡지의 매월 창작란은 공들여 읽고 있었지만, 언제부터인지 그런 일을 별로 하지 않게 되었다. 결국 나는 시평의 필자로서 부적임이라는 말이 되지만, 울타리 바깥에 있는 사람의 말도 때로는 쓸모가 있을지 모른다는, 이를테면 일종의 사행심(射倖心)에서 이 붓을 들기로 한 바이다.

그런데 앞서 나는 요즘 1~2년 동안 내지 문단의 작품을 별로 읽지 않았다고 했는데, 그것은 왜일까 하는 점에서부터 이야기를 진행해 가기로 하자. 말할 것도 없이 그것은 나의 태만 탓이지만, 그것은 또 내가 일본 문학의 운명이라는 것에 대해 책임을 가지지 않은 한 방관자에 불과하다는 점에서 오는 것이다. 문단의 운명에 대해 책임을 분담하는 사람이라면 싫든 좋든 문단의 시시각각의 움직임을 알아야 하며 매월 발표되는 작품이나 평론도 대략은 보아야할 터이지만, 방관자에게는 그와 같은 책임이 없기 때문에 작품의 선택에 있어 오히려 엄격하고 사치에 흐르기 쉬운 것이다. 태타한 방관자는 자기에게 매력이 없는 작품에는 눈도 주지 않는다. 좋은 작품만이 그를 사로잡을 수 있는 것이다.

이런 식으로 말하면, 너무나도 나는 자기 태만 문제에 대한 해결을 미루고 자기 노력 부족의 전 책임을 작품이 좋지 않은 것에만 뒤집어씌우려는 듯이 보일지도 모른다. 하지만 나는 전혀 그런 비겁한 근성에서 나온 일을 말하는 것이 아니다. 그저 요즘 1~2년 동안 발표된 작품 중에 매력을 가진 것이 아주 적었다는 점을 지적하고자 할 뿐이다. 능숙한 작품, 잘 정리된 작품은 많이 있었을지도 모르지만, 다른 사람에게 읽고 싶은 유혹을 느끼게 하는 작품, 한번 읽기 시작하면 끝까지 읽지 않을 수 없게 하는 작품, 읽은 후에도 계속 애착을 느끼게 하는 작품, 이러한 매력 있는 작품은 외의로 희귀했던 것이 아닐까.

문학 작품이 매력을 상실한 원인의 절반은 문학의 매력이 현실의 매력에 압도된 사실에 귀착되어야 할 것임은 물론이리라. 인류는 지금 예전에 경험해 보지 못한 새로운 역사를 창조하고자 고투하고 있으며, 특히 대동아전쟁이 발발한 후부터 우리나라는 실로 흥망의 관두(關頭)에 서 있으므로, 이런 위급 존망의 때를 당해 일반의 관심이 문학보다도 생생한 현실 쪽을 향하는 것은 별로 이상한 일도 아니다. 그러나 그럼에도 불구하고 문학 작품이 그 자신의 매력을 상실했다는 것 또한 부정할 수 없는 사실이라고 할 수 있다. 현실의 매력이 아무리 생생하고 그것으로부터 받는 감동이 아무리 심각한 것일지라도 작품이 그 자신의 매력을 유지하는 한, 역시 문학은 문학만의 독자가 끊어지지 않도록 할 수 있을 터이기 때문이다. 그렇다면 현대의 문학 작품은 어째서 매력을 상실한 것일까.

그런데 우리들이 문학에 대해 느끼는 매력의 근거는 도대체 어디에 있을까. 이 점을 우선 생각해 볼 필요가 있다고 생각한다. 여러 가지 설을 말하는 사람이 있을 것이다. 그러나 나는 현재 작가의 기백이야말로 문학 작품이 지닌 매력의 근저에 가로놓여 있는 최대의 것이 아닐까 하고 생각한다. 문학의 독자는 항상 어떤 의미에서 작품으로부터 교훈을 추구하고 있으며, 이러한 독자의 요구를 충족시키기 위해서는 강렬한 기백을 가지는 일이 작가에게 요구되기 때문이다. 그렇다고 해서 나는 문학의 작가에게 인생의 교사일 것을 요구하는 것은 전혀 아니다. 더구나 그 어떤 용장 활발한 고무(鼓舞)를 기대하고 있는 것 또한 아니다. 때에 따라 작가는 그 어떤 교훈도 주지 않고 단지 독자를 뿌리칠 뿐인 경우도 있을 것이며, 때로는 도무지 인생의 교사답지 않은 반도덕적, 반사회적인 주장으로써 독자의 흥미를 유혹하는 일도 있을 것이다. 하지만 어떤 작품이건 간에 독자가 작품에서 추구하는 것은 여전히 교훈일 것이다. 독자는 문학 작품을 읽으면서, 혹은 공명하고 위로받으며 고무되거나 혹은 그와 반대로 절망 속으로 떨어지는 일도 있을지 모르지만, 결국은 거기에서 제 각각 어떤 의미의 교훈을 헤아리며 그에 의해 비로소 만족을 느끼는 것이다. 작가에게 확고한 기백이 요구되는 것은 그 때문이다. 긍정적이건 부정적이건 간에 작가는 자기의 기백을 가지고, 자기가 믿는 인생의 진실을 이야기해야 한다. 만약 작가가 자기의 것이 아니라 남에게 빌린 진실을 말하는 일이 있다면, 독자는 작가를 뛰어넘어 곧장 진실의 주인에게 달려가 교훈을 배우려고 할 것이다. 펜을 들고 원고지를 향하는 경우, 작가는 일체의 빌린 것을 내동댕이치지 않으면 안 된다. 그리고 아무 것도 두려워하지 말고 자기가 믿는 진실을 말해야 한다. 그렇게 함으로써 비로소 그의 작품은 생생한 생명을 부여받으며 마르지 않는 매력을 가지게 될 것이다.

나는 감히 현재의 작가들이 빌려온 진실을 이야기하고 있다고는 말하지 않겠지만, 기백의 결핍만은 누가 뭐라 해도 숨기기 어려운 것이 있다고 생각한다. 이 사실을 나는 다카미 쥰(高見順) 씨의 「돌아와서의 독백(歸っての獨白)」(『개조(改造)』)을 읽으면서 새삼스럽게 느꼈던 것이었다.

> "전투에서 싸우는 임무와 선전으로 싸우는 임무. 동일하다. 그렇게 납
> 득시킨다. 머리는 알고 있다. 신경은 그러나 불가능했다. 신경적으로 오는
> 열등감. 피할 수 없는 비하(卑下)."

이것은 선전반원으로서 전선에 선 다카미 씨다운 감상인데, 실로 그렇다. 현대의 작가는 다카미 씨뿐 아니라 그 누구나가 모두 비슷한 경험을 맛보고 있는 것이 아닐까. 다카미 씨는 흙먼지 속을, 어두운 정글 속을 군인들과 함께 행군하고, 우세한 적의 내습에 직면해 한 번은 죽음을 각오했으며, 그러는 중에 가까스로 이러한 열등감에서 벗어날 수 있었다고 고백하는데, 과연 그것은 그럴 것이다. 그러나 선전반원으로서 전선에 선 사람조차 이러한 상태이니 하물며 총후에서 적의 습격은커녕 적기(敵機)의 그림자조차 본 적 없는 사람의 경우는 말할 것도 없다. 현대 작가의 작품이 매력을 상실하고 있는 것은 많건 적건 현대의 작가가 이러한 열등감의 포로가 되어 있다는 점에서 유래한다고 생각된다. 끊임없이 자기 자신에 열등감을 느끼고 있는 사람이 주위를 둘러보면서 머뭇머뭇 말

하는 이야기에 매력이 있을 리 없다는 것은 조금도 이상한 일이 아니다. 그런 사람보다는 직접 전투로써 전쟁에 부딪쳤던 사람이 말하는 기백에 찬 체험담 쪽이 훨씬 매력이 풍부하다는 것은 당연한 이치라 할 것이다.

하지만 이렇게 말했다고 해서 나는 열등감의 미덕을 무시하려는 사람은 전혀 아니다. 실제로 제일선의 장병이 필설로 다 할 수 없는 곤고간난(困苦艱難)을 맛보면서 생명을 던져 싸우고 있는 이때에, 안전한 총후의 특등석에서 죽음의 각오는커녕 국민으로서의 자각조차 아직 확실히 갖추지 못한 사람이 득의양양하게 기백을 가장해 들뜬 어조로 '진실'을 말하는 일이 있다면, 그것이야말로 눈뜨고 보지 못할 추태일 것이다. 따라서 현대의 작가가 조심스럽게 열등감을 열등감으로 승인하고 결코 주제넘은 말참견을 하지 않는다는 것은 별반 비난 받아야 할 일도 아니며, 오히려 자기를 아는 사람의 태도로서 칭찬해야 할 일일지도 모른다.

그러나 다시금 깊이 파고들어 생각해 보면, 이러한 작가의 태도는 역시 그대로 시인될 수 있는 것은 아닌 듯하다. 다카미 씨도 지적하고 있듯이 열등감은 방관자 의식의 소산이며, 방관자 의식이라는 것은 이 경우 도저히 허락될 수 없는 것이기 때문이다. 작가가 죽음의 최후 순간에 이르기까지 작가 의식을 잃지 않는 것은 단지 필요한 일일 뿐만 아니라 생리적 필연이기도 하다. 하지만 작가 의식은 결코 그 자체로 방관자 의식은 아니다. 작가 의식은 작가와 현실 사이에 존재하는 거리에 대한 의식이며, 작가는 이 거리를 의식하면서 현실 속에 휘말려 들어가는 것이다. 그러나 방관자 의식은 방관자와 현실 사이에 존재하는 거리에 대한 의식이며, 방관자는 언제까지든 현실 속으로 몸을 바쳐 뛰어들려 하지는 않는 것이다. 그러므로 열등감은 방관자 의식의 소산이지만, 역으로 방관자는 열등감 의식 속에서 안주의 땅을 발견하고자 하는 것이다. 이 점을 입증하기 위해 다카미 씨는 사키(佐木) 군조(軍曹)[1]를 끌고 오는데, 이는 지당한 일이라고 생각한다.

> "사키 군조는 선전반원이기보다 제일선에서 싸우고 싶다고 말했다. 거기에서 열등감을 보았다. 나 스스로가 느끼고 있었기 때문이다. 하지만 사키 군조의 가케아이²⁾에 열등감은 없었다. 내가 가지고 있는 것 같은 구차한 열등감은. 사키 군조는 군인이었다. 주어진 현재의 임무에는 충실하지 않으면 안 된다. 임무의 수행에는 매진하지 않으면 안 된다. 긍지와 자신을 가지고……."

나는 다카미 씨의 이 말을 믿으려 한다. 만일 이 말이 다카미 씨 이외에 누군가 특등석에 진치고 있는 사람의 입에서 나온 것이라면 우리는 쉽게 그것을 믿을 수 없으며 때로는 작가의 자만이라고 비난하고 싶은 기분이 될지도 모른다. 하지만 이 말은 죽음의 과정을 뚫고 나감으로써 스스로 방관자 의식을 청산한 사람의 말이므로 그대로 믿어도 좋을 듯이 생각된다. 실제로 일본의 작가들은 이미 구차한 열등감 의식 따위는 청산하고, 긍지와 자신을 가지고 일에 매진해야 할 지점에까지 와 있는 것이 아닐까. 문학이 매력을 되찾는 길은 이것을 두고는 달리 없는 것이다.

「조부(祖父)」(시바키 요시코(芝木好子), 『신조(新潮)』), 「벼와 가래(稻と鍬)」(이토 에노스케(伊藤永之介), 『신조』), 「풍설(風雪)」(구라모토 효에(倉本兵衛), 『신조』), 「연락원(連絡員)」(구라미츠 도시오(倉光俊夫), 『문예춘추(文藝春秋)』) 등을 읽으면서 나는 똑같은 것을 계속 생각하고 있었다. 이 작품들은 모두 재미있으며, 「조부」에 보이는 인정의 기미, 「벼와 가래」에 나타나는 형제의 대조, 「풍설」과 「연락원」에 보이는 인간의 숙명 같은 것은 제 각각 사람의 흉금을 때리는 것을 가지고 있지만, 그럼에도 불구하고 이 작품들을 읽고 있으

---

1) 중사에 해당하는 계급.
2) '掛け合ひ' 또는 '掛け合ひ話' : 담판 또는 두 사람이 나와서 우스꽝스러운 대화를 주고 받는 요세(寄席) 연예의 일종.

면 피곤을 느끼게 된다. 이 작가들도 무엇인가에 대해 열등감을 느끼며 조심스럽게 자기를 이야기할 수밖에 없는 사람들처럼 생각된다.

이상으로 내가 말한 것은 어쩌면 조선의 문단에 대해 해 주어야 할 말이므로 내지의 문단에 그대로로는 들어맞지 않을지도 모른다. 그러나 어쨌든 작가가 기백을 가지고 자기의 진실을 말해야 한다는 것은 오늘날 이미 움직일 수 없는 요청이 되어 있지 않을까. 오늘날의 일본 문학은 이미 단순한 일본의 문학이 아니라 대동아의 문학이다. 대동아의 문학으로서, 서구적인 근대적 문학과는 다른 새로운 정신 원리 위에 서야 하는 일본 문학의 작가들이 언제까지나 매력 없는 작품을 쓰고 있어도 좋다는 말은 있을 수 없다. 물론 이러한 역사적인 사업이 그렇게 용이하게 성취되리라고는 생각할 수 없으며 시일을 좀 더 주어야 하는 것일지도 모른다. 그러나 어쨌든 이 사업은 성취되지 않은 채 버려두어서는 안 되는 것이다.

❝『문예』, 1943. 4. 원제「作家と氣魄」

결전하 만주의 예문 태세
만주 '결전예문전국대회' 참관기

마쓰무라 고이치(松村紘一)*

　만주예문연맹(滿洲藝文聯盟)은 대동아전 2주년을 맞아 예문계(藝文界)의 결전 의식을 앙양하기 위해 12월 4일 및 5일 양일에 걸쳐 '전국예문가회의(全國藝文家會議)'를 열었다. 나는 초대되어 조선문인보국회(朝鮮文人報國會)를 대표해 회의에 참례할 광영을 입었던 것이다. 조선에서 간 일행은 나 이외에 국민총력조선연맹(國民總力朝鮮聯盟) 문화과의 데라모토 기이치(寺本喜一) 씨와 조선연극문화협회(朝鮮演劇文化協會)의 유치진 씨 등 모두 세 사람이었다.

　만주예문연맹은 만주 각종 예문 단체의 연락기관인데, 현재 그 산하에 있는 것은 다음과 같다.

---

* 주요한의 창씨개명한 이름. 원문에서는 "舊名 朱耀翰"이라 하여 창씨개명 이전의 이름을 제시하고 있으며, 이와 함께 주요한이 "조선문인보국회 특파사절"임을 밝히고 있다.

　　　　만주문예가협회
　　　　만주악단협회
　　　　만주미술가협회
　　　　만주서도가협회
　　　　만주사진가협회
　　　　만주공예가협회
　　　　만주작곡가협회
　　　　만주무용가협회

　　이상의 단체 이름에 의해 '예문(藝文)'이라는 용어의 개념을 알 수 있겠지만, 강덕(康德)[1] 9년(쇼와 17년)[2] 3월 23일에 발표된 '예문지도요강' 속의 정의를 보면 즉, "문화의 개념 중에서 문예, 미술, 음악, 연예, 영화, 사진 등을 추출하여 예문이라 칭한다"고 되어 있다. 또한 같은 날 행해진 무토(武藤) 홍보처장의 강연에 의하면,

　　　"예술이라고 하면 '술(術)' 쪽에 무게가 놓일 우려가 있으므로, 예술과
　　　문학을 합쳐 예문, 또는 예술문화라는 말을 줄여 예문이라 칭하는 것으로
　　　생각해 주시면 납득이 가지 않을까 생각합니다."

　　만주예문연맹은 상술한 각 단체의 연락기관이다. 적어도 지금은 연맹이 지도기관은 아니다. "예문의 종합적 발전을 꾀하기 위해 각 단체를 구성분자로 하는 만주예문연맹을 작성"하고 "정부는 각 단체를 직간접적으로 지도한다"고 되어 있다. 각 단체라 함은 즉 만주문예가협회 등 앞서 말한 여덟 단체를 지칭한다.

　　각 예문단체의 구성에 대해 주목해야 할 점은 그 명칭에서 보이듯이

---

1) 1934년부터 1945년까지 만주국의 연호.
2) 1942년.

'문예가', '공예가' 또는 '악단', '극단' 등 소위 예문가의 단체라는 사실
이다. 지도 요강에 의하면, "문학, 음악, 미술, 연극의 각 부문별 전문가
로 구성되는 공고한 단체를 결성"하는데, "위의 단체들은 음악이나 연극
에서는 음악단이나 극단을 구성 분자로 하며, 문학이나 미술에서는 개인
을 구성 분자로 해 이를 결성한다"로 되어 있다.

영화 단체가 없는 것은, 영화의 경우는 만주영화회사 하나뿐이기 때문
이다.

이번 전국예문가회의는 대동아전 2주년을 기념하는 '결전예문대회(決
戰藝文大會)' 중의 한 행사로서 개최된 것이었다.

결전예문대회의 행사는 다음과 같다.

　1. 전국예문가협회
　　4일. 5일. 신경기념회회당(新京紀念會會堂)
　　예문연맹 사무국 및 문예가협회 담당
　　전국 회원 참가
　2. 공연(음악, 무용, 극)
　　일계(日系) : 5일(주야 2회)
　　만계(滿系) : 10일, 11일, 12일(5회)
　　기념공회당
　　만주악단협회, 무용가협회, 극단협회, 작곡가협회 담당
　3. 미술전 <북방의 수호(北ノ護リ)>
　　8일부터 15일까지
　　금태(金泰) 백화점
　　만주미술가협회 담당
　4. 사진 포스터 원화전(原畵展)
　　1일부터 5일까지
　　미나카이(三中井) 백화점

　　만주미술가협회 담당
　5. 서화전(書畵展)
　　3일부터 5일까지
　　기념공회당
　　만주서화가협회 담당

실로 전 만주의 예문가를 총동원해 결전 의식을 앙양하고자 하는 호화롭고도 강력한 행사라고 이야기하지 않을 수 없다.

우리가 참관할 수 있었던 것은 위의 행사 중 1, 2, 4, 5였다. 3의 미술전만은 회기가 8일 이후였고 또 2 중의 만계 분은 10일 이후였기 때문에 참관할 수 없었다. 그 점은 유감이었지만, 예문가회의나 극 공연 등에서 감득(感得)한 것은 실로 대회의 취지에 나와 있는 대로 "총력을 바쳐 필승의 전선(戰線)에 정신(挺身)"하며, "호지(護持)함에 황민(皇民) 전통의 정신, 대처함에 더딤3)이 없는 과감한 실천"에 투철한 기백과 열의의 현현이었다.

각종 행사를 통해 더욱 주의를 요하는 점은 민족 협화(協和)의 대 정신이 유감없이 발휘되어 만계(滿系), 노계(露系),4) 몽계(蒙系)5)의 예문가들이 일계(日系)와 함께 성전(聖戰)의 전사(戰士)로서 대회에 참가하고 있는 모습이다.

특히 문예가회의에는 대동아문학자대회의 출석자로서 경성에도 잘 알려진 고정(古丁),6) 작청(爵靑),7) 오영(吳瑛)8) 기타 다수의 만계 작가가 모습

---

3) 원문은 "澁滯"임.

4) 러시아계.

5) 몽골계.

6) 1914~1964. 본명은 徐長吉. 장춘(長春) 출생. 북경대 졸업. 중국어 잡지 『명명(明明)』, 『예문지(藝文志)』 등에 참가했으며, 만주국 중국어 문학의 선두에 섬. 도일하여 기원 2600년 기념식전에 참가한 바 있으며, 3회 대동아문학자대회에 만주국 대표로 출석함. 『평사(平沙)』가 만주국 민생부 대신문예상을 수상했으며, 『신생(新生)』으로 대동아문학상을 수상함.

7) 1917~1960. 본명은 유패(劉佩). 『구양가의 사람들(歐陽家の人人)』, 「도박(賭博)」, 「귀향

을 나타낸 것이 보였다.

4일 오전 10시, 한파가 내습한 신경 거리를 뚫고 기념공회당에 모인 350명, 그 중에는 만주문예가협회의 회원, 신경(新京), 봉천(奉天), 하얼빈(哈爾濱), 길림(吉林), 안산(鞍山), 무순(撫順), 승덕(承德), 본계호(本溪湖), 치치하루(齊齊哈爾), 사평(四平), 금주(錦州), 북안(北安), 안동(安東), 소가둔(蘇家屯), 영구(營口), 통화(通化), 목단강(牧丹江), 동만(東滿), 개원(開原), 간도(間島), 해랍이(海拉爾), 흑하(黑河) 등의 각지에서 모인 것은 물론이며, 우의단체(友誼團體)로서 사평예문회, 목단강예문협회, 만주카진협회(滿洲歌人協會), 만주하이쿠협회(滿洲俳句協會), 길림문치회(吉林文治會)의 참가가 있었으며, 내빈으로는 관동주(關東州) 예문연맹에서 일곱 명, 조선에서 세 명의 참례가 있었다.

미야카와(宮川) 예문연맹 사무국장의 사회 하에 개회의 식, 국민의례를 한 후, 이치카와(市川) 홍보처장, 다나카(田中) 문화부 차장, 하(何) 협화회 문화부장(대리)의 인사에 이어 조선문인보국회 및 관동주예문연맹의 축사, 축전을 피로(披露)한 후 휴게.

다시 열린 본 회의 벽두에 문예가협회의 위원장인 야마다 세자부로(山田淸三郎)9) 씨를 의장으로 추천하다. 곧이어 겐다(源田) 총무청 차장의 「만주국의 국정(國政)에 대해」로 이름 붙인 강연으로 넘어가다.

차장은 당일 1시간 반에 걸쳐, 건국 이후 10년의 국정을 전후 양기로

(歸鄕)」 등의 작품이 있음.
8) 1915~1961. 본명은 오옥영(吳玉英). 「취홍(翠紅)」, 「망향(望鄕)」, 「백골(白骨)」, 「허원(墟園)」 등의 작품이 있음.
9) 1896~1987. 소설가이자 평론가. 『신흥문학(新興文學)』과 『씨 뿌리는 사람(種蒔く人)』 동인. 『문예전선(文藝戰線)』의 편집에 관여하며 프롤레타리아 문학 운동의 중심에서 활동함. 『일본 프롤레타리아 문예운동사』 등을 간행함. 전향 후 만주국으로 감.

나누어 상세히 설명하다.

대동(大同)[10] 원년으로부터 강덕 3년에 이르는 5년 동안의 전기는 오로지 치안의 유지, 재정의 확립을 꾀한 시기이며, 강덕 4년 이후의 5년 동안은 국방국가(國防國家)의 건설로부터 대동아 성전 완수를 위한 산업 발전의 시기다.

산업 5개년 계획에서 자금과 자재의 준비[11]는 상당한 곳까지 갔지만, 인적 자원의 준비는 불충분했다. 그것은 단순한 노동력만으로는 불가능하며, 국가 의식의 근저에 입각한 노동력이지 않으면 안 되었다는 것이다.

오늘날 통제경제의 약점은 중앙은행의 통제권 외부에 있는 지역 금융 및 근대화되지 않은 원시산업의 존재에 있으므로, 오늘날의 급무는 국가 관념과 지식의 향상에 의한 국민 생산력의 질적인 향상이다. 이를 위해서는 국민인보조직(國民隣保組織)을 현(懸), 가(街), 촌(村)으로부터 더 아래로는 둔(屯)에까지 넓혀야 한다는 이야기였다고 기억한다.

점심 식사 후 관동군의 하세가와(長谷川) 보도부장의 「전쟁과 예문」이라 칭한 강연.

결전하의 예문은 단지 위안이나 오락이어서는 안 된다 — 결전 의식의 선양이 유일한 목적이어야 한다. 그리하여 이를 위해서 예문가는 인격의 향상을 도모하고 스스로 사회의 모범이 되지 않으면 안 된다. 예문가야말로 사회의 목탁이라는 장엄한 선언이다.

이어서 고정 씨가 연단에 나와 제2회 대동아문학자대회에 대해 보고함. 제3회 대동아문학자대회는 반드시 만주에서 개최하고 싶다고 희망했지만, 지난번 일본문학보고회[12] 사무국장인 구메 마사오(久米正雄)[13] 씨가

---

10) 1932년부터 1934년까지의 만주국 연호.
11) 원문은 "手當"임.

만주에 와 지나의 문학 건설을 촉진하기 위해 다음번에는 남경(南京)에서 개최하고 싶다는 뜻의 신청이 있었으므로, 그 점은 만주 측의 양보를 구한다는 뜻의 상담이 있었다고 보고하다. 또 남경에서 개최하는 것은 남방 작가의 참가도 꼭 실현하고 싶다는 말이었다고 운운.

긴급동의로서 일본 육해군 및 만주국군에 감사문을 보내기로 하고 기안위원을 지명하다.

이쯤에서 회장(會場)의 배치를 보다. 무대에서 내려다보았을 때 좌석 열이 오 열, 가장 왼쪽이 기자석과 방청석, 중앙의 전면이 문예가, 극단, 우의단체, 내객, 계원석(係員席)으로 되어 있다. 문예가 뒤에는 사진, 작곡, 무용의 각 단체석, 극단 뒤에는 공예, 서도, 악단, 내빈 뒤쪽이 미술가 석이 되어 있다. 고정 씨는 아주 오른쪽의 기자석에 가깝게 자리를 차지했으며, 홍일점인 오영 상은 중앙 부근에서 모피에 파묻혀 눈을 반짝이고 있다. 무용가석 쪽에 부인(婦人)[14]의 얼굴이 두셋 보인다.

회원의 의견 발표. 발언하는 사람 16명. 어떤 이는 건국 정신의 파악을 외치고, 증산 협력, 농촌 생활로의 삼투(滲透)를 말하다. 또는 민족 민요의 내용 충실. 국민개용운동(國民皆踊運動) 등 제각각의 탁설(卓說)을 들려주다. 홍일점 오영 상의 제언에는 박수도 열렬함. 왈,

　　신문 문예단의 개혁
　　최저 원고료 제도의 제정
　　출판협회 및 서적 배급 회사와 문예가협회의 밀접한 연락(출판물의 매

---

12) 일본문학보국회의 오식인 듯함.
13) 1891~1952. 「아버지의 죽음(父の死)」 등의 소설, 단편집 『학생시대(學生時代)』, 「햄릿」 번역, 「사소설과 심경소설」 등의 평론이 있음.
14) 여성을 의미함.

절제(買切制) 및 추천제)
　저작권법의 제정
　대신상(大臣賞)의 창설
　예문학원(藝文學院)의 창설

등등의 발언이 끝나고 정부 자문에 대한 답신위원 및 각 분과회의 위원장을 지명한 후, 우선 위원을 위촉하는 감사문을 채택하고 본 회의를 끝내다.

무대 정면 왼쪽의 대동아전쟁 2주년 표어를 여기에 수록한다.

모든 것을 전력 증강으로(總て を 戰力增强に)
인청전쟁방감(認淸戰爭方酣)15)
노력근로증산(努力勤勞增産)

가운데 것은 조금 이해하기 어렵지만 번역하면, "바야흐로 전쟁이 무르익었음을 확실히 인식하라"는 뜻이리라.

밤의 분과회는 아홉 개소로 나뉜다.

- 정부 자문 사항 답신위원회 : 공회당 제1특별실
- 문예가협회 : 공회당 제1집회실
- 악단 : 후덕복(厚德福)
- 미술가 : 오향거(五香居)
- 서도 : 제2집회실
- 사진 : 국도(國都) 호텔
- 공예 : 제2특별실
- 작곡 : 제일호텔
- 무용 : 후덕복

---

15) '방감(方酣)'은 어떤 때가 무르익었다는 뜻임.

데라모토 씨와 나는 문예가협회 쪽에서, 유 군은 극단협회 쪽에서 방청을 허락받다.

문예가협회 쪽은 하얼빈의 다케우치 세이치(竹內正一)[16] 씨를 좌장으로 활발한 토의가 교환되었다. 작청 씨의 제창에 의한 문학의 영원성 문제를 둘러싸고 일만 양계로부터 의견이 속출하다. 단카(短歌) 및 하이쿠(俳句)의 가입 문제에서 대강 의견의 일치를 보다.

단카와 하이쿠가 문예가협회에 포함되지 않고 우의단체로서 참가하고 있는 데에는 이유가 있다. 즉, 앞서 소개했던 '예문지도요강'에 나와 있는 대로 만주의 예문 단체는 '전문가'로써 조직함을 원칙으로 하고 있는데, 단카 및 하이쿠의 작자는 전문가이기보다 애호가이기 때문에 오늘날까지 가입을 보류하고 있지만 대세는 이미 단카와 하이쿠의 가입에 찬동하고 있다. 그리하여 문예가협회 내에 소설, 평론, 교육, 시, 한시, 단카, 하이쿠 등의 부회를 두는 일도 고려되고 있다. 단, 단카 및 하이쿠 협회의 회원 전원을 문예가협회의 회원으로 인정할 것인가, 그 일부는 지우(誌友)[17]로서만 인정할 것인가가 해결되지 않으면 안 될 문제인 듯하다.

둘째 날인 5일은 아홉시 반에 개회.

긴급동의에 의해 선언 기초 위원을 임명하다.

각 분과회의 보고로 들어가 대략 다음과 같은 보고를 듣다.

---

16) 1902~1974. 대련 출생. 와세다대학 졸업 후 만철대련도서관에서 근무. 후에 하얼빈만철도서관장으로 근무하며 도서관지인 『북창(北窗)』을 발간함. 『유리(流離)』, 『부활제(復活祭)』, 『명일의 산하(明日の山河)』 등의 작품이 있음. 백계 러시아인을 취급한 작품을 많이 씀.

17) 구독하는 잡지가 같은 것이 인연이 되어 알게 된 친구.

- 극단협회 : 전통 일본정신을 극운동의 모범으로 삼아 만문(滿文)으로 대중에게 국민 의식을 앙양할 사명을 다하기 위해서는 정부의 적극적 지원과 지도를 필요로 함.
- 악단협회 : 증산을 위한 음악, 전선에 보내는 음악 및 대중의 건전 오락을 목표로 악단을 구성 분자로 하는 조직을 확대 강화해, 널리 음악인을 망라하여 음악협회로 발전할 것을 가결함.
- 미술가협회 : 회원의 자격심사를 엄하게 함과 더불어 발전의 지도 방침 확립을 요망함.
- 문예가협회 : 작품 행동의 방면을 명징하게 하고 청소년 문학의 발달, 만주 문학의 독자성 발휘에 매진하기로 함.
- 서도 : 위문전(慰文展)[18]의 개최에 따르는 작품 증정, 매상(賣上) 헌금의 계획, 금속 간판의 회수에 대한 봉사, 간판 및 영화 자막 문자의 건전화, 전만결전표어(全滿決戰標語) 학생 서도전의 개최, 만주 서도 문화의 발견 보존, 횡서(橫書)는 우서(右書)로 통일할 것 등.
- 사진 : 회원을 정리하여 활동을 활발하게 만들 것.
- 공예 : 전시회의 개최 및 가정 공예의 지도.
- 작곡 : 적성(敵性) 음악의 배제, 만계 청소년 용 음악의 제공, 만주국군의 군가 재 제작(아직 구 동북정권 시대의 노래가 있음), 상해 광동 음악의 배제, 만계 작시자(作詩者)의 협력, 만계 소학교에 악기 제공(오르간조차 소유하지 못함), 민족 음악의 연구 등.
- 무용 : 위문 활동의 적극화, 근로 무용, 후생 무용의 보급을 위한 전만무용가의 총동원(일본 무용가를 포함할 것).

다음으로 정치 자문 사항 답신위원장 고정 씨로부터 답신안 발표, 자문 사항에 이르기를,

1. 결전 시국에 즉응(卽應)하는 예문 활동 방책 여하

---

18) 원문대로 표기함.

바야흐로 예문가는 국민으로 하여금 건국 정신을 몸으로 깨닫게 해 더욱 결전 의식을 앙양함과 더불어 국정 시책에 즉응해 예문의 총력을 결집함으로써 국가의 요청에 응해야 할 때에 당면하였노라. 만주예문연맹 및 각 협회에서 마땅히 예문 활동의 구체적 방책에 대해 일반의 창의와 궁리를 모아 유감없이 예문 봉공의 성(誠)을 다해야 하노라. 정부가 본 대회에 임해 수제(首題)19)의 자문 사항을 제출하는 이유 역시 여기에 있다.

답신에 이르기를(대의),

1. 예문 활동의 기반을 확립하기 위해 전문가의 양성에만 구애되지 말고 각각 직장을 가진 예문가를 보도(輔導)20)하여 그로써 예문의 자치(自治) 자족(自足)을 도모할 것.
2. 연맹 지도력을 강화함과 더불어 각 협회의 조직을 재검토해 전반적으로 조직의 재편성을 도모할 것.
3. 예문가의 사상 및 기술에 대해 재연성(再鍊成)을 시행할 방책을 강구할 것.

이어서 선언문 채택이 있었으며, 일동 기립해 선언문을 낭독함. 일본문은 야마다 의장, 만문 쪽은 당상주(黨庠周) 부의장이 낭독함. 이상으로 본 회의는 끝나고 정오의 묵도(默禱)에 이어 야마다 의장의 인사가 있었음. 문예가의 자성을 촉구하는 한 마디 한 마디가 찌르는 듯해 만장한 모두가 옷깃을 여미다.

폐회식은 '우미유카바(海ゆかば)'21)의 제창, 이어서 당 씨의 발성으로 대일본제국 만세, 또 부의장 조천정(祖川貞) 씨의 발성으로 대만주제국 만

---

19) 공문서 첫머리의 제목.
20) 도와서 잘 인도함.
21) 당시 일본 해군의 군가임. 1937년에 노부토키 기요시(信時潔)가 작곡함. 가사는 『만요슈(萬葉集)』에서 가져옴.

세, 마지막으로 협화회 문화부장의 발성으로 전국예문가회의 만세 삼창으로 회의의 막을 닫으니 딱 12시 30분이었다.

이번 회의를 관통한 특색을 들면,

1. 참례자가 전 만주 각지 및 각 민족계(民族系)에서 나와 명실 공히 회의의 총력을 집중한 점.
2. 정부로부터 가장 중요한 자문 사항이 제출되어, 이에 대해 진지한 답신이 수행된 점.
3. 회의를 통해 일본어로 일관했으며, 만계 예문가가 거의 빠짐없이 일본어를 양해(諒解)한 점. 발언은 불가능해도 적어도 들을 수는 있었다는 점. 고정이나 작청 등의 유창한 일본어는 물론이거니와, 오영 씨의 발언만이 만어(滿語)로 된 유일한 것이었다.
4. 조선, 관동주에서 참례했을 뿐 아니라 동경, 북경, 남경 등지로부터 축전, 축문을 송정(送呈)해 와 대동아적인 관심이 집중되어 있었다는 점.
5. 만주 예문계에 대한 군부(軍部)의 강력한 기대가 보도부장의 강연을 통해 나타났던 점.

등이라고 할 수 있을 것이다. 그리하여 회의의 성과에 대해 말하자면 많은 것을 이야기하지 않으면 안 된다. 물론 결전 의식의 앙양에 대한 다대한 성과를 꼽아야 하지만, 특히 분과회의 활기 있는 토론이나 의장의 폐회 인사에 나타난 뜨거운 기백, 그리고 정부 답신안 같은 것은 특히 대서(大書)할 만한 것이라고 생각된다.

덧붙여 회의를 통해 조직의 문제가 강력히 반영되었는데, 그 중점은 곧 종래의 '전문가' 육성의 지도 요강을 개정해 비전문가를 포함시키는 일, 연맹의 지도력을 강화하는 일, 지방 조직을 확대하는 일, 부회제(部會制)를 채용하는 일 등이었다.

조선문인보국회의 소설 희곡부 간사장인 마키 히로시(牧洋)22) 군이 때마침 신경(新京)에 내임(來任)해 이번 회의에 함께 출석할 수 있었던 것은 다행이었으며, 앞으로 마키 히로시 군이 만주문예가협회에 가입해 조선인 작가로서 크게 활약해 줄 수 있도록 야마다 위원장의 쾌락(快諾)을 받은 일도 하나의 수확이다.

듣자니 현재 문예가협회 사무국의 이마무라 에이지(今村榮治)23) 군도 조선인 작가라는 것인데, 동 사무국을 군의 양 어깨가 확실히 짊어지고 있다는 점은 마음 든든하다.

문예가협회의 분과회 석상에서 데라모토 씨는 조선에서 조선문인보국회 및 각종 문화 단체가 벌이고 있는 활동에 대해 설명하고 금후의 연락을 요망해 대가(大家)의 찬동을 얻었다. 특히 좌장인 다케우치 씨가 다음날 아침 본 회의 보고에서 조선 측의 발언과 그 요망을 전달해 준 점은 깊이 감사하는 바이다.

또한 회의 종료 후 예문연맹 사무국 주최의 오찬회가 제일 호텔에서 열렸는데, 그 자리에는 이치카와 홍보처장을 비롯해 미야카와 연맹 사무국장, 야마다 문예위원장 외에 조선 및 관동주의 대표들이 참석했다. 그 자리에서 조선 측은,

1. 금후의 작가 및 작품의 교류
2. 대륙문예회의의 제창
3. 조선인 작가 지도 추원(推援)

의 요망을 제창했던 것이다.

회의장 복도의 일부에서 개최된 <서도전(書道展)>은 그 양은 비교적

---

22) 이석훈을 말함.
23) 『만주낭만(滿洲浪漫)』에 「동행자(同行者)」 등의 소설을 발표한 조선인 작가.

적었지만 많은 만계 화가의 출품이 있었으며, 매상은 전부 헌금하는 것을 특색으로 했다.

미나카이 백화점에서 열린 <사진 포스터 원화전>도 정선된 46점의 확대 사진의 수집이었으며, 나아가 관동군, 국군,[24] 강상군(江上軍), 근로봉사, 연성, 증산(공업, 농업, 광업 및 개척), 건민(健民), 피마(蓖麻) 헌납, 저축, 방첩, 방공 등 각 방면의 재료를 전시해 많은 시사를 주었다.

음악, 무용, 극 공연(일계)은 신경음악단, 만주중앙극단, 만주무용가협회의 총출동에 의해,

1. 음시곡(音詩曲)「투혼(鬪魂)」: 와타나베 우라토(渡邊浦人) 곡
2. 극「결전의 윤리」3장 : 하야시다 시게오(林田茂雄) 작
3. 악극「목란종군(木蘭從軍)」4막 : 가시와자키 사부로(柏崎三郎) 작

의 세 작품을 상연했는데, 모두 싸우는 만주 예문의 진정한 모습을 나타낸 역작이었다. 악극 쪽은 합창단의 역연(力演)과 몽고풍의 현란한 의상, 무대장치에 의해 대중의 갈채를 받았다.

마지막으로 내가 개회식 석상에서 말한 축사를 여기에 초록하며 이 보고를 마친다.

〈축사〉

대동아전쟁 2주년을 맞이하여 적 미영(米英)의 반공(反攻)은 점점 치열해져, 실로 백병전의 처창(凄愴)한 양상을 보이고 있습니다. 이런 시기를 당해 이 자리에서 만주제국(滿洲帝國) 오천만 국민의 선구자이고 지도자이신 여러분이 미영 격멸의 결의를 더욱 깊이 하는 동시에 필승의 전략을 토구

---

24) 만주국 국군을 말함.

(討究)하기 위해 전국예문가회의를 열었습니다. 불초한 저는 조선 문학인 일동을 대신해 이 의의 깊은 회합에 참례했을 뿐 아니라, 한 마디 인사를 드릴 기회마저 얻은 것은 실로 분에 넘치는 광영입니다. 이에 여러분의 늠연(凜然)한 모습을 배견하고 각위(各位)의 미우(眉宇)에 흘러넘치는, 반드시 격멸해 마지않겠다는 결의를 감지(感知)했을 때, 저의 감격은 형언할 언어를 알지 못합니다.

지금으로부터 40년 전 아시아의 예언자인 오카쿠라 텐신(岡倉天心)[25]은 "아시아는 하나"라고 절규했습니다만, 그것은 곧 아시아 10억의 민중이 그 해방과 부흥을 위해 궐연(蹶然)히 일어나 열철일환(熱鐵一丸)이 되어 미영을 타도하고자 하는 금일의 역사적 대동아전쟁의 예견이었던 것입니다. 바야흐로 아시아의 각 민족은 미영의 속박하는 마수(魔手)를 철저하게 분쇄해 버리지 않으면 동아의 자유와 번영이 없다는 사실을 크게 깨달아 서로 손을 굳게 맞잡고 성전 제3년, 즉, 적 미영 궤멸의 해를 맞으려 하고 있는 것입니다.

부흥 아시아의 장남(長男)인 만주제국 오천만 국민은 이미 과거로부터 대동아 성전의 가장 중요하며 또 강력한 기둥으로서 그 승리의 소인(素因)이 되어 있습니다만, 이 결전의 해를 맞아 더욱 그 저력을 발휘해 동아 해방 대진군의 선두에 서려는 결의를 굳게 하고 있음은 우리 일본 국민으로서 천만의 원군을 얻은 것처럼 마음 든든히 느끼는 바입니다.

여러분이 이미 아시고 계시듯이, 오늘날에는 생활하는 것이 곧 미영 격멸에 있을 뿐이어서 멸적(滅敵) 이외에는 생활도 없고 문화도 없는 때입니다. 우리 일본에서는 이미 법문학(法文學) 계통의 고등학부에서 공부하고 있던 젊은 학도들이 잠시 그 연구와 책을 놓아두고, 붓을 잡던 손에 칼을 바꿔 들고 용약 전선으로 향하고 있는 것입니다. 조선에서도 우리의 후배이자 장래의 지도자일 대학, 전문학교 재학 중의 청년 학도 3,500명이 전원 일어나 학업을 폐하고 시코노미타테(醜の御楯)[26] 되기를 지원해 바야

---

25) 1862~1913. 메이지시대 미술계 지도자. 동경미술학교 교장. 일본 미술원을 창설했으며 보스턴미술관 동양부장을 지냄. 『동양의 이상(東洋の理想)』, 『일본의 눈뜸(日本の目覺め)』, 『차의 책(茶の本)』 등의 저서가 있음.
26) 천황의 방패가 되어 적을 방어하는 사람이 스스로를 비하해서 이르는 말. 『만요슈』에 나오는 말임.

호로 출진(出陣)의 날을 손꼽아 기다리고 있습니다.

오늘날의 문학은 오로지 이기기 위한 문학,27) 미영 격멸을 위한 문학이 있을 뿐입니다. 동양의 내일에 찬연한 문화를 건설할 수 있는 것은 금일 미영 격멸의 피비린내 나는 문화 활동을 통해서만 가능합니다. 여러분은 일찍이 이런 역사적 사명에 눈뜨시고 결전 예문의 길로 돌격하고 계시므로 저희들이 감패(感佩)28)하고 찬탄하는 바입니다.

저희들 조선 반도에서는 3,500명의 학도지원병에 이어, 내년도부터는 징병제의 실시에 의해 ○○만의 청년이 총을 들고 동아 해방 전쟁의 최전선으로 나아가 그 피와 생명을 바치려 하고 있습니다. 우리 문화 활동에 관계하는 사람 등도 더욱 비약해 붓을 버리고 적을 격퇴할 총검을 쥘 날이 가까워지기를 기원하고 있는 바입니다.

저희들은 친애하는 만주제국 오천만의 민중 역시 하루라도 빨리 직접 총을 들고 폭학(暴虐)한 미영의 머리 위에 불의 세례를 내릴 것을 기원해 마지않습니다. 아무쪼록 여러분, 동아 해방의 성전에서 우리의 동지이자 전우인 만주제국 오천만 여러분, 그때가 온다면 여러분은 저희들의 시체를 밟고 넘어가 위대한 승리로 진격하시어 우리 동아 10억의 자손을 위해 광영 있는 문화 창조의 국토를 이루어줄 것을 기원하며 저의 축하 말씀으로 삼겠습니다.

부주 신경 체재 중 홍보처 참사관 소정심(蘇正心) 씨를 비롯해 같은 곳의 이소베(礎部) 씨, 극단협회의 모리(森), 나카노(中野), 오오타키(大瀧) 제씨에게 신세진 일에 대해 감사한다(성전 2주년의 8일,29) 경성에 돌아와 씀).

❝『신시대』, 1944. 1. 원제「決戰下滿洲の藝文態勢－滿洲 '決戰藝文全國大會' 參觀記」

---

27) 원문은 "文化"임.
28) 감사히 여겨 잊지 않음.
29) 1943년 12월 8일을 말함. 즉, 진주만 공격일인 1941년 12월 8일을 염두에 둔 말.

새로운 인간의 형상화

오용순

1.

　학병(學兵) 문제를 둘러싸고 내가 가장 흥미를 느끼는 것은 새로운 인간의 형성이라는 문제다.

　전투를 모르는, 나라를 모르는 사람들이 코페르니쿠스적인 전회를 수행해 생과 사의 절대경(絶對境)인 전장을 헤쳐 가며 수리고성(修理固成)해서 돌아올 내일의 반도 젊은이들의 모습, 문약(文弱)이라는 반도인의 숙명을 선탈(蟬脫)[1]하고 임진무퇴(臨陣無退)의 상무정신을 자기 몸에 체득해 힘차게 본연의 모습으로 돌아올 인간상, 여기에 나는 무한한 흥미를 느끼는 것이다.

　그리하여 만일 문학이 인간 타입을 형상화해 가는 것이라면, 이러한 시대와 공간의 접점에 서 있는 역사적인 현실상인 인간을 형상화해 가야

---

1) 매미가 껍질을 벗음.

하지 않을까? 문학도 당연히 이러한 생명적인 비약을, 생활과 결합된 하나의 르네상스를 단행해 가야 한다.

오늘날 반도의 국민문학이 어떤 의욕도 감흥도 자극하지 않는, 문자 그대로의 무풍적(無風的) 정지 상태에 떨어져 퇴영진부(退嬰陳腐)한 길을 파행(跛行)하고 있음은 숨길 수 없는 사실이다.

참으로 이 생명적 위기에 처해 문학의 정열을 다시 연소시키고 작가와 독자의 감정적 거리를 메움과 동시에 잃어버린 국민문학의 신망을 되돌릴 활로를 나는 '새로운 인간의 형상화'에서 추구하고자 하는 것이다. 아래에서 역사적 사실을 밟아가며 간단히 이 문제를 취급해 보고자 한다.

2.

역사를 통해 인류의 최대 비극인 패멸(敗滅)의 여러 모습을 나는 백제 종말의 역사에서 본다. 신라병 및 당병에 포위되어 백제의 여러 성은 영망으로 깨어졌고 무고한 백성은 수천 명 넘게 학살되었으며 왕 이하 다수의 궁신(宮臣)들은 포로가 되어 당나라로 보내졌다.

이렇게 하룻밤 사이에 국가도 국민도 없으며 궁정도 신하도 존재하지 않는 폐허가 되고 말았다. 지금 시험 삼아 이 참상을 기록한 삼국사의 한 절을 들면, "8월 2일에 크게 주연을 베풀고 장사들을 위로할 때에 왕과 소정방 및 여러 장수들은 당상에 앉고 의자왕 및 그 아들 융은 당하에 앉아 혹은 의자로 하여금 술을 돌리게 하니 백제의 좌평 등 여러 신하들이 목 놓아 울지 아니치 못하였다……",2) "9월 3일에 낭장 유인현이 사비성에 남아 군사 1만으로 지키고, 소방정은 백제왕 및 왕족 신료

93인과 백성 1만 2천인을 끌고 사비에서 승선해 당으로 돌아갔다",3) "30일에 사비 남령군의 성채를 공격해 1,500명을 참수했다"4)고 씌어 있다.

한 나라의 왕이 치욕의 술잔을 따르며 돌아다니고 왕 이하 신하, 백성 1만 2천의 사람이 포로가 되어 고국을 떠나 하룻밤에 국가 형태조차도 유지할 수 없게 된 비극은 무릇 세계에 유례가 없는 참사이리라.

그러나 이 비극적 사실을 현상적으로 다루어 영탄(詠歎)을 더 하는 시인적인 감상을 멈추고, 이를 전체적인 역사의 모습으로 취급해 인과관계를 통해 추구할 때에 우리는 쉽게 백제 멸망의 원인을 발견할 수 있을 것이다.

그것은 즉 백제 국력의 쇠퇴이며, 백제인의 문약이다. 인접한 신흥국 신라가 자국 침입을 꾀하고 하루하루 무비(武備)를 갖추어 당과 손을 잡고 국경에 접근할 때에도(백제 자신이 확실히 이 위기를 느끼면서도), 여전히 깊은 향락에 빠져 태평한 꿈을 탐하고 있었다. 이런 백제의 멸망은 오히려 필연의 결과였다.

3.

그러나 반도인의 문약을 더욱 전형적인 것으로 만들어 염무(厭武)의 사상을 철저히 한 것은 백제보다는 아무래도 이조(李朝) 500년 더러운 정

---

2) 『삼국사기』의 신라본기에 나오는 말. 오용순의 원문에는 "八月二日, 大置酒勞將士, 王如定方及諸將坐於堂上, 坐義慈王及子隆於堂下, 或使義慈行酒, 百濟佐平等, 君臣莫不咽流涕……"로 되어 있음.
3) 오용순의 원문에는 "九月三日, 郎將劉仁願以兵一萬人留鎭泗沘城, 定方以百濟王及王族臣僚九十三人, 百姓一萬二千人自泗沘乘船廻唐."으로 되어 있음.
4) 오용순의 원문에는 "三十日, 攻泗沘南嶺軍柵, 斬首一千五百人."으로 되어 있음.

치5)의 덕택일 것이다.

이조 초기에서부터 시작된 숭문천무(崇文賤武), 편문원무(偏文遠武) 또는 존문비무(尊文卑武)의 정책은 정책으로서 민중의 생활에 삼투해 갔을 뿐만 아니라 민중의 성격을 형성하고 있다는 데에 그 특징이 있다. 숭문, 즉 유교를 존경하는 정신은 유교 윤리를 절대로 떠받들어 우리의 전 생활을 규정하는 규범으로 만들었던 것이다. 다시 말해 국가, 사회, 가정 내지 개인에 이르는 전 생활의 질서, 신의, 예절, 풍습, 행사 모든 것이 유교의 규구준승(規矩準繩)6)에 의해 도모되고 공맹(孔孟)의 명목하에 실제화 되었을 때, 민중은 신복(神僕)처럼 종순(從順)했다. 동시에 이 숭문 사상은 병적인 천무의 사상이 되어, 칼을 잡는 일을 극도로 경멸하고 기피했으며 무인을 평민 이하로 대우했던 것이다.

> "원래 문관 무관 쌍방을 평등 일체(一體)의 관계로 하여 양반이라는 명칭으로 불리고 있었던 것이지만, 실제로는 문관이 훨씬 상위에 오르고 무관은 훨씬 하위로 내려가 진정한 계급적 의미에서 양반은 거의 문관에 한정된 듯한 모습을 보였던 것이다."

_『고사통(故事通)』, 168면

그리하여 병역에 복무하는 사람은 군총(軍總)이라는 특수한 계급을 이루어 북촌(北村)의 양반 부락에 대비되는 집단생활을 왕십리에서 하게 함으로써 세상 사람들로부터 모욕과 천시를 받게 했다. 게다가 이 천무사상(賤武思想)은 지방에까지 두루 미만하여 군교(軍校) 등의 경우 때로는 사농공상의 최하급으로 대우 받았던 일도 있었다.

따라서 이런 사회적 풍조 하에 성장한 당시의 청년에게 남자 일대의

---

5) 원문은 "비정(秕政)"임.
6) 일상생활에서 지켜야 할 법도.

목표는 문관에 등용되는 것이었으며, 그들은 과거(科擧)를 목표로 청춘의 전부를 후회 없이 소모했다.

그렇다면 이러한 편문원무의 정책은 어떤 의미를 가지며 어떤 데에서 기인했을까? 이 문제는 동양사적인 견지에서 해결해야 한다. 왜냐하면 이 숭문천무의 사상은 동양의 군주가 공통적으로 취한 정책이기 때문이다. 하지만 논지의 추상과 확대를 피하기 위해 여기에서는 이조사(李朝史)를 언급하는 데에서 멈추려고 한다.

고려의 중신인 이태조(李太祖)는 고려조의 피폐를 틈타 고려를 배반하고 무력으로 쿠데타를 단행, 신 국가를 건설한다. 이 가공할 만한 자기 부조(父祖)의 쿠데타를 역력히 목격하거나 알고 있는 이조 역대의 군주에게 가장 무서운 일은 무력이 아닐 수 없었으며, 무기라는 위험한 도구를 민중으로부터 멀리 하는 일이야말로 최대의 정치적 과제이지 않으면 안 되었던 것이다.

그리고 그를 위한 가장 합리적인 방편으로 나타난 것이 숭문천무의 정책이었다. 즉, 그것은 문을 존경하게 함으로써 민중의 힘을 거세하고, 무를 경멸하게 함으로써 자기의 지위를 반석 위에 편안히 두고자 하는 일석이조의 방편이기도 했다.

하지만 문제는 그러한 정책에 있는 것이 아니라, 그 정책이 민족성을 얼마나 변형시켰던가에 있다. 왜냐하면 이 문제의 해결로써만 반도인의 정확한 역사적 기질을 이해할 수 있기 때문이다.

숭문천무의 정책이 어느새 민중의 신앙으로 화해, 그 신앙으로부터 복잡한 반도인의 성격이 형성되어 있음은 앞에서도 조금 언급했지만, 나는 그 가장 근본적인 병폐로서 첫째로는 문약, 둘째로는 사대사상의 두 가지를 들 수 있다고 본다. 하기는 숭문천무는 다수의 장점으로도 나타나서, 유교적 교양의 보급, 효행 예절의 철저함, 종순하고 반항적이지 않은 여러 아름다운 성격도 이루고 있다. 하지만 이조 역사의 수많은 비극을 낳은 근본적인, 더욱 병적인 성격으로는 아무래도 문약과 사대사상을 들지 않을 수 없다.

이조인의 문약은 거의 본능적 동작이 될 정도로까지 철저해, 칼을 잡고 나아가 적에 부딪치기보다는 차라리 앉아서 굴욕을 택했던 것이다. 병자(丙子)의 난 때 청나라 사람으로부터 저 굴욕과 손상을 경험했으면서도 당시의 위정자 중에는 무비(武備)를 갖춰 외정(外征)에 나아가고자 하는 사람조차 없었을 정도다. 그렇기 때문에 얼마나 기운 없는 500년이었던가는 이조의 역사 자체가 이야기하고 있는 그대로이다.

다음으로 이야기할 것은 사대사상인데, 이것은 문약의 한 면이기도 하다. 약한 자가 기세 좋은 큰 권력에 기대는 것은 자연의 추세일지도 모르지만, 도가 지나칠 때 그것은 병적이지 않을 수 없었다. 고종 30년 전라도 고부의 백성들이 관리의 가렴주구(苛斂誅求)를 참지 못하고 폭동을 일으키자 조정에서는 재빨리 청나라 구원병을 청해 들였다 — 실제의 진무(鎭撫)는 경병(京兵)만으로 충분했음에도 불구하고—.

이렇게 이조인은 자기 일까지도 타인의 힘을 빌리지 않으면 해결할 수 없었다.

4.

그러나 마침내 반도에도 세계사적인 대전환의 법칙은 찾아와, 본연의 모습으로 돌아가라는 하늘이 주신 시련은 왔다. 이조 500년의 병각(病殼)에서 빠져나와 고구려, 신라인 같이 팽배한 힘이 넘치는 상무적인 인간 형성의 단계에 들어간 것이다.

그 횃불은 말할 것도 없이 이번의 학도 출진이며, 학도 출진으로부터 징병으로 연결될 금후 반도 청년의 모습은 아마 지금까지의 반도인과는 단층적(斷層的)으로 다른 새로운 세대를 구성할 것이다. 생사의 위기를 헤쳐 나와 전쟁의 절대경에서 단련된 그들은 적어도 이조인 같은 병각 속에 갇혀 있지 않은 인간, 임전무퇴, 파사현정(破邪顯正)의 화랑정신을 체득한 반도인 본연의 모습으로 돌아간 인간이 되리라는 점은 이미 털끝만큼의7) 의심을 요하지 않는 역사적 현실이 된 것이다. 이 점에서도 대동아 성전의 의의는 충분히 짐작된다.

5.

여기에서 나는 이 역사적 진실을 문학적 진실과 연관시켜 생각해 보고자 한다.

만일 문학이 인간의 타입을 묘사함으로써 시대와 공간에 제약되지 않는 보편성을 형조(形造)하는 것이라면, 즉 셰익스피어가 우유부단하게 회의하는 '햄릿'을 형상화하고, 괴테가 '파우스트'를 형상화해 신비적이고 철학적이며 로맨틱한 독일 국민성을 상징했으며, 푸슈킨이 '오네긴'을 형상화해 러시아인의 허무성과 미숙성을 한없이 구상화했다면, 우리도 역시 용약 약진하여 새롭게 형성되고 있는 늠름한 반도인의 타입을 형상화하고 전형화해야 하지 않을까.

---

7) 원문은 "寸毫"임.

역사의 주체로서 새로운 세계 건설의 영광스러운 무대에 등장해 역사적 사회를 정제(整齊)8)하는 힘 있는 인간을 형상화하는 곳에서, 즉 정의가 불의에 유린됨을 좌시하지 않고 신검(神劍)을 들어 전선으로 나아가는 기백적(氣魄的)인 인간과, 나는 새처럼 자유롭게 하늘로 비상해 한없이 새로운 생명을 창조하는 창조적 인간을 형상화해 가는 곳에서 문학은 다시금 불꽃 같이 타오를 터이다.

단, 이 새로운 세대로서의 개인은 죽음을 건 전장의 체험에 의해 완성된 국민적인 개인이므로 종래의 자유주의적인 개인이 아니며 문화주의적으로 추상된 인류 일반의 개인이 아니다. 국민－국가에 대한 자기 전 존재의 본질 관계를 인식하고 체험한 구체적인 역사적 인간이다.

우리는 문학사를 통해 문학이 새로운 세대를 대표할 때에 한층 더 신선하고 발랄한 생명력을 가짐을 누누이 보아 왔다. 르네상스 시대에 그러했고, 계몽주의 시대에 그러했으며, 메이지의 유신 문학이 그러했다.

왜냐하면 거기에는 일정한 목표와 수미일관한 신념과 씩씩한 실천에 동반하는 싱싱한 성격이 있기 때문이다. 이 새로운 세대의 생활과 싱싱한 성격에 강력히 결합해 갈 때에 문학은 찬연히 빛나는 것이다.

오늘날 반도의 국민문학이 어떤 바람도 파도도 일지 않는 무풍적인 정지 상태에 빠져 퇴영 진부한 길을 지지(遲遲)하게 밟고 있는 것은 필자 혼자만 인식하는 사실이 아니다. 거기에는 시대에 호응하는9) 작가적 의욕도 감흥도 없으며 단지 창백한 소시민적 공포가 있을 뿐이다.

국민 의식을 앙양시킨다는 기치하에 그처럼 빈약하게 준비해 헛되이 현실을 견강부회하거나 무미건조한 도학자 류의 설교를 반복할 뿐, 어지럽게 전개되어 오는 현실의 생활을 뒤쫓는 진지한 노력을 멈추고 새롭게

---

8) 정돈해 가지런히 함.
9) 원문은 "唆かされたような"이나 여기서는 이렇게 번역함.

형성되는 인간 타입을 강 건너 불구경하듯이 보고 있어서는 국민문학이
추진되고 개화되기는커녕 점점 더 민중의 신망을 잃을 것이다.

　이 커다란 전환기에 싱싱하게 형성되어 오는 새로운 인간에 용감하게
맞닥뜨려 갈 때에만 침체해 있는 국민문학의 활로는 열리고 국민문학은
찬연하게 빛을 발하는 매혹적인 것이 될 것이다.

❝『국민문학』, 1944. 2. 원제 「新しき人間の形象化」

세대와 윤리

이와타니 쇼겐(岩谷鍾元)*

1.

　문학이 사회생활을 하는 인간 행위의 윤리적 탐구이며 더욱 높은 발전으로의 지향이라면, 문학은 인간생활에서 이루어지는 윤리적 행위의 한 형식이라 할 수 있다. 그러나 이는 어떤 개성의 윤리관에 근거한 직접적 도덕 행위의 실천이 아니라, 작가 주체의 사고에 기초해 인간성에 호소하는 간접적 윤리 행위다. 작가 주체의 사고에 기초한다는 것은 물론 작가 개인의 주관적 윤리관, 특수한 도덕론을 말하는 것이 아니라, 작가 본래의 사명인 표현에서의 방법론적 사고를 말한다.

　문학자가 문학으로써 윤리적 행위의 한 형식을 수행하는 경우, 윤리 그 자체의 주체에 대해 새로운 가치 부여를 의도하거나, 자기를 기초로 하여 윤리를 해석하고자 하는 것만큼 위험한 일은 없다. 윤리는 인간성

* 곽종원(郭鍾元)의 창씨개명.

에 결부된 선천적이고 보편적인 것인 동시에 인간 공통의 향유물이므로 결코 개성의 의지나 주장에 의해 좌우될 수 있는 것이 아니다. 그렇다면 옛 윤리가 모두 오늘날에 통하며 서양의 도덕이 전폭적으로 동양에서도 합치되는가 하는 것이 문제가 될지도 모른다. 하지만 그것은 외부적 조건에 기초한 표현 형식 또는 실천 방법의 변천이나 서로 다름이지 윤리 그것의 주체적 전환은 아니다.

외부적 조건에 기초한 표현 형식의 서로 다름이나 실천 방법의 엇갈림 등은 주관적 입장에서의 해석의 서로 다름이지만, 동일 주체로 하여금 자기 나름의 다른 견해를 갖고 자기류의 다른 실천 방법을 고구(考究)하는 일을 개성의 특징에 맡겨 방임해 둔다면 결국 윤리의 주체는 흐트러지고 그 통일성을 결여하게 되어, 마침내는 사회생활에서 인간 상호 간의 파탄을 면할 수 없다.

이와 같은 개성별 윤리관이나 자기류의 도덕 행위의 의욕은 세대의 상위(相違)에서 그 표상을 가장 잘 발견할 수 있다. 윤리의 본체를 착각해 부도덕하거나 인륜에 반하는 행동을 감행하고자 하는 것은 굳이 문제 삼을 필요도 없지만, 결국은 하나의 사실이 나타나는데, 말하자면 윤리적 도덕으로의 동기에 기초해 그 목적 달성으로 나아가는 과정에서 늙은 세대는 늙은 세대 나름의 사고력과 견해로써 그 실천을 고집하며, 또한 젊은 세대는 그 나름대로 자기라는 주체를 강고히 옹호하려고 한다. 이태준 씨의 「돌다리」에서 각각 다른 세대에 속하는 아버지와 아들이 윤리관을 달리한 채 그 주관적 의욕을 만족시키기 위해 각자의 실천 방법을 각기 다른 각도에서 내딛고자 하는 것은 아주 흥미 깊다. 여기서 주의해야 할 것은 그들이 결코 윤리의 주체, 윤리의 원형이라고나 할 만한 것을 별개의 것으로 취급하지는 않고 있다는 사실이다. 아버지는 아버지 나름대로 선조 전래의 논과 밭을 지키며 선대의 무덤 아래에서 제사를 올린다. 그리고 그는 유서 깊은 돌다리 위를 왕래하면서 향토를 지키는 것이 최고의 도덕이라고 생각한다. 하지만 아들은 아들 나름대로 어엿한 의사가 되어 병원이라도 열면 부모를 모셔 여생을 안락하게 해 드리고자 하는 것이 그에게는 옳은 윤리관이었으리라. 아버지와 아들 두 사람의 지향을 검토할 경우 결국 선조에게 효양(孝養)을 다 하고자 하는 윤리적 결론은 하나다.

2.

그런데도 세대의 서로 다름에 의해 발생하는 윤리관의 불일치와 윤리관의 불일치에 의해 야기되는 분열, 파탄, 착잡(錯雜)을 작가는 어떻게 통일하고 어느 정도 조화시키고자 하는 것일까. 이는 징병제 기타의 새로운 사실을 앞둔 반도의 현실에 비추어보았을 때 가장 중요한 과제다.

절대적 윤리의 원형은 인간성과 굳건히 결부되어 있다. 인간성의 내부적 구성은 절대적 윤리를 토대로 구축되며, 윤리의 근본미(根本美) 역시 인간성의 발휘에서 비로소 빛을 발한다. 우리가 고구하고자 하는 세대 차이에 의해 발생하는 모순의 통일도 결국은 이 절대윤리와 인간성의 결합에서 그 단서를 파악해야 할 것이다.

그에 앞서 개성과 인간성에 대해 조금 고찰해 둘 필요가 있다. '나'는 '사람'이라고 말한 경우, 사람이란 인류의 총칭이므로 '나' 즉 '인류'라고 하는 논법이 된다. 변증법적 논법의 표현에 의한 '특수 즉 보편'이라는 것과 완전히 똑같다. 그러나 '나' 즉 '인류'를 역으로 말해, '인류' 즉 '나'는 아니다. '나'라는 자기 안에서는 인류 공통의 인간성을 향유하고 있지만, 그와 동시에 인류의 한 사람 한 사람은 자기로서의 개성을 가지고 있다. 인간성이라는 보편적 성격을 내포하고 있음과 함께 개성적 특수성의 일면을 향유하고 있는 것이다. 다시 말해 우리는 한 사람의 인간 속에서 인류로서 지닌 구체적 실존의 제 요소를 발견함과 동시에 타인과 다른 특수한 부분도 간과할 수 없다. 갑도 을도 사람으로서의 얼굴을 하고 있지만, 그 누가 보아도 갑과 을은 다른 얼굴 모습이다.

그렇다면 늙은 세대건 젊은 세대건 그 인간 형성에서 선천적인 소질이나 후천적인 환경 등에 의해 서로 다른 개성을 가지면서도, 다른 면에서는 인류로서의 공통된 인간성을 똑같이 향유하고 있다는 사실은 위의 설명으로 자명하게 된다.

이 서로 다른 두 세대의 윤리관적 상위로 인해 일어나는 분열, 파탄, 갈등 등의 비극은 그 원인이 외부적인 자연 현상이나 인간 상호 간의 이해관계에 의해 파급되는 것이 아니다. 그것은 자기 자신의 개성적 윤리관의 상극으로 인해 발생하는 것이다. 즉, 노인은 노인의 개성을 기초로 일생 동안 몸에 익은 기풍이나 습관 등에 의해 윤리를 규정하며, 젊은이는 젊은이 나름의 개성으로써 이에 맞서기 때문에 양자의 충돌은 필연적인 현상이 된다.

따라서 양 세대 사이에 개재되어 있는 모순을 통일, 조화시키는 근본적 이념은 인간성에 기초한 윤리관의 확립이며, 그와 동시에 이를 기준으로 하여 실천하는 일뿐이다. 인간성에 기초한 윤리관이라는 것은 물론 인간에게 공통으로 구유(具有)되어 있는 보편적 성격으로써 윤리의 원형을 인식하는 일이다. 두 세대가 하나의 인간성으로 합치하고 절대윤리의 원형에 도달해 양자의 혼과 혼이 서로 만날 경우, 그리하여 합치된 인간성과 파악 가능했던 윤리 원형이 완전히 결합하는 순간, 세대별 간격의 골은 완전히 소멸될 것이다. 다시 말해 노인도 젊은이도 똑같이 인간성을 자각하고 개인별 윤리관이 아닌 순수한 윤리의 본체를 인식하여 이를 연결할 때 문제는 해결될 것이다.

통일되고 조화된 양 세대의 윤리적 의욕이 어떠한 형태를 가지고 현실에서 실천되고 합리화된 가치를 발현할 수 있을까. 우리는 그 행위적 실천면의 귀추를 생각해야 하지만, 이는 오히려 양 세대가 관념적으로 통일될 때까지의 매개물을 탐구함으로써 저절로 해결될 문제다. 그렇다면 무엇이 매개가 되어 양 세대를 통일하고 조화시켜 줄까. 그것은 역사의 위력이다. 역사 추이의 방향에 의해 인간은 계속 움직이고 움직이면서 윤리의 원형을 추구하며 윤리관을 수립하는 것이다. 김사영(金士永)[1] 씨의 「성안(聖顔)」[2]의 경우, 노년기로 접어들려 하는 주인공 분녀는 어떤 지식도 갖지 못한 조선 농촌의 순박한 여성이다. 그녀가 차남인 을수의 바람을 받아들여 그를 지원병으로 내보낼 때, 모자 간 윤리관의 세대적 상위에 의해 무언가 옥신각신 다툼이 일어날 터임에도 불구하고 순조롭게 조화되고 원만히 해결을 보는 것은 인간성이나 국민성에 기초한 윤리관의 합치이며, 그 매개물은 현실적 역사의 위력이다. 즉, 지식인처럼 체계 잡힌 논리에 의한 것이 아니라, 무언지 모르지만 그저 막연한 마음속에도 이 전란의 한 가운데에 아들을 지원병으로 내보내 나라를 위해 훌륭히 봉공하게 하는 것이 보람 있는 일이라고 생각되어 마음에 안심이 찾아온다. 환언하면 그렇게 함으로써 최고의 윤리를 실천하는 것이라고 깨닫게 된다. 여기까지 도달하기 위해 그녀의 마음을 움직였던 매개물은 절대적 현실인 역사의 위력이다.

---

1) 『국민문학』에 「성안(聖顔)」, 「행불행(幸不幸)」, 「도(道)」 등을 발표한 신인작가. 세이카와 시로(淸川士郎)로 창씨개명함.
2) 『국민문학』 1943년 5월호, 「신인 창작 특집」에 수록된 소설임.

3.

그러나 작가가 이 사실들을 택해 작품의 제재로 삼을 경우, 의식적으로 모순의 통일이나 분열의 조화를 꾀하고자 선입관을 갖고 추구해서는 안 된다. 작가가 처음부터 이 모순의 통일을 목표로 해 쓰기 시작한다면, 자신의 정열이 너무 앞서 '통일'이라는 것에만 붙들리게 된다. 그는 사건을 충분히 씹어 소화할 냉정한 이성을 잃기 쉬우며, 자칫하면 작가 개인의 관념 유희로 떨어지기 쉽다. 작가가 어떤 하나의 사건을 조화하고 통일해 갈 때 자의적인 사고를 가지는 것은 작중 인물의 행위를 진실성에서 떼어내고 작가 자신이 노골적으로 나타나게 되어 사건 그 자체는 가공(架空)으로 부유(浮游)되고 만다. 즉, 주인공의 행동은 작자의 명령에 의해 움직일 뿐이지 자기의 생명이 있어서 움직이는 것이 아니다. 따라서 윤리의 추구는 작가가 시도하는 윤리의 설교처럼 들리며, 모순의 통일은 작가가 미리 준비해 둔 형태로 끼워 맞춘 것처럼 된다.

그렇다고 해서 세대에 의한 윤리적 간격을 비판하고 지적해 두는 것만으로 좋은가 하면 역시 그래서는 안 된다. 창작이 창조의 본질을 지니기 위해서는 비판하는 것만이 능사가 아니다. 어디까지든지 분열을 종합하고 파탄을 조화하며 모순을 통일하지 않으면 안 된다.

그러므로 작가는 모순의 통일을 꾀하기 이전에 그것이 발생했을 원인을 탐구하고 모순을 내장한 사회를 비판하는 눈으로 이를 종합 통일해 감으로써 선견(先見)의 안목으로 비약해야 한다.

다시 말해 모순을 통일할 기초 부여의 공사라고나 할 만한 곤란한 경로에는, 노인은 완고하며 유교적이며 보수적임에 반해 젊은이는 부동적(浮動的)이고 현대적이며 진취적이라는 점이 있다. 이 대척적 성격의 여러 면이

양성하는 갖가지 알력은 조화되고 통일되었을 때의 결과보다도 더욱 큰
의의를 내포하고 있다. 왜냐하면 우리는 조화되고 통일된 성과를 기뻐하기
전에 모순의 소용돌이 속에서 분열의 쓰라림을 경험하고 있기 때문에.

우리가 바라는 것은 모순의 통일 원리가 아니라, 착잡한 모순을 통일
해 가는 과정에서 발현되는 인간성의 노력이다.

66『국민문학』, 1944. 2. 원제「世代と倫理」

제2부

좌담회

조선 문화의 장래

아키다 우자쿠(秋田雨雀), 하야시 후사오(林房雄), 무라야마 도모요시(村山知義), 장혁주, 가라시마 츠요시(辛島驍 : 경성제대 교수), 후루카와 가네히데(古川兼秀 : 총독부 도서과장)
정지용(시인), 임화(평론가), 유진오(보성교수), 김문집(평론가), 이태준(소설가), 유치진(극작가)*

조선의 잡지

하야시   오늘의 좌담회는 '조선 문화의 장래와 현재' 또는 '문화에서 내선일체의 길은 어디에 있는가' 등의 제목으로 이야기를 진행하고자 합니다. 본래 저는 이번에 만주와 북지(北支)를 시찰할 목적이었으며 조선은 그냥 지나칠 생각으로 내지(內地)를 출발했습니다. 그런데 관부연락선 안에서 우연히도 같

---

* 이 좌담회는 원래 『경성일보』에 6회(1938년 11월 29~30일, 12월 2일, 6~8일)에 걸쳐 실린 것을 『문학계』에 재수록한 것이다. 이 둘의 차이에 대해서는 권나영이 지적한 바 있다.

은 방을 썼던 노인으로부터 "당신도 조선을 보지 않으십니까, 내지에서 만주나 북지를 시찰하시는 분들은 거의 조선을 그냥 지나치고 만주나 북지만을 염두에 두시고 계시는 듯한데 그건 아주 잘못된 생각"이라는 이야기를 들었습니다. 그때는 "그렇습니까" 하고 흘려들었습니다만, 부산에서 경성으로 오는 열차 속에서 전 총독 우가키(宇垣) 씨의 조선에 관한 연설집을 읽으면서 문득 창밖의 경치를 바라보았습니다. 그러자 저 우가키 씨의 강연집 속에, 조선을 보고자 하는 사람은 이 경부선의 풍경만을 보아서는 아무 것도 안 된다, 이 철도는 군사적인 목적하에, 또는 군사적 필요에 가장 편리한 곳에 가설되었다, 그렇기 때문에 연선(沿線)은 조선에서 가장 빈곤하고 생산이 적으며 또 정치적으로 보아도 이조시대의 주구(誅求)에 시달려 보수적이 되었고 생산력도 생각할 힘도 전부 빼앗겨버린 곳에 있으므로, 이 연선만을 보고 그곳에서부터 조선을 판단해서는 곤란하다는 연설이 아프게 마음을 끌었습니다. 지금 보는 연선의 풍경은 당시와는 완전히 달라서 산은 푸르고 눈길 닿는 곳마다 경작이 이루어지고 있습니다. 게다가 바로 수확기였기 때문이겠지요, 들에는 남자들도 여자들도 전부 나와서 일하고 있습니다. 그것을 보고 무언가 조선에는 우리가 생각하는 것이 이미 움직이기 시작하고 있지 않을까 하는 기분이 들었습니다. 그 후 경성에 와서 총독부 사람을 만나고, 또 조선의 청년들을 만나고, 나아가 오늘 저녁 이렇게 모인 제군들을 만나도, 내지와 가장 가까운 것은 조선이다, 그 가장 가까운 곳을 모르고 먼 만주나 북지를 갑자기 알고자 해보았자 그것은 불가능한 일이 아닐까 하는 기분이 들었습니다. 이런 말씀을 드리면 어떨까 합니다만, 사실 이번에 우리들의 여비는 만주에서 받았기 때문에 조선에서 쓰면 안 될 터입니다. 그런데도 오늘로 닷새째나 체재하고 있는 것은 그런 기분 때문인 것입니다. 다행히 오늘 기회가 좋아 이런 모임이 이루어졌습니다. 모쪼록 여러분들도 기탄없이 이야기해 주셨으면 합니다. 주로 저는 질문하는 쪽에 있겠습니다. 의문이 있으시면 질문해 주십시오. 조선의 작가는 모두 의문을 가지고 계시리라 생각합니다만, 정말로 마음 편하게 질문하십시오. 오늘 저녁에는 바쁘신 시간을 쪼개어 후루카와 도서과장님도 이 자리에 와 주셨습니다. 과장님도 여러 의견이 있으신 것 같습니다만, 과장님의 의견은 나중에 듣기로 하겠습니다. (박수) 조선에서 이런 종류의 모임은 처음이 아닐까 생각합니다.

우선 처음으로 묻고 싶은 것은 조선에 어떤 작가가 있는가 하는 점입니다. 내지에서는 조선에 대해 아무 것도 모릅니다. 조선 반도를 지나갔다는 것만으로 벌써 다 알았다고 생각하는 사람들이 많습니다. 조선에는 어떤 잡지가 있는지, 어떤 사람이 무엇을 쓰고 있는지 하는 점을 정말로 모르기 때문에 우선 잡지와 사람부터 시작하는 편이 좋지 않을까 생각합니다.

김문집   이전에는 여러 잡지가 있었지만 요즘에는 적어졌습니다. 일간신문도 저 마라톤으로 유명한 손기정의 일장기 문제로 정간이 되었는데, 얼마 전인 작년 육칠 월쯤에 동아일보는 복간이 허락되었지만, 중앙일보는 사라졌습니다. 잡지도 이전에는 상당히 있었지만, 종이가 비싸지고 또 총독부에서 별로 조선의 잡지를 장려하지 않는 듯한 경향도 있고 해서 수가 줄었습니다. 그래서 우리들 반찬 가짓수도 줄었습니다.[1] 하지만 조선일보에는 출판부가 있어서 거기에서 세 종류, 즉 하나는 일반적인 것, 그리고 부인물, 또 하나는 소년 독물이 간행되고 있습니다. 그리고 『사해공론(四海公論)』이라는 것이 있습니다. 이 잡지는 임화 군이 주간했었습니다만 사장과 싸우고 그만두었습니다. 그리고 현재 『삼천리』라는 잡지가 있지만 이것은 역사도 길고 7,800부나 팔리고 있습니다. 그 외에 작은 잡지는 많이 있지만 대단한 것은 없습니다. 잡지에는 여러 가지 비평도 있지만 대단한 잡지는 아닙니다.

하야시　비평이군요.

김문집　그렇습니다만…… 비평이기보다는 일종의 사기(インチキ) 잡지가 많습니다. 조선에는.

하야시　작가는 그 잡지에 투고하고 있습니까, 또 그것으로 충분합니까?

임　화　그것만으로는 밥을 먹을 수 없습니다.

하야시　그러면 어떻게 하고 있습니까?

임　화　작가로서 밥을 먹고 있는 사람은 한 사람도 없으니까, 모두 무언가를 하고 있습니다. 달리 직업이 없는 사람은 어쩔 수 없으니까 제대로 먹지도 못할 정도로 가난합니다.[2] (웃음소리)

하야시　그렇게 밥도 먹을 수 없는 사람들을 세간에서는 인정합니까,

---

1) 원문은 “飯の種が少くなりました”임.
2) 원문은 “食ふや食はずです”임.

작가로서…….

임　화　인정받지 못해도 별 수 없습니다. 그러니까 모두 곤란해 합
니다.

하야시　어느 정도 됩니까, 그런 작가 수는…….

임　화　글쎄요, 80명 정도 있을까요. 하지만 작가로서 활동하고 있
는 사람은 50명쯤일까.

하야시　내지에서 문학자로 이야기되는 사람은 2,000명 있지만, 그
중에서 문학으로 생활하고 있는 사람은, 글쎄요, 200명 정도
겠지요.

임　화　옛 작가라고 하나요, 인기 있는 작가라도 금방 인기가 없게
되기 때문에 신문기자라도 하지 않으면 밥을 먹을 수 없는
것입니다. 인기는 5~6년입니다. 10년은 없습니다.

(무라야마 출석)

조선의 연극

무라야마　연극 이야기가 됩니다만, 조선에는 내지의 구극(舊劇)에 해당
하는 것은 없고, 신파와 신극이 있을 텐데, 그 현상을 좀 이
야기해 주시지 않겠습니까.

유치진　그런 것은 시골에도 있지만, 주로 경성에 있습니다. 조선의
신극으로는 극연좌(劇研座), 중앙무대 등 네 개 정도 있습니
다. 신파로는 경성에 동양극장이라는 상설흥행장3)이 있는데,
그곳에 호화선(豪華船), 청춘좌(靑春座)라는 두 극단이 반달씩

---

3) 원문은 "常打ち小屋"임.

교대로 출연합니다. 한 쪽이 그 무대에 나올 때 다른 쪽은 지방 순회공연을 하고 있습니다. 항상 만원입니다.

무라야마　신파극도 신극처럼 내지 연극의 영향을 받아 이루어진 것입니까?

유치진　그렇습니다. 신파도 내지의 영향을 받아 된 것입니다.

무라야마　그 신파 이외에 어떤 것이 있습니까?

유치진　요세(寄席)4) 비슷한 것과, 옛날 창극과, 무용과 가면극이 있습니다.

무라야마　연극을 위한 독립된 극장은 없었던 겁니까?

유치진　가설극장은 있었지만 그 이외에는 없었습니다. 그런 곳에서 공연했던 것은 연극이라고 해보았자 구치다테(口立)5) 연극인데, 그런 것은 지금도 있습니다.

무라야마　그 각본이 문자로 남아 있는 게 있습니까?

유치진　일부는 있지만, 대체로 그런 옛 조선의 문화, 특히 연극은 지나(支那)의 영향을 받았던 것입니다. 최근에는 내지의 영향을 받고 있습니다만.

하야시　내지는 예전에 조선의 영향을 받았었지요.

아키다　덴가쿠(田樂)6) 같은 것도 주로 조선의 영향을 받은 것인 듯합니다. 여기도 그런 것이나 내지의 가부키 류가 있습니까?

임　화　시골에는 덴가쿠 비슷한 것이 있습니다. 소고를 두드리며 춤추는 것입니다. 여기서 한 20리 정도만 벗어나도 그런 게 있습니다.

---

4) 라쿠고(落語), 고단(講談), 만자이(漫才) 등을 위한 상설공연장.
5) 정해진 각본 없이 배우들이 즉흥적으로 대사를 말하고 연기하는 연극.
6) 가마쿠라, 무로야마 시대부터 있었던 농악의 일종.

아키다　　한번 보고 싶군요.

임　화　　그건 재미있는 춤입니다. 그 모습은 말이지요, 손놀림 발놀
　　　　　림이 꼭 보리 수확하는 모습 그대로입니다.

무라야마　내가 가장 의문스럽게 생각하는 점은 조선의 춤곡이라든지
　　　　　하는 것이 그 어느 것이나 달리 유를 찾을 수 없는 애조로
　　　　　일관되어 있다는 점입니다. 군악조차도 장례식 음악 같지
　　　　　않습니까.

임　화　　춤에 인형과 가면을 사용하는 것도 있습니다. 그것은 막을
　　　　　치고 합니다.

유치진　　그건 가면극인데, 춤과 노래에 대사가 들어가 있습니다.

무라야마　가면은 나도 가지고 있는데, 독특해요.

아키다　　나무 가면도 있습니까?

임　화　　조잡한 것이 있습니다.

무라야마　바가지로 만든 것도 있고 종이로 만든 것도 있습니다.

하야시　　그런 것은 다른 도회에 있습니까?

유치진　　평양에도 있습니다. 제가 생각하기에 이 가면극은 신라시대
　　　　　의 기록에 남아 있지만, 가면을 사용해 춤을 추므로 내지의
　　　　　사자춤입니다. 봉산에는 유명한 가면극이 있는데, 이것을 최
　　　　　승희가 흉내내어 아주 멋진 것으로 만들었습니다. 저 유장
　　　　　한 몸짓은 봉산 가면극의 특장입니다. 그것이 고고학자의
　　　　　이야기로는 대체로 고려시대까지 있었다고 하는데, 이조시
　　　　　대가 되자 중단되고 말았습니다. 이조시대에는 유교가 성하
　　　　　게 되어 이런 것은 금지하는 방침이 되었던 것입니다. 연극
　　　　　이라는 것을 아주 천한 것으로 보았으므로 이런 예술적으로
　　　　　훌륭한 것에 대해서도 똑같은 태도를 취했던 것입니다. 지

금도 그런 습관은 남아 있습니다. 그래서 이 민족적인 것을 하려고 하면 조정으로부터 처벌받으므로 숨어서 했습니다. 즉 가정에서 춤추었습니다. 내놓고 모든 사람 앞에서는 할 수 없었던 것입니다. 이런 사정으로 중단되어 버렸다고 생각됩니다.

무라야마 아악 이외에 그런 음악, 민요적인 것은 하나도 보호하지 않았습니까.

임 화 관기(官妓)가 있을 뿐입니다.

정지용 조선은 이조시대가 되어 압박을 받았기 때문에 조선의 문화, 극, 무용, 음악 등이 사들어 죽었습니다. 즉 유교 정치가 이런 것들을 아주 경멸했으므로 봉산의 가면극 등도 중단되어 버렸습니다. 조선에는 음악이라든지 극문학이라든지 지금 자랑할 만한 것이 아무 것도 없습니다. 무용 쪽에는 요즘 어느 정도 극적 요소가 들어와 있습니다만.

무라야마 시간이 별로 없으므로 연극에 대해 자세하게 여쭈어볼 수 없습니다만, 어떤 이유로 인해 현재까지도 조선의 연극이 발달되지 못했는지 알고 싶습니다. 이 문제는 정말 모르겠습니다만…….

유진오 극문예가 왜 발달하지 못하고 충실해지지 못했는가 하는 질문에 답하기 위해서는 조선의 정치와 비교해 문화가 발달하지 않았다, 거기에서 그 원인을 찾아야 합니다.

무라야마 이것이 아주 중대한 문제입니다. 조선 문화의 장래는 현재가 왜 이런 상태인가, 그것을 확실히 하지 않으면 발달할 수 없습니다. 문학에 관해서는 후에 자세히 논의하기로 하고 지금은 이 점을 어떻게 하면 좋을지에 대해 우리가 조치를 강구하지 않으면 안 된다고 생각합니다.

「춘향전」의 번역

장혁주 「춘향전」 같은 것을 문제 삼으면 이야기가 구체적이 될 것
       같은데—.
임 화 번역은 좋습니까? 「춘향전」은 적당히 번역되어 있습니까?
       그 말이 갖고 있는 맛을 번역하는 일은 아주 힘들다고 생각
       합니다.
장혁주 임화 군, 과거의 조선, 현재의 조선을 제재로 한 희곡을 내
       지의 극계에서 상연하는 일, 그리고 또 한 가지, 조선어로
       된 것을 내지어로 번역하거나 각색해서 내지인에게 소개하
       는 이 두 가지 일은 우리가 반드시 해야 할 일이라고 생각
       합니다. 조선어 극단이 조선어 연극을 내지에서 하는 것도
       좋지만, 그 미치는 영향은 극히 제한된 것입니다. 그런 의미
       에서 내지어로 씌어진 「춘향전」을 했습니다. 그리고 그 결
       과도 성공했다고 생각합니다.[7]
유진오 그게 어려워요.
하야시 번역문이기 때문입니까?
임 화 그렇습니다.
김문집 번역하면 서푼 가치도 없습니다.
임 화 그 독특한 맛이 사라집니다.
김문집 내지 말로 번역하면 「춘향전」이 이상해집니다.

---

7) 「춘향전」은 장혁주 번역, 무라야마 도모요시 연출로 1938년에 동경 및 관서 지방에서 공
   연되었음.

하야시   그렇다면 번역 불가능론이 아닙니까. 번역에는 번역의 사명
         이 있습니다.

가라시마 경제적인 면에서 말해도 조선문으로 된 것은 많이 팔릴 수
         없으니까 많이 팔기 위해서는 역시 내지어가 아니면 안 됩
         니다. 그와 같은 생활의 문제가 관계하게 되므로 내지어, 즉
         번역하는 것도 하나의 방법이라고 봅니다.

하야시   밥 먹기 힘들지 않은 사람은 조선문으로 써 주었으면 합니다.

임 화   하지만 「춘향전」의 성격은 내지어로는 도저히…….

장혁주   그것은 내지어로 표현하는 것이 대단히 곤란합니다.

정지용   「춘향전」을 소개할 때 번역으로는 의미를 성취하지 못합니다.

무라야마 조선 분들이 그렇게 생각하시는 것은 당연하겠지요. 『만요
         슈(萬葉集)』가 영어로 번역되어도, 우리 역시 그것이 『만요슈』
         라고 수긍할 기분은 되지 않습니다. 그러나 그렇다고 해도
         착착 번역되는 것을 환영합니다. 저 「춘향전」을 내지에서
         공연했을 때, 내지인에게도 받아들여졌으며, 또 내지에 와
         있는 조선 분들도 운다든지 웃는다든지, 아주 즐거워했습니
         다. 내지인이 모두 조선어를 배우는 일이 가능하지 않은 이
         상, 번역된 「춘향전」도 필요하다고 생각합니다.

김문집   내지에서 공연해 받아들여졌다고 해도, 경성에서는 어떨까
         요. 무라야마 선생, 「춘향전」의 느낌은 결코 나타나지 않을
         것이라고 생각합니다.

정지용   「춘향전」 그 자체의 느낌은 말이죠…….

김문집   내지인에게 느낌은 있어도…….

유진오   동경에서는 어떤 식으로 「춘향전」이 수용되었습니까? 그것
         을 듣고 싶습니다.

무라야마 말이 가진 재미는 모른다고 해도 「춘향전」의 에스프리는 전
        할 수 있었다고 생각합니다.

김문집 그것은 시국 때문이라고[8] 생각합니다.

하야시 그렇지 않습니다. 춘향이 몽룡을 생각해 정절을 지켜 가는
        것이 훌륭합니다. 나도 동경에서 보았지만, 「춘향전」은 만인
        의 심금을 울리는 멋진 정신에 의해 사람들을 감동시켰던
        것입니다.

정지용 「춘향전」의 좋은 부분은, 예컨대 유교 정치의 시절에 그런
        것이 나왔기 때문입니다.

하야시 거기에 조선의 모습이 있으며, 그것을 예술화한 점이 아주
        좋은 것입니다.

정지용 조선의 것은 조선어로 하지 않으면 안 된다고 생각하고 있
        습니다만, 무라야마 선생은 「춘향전」을 동경에서 조선인이
        보고 좋다 했다고 말씀하셨습니다. 그런 점에 대해서라면
        감사하고 있습니다. 하지만 물론 여기에서는 그렇게 받아들
        여질지 어떨지요…….

장혁주 신극 방면에서는 내지와 조선의 장래는 어떻게 하면 좋을까
        하는 점에 대해 이야기해 주시겠습니까.

무라야마 세 가지 구체적인 방법이 생각될 수 있습니다. 내지에서 조
        선인의 조선어 연극을 활성화하는 일. 조선을 취급한 희곡
        이나 조선 고전의 번역 각색 등을 내지의 극단이 더욱 많이
        상연하는 일. 종종 내지의 극단이 조선에 와서 공연하고 또
        그 반대로 조선 극단도 내지에서 공연하는 일.

---

8) 원문은 "時局の關係だ"임.

임　화　우리도 가능한 한 그런 식으로 동경, 오사카에서 공연할 수 있는 극단을 만들고 싶습니다. 그렇게 되면 이곳의 신극도 열심히 해줄 테지만, 조선에는 좋은 후원자가 없습니다. 우리는 조선의 훌륭한 극을 북지나 동경, 오사카 같은 데서 상연하고 싶습니다. 그것은 단지 조선을 소개한다는 의미를 지닐 뿐 아니라 새로운 예술을 소개한다는 또 한 가지 의미도 가지고 있으므로 반드시 그런 기회를 만들어 주셨으면 합니다.

김문집　거기에는 저도 찬성합니다. 저 「춘향전」이 동경에서 받아들여진 것은 시국 때문이라고 생각합니다. 경성일보가 '애국조선박람회'를 다카시마야(高島屋)에서 열었을 때 모인 사람들이 조선은 어떤 곳인가, 이렇게 생각하고 본 사람들이 많았던 것처럼…….

하야시　이제 「춘향전」 이야기는 이 정도에서 그만 두어도 좋겠습니다.

아키다　실제로 조선의 「춘향전」을 보러 간 사람은 조선인뿐이 아닙니다. 제 주위에 있던 60명 쯤 되는 사람들도 울고 있었습니다. 그 연극의 매력은 시공을 초월해 통하는 휴머니즘에 있습니다. 가령 언어 문제에 결점이 있다고 해도 이 휴머니즘의 요소를 충분히 느끼면, 그것만으로도 볼 만한 것이라고 생각합니다……. 이 조선 문화 속에는 많은 예술이 있으며, 그것을 확대하기 위해서는 내지어로 번역하는 것도 좋을 것입니다. 또 그와 동시에 내지 것을 조선문으로 번역한다, 즉 조선문이건 내지문이건 좋으니까 창작을 자꾸자꾸 내면 좋은 것입니다.

무라야마　지금까지 조선에 있지만 내지에 없었던 것을 무대 예술화하는 일은 가능할 터이고, 그것을 신극이 하고 있다는 점을 인식해 주셨으면 합니다.

하야시   이건 마치 「춘향전」을 선전하는 것 같군. 다음으로…….

김문집   만약 10년 전에 이 「춘향전」을 사회에 내보냈다면…….

장혁주   조선이라면 내지에서 상당히 관심을 가지고 있습니다.

조선어의 문학

이태준   아키다 선생께 조금 여쭙고 싶습니다만, 아까 조선어로 써도 내지어로 써도 괜찮다고 말씀하셨는데, 우리로서는 중대한 문제이므로 본론과 다르지만 질문을 드립니다. 내지의 선배 쪽에서는 우리 조선 작가가 조선어로 쓰는 일을 마음으로부터 희망하고 계십니까, 아니면 내지문으로 쓰는 일을 더 희망하십니까?

아키다   우리 작가의 요망, 그리고 대중의 요망으로서, 즉 대조(對照)를 대중에 두는 작가로서는 내지어가 좋다고 생각합니다.

무라야마   조선의 문학을 조금이라도 많은 사람들에게 읽히고 반향을 얻는 데에는, 조선어로 쓰면 독자가 적으니까 반향이 적을 것이라고 생각합니다. 역시 조선 쪽에서도 실제로는 국어가 보급되어 있으니까 많은 사람들이 알게 하려고 생각하면 내지어로 쓰는 편이 널리 읽힐 수 있게 될 테니까, 내지어 쪽이 좋겠지요.

아키다   내지어로 써서 널리 읽히고, 일부는 조선어로 번역하면 좋겠지요.

정지용   양쪽 모두로 써도 좋다고 생각합니다.

하야시　국어 문제가 나왔는데, 이것은 아주 중대한 일이라고 생각
합니다. 우리 입장에서 조선의 제군에게 말씀드립니다만, 작
품은 모두 내지어로 써 주었으면 합니다.

아키다　내지어가 자유롭지 못하다면 조선어로 쓴 것을 번역하면 되
는 것입니다.

임　화　이것은 우리 작가로서 커다란 문제입니다.

무라야마　조선어로 쓰면 표현할 수 있지만 내지어로 쓰면 표현할 수
없는 조선어에 독특한 것이 있다면, 그것을 잃는 것은 대단
히 유감스럽지만, 그렇지 않은 한, 이쯤 되면9) 목하(目下)의
문제로서는 내지어로 써도 거의 지장이 없는 듯 하므로 조
선어로 쓰지 않으면 안 된다는 것은 정치적 문제일 뿐이고,
그 이외에는 아무 것도 얻을 것이 없다고 생각합니다.

이태준　사물을 표현할 경우에 내지어로 적확하게 그 내용을 설명하
는 것이 불가능할 듯이 생각되기 때문이 아닐까 합니다. 우
리 독자의 문화를 표현할 경우의 맛은 조선어가 아니면 불
가능한 것이 있습니다. 그것을 내지어로 표현하면 그 내용
이 내지화해버리는 듯한 느낌이 듭니다. 완전히 그렇게 되
는 것입니다. 그렇게 되면 조선 독자의 문화가 사라진다고
생각합니다.

하야시　그것은 번역을 하면 됩니다.

무라야마　우리는 일본 독자의 가부키나 아야쯔리닝교 시바이(操やつり
人形芝居)10) 같은 것을 보존하는 데에 찬성하고 있습니다. 과
거의 것이라도 세계적으로 독특성을 가진 것은 존재해야 합

---

9) 원문은 "ここまで來るば"임.
10) 꼭두각시놀음. 인형극.

니다. 그와 마찬가지로 조선의 고전적인 예술은 어디까지나 존재해야 합니다. 그런 것은 정부로서도 보호하지 않으면 안 된다고 생각합니다.

임　화　그런 박물관적인 것이 아니라…….

유진오　문제가 큽니다. 내지어로 써도 지장이 없는 사람은 써도 좋지만, 쓸 수 없는 사람이 있습니다. 번역적임에도 불구하고 내지인들이 좋아할 아주 의미 있는 것은 우리들도 가능한 한 그렇게는 하겠지만, 조선의 문학은 조선의 문자로 되지 않으면 문학의 의미가 없다고 생각됩니다.

무라야마　그것은 물론 그런 경우도 있겠지만, 조금 더 크게 보고 나아가는 편이 좋습니다. 조선어로 쓰는 편이 좋다고 덮어놓고 결정하지 말고 더 많은 사람들에게 읽힌다는 점에 착목하는 편이 좋습니다.

임　화　시를 쓸 경우, 그 말에 흘러넘치는 감정, 즉 문자가 번역되어서는 의의를 이루지 못하는 것입니다. 번역시는 아무래도 확 오지 않습니다. 이는 정치적 입장에서 벗어나 순예술적으로 조망해 보고 문화적으로 양해해야 한다고 생각합니다.

하야시　영국이 아일랜드에 취한 정책은 어떠했습니까. 그래도 아일랜드 문학은 존재합니다. 우리가 이렇게 제군들과 좌담회를 해도 의미가 통하게 되었으며, 제군들이 우리와 똑같이 앉아 있는 오늘날, 조선어가 아니면 안 된다든지, 내지어에 저항해 간다든지 하고 말하는 것은…… 오늘날 내지의 영향에서 벗어난 예술은 사라지고 있지요.

김문집　자연적 경향은 그렇게 될 것입니다.

임　화　언어의 예술이 아무래도…….

하야시   아일랜드어를 사용한 문학이 존재하는 것처럼, 조선 문학도
         결코 사라지는 것이 아닐 터이니까 그렇게 고집부리지 않아
         도 괜찮은 거요. 단지 많은 사람들에게 읽히기 위해 내지어
         가 좋다는 것입니다.
정지용   그런 점에서 말하면 유망합니다.
김문집   아키다 선생은 더욱 커다란 정치적 의미를 가지고 계시겠지요
무라야마   제군이 작품을 내고 무엇을 바라는가, 넓은 반항을 기대하
         기 때문입니다. 또 작가로서의 개인적인 문제에서 말해도,
         작가는 문학으로써 수입을 얻고 밥을 먹지 않으면 안 된다,
         그런데 현재 조선어 작품으로는 생활이 거의 불가능한 상태
         입니다. 그런 점에서도 작가는 내지어로 쓸 수 있게 된 쪽이
         행복하다고 봅니다.

(무라야마 퇴장. 무라야마 왈. 오늘은 바로 신협 극단의 조선 공연 전날이므로 부
민관에서 연극 강연회가 있지만, 나와 아키다 씨와 장혁주 씨는 강연 사이의 시간
에 짬을 내어 출석했던 것이었다. 그렇기 때문에, 이 국어 문제에 대해서도 그 외
의 문제에 대해서도 뜻을 다 밝히지 못해 유감이다. 다른 날 상론할 기회도 있을
것이다.)

유치진   연극 같은 것에서 조선 옷을 입고 내지어로 말하는 것은 아
         무래도…….
하야시   내지 연극도 그렇습니다. 양복을 입고 내지어로 하는 것이
         20년, 30년 지난 오늘날에는 조금도 이상하지 않습니다. 게
         다가 상연하는 것은 모두 번역물밖에…….

유치진 그건 번역극이군요.

하야시 내지는 주로 번역극입니다. 연극 초창기에 모두 번역극이었
던 것입니다. 그러니까 제군은 자꾸자꾸 내지문으로 작품을
만들어 보내 주었으면 좋겠다는 말입니다.

후루카와 저는 문학은 전혀 모르기 때문에 맞지 않는 부분도 물론 많
겠습니다만, 곁에서 보면서 항상 느끼는 것은 예술 쪽에서
보아 조선 문예 방면의 일부분은 아주 잘은 되어 왔지만, 이
것을 내지에 비교하면 대단히 수준이 낮다고 생각합니다.
이에 대해 관과 민이 함께 부흥시킨다는 주의가 없습니다.
어쨌든 옛날에 중단되어 버려 지금은 내지와는 비교가 되지
않을 정도인데도 부흥 운동이 일어나지 않습니다. 저는 왜
그런 식으로 되었는지 생각합니다. 앞서 김 상이 정치적 특
수 사정 운운했지만, 이 방면의 언어 문제 또는 교육 정도가
낮다, 구매력이 낮다, 민도가 낮다고 말씀하셨듯이, 아무래
도 사람들에게 그런 힘이 없기 때문에 사회적으로 독립해서
훌륭한 사회를 만들어 갈 수 없는 것입니다. 일반 문예가가
경시된 결과이기도 하지만, 신문, 잡지는 오늘날의 가정에
없어서는 안 될 것인데도, 현재 조선에서 돈을 가진 사람들
은 이런 예술적인 방면에 대한 요청이 없습니다. 결국 여러
가지 문제로 인해 일어난 일이라고 생각합니다. 따라서 유
식자(有識者)들이 각성해서 적극적으로 이러한 목적을 위해
상당한 기관을 만드는 것이 필요합니다. 이런 기운이 점점
높아져야 하나의 일이 일반적으로 일어날 것을 기대할 수
있습니다. 대체로 문장, 예술은 지나의 영향이 남아 있습니
다. 즉 인정 풍속에 지나색이 있습니다. 게다가 내지와의 관

계는 작금의 일이므로 일본적인 것은 아주 적고 빈약한 것
입니다. 그래서 모든 분들이 비교적 일본식으로 나아간 방
면에서 재료를 취하는 경우나 또는 일본의 사물을 받아들일
때에도 이 점을 양지해 주시지 못합니다. 저희들로서는 참
으로 부족한 생각이 듭니다. 또한 영화나 레코드만 해도 요
즘 들어 갑자기 앞선 내지의 영향을 받음으로써 특수한 것
이 적은 조선의 문화를 살릴 수 있다고 생각하고 있습니다.
영화에서도 전체적으로 통제 있는 발달을 생각하고 있습니
다. 예를 들어 커다란 협회 같은 것을 만들어 거기에서 가능
한 한 원조하도록 하고 싶으며 그 촉진 운동도 고려하고 있
습니다. 빨리 이런 기관이 만들어졌으면 좋겠습니다. 레코드
제작의 경우도 내지의 문예 전체, 신문 잡지, 레코드 영화
등에 비해 전혀 문제조차 삼을 수 없을 정도로 쓸쓸합니다.
이에 대처할 좋은 방법이 있으면, 장래를 위해서 참고하고
싶으니까 느끼신 점을 말씀해 주십시오.

김문집   조선의 문예 부흥에는 아무런 기관도 없습니다. 돈을 가진
사람도 학교 같은 데에는 돈을 냅니다만 문예 방면에는 돈
을 내주는 사람이 없습니다.

하야시   그 점 때문입니다. 지금부터 제군들이 작품을 내지어로 자
꾸자꾸 써주었으면 하고 바라는 것은. 그 반항은 반드시 있
을 것입니다.

이태준   그것이 일본 문화를 위해서, 조선 문화를 위해서입니까?

하야시   세계 문화를 위해서입니다.

유진오   그건 좋습니다만, 조선어로 쓰지 않으면 안 된다고 생각합
니다. 거기에 의견의 상위(相違)가 있는 것입니다.

하야시   이미 조선어는 소학교에서도 없어졌습니다.

유진오   그렇습니다만, 조선어는 결코 사라지지는 않을 것입니다. 단
        지 점점 희미해져 가는 것이지만…….

하야시   그것은 그것으로 좋습니다. 그러니까 조선의 작가는 자꾸자
        꾸 내지어로 쓰면 됩니다. 그러지 않으면 아무리 써도 독자
        가 없어질 것입니다. 없으면 밥을 먹을 수 없습니다. ……

문학의 단속[11]

하야시   이제 이런 이야기는 그만두기로 하고, 한 가지 묻겠는데, 제
        군들은 이번 사변에 조선인 문사가 종군하도록 총독부에 청
        원해 보면 어떻습니까.

유진오   그것은 아주 좋습니다. 대찬성입니다.

하야시   그러면 그것을 총독부에 이야기해 보기로 합시다. (박수) 그
        리고 여기에 후루카와 도서과장님이 나와 계시니까 뭔가 여
        쭈어 보면 어떨지, 평상시의 불평이라도…….

임 화   사무적인 이야기입니다만, 검열을 좀 원활하게 어떻게 빨리
        해 주실 수 없습니까?

후루카와 되도록 빨리 하려고 하고 있습니다만, 요즘은 빠르지요.

임 화   도청을 통해 나온 검열은 한 달이나 걸립니다. 예를 들어 제
        가 황해도에서 낸 것 등.

후루카와 총독부에 오면 빨리 합니다.

유진오   어떤 것이 압수됩니까, 우리가 생각하기에 그다지 나쁘다고

---

11) 원문은 "取締り"임.

도 생각되지 않는 것이⋯⋯.

후루카와 반사회적인 것, 반일적인 것은 단연코 단속합니다. 그 이외
의 순문학적 입장에서 본 것은 대부분 관대하게 처리하고
있습니다.

유진오 결론까지 보지 않고서 압수해서는 곤란합니다만⋯⋯.

후루카와 공산주의적인 모습을 시종일관 써 놓고, 마지막 오류 행으
로 "이와 같으므로 안 된다"고 하는 작품은 일견했을 때, 아
무리 결론이 좋은 듯이 보여도 압수합니다.

유진오 도중 단계가 나빠도 결론이 좋으면 좋다고 생각합니다만.

후루카와 그렇게는 안 됩니다. 도중이 나쁘면 지금 말했듯이⋯⋯.

하야시 이제 이 정도로 끝냅시다. 그 뒤는 마시면서 이야기합시다.
이 좌담회는 내지의 『문학계(文學界)』에 싣고 싶습니다. 그리
고 내지 사람들에게 읽히고 싶습니다. (박수) 그러면 이것으
로 끝내겠습니다. 대단히 감사합니다. ⋯⋯

(주) 이 좌담회는 1938년 10월 하순 하야시 후사오 씨가 만주로 가는 도중에 경성에서 계획된 것이다. 입수한 원고는 출석자의 교검(校檢)을 거치지 못했으며, 게다가 시간 관계상 다시 조선에 보낼 여유도 없었으므로, 동경에 있는 무라야마 씨의 것을 빼고는 가필을 부탁할 수가 없었다. 그 때문에 다소 각자의 뜻을 다 밝히지 못하게 된 점 역시 출석자 및 독자 제씨께 양해와 승낙을 구한다.

❝ 『문학계』, 1939. 1. 원제 「朝鮮文學の將來」

새로운 반도 문단의 구상

가네무라 류사이(金村龍濟), 김종한, 다나카 히데미츠(田中英光), 정인택,
데라모토 기이치(寺本喜一)*, 츠다 츠요시(津田剛)**, 마키 히로시(牧洋)***

국민문학의 두 가지 형태

마 키　　먼저 국민문학의 이념에 대해서 시작합시다. 김 상부터 말
　　　　씀해 주십시오.

김종한　　아, 어렵습니다. 하지만 『국민문학』의 편집에도 관계하고 있
　　　　으니까, 그럼 이야기해 봅시다. 국민문학이라는 개념은 사실
　　　　내지보다도 반도 쪽에서 확실한 듯합니다. 내지에서 국민문
　　　　학으로 가는 과도기 작품이라고 이야기되는 것들 중에는 두
　　　　가지 유형이 있는 것 같습니다. 예를 들어 아쿠다가와상(芥川

---

　* 『녹기』 발행인.
　** 시인. 경성제일여고녀(京城第一高女) 교유(敎諭).
*** 이석훈.

賞)을 받은 「히라가 겐나이(平賀源內)」1)라든지, 언젠가 『문예춘추(文藝春秋)』에 실린 후나하시 세이치(舟橋聖一)2) 상의 「사석(捨石)」 등, 독자에게 무언가를 가르치고자 하는 듯한 이 작가들의 작가적 태도와, 또 한 가지는 히노(火野)3) 문학이라든지 최근 유행하고 있는 아마추어 문학4) 같이 국민과 운명을 함께 하고자 하는 태도가 있다고 생각합니다. 역시 후자 쪽이 국민문학으로서 정당한 방법이 아닐까 생각합니다. 지금은 적국이지만 메이스필드5)라는 현시대의 영국 계관시인이 있는데, 이 사람 같은 시인이 흥미롭게 생각되게 되었습니다. 왜냐하면 영국인은 해적의 자손이라고도 할 수 있는데, 이 시인에게는 해양(海洋) 정신이라고 할까, 어쨌든 영국은 섬나라이므로 해외로 발전하지 않으면 안 된다는 국민적인 정열과 의욕과 이상이 있었기 때문에 그런 것의 대변자로서 이 시인이 재미있는 것입니다. 단, 영국의 경우는 영국의 자유주의 사회학 그것이 그러했듯이 일종의 착취로 끝났지만, 일본의 경우는 대동아의 건설이라는 하나의 커다란 이상을 목표로 하고 있으므로, 문학 그것이 국민과 운명을 같이 하고자 하는 태도는 공명(共鳴)을 낳을 수 있습니다.

가네무라　그 경우 국민과 운명을 같이 한다는 것은 물론 그것이 최고

---

1) 사쿠라다 츠네히사(櫻田常久)의 소설. 사쿠라다는 이 소설로 1940년 아쿠다가와상을 수상함. 이후 사쿠라다는 「종군 타이피스트(從軍タイピスト)」, 「안남여명기(安南黎明記)」, 「최후의 교실(最後の敎室)」 등의 시국소설을 씀. 또한 해군보도반원으로서 『함상일기(艦上日記)』 등을 썼음.
2) 1904~1976. 쇼와기의 소설가, 극작가.
3) 히노 아시헤이(火野葦平, 1907~1960)를 말함.
4) 원문은 "소인문학(素人文學)"임.
5) John Edward Masefield : 1878~1967. 영국 소설가로 *Salt Water Ballads*(1902), *Reynard the Fox*(1919) 등의 작품이 있음. 1930년에 계관시인이 됨.

도로 발전했을 때에는 그렇게 되어야 할 터이지만, 그와 마
찬가지로 가르치는 일이 어떤 시대의 과도기에는 필요하지
도 않겠습니까.

다나카　필요하지만 김 상이 말하는 것은 본격적인 문학으로서의 발
전성이 없다는 것이겠지요.

김종한　뭐, 그렇습니다.

다나카　가르치고자 하는 태도는 무엇보다도 독자에게 반발적인 것
을 느끼게 할 위험이 있습니다. 문학의 본질은 공감에 있지
억지로 가르쳐 주입한다는 식의 강제적인 데에는 있지 않다
는 말도 되겠습니다.

가네무라　하지만 운명적인 것과 하나가 되는 존재방식은 의식적인 과
정을 통할 필요가 있습니다.

국민문학의 지도성

다나카　김 상이 말씀하신, 모두를 이끌고 가자는 교훈적인 것은 이
른바 주관적인 문학, 로맨티시즘 속에서 느낄 수 있는 한 요
소라고 생각합니다. 그러나 그것이 독서에 수용되기 위해서
는 작자 즉 교사 자신의 개성을 독자가 절대적으로 신뢰하
고 매혹될 만큼의 성실함이 없으면 안 된다고 생각합니다.

가네무라　그것을 위해 지도적인 것이 필요하지 않겠습니까.

다나카　그것은 필요하다고 생각합니다. 하지만 그것은 소위 단조로
운 리얼리즘의 수법에 비해 아주 어려운 것이며, 이를 무책
임하고 경박한 태도로 쓴다면 독자에게 오히려 악영향을 끼
치게 된다고 생각합니다.

츠 다　사회의 추진력이 되려는 혁신의 각도에서 보면, 혁신부(革新
部) 계층에서 발생하는 일은 가르치려고 하지 않아도 지도성
이 나옵니다.

다나카　그것은 기대해도 좋다고 생각합니다.

김종한　로맨티시즘으로서 강렬한 기분을 발산하는 것은 체험에서
나오는 게 아닙니까. 최근의 지도자라는 사람들은 불친절하
다고 생각되는데, 왜인가 하면, 이건 논리의 문제가 됩니다
만, 자기가 혁신한 경우에 나는 혁신했으니까 내 얼굴을 봐
달라고 하는 것 같습니다. ― 그런 것이 아니라, 혁신이라는
것은 한 줄기의 선을 이루며 혁신한다고 생각합니다. 예컨
대 시베리아 철도를 타고 오지요. 그 때에 하얼빈까지 오면
일본에 온 듯한 기분이 듦을 느꼈다 ― 이 말은 요코미츠 리
이치(橫光利一)의 『여수(旅愁)』에 씌어 있지만, 그것으로는 아
직 일본에 오지 않은 것이며, 그 경우에 거기까지 왔으니까
혁신했다고는 말할 수 없을 터입니다. 신의주에 왔다고 해
도 진짜로 일본에 왔다고 할 수 없는 것입니다. 즉, 동경에
도착할 때까지는 진짜로 일본에 돌아왔다고는 말할 수 없을
텐데, 이것은 한 줄기의 선을 이루는 심리적인 과정을 밟아
간다고 생각합니다. 그런 경우, 앞서 가는 사람은 아주 친절
하게 동시대인을 이끌고 가면 되지만 실제로는 그렇지 않은
것 같습니다.

다나카　문학자 그룹은 선생에게 이끌려 소풍 가는 소학생과는 다릅
니다. 물론 시대가 요구하는 것, 국가의 지도 원리의 선을
따라 써야 하지만, 당연히 지도 원리만으로는 소설이 안 됩
니다. 그 지도 원리를 어떻게 받아들이는가, 그 수용 방법

속에 그 작자 스스로의 문학적인 지도 원리가 존재할 터입니다. 이를테면 손을 잡아끌지 않으면 걸을 수 없을 듯한 문학자에게 무엇을 기대할 수 있겠습니까. 작가는 독자적인 확고한 보조로 시대의 방향을 따라 걸어야 합니다.

김종한　반도인은 혁신한다고 할 때 묘하게 딱딱해져서 이론적으로 각(角)을 세웁니다. 따라서 부자연함이 얼굴을 드러내기 쉽습니다.

다나카　그것은 오히려 자연적인 생리적 현상이라고도 할 만하지요. 누구라도 새 옷을 처음 입을 때는 쑥스러운 것이니까요. 각은 시간이 저절로 둥글게 해 줍니다. 요컨대 문제는 그 혁신적인 이상에 대해 부딪치는 방법에 있다고 봅니다. 작은 이득 얻기에 능란한 협소한 방법을 취하며 자질구레하게 곁눈질하기보다는 차라리 정면으로 부딪쳐 딱딱해지는 편이 오히려 성실하고 소박하다고 나는 느낍니다만.

가네무라　문학자에게서 지도성을 바란다는 것은 논리적인 것을 바란다는 말이라고 생각합니다만, 논리는 어떻습니까.

다나카　문학에서 지도성을 바라는 일은 오히려 옳은 일이겠지요. 하지만 요컨대 문학의 본질적인 성격은 어디까지나 독자를 그 작품의 공기 속으로 끌어들이는 강력함에 있다고 생각합니다. 지도하기보다는 차라리 독자의 흉금을 울려 독자를 분발시킬 만큼의 공감성이 있어야 할 터입니다.

김종한　그러니까 역시 논리라면 학적(學的)6)인 것이라는 말이 되고 맙니다.

---

6) 원문에는 없으나, 이어 나오는 가네무라의 말로 볼 때, "학적"의 누락으로 판단되어 삽입함.

가네무라 학적인 것이 필요하겠지요. 이것은 가능할 것이라고 생각하
       며 또 하지 않으면 안 된다고 생각합니다.

김종한 원리가 나올 때까지는 작품을 구상할 수 없다는 말이 아닙
       니다. 우리는 자유주의 사회학에 대응해 처음부터 완성된
       동아학(東亞學)을 갖고 있지 않아도 괜찮다고 생각합니다. 요
       는 국민적인 의욕의 방향성에 대한 신뢰와 애정을 가지는
       데에 있습니다.

츠 다 의욕, 그것이 또 하나의 실천이 됩니다. 이론이 나오지 않으
       면 소설을 쓸 수 없다는 말이 아닙니다.

다나카 그건 그렇습니다. 동아공영권의 이상적인 아름다움, 그 이론
       의 올바름은 물론 자기의 것으로서 파악해야 합니다. 그러
       나 그 이론으로 적당한 틀을 만들어 놓고 그 안에 딱 들어
       가는 인형이나 스토리를 아무리 날뛰게 해도 소설이 되지
       않습니다. 오히려 우리는 구상적(具象的)인 것 속에서 그 이
       론에 가까운 것을 발견했을 때의 감동을 써야 한다고 생각
       합니다.

정치와 문학

가네무라 조금 전의 이야기로 돌아가면 문학의 정치성, 정치와 문학
       이 관련된다는 것 아닙니까.

다나카 아닙니다, 물론 문학은 몇 번이건 그 시대의 정치에 종속되
       는 것입니다. 하지만 정치에 종속된다는 것은 정치가 명령
       하는 대로의 것을 쓴다는 말은 될 수 없습니다. 그렇게 되면
       모든 예술은 전부 한 묶음에 얼마 하는 포스터가 되고 맙니

다. 문학은 그 정도가 강하고 약한 것이야 있겠지만, 전부
정치가 요구하는 혼(魂)에 따라 쓰게는 됩니다. 하지만 그 선
(線) 안에 지닐 수 있는 유연성(flexibility)이야말로 크게 기대
해야 할 것이 아니겠습니까. 그 자기이력(磁氣履歷, hysteresis)
안에 작가 독자의 개성미가 있으며, 그 작품이 고전이 될 수
있는 유일한 거점이 있다고 생각합니다.

가네무라　그렇지 않습니다. 문학과 정치는 상대적으로 유사하지만, 나
는 이런 게 아닐까 합니다. 예를 들어 국가 이상주의 — 그
런 것은 하나의 지도적인 것이 아닙니까.

다나카　그렇지요.

가네무라　정치적인 것은 그것을 받아들여 정치를 하며, 문학은 그것
을 수용해 문학을 합니다. 그 유일한 주의 밑에서 정치와 문
학은 동일한 평면에 존재한다고 보지 못할 것도 없습니다.

다나카　국가 조직으로부터 말하면 정치가 위에 있는 것이 당연합니
다. 문학이 정치와 병행하고 정치에 용연(容緣)되는 일은 지
금까지 있었던 적이 없으며 실행 가능한 일도 아닙니다. 그
러므로 문학이 정치에 졌다고 생각하는 것은 농부가 상인보
다 아래라고 믿는 단순한 사고방식입니다.

가네무라　요즘 작가들이 가장 괴로워하는 것은 정치 이념과 문학의
이념을 어떻게 소화하고 통일시켜 작품 활동을 하는가 하는
문제입니다.

다나카　그것은 오히려 지엽말절(枝葉末節)의 문제겠지요. 당대의 정
치 이념에 따라야 한다는 것은 공기가 없으면 살아갈 수 없
는 것 같은 단순한 사실이니까요. 오히려 그 공기 안에서 어
떻게 살아야 하며 어떻게 글을 써야 하는가가 문제라고 생

각합니다. 지금까지 등장한 작가 중에도 전쟁 시대에 태어
난 작가가 꽤 있을 터입니다. 오히려 이런 격렬한 시대에 단
련되며 살아남아, 이 질풍노도 속에서야말로 비로소 발견할
수 있는 인간의 아름다움을 묘사하는 일의 즐거움을 생각합
시다.

일본 문학에서 서양적인 것

데라모토　문학의 이념에 혁신적인 것이 들어온다, 지금까지 문학에
　　　　대한 사고방식은 서양적인 사고방식입니다. 특히 메이지, 다
　　　　이쇼 문학은 어떤 의미에서 일종의 서양문학의 식민지라고
　　　　이야기되고 있습니다.

다나카　식민지는 아니지요. 소세키(漱石)도 오가이(鷗外)도 서양 문학
　　　　을 배우기는 했지만 서양 문학에 굴복해 성(城)을 넘겨준 것
　　　　은 전혀 아니기 때문입니다. 소세키의 「쿠사마쿠라(草枕)」 같
　　　　은 작품이 지닌 아름다움은, 기교적으로는 서양 문학의 영
　　　　향을 받고 있지만 본질적으로는 동양풍의 고담(枯淡)한 아름
　　　　다움이라고 생각합니다. 색채가 화려하지만 그것은 남화(南
　　　　畵)이지 유화(油畵)가 아닙니다. 특히 후년의 작품이 되면 마
　　　　치 선(禪)과 같은 생활에 대한 동경이―.

데라모토　아, 제 말씀 좀 들어 주십시오―.

다나카　아무래도 나는 너무 말이 많군. (웃음소리)

데라모토　대체로 방법에 대해서는 서양 문학이 모델이 되어 있었습니
　　　　다. 그 후 계속 다이쇼, 쇼와를 거쳐 대동아전쟁이 일어나기
　　　　전까지는 보통 그런 분위기7)였다고 생각합니다. 이윽고 미

국과 영국을 격멸하게 되자 사상적으로도 배격하지 않으면
안 되었고, 또 실제 문제로서도 전 세계가 전쟁에 이끌려 들
어가므로 저쪽과 이쪽의 문화 교류 상황은 생각할 수 없다,
그렇게 되자 우리가 문학을 해 가는 경우에도 그 모델이 사
라짐과 동시에 우리 자신이 이쪽에서 새롭게 창조하지 않으
면 안 되는 때가 아무래도 오고 있는 것입니다. 이제까지와
같은 사고방식으로는 이런 일은 전혀 있을 수 없으므로, 뭐
랄까, 메이지, 다이쇼 이전부터 일본의 문학은 일본의 전통
과 단절되어 있는 것입니다. 즉 문학의 전통성이 뚝 끊어져
있다, 물론 지금 남아 있는 것은 있지만, 그런 의미에서 문
학사의 부흥을 생각할 수 있습니다. 그래서 다시 문학의 개
념을 생각해 보면 서양 문학을 말하는 경우에 지성이나 감
성이 즉각 문제가 되는데, 일본 문학의 전통은 지성이 없지
는 않지만, 그런 것이 특별히 나타나지 않는 것은 아닐까 생
각합니다. 동양 정신의 문학에서도 역시 지성보다 덕성 같
은 것이 높게 느껴집니다.

서구의 지성 · 일본의 덕성

다나카   지성은 커다란 의미에서는 덕(德) 안에 들어가는 것이 아니
          겠습니까.
데라모토   아니, 아니, 덕성8)을 좁은 의미로 파악해 생각해 보면 일본
          문학의 전통은 만요(萬葉)를 보아도 요쿄쿠(謠曲)를 보아도 또

---

7) 원문은 "空氣"임.
8) 원문은 "道德"임.

는 하이쿠(俳句)를 보아도 모두 하나의 덕성입니다.

다나카　서양적인 지성과, 그리고 동양적인 지성이라는 것은 역시 구별해서 생각해야 한다고 봅니다. 지성이라는 말은 지적인 작용에 관한 일체의 성능(性能)을 가리키는 것이므로 일본 문학에 지성이 없다는 것은 일본인이 지성 작용에 둔하다는 말이 되니 아무래도 탐탁하지 않습니다. 사이가쿠(西鶴)[9]의 글, 특히 「무나잔요(胸算用)」[10]나 「에이타이구라(永代藏)」[11] 같은 것은 지적인 작용 없이는 쓰일 수 없었다고 생각합니다. 아니, 바쇼(芭蕉)[12] 같은 사람도 인생을 알고자 하는 욕망이 결코 서양인 못지않다고 생각합니다. 단 일본적 예지가 나타나는 방식이 서양인과 전혀 다르다는 점에 차이가 있다고 봅니다.

데라모토　지성이라는 것은 서양적인 방법이라고 생각합니다.

츠 다　그 점에 대해서 나는 이렇습니다. 리얼리즘의 경우도 근대 이후 서양에서 가져 온 것은 객관적인 사실인데, 거기에는 지성의 분석과 반성이 가해지고 주지주의와 객관주의의 냄새가 더해집니다. 따라서 지와 덕, 주관과 객관의 분열이 일어나기 쉽습니다. 그러나 일본의 고대에서부터 지니고 있던 리얼리즘은 객관주의도 아니며, 주관의 의욕을 털어내 놓기만 하는 것도 아닙니다. 주관도 객관도 지성도 덕성도 의욕도 요컨대 '있는 그대로'의 생활이라는 곳에 일본적인 리얼

---

9) 이하라 사이카쿠(井原西鶴 : 1642~1693) : 에도 전기의 풍속소설(浮世草紙) 작가, 하이쿠 작가.
10) 「世間胸算用」을 말함.
11) 「日本永代藏」을 말함.
12) 마츠오 바쇼(松尾芭蕉 : 1644~1694) : 에도 전기의 하이쿠 작가.

리즘의 특질이 있다고 봅니다. 그것이야말로 진정한 최고의 리얼리즘이리라고 생각합니다. 그러나 서양적인 리얼리즘의 경우는 주지적인 반성이 가해지므로 무언가 비판적인 것이 있습니다. 그러므로 일본적인 리얼리즘이라면 시코노오타테 (しこの御楯)13)로서 폐하를 위해 죽는다는 작자의 격렬한 정열이 노골적으로 작품에 칠해져도 결코 그 작품의 리얼리즘적 본질에 상처를 입히지는 않습니다. 하지만 서양적인 리얼리즘에서는 지성의 반성, 즉 비판이 가해져 무언가 그러한 정열이 들어가는 일을 막는 것이 있다, 이른바 회의의 눈이 흘낏 번뜩입니다. 그런 의미에서 덕성과 지성이 논의되는 것이 아니겠습니까. 그러나 리얼리즘도 일본적 성격을 회복해 주면 되며, 서양 리얼리즘의 수법은 받아들이되 거기에 늘 따라다니는 왜곡된 주지주의만 제거해 악을 빼내면 되겠지요. 이제부터의 문학은 그런 방향으로 가지 않겠습니까. 또 그런 방향으로 발전시킬 필요가 있습니다.

다나카   그렇습니다. 저는 데라모토 상의 의견에는 다소 반대입니다……완전히는 아니지만. (웃음소리) 이제부터의 문학이 지금까지의 일본 문학을 전부 마이너스로서 취급해 통째로 새롭게 만들어 가야 한다는 말씀이었다고 생각합니다만, 지금까지의 일본 문학도 이미 만요(萬葉) 시대로부터 끊임없이 외래 사상과 싸워 왔다고 생각합니다. 불교나 유교 또는 기독교 같은 것도 그 시대 시대에 격렬하게 격투하면서 어떤 경우에는 일견 마치 굴복했던 것처럼 보이면서도 계속 굳게

---

13) ‘천황의 방패인 나’.

이어온 한 줄기의 전통을 만들어 왔었을 터입니다. 예를 들어 『헤이케모노가타리(平家物語)』14)는 염불종(念佛宗)의 영향을 받았으며, 『다이헤이키(太平記)』는 선(禪)의 영향을 받았다고는 이야기됩니다. 하지만 그 본질에서 두 작품은 모두 군기물(軍記物)로 불리며 상통하는 일본적 성격을 지닙니다. 그것이 두 작품의 시대가 다른 만큼 확실히 보인다고 생각합니다. 메이지, 다이쇼의 문학도 일류의 것은 결코 구미 문학을 그대로 받아들이지 않았습니다. 아쿠다가와 류노스케(芥川龍之介)의 작품 중에 「신들의 웃음(神々の笑ひ)」이라는 것이 있습니다. 이것은 그 남만물(南蠻物) 중 하나인데, 일본에 온 가톨릭 신부15) 한 사람이 하늘의 바위 문 앞에서 신들의 춤을 환영으로 보는 이야기입니다. 아마테라스 오오미카미(天照皇大神)16)께서 행차하시게 되자 닭이 울고 확 하고 빛이 비춤과 동시에 여러 신들이 모두 와 하고 웃는데, 그러는 동안 예수 그리스도는 완전히 일본화된 제우스가 되어 버립니다. 그리고 가톨릭 신부는 일본국 신들의 강력함에 놀라고 어떤 것이라도 동화시켜 버리는 이 나라의 불가사의한 성격에 져서 포교를 단념한다는 줄거리였다고 생각합니다. 아쿠다 씨의 이런 작품은 현재의 시국에 내놓아도 충분히 의의가 있는 작품입니다. 따라서 통틀어 식민지 문학 취급하는 것은 얕은 견해라고 생각합니다. 특히 메이지, 다이쇼의 선배들이 쌓아올려 온 서구 리얼리즘의 수법은, 무기에 빗대면 근대의 화기

---

14) 원문은 "平家"임. 헤이케(平家) 일족의 성쇠를 다룬 가마쿠라 시대의 대표적인 군담(軍談)임.
15) 원문은 "伴天連(バテレン)"임. 이는 포루투갈어 'padre'에서 온 말임.
16) 일본 황실의 조신(祖神), 해의 신.

(火器) 같은 우수한 것입니다. 그것을 전부 버린다는 것은—.

데라모토   아니, 그렇지 않습니다. 버려 버리는 것이 아니라 일본적인 것을 더욱 크게 생각해서— 동양적이라고 해도 좋을 텐데, 동양에서는 도(道)라는 것을 종종 말합니다. 그 도라는 것이 쭉 계속되어 온 하나의 전통적 정신입니다. 그것이 나는 메이지, 다이쇼 시대에 끊어졌다고 봅니다. 그리고 문학은 서양적인 해석만이 문학이라는 듯이 생각해서—.

다나카   일본 문학이 메이지, 다이쇼의 선에서 단절되었다고 보는 것은 잘못이라고 생각합니다. 예컨대 이즈미 교카(泉鏡花)[17]는 다네히코(種彦),[18] 슌스이(春水)[19] 쪽의 영향을 받아 에도(江戶) 문학을 최후로 꽃 피운 사람이었다고 이야기되는 고요(紅葉)[20]의 애제자입니다. 또한 자연주의 시대의 풍파 속에서 시련을 겪으며 견뎌내 온 사람인데, 이 사람에게 일본 문학의 전통이 없다고 감히 단정할 수는 없다고 생각합니다. 교카도 대단한 애국자이지만 그 외에 소호(蘇峰)[21]를 보십시오. 세이카(靑果)[22]도 메이지, 다이쇼, 쇼와와 살아온 사람입니다.

데라모토   그렇게 보는 관점도 있겠습니다만.

다나카   그러니까 구태여 단절할 필요는 없다고 생각합니다.

데라모토   단절되어 있다고 생각합니다만.

다나카   그렇다면 단번에 『만요슈』로 돌아가라는 말씀입니까, 아니

---

17) 1873~1939. 소설가.
18) 류테이 다네히코(柳亭種彦 : 1783~1842) : 에도 후기의 게사쿠샤(戲作者).
19) 다메나가 슌스이(爲永春水 : 1790~1843) : 에도 후기의 게사쿠샤.
20) 오자키 고요(尾崎紅葉 : 1867~1903) : 소설가. 『곤지키 야샤(金色夜叉)』 등을 씀.
21) 도쿠토미 소호(德富蘇峰 : 1863~1957) : 저널리스트. 민우사(民友社)를 설립했으며 『국민지우(國民之友)』, 『국민신분(國民新聞)』을 발행함. 이광수와도 교류함.
22) 마야마 세이카(眞山靑果 : 1878~1948)를 말함. 소설가, 극작가.

면 『겐지(源氏)』[23]나 『호죠키(方丈記)』[24]로 돌아가라는 말씀
입니까. 『만요슈』의 정신은 『긴카이슈(金槐集)』[25]로 이어지고
『긴카이슈』는 『신요슈(新葉集)』로, 『신요슈』의 정신은 에도
중기의 국학자에게, 더 나아가 막부 말기의 지사에게, 메이
지의 시키(子規)[26]에게, 현대의 『성전가집(聖戰歌集)』에까지 흘
러오고 있다고 생각합니다. 그것을 무시하는 일은 선각자의
위업을 무시하는 일이 될 뿐 아니라 기술적으로도 불가능하
다고 생각합니다.

데라모토 아니, 내가 말한 것은 과장해서 말하는 것입니다 — 단절되
어 있다는 것은.

다나카 형식적으로는, 그리고 내용적으로도 구미 문학을 아주 동경
한 점은 있었습니다. 그렇지만 단지 그러기만 하고 그 외에
메이지, 다이쇼기의 일본인의 생활을 포착하지 않았다면 그
것은 남아 있는 문학이 될 수 없습니다. 지금까지 남아 있는
문학은 역시 본질적으로 당시 일본인을, 개개의 일본인을
묘사하고 있다는 바로 그 점 때문에 남아 있는 것이라고 생
각합니다.

츠 다 그리스적인 것에서 벗어나도 좋지 않겠습니까.

다나카 요컨대 서양 근대의 병기(兵器)를 사용한다는 의미에서 서양
적인 문학 수법을 어디까지나 배워야 한다고 봅니다. 완전
히 우리 것으로 삼아 그것을 더욱 개량할 정도가 되겠다는

---

23) 『겐지모노가타리(源氏物語)』를 말함.
24) 가모노쵸메이(鴨長明)가 지은 가마쿠라 시대의 수필.
25) 『만요슈』 연구자인 사사키 노부츠나(佐佐木信網 : 1872~1963)는 『정가소전본금괴집(定
    家所傳本金槐集)』을 발견한 바 있다.
26) 마사오카 시키(正岡子規 : 1867~1902)를 말함.

마음가짐을 가지면 좋다고 봅니다.

데라모토　창조적인 입장이 되는 것이군요.

다나카　그렇습니다. 그렇기 때문에 지금까지의 것을 토대로 해서 이제부터도 만들어 가야 하는 것입니다. 물론 지금까지 해 온 그대로 한다는 의미는 아닙니다. 이제까지 전해진 전통의 장점을 활용할 때야말로 대동아전쟁을 치루고 있는 일본의 아름다움을 진정으로 후대에 전할 수 있는 작품이 나오리라고 생각하는 것입니다.

작품에 나타난 문제

마　키　작품 이야기로 넘어갑시다.

다나카　너무 많이 이야기해서(웃음소리), 『국민문학』에 게재된 마키 상의 「고요한 폭풍(靜かな嵐)」에 대한 유진오 상의 비판을 다른 사람으로부터 조금 들었습니다만, 그 작품 말미에 주인공이 러시아어 책을 불태우는 곳이 있는 것을 일러 지식인으로서 옳은 태도가 아니라고 말했다는데 여러분은 어떻게 생각하십니까.

가네무라　그런 경우의 작중 인물로서, 일단 그 사람의 입장이 되어 생각하지 않으면 안 된다고 봅니다.

다나카　불태우지 않아도 좋고 불태워도 좋습니다. 선문답 같지만요. (웃음소리)

김종한　그렇습니다. 불태우는 것이 진짜일지도 모릅니다.

마　키　고민의 상징입니다. 표현은 너무 나아갔는지도 모르겠습니다만.

김종한   불태우건 불태우지 않건 간에 회피하지 않고 정직하게 맞부
          딪쳤다는 것만으로도 하나의 놀라움을 줍니다.

가네무라   그런 태도는 좋습니다. 꼭 태우느냐 태우지 않느냐의 문제
          보다도, 새로운 입장에 서서 기백(氣魄)을 표현하고 있는 하
          나의 실천인 것입니다.

다나카   그 작품에는 지금부터 무언가 하자는 패기는 있었습니다.
          그러나 그것으로 끝나면 패기만의 작품이 되어 버립니다.
          그 속편을 아주 의욕적으로 써주실 것을 기대하고 있습니다.

가네무라   더 써야 합니다.

마 키   작자로서도 그것을 진전시켜 가고 싶습니다. 그건 서곡입니다.

다나카   이번에는 한번 「청량리 부근(清凉里界隈)」으로 가 볼까요.

마 키   정인택 씨의 그 작품에 대한 평판이 아주 좋습니다.

데라모토   「청량리 부근」은 확실히 기억하지 못하지만, 꽤 재미있는
          것은, 반도 문단이 지금부터 나아갈 어떤 한 방향을 이 작품
          이 보여주는 점입니다. 그런 의미에서 재미있다고 생각합니
          다. 그리고 이와 비슷한 것으로 생각되는 작품은 유아사(湯
          淺)27) 상의 「긴카이 기요코(金海きよ子)」,28) 이것은 완전히 수
          필 같은 작품이지만, 그런 제재는 채택해도 좋습니다.

다나카   너무 평판이 좋으니까, 조금 제가 혼내주게 해 주십시오. 정
          상의 「청량리부근」은 너무 능숙해서 저는 싫었습니다. 너무
          나도 문학자의 장인 기질을 보이는 곳이 있어서 조금 교활
          합니다.

마 키   그 작품은 그것 한 편으로 문제를 전부 해결해 버린 느낌이

---

27) 湯淺克衛(1910~1982) : 소설가. 1916년부터 1927년까지 조선에 이주해 생활함.
28) 『국민문학』, 1942년 1월호에 실린 글임.

들지만, 작품의 그런 경향으로 어느 정도까지 진보할 수 있을지, 밀고 나아갈 수 있을지.

다나카 어쨌든 모두를 감격시킨 데에는 이론이 없군요.

김종한 그것은 그것으로서 완벽한 작품입니다. 그런데 그 다음에 어떤 작품을 써 줄 것인가가 문제겠지요.

다나카 모두가 기다리고 있습니다.

츠 다 그 작품은 내지 쪽에서도 상당히 문제가 되었습니다. 도나리구미(隣組)는 큰 문제니까요.

마 키 그 작품 식으로밖에 쓸 수 없다고 생각합니다.

다나카 대단히 칭찬되었구먼. (웃음소리) 저보고 말하라면 작자의 체취와 혈육이 너무 들어가 있지 않아. 아름답지만 인공의 미 같은 느낌이 들어요.

데라모토 괴로움은 없다고 생각했어요. 그러나 일종의 신생활 운동 같은 것으로서, 건강한 명랑함이 있지 않습니까.

마 키 저는 이렇게 생각합니다. 작자가 아주 능숙해서 훌륭히 사각(死角)을 선택했으며, 따라서 정면으로 부딪치는 바보스러운 일을 하지 않았다는 겁니다.

다나카 그래요, 그것이 적절한 평가입니다.

데라모토 방공연습의 경우, 기쁘게 척척 활동하는, 괴로움이기보다는 오히려 명랑한 괴로움이 있는 게 아닙니까.

다나카 그런 고뇌를 통한 명랑함이 진짜 명랑함이라고 생각합니다. 괴로움 속의 기쁨이야말로 진정한 기쁨이라는 의미에서요.

데라모토 완벽한 작품으로 기대하고 있습니다만.

가네무라 실제로 방공연습을 하는 장면은 그리지 않고, 그저 피곤하다는 것만으로는 충분하지 않습니다.

마 키   무대를 보이면서도 무대를 보여주지 않은 것입니다.

츠 다   정 상은 언제부터 그런 경향의 작품을 썼습니까.

정인택   그게 처음입니다.

김종한   전쟁이 시작된 후 격동하는 현실을 순수하게 받아들여 저보
         다 먼저 작품화한 점에 대해 놀랐습니다.

마 키   작가들이 현실을 순수하게 받아들이려 하지 않았던 때에,
         그것을 정인택 상이 순수하게 받아들였다는 점은, 그것만으
         로도 좋습니다.

김종한   「고요한 폭풍」도 그렇습니다. 현실에 용감히 부딪쳤으므로―.

마 키   그 작품은 재미없게 씌어졌습니다.

다나카   재미없지만, 호의는 어느 쪽에 있는가 하면, 나는 마키 상
         쪽에 호의를 가지고 있습니다. 어쨌든 그 작품은 촌스러울
         만큼 진지한 외곬수의 태도로 대상에 부딪치고 있다고 생각
         합니다. 정 상의 작품은 조금 연극 같은 곳이 있어서요. (웃
         음소리)

데라모토   정인택 상의 두 번째 작품, 아주 괄목(刮目)하며 기대하고 있
         습니다.

가네무라   『국민문학』 2월호에 언문(諺文)으로 정비석이 「한월(寒月)」을
         썼습니다. 꽤 좋은 작품입니다.

다나카   어떤 것입니까.

가네무라   정월에 아버지 집으로 자기 딸과 함께 기차를 타고 가다가,
         안성까지는 버스를 타고 가는 도중에 일어난 하룻밤의 일을
         쓴 것인데, 버스 사고를 통해 공동 정신을 표현하고 있습니
         다. 시골 사람들은 헌신적으로 일하는데 도회인들은 약삭빠
         르다, 그런 것이 잘 묘사되어 있습니다.

시(詩)와 외치는 일

김종한   정인택 씨의 「청량리 부근」을 읽고 감격했습니다. 감격했다고 할 정도는 아니지만, 시를 쓰는 사람보다는 소설을 쓰는 사람 쪽이 진정으로 나아갈 길을 가고 있다는 느낌이 들었습니다. 왜냐하면 최근의 시인들은 외칠 뿐이기 때문입니다. 다시 말해 12월 8일[29]이라든지, 지명(地名)이라든지, 감탄사를 늘어놓으며 외칠 뿐입니다. 불친절하기 그지없습니다. (웃음소리) 무엇보다도 몸에 익은 자기의 가능성을 발견해, 자기로서는 이만큼밖에 할 수 없지만 그것만은 충실히 수행할 수 있는 어떤 것을 발견해야 한다고 생각합니다. 외치는 일과, 꾸짖는 일과, 노래하는 일은 다릅니다.

가네무라   시는 외치는 일입니다. 그건 말이지요, 짧은 표현이므로 개념적인 것이 되기 쉽습니다. 저 자신이 충분히 고민해 온 것이지만, 일류 시인의 시를 보아도 그런 것을 쓰면 개념적인 것이 됩니다. 이것을 어떻게 잘 처리할 것인가 하는 일이 문제입니다.

다나카   『문학계(文學界)』 2월호에 나온 오자키 기하치(尾崎喜八)[30] 상의 『이 양식(此の糧)』[31]은 내지의 문학자 애국대회에서 낭독되어 만장(滿場)의 사람들을 울렸다고 하는데, 이 작품도 일견 외침을 억누르고 있는 듯이 보이지만 대단한 절규(絶叫)라고 생각합니다. 시는 마음의 격렬한 감동을 리듬에 실어 외

---

29) 진주만 공격일인 1941년 12월 8일을 말함.
30) 1892~1974. 시인. 조선은행에 취직해 경성에서 생활하기도 함.
31) 1942년 출판된 시집.

부로 발표하는 하나의 수단이므로, 처음부터 외치고 싶다고 생각하는 만큼의 격렬함이 없으면 맥 빠진 것이 될 게 확실합니다. 고구마를 보며 이 전시 하에 이렇게 단 것을 먹을 수 있다니, 아아 고마워라, 하는 절규가 변화하여 이 아름다운 작품이 태어났다고 생각합니다.

가네무라　그것은 좋습니다. 따뜻한 느낌이 듭니다.

김종한　아주 개념적인 것, 예컨대 동아의 운명을 혼자 짊어진 것 같은 식으로 시를 쓰는 시인은 인간적으로 신뢰할 수 없게 되었습니다. (웃음소리) 마쓰시마(松島)32)야, 아아 마쓰시마야, 마쓰시마야 — 는 시인의 예지가 파산된 상태입니다.

다나카　그것은 단지 표현이 서투르다는 것뿐이지, 시의 본질이 외침이 아니라는 말은 될 수 없습니다.

김종한　진실이 넘치는 것이 아니면 안 됩니다.

다나카　바로 그렇습니다. 시에는 어떤 점에서 산문보다 훨씬 원시적인 건강함이 있습니다. 그만큼 전부 진실이 아니면 안 됩니다.

김종한　외침을 억누르는 일에서부터 시는 시작된다고 생각합니다만. 초극(超克)하는 일에서부터라고 해도 좋습니다.

다나카　무슨 필요가 있어서 외침을 억누르고 죽입니까. 오히려 가슴 밑바닥의 외침소리에 귀를 기울여, 크고 소리 높으며 날카로운 목소리로 외부에 발표해야 하는 것이지. 물론 잡음이나 비열한 목소리를 없애기 위한 퇴고(推敲)와 조탁(彫琢)은 최고도로 필요하지만.

---

32) 미야기(宮城)현 마쓰시마만 내외에 산재한 섬들과 해안 일대의 명승지로 일본삼경(日本三景) 중의 하나임.

데라모토 애국시의 낭독이 활발해졌다는 사실은 당연한 경향이므로
        외쳐도 좋지 않을까 생각합니다.

다나카   전쟁 시기에는 특히 내뱉는 높은 외침 같은 시가 필요하다
        고 생각합니다. 달리 말하면 진군나팔 같은 것 말입니다. 요
        즘 시는 그렇지 않습니다. 하지만 이제는 진군나팔 같은 작
        품이 국민에게 가장 호소한다고 생각합니다.

츠 다   외침의 표현이 예술적으로 되면 좋지 않겠습니까.

다나카   그렇습니다. 음률도 없는 진군나팔은 병사의 의기를 저상(沮
        喪)시키니까요. 역시 가장 시적인 정신으로 무장되고 세련된
        좋은 시가 아니면 못씁니다.

김종한   하지만 좀 너무 외친다고 생각합니다.

다나카   그렇지만 휘트먼 같은 사람도 "나는 월터 휘트먼이다" 하고
        절규하지 않았나. 그것 역시 신흥 아메리카 민족의 진군나
        팔이야.

김종한   소설가가 이런 시대에 외치지 않는 것은 훌륭하다고 생각한
        다. 소세키는 그 당시의 자연주의에 저항해 일로전쟁이 언
        제까지나 계속되지 않는 한, 문학은 여유를 가져야 한다고
        말했지만, 지금처럼 장기전이 되고 보니 여유의 의미가 달
        라진다.

다나카   소설가가 외치지 않는 것은 시와는 본질적으로 완전히 다르
        기 때문이야. 이를테면 산문은 로맨티시즘을 배접(褙接)했던
        리얼리즘이며, 시는 리얼리즘을 배접했던 로맨티시즘이니까.

김종한   배접을 확실히 하고 있는 것은 좋아.

다나카   당신이 시를 쓰고자 하는 때는 역시 감동한 것을 노래하고
        싶다는 데에서 출발하는 게 아닌가.

김종한 외침보다도 외침을 억누르는 데에서 시의 영역이 시작된다. 억누른다는 것은 감정의 승화이자 기술(技術)로의 이행이기도 하다.

츠 다 퇴고라고 해야 하겠지요, 일종의 외침을 억누르는 기교라기보다는 연마(鍊磨)가 아닙니까.

다나카 예를 들어, 애국시를 노래하고자 할 때에도 일본인은 충용의열(忠勇義烈)하다는 개념을 아무리 물에 타 묽게 해도 시는 안 되겠지요. 예를 들어 스기모토(杉本) 상이 언젠가 결전 문화 강연회 때 읽은 시도, 스기모토 상이 말했습니다만, 신문에서 시골 할머니가 전쟁터의 병사들에게 보내기 위해 매실을 털어내 우메보시(梅干)를 만들고 있다는 기사를 읽고 아름답다고 감동해서 지은 것이라고 합니다. 역시 무언가 구상적인 것 속에서 자기 마음에 와 닿는 것을 발견했을 때의 놀라움, 감동 속에 시를 짓는 출발점이 있다고 생각합니다. 조국을 사랑한다는 개념뿐이고 진실한 무언가 마음에 와 닿는 구상적인 것이 없어서는 시가 되지 않을 것입니다.

김종한 그런 시가 너무 많기 때문에 저는 이야기하는 것입니다만.

정인택 이것은 가정으로 받아들여져도 좋다고 생각합니다. 유진오 씨의 「남곡 선생(南谷先生)」은 어떻습니까.

마 키 옛 사람들이 쓴 것은 조금 더 비약했으면 좋겠다, 이것은 일반적으로 요구되고 있습니다.

다나카 「남곡 선생」에 묘사된 옛 인정의 아름다움은 멋지다고 생각했습니다. 그런 점에서 그 작품은 상당히 시국적인 것입니다. 시국이라고 하지만, 종래의 의리 인정을 무시하는 것이 아니라 오히려 그런 것을 고양하는 곳에도 시국적인 의의가 있기 때문에 그렇습니다. 어떤 작가라도 전혀 시국에 영향 받지 않고 초연하게 파르나시앵(parnassiens)[33]의 성(城)을 지킬 수는 없습니다. 그렇다고 해서 시국의 격렬함에서 몸을 피해 도망가는 것은 비겁하겠지요.

김종한　저는 역시 도망치고 싶지는 않습니다. 올(all)이냐, 나씽(nothing)이냐다.

다나카　그렇다고 해서 아까도 말씀드렸듯이 충용의열의 정신은 물론 옳은 것이지만, 그것은 비유해 말하면 삶의 그림물감 같은 것으로서, 그 색을 그대로 사용해서 인간을 그릴 수는 없습니다. 그 색이 기본색이 되어 거기에 여러 색이 혼합될 때에 인간의 델리킷함과 훌륭함을 그릴 수 있다고 생각합니다.

가네무라　자기의 정신으로까지 용해시키지 않으면 안 됩니다.

츠　다　미움은 받지 않지만 문단의 지도력으로서는 구실을 못 합니다. 그런 의미에서 아마추어 독서가에 불과합니다만, 정인택 씨의 작품은 완벽하고 좋으니까 여러 편이 있어도 좋습니다. 조선의 사정을 모든 각도에서 써 남겨 주었으면 합니다. 작품이 고정되지 않고 폭을 넓혀 주었으면 좋겠다, 「청량리 부근」은 최초로 나온 것이지만 이 최초로 찾아낸 광맥에서 여러 가지 파내 주었으면 하고 기대합니다. 각각의 각도로부터 시대적 의의를 역시 발휘할 수 있지 않겠습니까. 정인택 상의 광맥을 횡으로 넓히는 일과 마키 상이 급행열차를 타고 종으로 달리는 일, 이 두 작품 경향의 발전이 조선 문학에 커다란 하나의 기둥이 되지 않을까 합니다.

---

33) 고답파(高踏派).

가네무라   실제에서도 그 작품처럼 제2부, 제3부를 발표해 가야 하지 않을까요.

츠   다   다나카 상의 작품을 비판하지 않겠습니까. 조선 문단에 삽상(颯爽)하게34) 등장했으니까. (웃음소리)

다나카   아니, 아니. 누구든지 제 작품은 별로 읽지 않았을 것입니다.

김종한   「올림포스의 과실(オリンポスの果實)」을 읽었습니다, 이 작품은 좋습니다. 그 작품 속의 청춘성(靑春性)은 내지에서도 아주 평판이 좋고요.

마   키   「올림포스의 과실」은 낭만주의의 계열에 있는 작품이지요. 좋았습니다.

다나카   그 작품은 쇼와 10년35)경에 반쯤 쓴 것이고 재료는 쇼와 6년경의 것입니다. 따라서 발표는 재작년에 했지만 오늘 좌담회에는 이미 어울리지 않습니다.

김종한   「올림포스의 과실」을 읽고 어떤 남자일까 생각하고 있었습니다. 그런데 만나 보니까……. (웃음소리)

정인택   맨 처음에 저도 그렇게 생각했습니다.

마   키   저는 그 작품을 읽고 작자가 아주 훌륭한 체격을 가진 사람이고 아주 미남자인 것처럼 생각되었습니다. (웃음소리)

츠   다   미남자인지 어떤지 감정하려는 것이 아닙니까. (웃음소리)

정인택   아니, 미남자임에는 틀림없어요.

다나카   야, 긴고로(金語樓)36)로 충분해. (웃음소리) ……이제 인신공격은 그만둡시다. (웃음소리)

---

34) 경쾌하고 씩씩하게.

35) 1935년.

36) 야나기야 긴고로(柳家金語樓 : 1901~1972) : 라쿠고가(落語家), 연예작가, 희극 배우. 대머리가 특징이었음.

지방색이라는 것

마 키 한설야의 「피(血)」, 이 작품은 민족주의는 아니지만 민족의 숙명 같은 것을 쓴 것이라는 비평도 있습니다.

정인택 제재 때문에 그런 평을 받는 것이 아닐까요.

가네무라 분명히 혁신적인 것은 없습니다.

다나카 그 작품을 읽으면 한설야라는 소박한 아름다움은 알게 되는 기분입니다. 하지만 그것은 그저 동경(憧憬)만을 그린 것 같은 느낌이 들었습니다. 마지막에서 힘이 좀 빠진 듯했습니다. 이런 작품도 좀 더 깊이 파고들어 썼다면 시국적인 것이 되었겠지요.

마 키 이효석 씨의 「아자미의 장(薊の章)」은 어떻습니까. 내선 간의 연애 문제, 결혼 문제 이것도 큰 문제라고 생각합니다만.

김종한 그런 제재는 대단히 높은 감성으로 다루어 주지 않으면 독자에게 감명을 줄 수 없습니다. 작품 속에는 아주 통속적인 부분도 있습니다.

다나카 「아자미의 장」, 이건 통속소설이지.

가네무라 『녹기(綠旗)』에 실려 있는 정인택 씨의 「껍질(殼)」은 신구(新舊)를 취급해서 쓰고 있지만, 소설로서 충분히 쓰이지 않은 아쉬움이 있습니다.

데라모토 이효석, 정인택 씨의 「껍질(殼)」(『녹기』 1월호),37) 한설야 씨의 태도는 미지근하다고 생각합니다. 그것은 좀 더 괴로운 것이 아닐까 생각합니다. 그런 것이 더 많이 나타나야 할 터인데도 나타나 있지 않다 ─ 가장 어려운 것이기는 하지만 결

---

37) 원문은 2월호이나 이는 오류임.

국 그 세 작품은 통속 작품이 되었습니다.

정인택 하지만 예사롭게는 쓸 수 없는 것이 있습니다.

다나카 너무 신경질적이 될 필요는 없습니다. 태도와 방향만 훌륭
하고 정확하면 어두운 면을 쓰는 것도 좋습니다. 그 다음은
이미 기술적인 문제가 아니겠습니까.

마 키 그 다음으로 또 하나 김사량 씨의 「물오리 섬(ムルオリ島)」,
노리타케 미츠오(則武三雄) 상은 이 작품이 최상급이라고 말
했습니다.

다나카 그 작품을 읽고 저는 고골리의 『디칸카 근향(近鄕) 야화(夜話)』
풍의 것을 떠올렸습니다. 하여튼 민화(民話) 같은 아름다움은
크게 느꼈습니다만, 무언가 중대한 것이 하나 결여되어 있
다는 느낌이 들었습니다. 너무 욕심을 말하는 것인지도 모
르지만 작자가 작품 바깥으로 담뱃대를 물고 있는 것 같은
기분이 들어 조금 유감이었습니다.

가네무라 김사량 씨는 어떻습니까. 국민문학으로서 현재 추구하고 있
는 길과는 조금 거리가 있는 듯합니다만.

김종한 김사량이나 장혁주는 좋은 작가임에 틀림없지만, 무언가 지
방의 현실에 대한 불평 ― 그것을 중앙에 가서 읍소(泣訴)하
고 있는 그런 일면이 아무래도 있습니다. 12월 8일38)의 국
민적 감격 후에는 그런 문학의 존재 이유가 사라졌다고 생
각합니다.

다나카 울며 매달리는 것이 아니라, 그 사람의 작품에는 역시 일종
의 통곡이 있습니다. 중앙에 대해서가 아니라 자연에 대해

---

38) 1942년 12월 8일, 즉 하와이의 진주만 공격일임.

서 말입니다. 그것이 기원(祈願)으로까지 되어 준다면 멋질 것이라고 생각합니다.

김종한 이제부터의 지방 문학은 그런 것이 아니라, 이야기가 개념 적으로 됩니다만, 국민 문화로서의 지방 문화의 모습이라고 생각합니다. 지방에 중앙을 건설하고자 하는 지방인적인 국 민 의식에서 재출발되어야 한다고 생각합니다.

정인택 거기에는 동경 문단의 요구도 작용하고 있습니다. 이국 취 (臭)를 바란다는─.

다나카 그건 안 됩니다. 내지의 작가들도 이제까지 그래왔듯이 반 도의 문단에 로컬 칼라만을 요구하지는 않겠지요. 더욱 본 질적인 것을 기대하고 있다고 생각합니다.

데라모토 지금 김 상이 중앙에 읍소하는 일을 말씀하셨습니다만, 그 것은 내지의 문단이 요구하는 것입니까?

정인택 그것은 이국취미입니다. 지방색이 농후한 것을 바라고 있습 니다.

데라모토 반도 문단 쪽이 지방적 특수성으로 인정되는 것은 치욕이라 고 생각하는 사람이 있는데, 이건 근본적으로 잘못되었다고 생각합니다.

다나카 어째서 그렇습니까.

데라모토 지방색만으로 인정되는 일은 없습니다.

다나카 하지만 이런 일도 있단 말입니다. 사무카와 고타로(寒川光太 郎)39) 씨도 가라후토(樺太)40)나 홋카이도(北海道)만을 재료로 해서, 뭐, 인정받았다고 해도 좋으니까요.

---

39) 1908~1977. 홋카이도 출신의 소설가. 10회 아쿠다가와상 수상.
40) 사할린을 말함.

데라모토 그러나 문학이라는 것은 지방적 특수성이 없으면 안 됩니다.

다나카 물론 지방을 쓰는데 지방의 특수성이 나오지 않는다면 거짓
말이겠지요. 하지만 특수성만으로는 안 되지요. 특수성을 묘
사하면서 본질적인 보편성으로까지 관철되지 않으면요.

정인택 동경에서는 그것을 바라고 있습니다.

츠 다 「천마(天馬)」,[41] 이것은 완전히 정치소설입니다.

신지방주의(新地方主義)

김종한 그런 작가의 태도에 대해 저는 저 나름의 의견을 가지고 있
습니다. 자유주의적 문화라는 것은 도회 중심적이고 안정감
이 없었으므로 이제까지의 '지방주의'라는 것은 도회인이
지닌 향수의 감정이입에 이용된 도구(원시나 전원의 소박함)였
습니다. 즉, 중앙에 지방을 가설(假說)하고자 하는 비실재적
인 기분에 불과했습니다. 또는 지방의 현실에 대한 불평의
정신을 저류로 한 리얼리즘에 지나지 않았습니다. 그러나
지금부터 우리가 예단(豫斷)하고 구상해야 하는 국민문예는
국민문예로서의 지방의 모습을 생각하고, 지방에 중앙을 건
설하고자 하는 지정학적인 지방인다운 국민 의식에서 재출
발하지 않으면 안 됩니다. 예를 들어 개조사(改造社)의 『조선
경제연보(朝鮮經濟年報)』를 보면 쇼와 13년도 조선 쌀의 내지
이출(移出)은, 쾌재(快哉)라, 천만 석이나 됩니다. 제국의 전시
식량 문제를 해결할 열쇠는 조선의 농촌에 달려 있다고도

---

41) 김사량의 소설.

할 수 있습니다. 그 경우, 조선의 농촌에서 충실히 밭을 일
구고 있는 한 사람의 농부는 내지의 무기 공장 내지는 전선
(戰線)에서 피를 흘리고 있는 황군과 함께 실로 제국의 임전
체제(臨戰體制)의 제일선에 서 있는 것입니다. 그러한 자부심
을 가질 때에 비로소 지방인은 그 생산력 있는 자기의 직역
(職域)에서 국민의 한 사람으로서 안심입명(安心立命)할 수 있
다고 생각합니다. ― 이 안심입명하게 하는 원리 같은 것이
저는 '신지방주의'이리라고 생각합니다. 그러한 문화 운동,
문학 운동을 하고 싶어졌습니다.

다나카 저도 좀 말하게 해 주십시오. 이것은 제가 믿고 있는 문학
의 창작 신조 같은 것입니다만, 진정한 문학이란 인간의 개
(個)를 묘사해 우주의 대(大)에 통하는 것이어야 한다고 생각
합니다. 따라서 작가의 각오는 무엇보다도 자기 자신에 투
철해야 하는 것입니다. 자기에 철저한 것은 내가 살고 있는
그 지방에 철저한 것이며, 그와 동시에 내가 살고 있는 시
대에 철저한 것이라고 생각합니다. 그것이 곧 자기의 나라,
일본에 철저하게 되는 것이며, 그와 동시에 동서고금에 통하
는 작가로서의 유일한 길이라고 생각합니다. 그러므로 그 시
대에, 그 지방에 철저한 작품을 써야 한다고 생각하고 있습
니다.

김종한 안심입명하는 일이 가능한, 원리는 아니지만, 그런 원리 비
슷한 것이 나오면 좋겠습니다. 그렇지 않으면 지방인은 자
기의 직역에 안심입명할 수 없습니다.

츠 다 동경 문단에서는 긴자(銀座)……하지만 여기서는 혼마치(本町),
라고 해서는 잘 모르니까 그 점이, 건방집니다. (웃음소리)

다나카　혼마치에 대한 설명을 하지 않으면 모르는 것은 오히려 우리들의 유리한 점이라고 생각합니다. 그런 것을 씀으로써 현재의 일본을 모르는 후대의 독자에게까지 시대 풍속을 전할 수도 있고요.

김종한　실제 문제로서 현재 중앙 문단보다 조선 문단은 현격하게 수준이 낮으니까 같은 수준으로 해 나아가겠다는 열심이 없으면 안 됩니다. 그러나 논리적으로 생각할 때는 동경이 중앙이 아니어도 좋습니다. 몇 개의 지방이 모여 하나의 중앙이 됩니다. 반드시 동경이 중앙은 아닙니다.

츠　다　그건 생각할 수 있습니다. 독일 같은 데에서도 칸트, 훗설은 베를린 대학이 아니었습니다.

다나카　그런 것은 좋습니다. 하지만 이것을 정치적으로 이야기하신다면 반대입니다. 역시 중앙집권이 좋습니다.

김종한　그렇지 않아요. 지방인이 그 생산력 있는 직역에 안심입명할 수 있는 원리 같은 것이 있었으면 합니다.

다나카　김 상이 말하는 것은 작품의 발표 기관이나 독자층 같은 그런 문제입니까. 구체적으로 말하면. (웃음소리)

김종한　그렇지 않습니다.

츠　다　그런 주장을 옛날 사람들은 내지의 문단에서 벗어나 민족적으로만 하려고 했습니다. 그러니까 이제는 건전한 그룹에서 그런 주장과 실천을 해 나아가는 것입니다.

다나카　그건 찬성, 찬성.

산문적인 것과 시적인 것

마　키　　미야자키 세타로(宮崎淸太郎)의 「아버지의 다리를 들고(父の足
　　　　　をさげて)」, 이 작품을 백철은 칭찬합니다만, 유진오와 히가
　　　　　시하라 인쇼(東原寅變)42)는 반대 의견인 듯했습니다.

김종한　　촌스럽지만 좋은 점이 있습니다.

다나카　　끈덕지게 쓰고 있습니다. 조금 고집이 있지요. 국민문학으로
　　　　　서 새 작품을 계속 써 나아가도 좋은 작가가 아닙니까.

가네무라　그 다음 작품을 보고 싶습니다.

김종한　　이번에 나온 「여자의 노래(女の歌)」라는 것을 가지고 왔습니
　　　　　다만, 이전 것만 못한 것 같습니다. 그러나 무언가 가지고
　　　　　있는 사람입니다.

다나카　　그 사람의 독특한 것 말이지요.

마　키　　자연주의 경향이 있지 않습니까.

다나카　　가무라 이소타(嘉村礒多)43)나 가사이 젠조(葛西善藏)44) 같은 진
　　　　　정한 자연주의입니다.

김종한　　도데45)와는 달라요.

다나카　　하지만 고다마(兒玉)46) 상에게는 산문은 있지만 시가 없어요.

김종한　　그런 의미에서 다나카 히데미츠(田中英光)에게는 시가 있지.

마　키　　그래. 리리시즘이 있어.

다나카　　산문가의 시는 나쁘지.

---

42) 정인섭의 창씨개명한 이름.
43) 1897~1933. 소설가. 원문은 "嘉村喜多"임.
44) 1887~1928. 소설가.
45) 알퐁스 도데(Alphonse Daudet : 1840~1897)를 말함.
46) 미야자키 세타로를 말함.

마　키　다나카 상의 「눈은 희고 풀은 푸르다(雪白く草靑し)」도 인상
　　　　에 남아 있습니다. 리리시즘과 하늘하늘한 향수와…….

다나카　그건 정인택 씨 풍의 것이지요.

정인택　아니, 아니, 이것 참 큰일 났군. 가네무라 상의 「아시아시집
　　　　(アジア詩集)」, 그것은 책으로 묶어도 좋을 때이지요.

다나카　한 가지 길로 나아간 노력에 정말로 경복(敬服)합니다.

마　키　「아시아시집」은 분명히 좋지만, 조금 더 서정미를 지니게
　　　　하면 좋겠습니다. 가네무라 상의 옛날 시 쪽이 더 좋았다고
　　　　생각합니다만.

김종한　시를 쓰는 사람에게 여러 태도가 있어도 좋지만, 그러나 예
　　　　를 들어 「동방의 신들(東方の神々)」 같은 것은 내 방식으로
　　　　말하면, 그 시에서부터 실감이 느껴지지 않습니다. 일종의
　　　　친절함이 없음을 느낍니다.

다나카　누구나 다 김 상 같은 시를 써서도 안 되지. 김 상의 갈 길
　　　　도 있고 가네무라 상 같은 길도 있습니다.

마　키　김 상의 「원정(園丁)」은 좋았습니다.

김종한　억지로 칭찬해 주지 않아도 괜찮습니다. 이제부터 좋은 작
　　　　품을 쓸 생각이니까. 그리고 국민문학의 시에는 일종의 힘[47]
　　　　이 있어도 재미있습니다.

마　키　힘이라면, 데라모토 상의 요즘 시에는 그것이 대단히 눈에
　　　　띕니다.

다나카　처음에 나는 데라모토 상과 스기모토 상은 똑같다고 생각했
　　　　었는데, 전혀 다르더군요.

---

47) 원문은 “力性”임.

데라모토 원래는 서양적인 감각이었지만, 이제는 변해서 힘이 일본적
　　　　　인 것에 놓였다고 스스로는 생각하고 있습니다.

문어와 구어의 문제

김종한 데라모토 상은 문어체를 따르는 것 같은데 구어로 써야 한
　　　　다고 생각합니다.
데라모토 생활어로서의 문어체를 시에 사용하는 것은 괜찮습니다.
다나카 동감입니다.
김종한 과거의 시에는 일종의 배타성이 있다고 생각합니다. 구어문
　　　　으로 가는 편이 국책(國策)에서 보아도 진짜입니다. 문어문으
　　　　로 문학한다는 것은 독선적입니다. (웃음소리)
데라모토 내가 지금 사용하고 있는 문어는 문어가 아니라고 생각하며
　　　　　쓰고 있습니다만.
김종한 내지인에게만 읽힌다면 문어로만 써도 좋다고 생각하지만,
　　　　이제부터는 지금까지처럼 그렇게 해서는 안 됩니다. 저는
　　　　구어문을 마스터하는 것도 어려운 부분이 있는데, 문어문이
　　　　되면, 이제부터 독자를 넓히는 일과 아무래도 어울리지 않
　　　　는다고 생각합니다.
데라모토 이 문제는 진지하게 검토해야 할 때가 되었군요. 문어를 싫
　　　　　어하는 것은 그만큼 교양이 없기 때문이라고도 할 수 있는
　　　　　것이 아닐까. 일본인이라면 『만요슈』 정도는 상식으로 읽고
　　　　　있어야 한다.
가네무라 전쟁 시에서는 점차 문어가 나타나 왔습니다. 문어는 좋은
　　　　　가락48)을 가지고 있으므로 장엄한 것, 용장한 것, 웅대한 것

등은 문어 쪽이 표현하기 쉬운 점이 있습니다.

다나카 구어만으로는 무엇보다도 즐거움이 사라집니다. 아무래도 사용하지 않으면 안 되는 것이 있으니까.

김종한 하지만 그런 생각으로 산문을 쓰고 있는 것은 오히려 이상합니다. (웃음소리) 산문이라는 건 뭡니까, 귀족의 문학을 민중에게 끌어내리는 것이니까 누구라도 읽을 수 있도록 하기 위해 문어가 아닌 쪽이 좋습니다. 그렇게 하는 쪽이 속이지 않는 것입니다.

다나카 시를 쓰는 사람은 보통 그렇게 생각하지 않아요.

데라모토 구어가 문어 풍이 되어 있지요, 그러므로 구어를 사절하는 일은 없습니다. 생활하는 말이기만 하다면 일종의 육체적인 문학적 맛이 나옵니다. 전부 문어로 쓴다는 것은 불찬성입니다만.

김종한 그러나 있었지 않았습니까. ……우리는 닦아 윤을 내네, 야마토(大和)에 이어진 마루를…… (웃음소리) 구어로는 아무래도 쓸 수 없을 때는 문어를 가져와도 좋습니다. 예컨대 미요시 다츠지(三好達治)[49]는 좋은 시인이지만, 이 사람의 시는 아마도 내지 사람들에게만 읽힐 것 같습니다.

다나카 그러나 너무 어려운 말은 사용하지 말아 주십시오. (웃음소리) 군대 용어 같은 것도 기능적으로 알기 쉽게 되고 있습니다. 저는 야마모토 유조(山本有三)[50] 상에게는 찬성이지만 다카쿠라 테루(高倉テル)[51]에게는 반대야. 오히려 망쳐 버립니다. 읽

---

48) 원문은 "ふしのよさ"임.
49) 1900~1964. 시인.
50) 1887~1974. 소설가, 극작가.
51) 1891~1986. 사회운동가, 소설가.

으면 어감이 나빠요.

츠　다　문학을 통한 국어의 혁신에 대해 생각해 주셨으면 합니다.

다나카　데코레이션(decoration)은 안 됩니다. 전통을 가장 소중하게 생
　　　　각하는 것은 문학자입니다.

데라모토　문어에서 나온 스타일을 구어 안에 만들면 좋겠지요.

다나카　찬성, 찬성.

김종한　그렇게 하면 좋지요.

정인택　겨우 타협점을 찾았군요. ……안심입니다. (웃음소리)

다나카　국어로 전혀 쓸 수 없는 사람이 있지만, 그런 사람의 작품
　　　　중에서 좋은 것은 번역해 드리세요.

가네무라　이태준 같은 사람은 아주 아름다운 글을 쓰지만, 현재 그 사
　　　　람의 국어 실력으로는 그 정도의 작품을 쓸 수 없습니다.

다나카　『국민문학』은 당분간 국어와 언문의 쌍두마차로 가 주세요.

스타일과 잘난 체함

가네무라　「껍질」을 읽으면서 생각한 건데, 문장에서 16행 내내 쉼표
　　　　만 있고 마침표는 하나도 없습니다.52)

정인택　그건 하나의 시도였는데…….

마　키　정 상의 문장에는 상당히 잘난 체하는 것이 있어요.

정인택　그런가.

마　키　나는 잘난 체하는 것은 실어요. 스타일과는 종이 한 장 차이지.

정인택　김종한의 잘난 체하기는 심해요. 대개 어렵습니다. 너무 잘

---

52) 「껍질」의 첫 문장을 이르는 말.

난 체해요.

다나카 역시 잘난 체는 해도 좋습니다. 마키 상에게도 있어요. 소박
하나마 있습니다.

창작과 비평의 임무

가네무라 전쟁 이후, 문학의 움직임이 더욱 적극적이 되어 좋습니다.

다나카 작가는 작품으로 행하는 것밖에 없을 것입니다. 모두 열심
히 하고자 하지 않습니까.

정인택 이론가들이 조금 더 문학 자체에 파고 들어가 창작적인 방
법론을 만들어 주었으면 좋겠습니다.

마 키 요즘 비평가들은 대개 늦습니다.

다나카 말 엉덩이에 들러붙은 등에 같은 자들입니다.

마 키 재작년쯤까지는 평론가들이 꽤 날뛰고 있었지만, 시대와 함
께 나아가지 못하게 되었습니다.

가네무라 비평가들에게 바라고 싶은 것은 작가들 위에 서서 훈령(訓令)
을 내리지 말고 같이 걸으면서 비평 쪽을 담당해 주면 좋겠
다는 것입니다.

다나카 양자가 분리되면 안 됩니다.

김종한 작가와 더욱 가까운 길을 걸어야 하며, 다른 길을 가는 비평
가는 그 임무가 무의미하다고 생각합니다.

가네무라 비평은 현실에서 작품을 비평하고 비판하여 그로부터 비약
시키는 일이며, 또 하나는 문학론으로서 지도성을 가지는
일입니다. 이 두 가지가 중요한 일입니다.

다나카 작가를 너무 이해하지 않고 여기까지 와라, 하는 것 같은 불

친절한 비평은 안 됩니다. 현실을 무시한 산(山) 위의 대장은
싫어요.

츠　다　새로운 경향이 일어난 후 지금까지 오늘 같은 기회가 없었
습니다만, 오늘밤은 모두 의기투합했습니다. 모두가 추진력
이 되어 새로운 문학을 일으켜 가자는 것이 아닙니까. 감사
합니다.

❝『녹기』, 1942. 4. 원제「新しい半島文壇の構想」

국민문학의 일 년을 말한다

출석자

모리 히로시(森浩, 조선총독부 도서과장), 유진오(작가), 백철(평론가), 스기모토 나가오(杉本長夫, 시인), 미야자키 세타로(宮崎清太郎, 작가), 다나카 히데미츠(田中英光, 작가), 마키 히로시(牧洋, 작가), 최재서(본사* 측), 김종한(본사 측)

시국의 파악 방법

최재서 더운 날씨에 감사합니다. 이번 10월로 『국민문학』 창간 만 1년을 맞으므로 오늘은 총결산을 하는 셈으로 이 좌담회를 부탁드렸던 것입니다. 『국민문학』이 나온 후부터 국민문학론이라는 것이 아주 왕성하게 이루어졌던 것 같은데, 우선 그런 점부터 검토해 가려고 합니다. 백 상, 어떻습니까.

백 철 글쎄요, 일 년을 돌아보면 작가들은 기껏해야 제재에 이끌려 다녔을 뿐이 아니었던가 하고 생각합니다. 요컨대 작품

---

* 『국민문학』을 출판하는 인문사를 말함.

전체로서는 오히려 수준이 떨어진 것이 아니가 하는 인상이
듭니다. 그 원인으로서는 여러 가지를 생각할 수 있지만, 이
제부터는 조선 문학의 의의를 생각하여, 일본 문학이면서도
그와 동시에 조선 문학으로서의 새로운 가치를 발견해 가는
일에 조금 더 눈을 돌려야 한다고 생각합니다. 새로운 사람
들이 매신(毎新)[1]에 이것저것 원고를 보내오지만 너무 시국
적인 제재에 붙들려 있으므로, 좀 더 광범위한 곳으로 눈을
돌리지 않으면 안 될 것 같은 느낌도 듭니다.

마　키　그건 그렇지만 역시 일단 시국에 부딪쳐 본 후에 하나의 평
정한 단계가 오지 않을까 생각합니다. 역시 일단 국민문학
의 테마는 시국적인 것을 취급해야 한다고 봅니다.

다나카　그런 일을 너무 개념으로서만 생각해서, 시국적인 것이 우
리들의 세계 바깥에 있다고 생각하기 때문에 안 되는 것입
니다. 결국 시국적인 것을 쓰지 않아도 현 시국의 영향을 받
는 자연발생적인 것을 쓰면, 그것이 가장 시국적인 것이 되
지 않을까요.

백　철　제가 말하고 있는 것은 시국의 파악 방법입니다.

생활자로서의 작가

다나카　시국이 어딘가 다른 곳에 있는 것처럼 생각하지 말아야 합
니다. 일부러 시국적인 것을 개념적으로 만들어 내려 한 지
금까지의 태도가 잘못되었다는 것이 아닙니까.

---

1) 총독부 기관지 『매일신보』를 말함.

마 키   하지만 작품이 많이 나오지 않았으며, 그 적은 작품 중에 시
국 때문에 딱딱해진 작품도 있겠지만, 그래도 좋지 않습니까.

다나카   대체로 『국민문학』에서 채택한 작품 중에 특별히 시국적인
것은 없는 듯합니다.

최재서   아까 당신(백철 씨를 향해)이 말씀하셨듯이, 시국적인 것을 취
급하면 수준이 떨어지고 조잡해졌던 일은 없었다고 생각합
니다만, 어딘가에 시국적인 부분이 나와 있으면 그것으로
괜찮다고 보았기 때문에…….

백 철   읽고 있으면 역시 조잡함을 느낍니다. 그리고 진정한 자기
것으로서 윤리적인 입장을 발견하고자 하는 발랄한 작품이
결여되어 있지 않을까 합니다. 그 점에서 제재를 더욱 넓게
생각할 필요가 있다고 생각합니다.

다나카   풋과일이 익기를 기다리고 있는 것입니다.

유진오   정치적인 소설이 있어도 좋겠지만, 생활로부터 떠나서는 작
품이 되지 않는다고 생각합니다. 그러나 작가들이 필요 이
상으로 정치성이라는 것을 지나치게 피했다고는 말할 수 있
습니다. 아까 다나카 상이 말씀하셨듯이, 정치가 생활 속에
스며들어가 있지 않으면 안 됩니다. 그렇게 되면 생활을 쓰
는 중에 저절로 정치성을 지니게 된다고 생각합니다. 그 점
에서 정치와 생활을 따로 떼어 생각했던 결과, 그러한 불만
이 나타났던 게 아닐까 생각합니다. 따라서 정치적인 것이
니까 안 된다는 것도 아니며, 또 정치적인 것을 쓰고 있지
않으니까 나쁘다는 것도 아닙니다. 요컨대 작가 자신의 근
본적 마음가짐이 어디에 있는가, 그것이 문제입니다.

다나카   그렇다고 생각합니다.

최재서　당신(다나카를 향해)은 국민문학론이라는 글을 어딘가에 발표
　　　했지요?

다나카　예, 썼습니다. 그것은 지금 말씀하신 정치성이고 뭐고 생각
　　　하지 않고, 예술적으로 세련되고 생활에 충실한 것을 쓰면
　　　그것이 그대로 국민문학이 되는 것이라는 점을 쓴 글입니다.
　　　예를 들어 만요(萬葉) 같이 작자를 모르는 노래가 있지요. 이
　　　런 것은 훌륭한 국민문학입니다.

최재서　즉, 생활에 충실하다는 점에서 국민문학이 되는 것이군요.

다나카　그렇습니다.

최재서　생활에 충실하다는 것은 결국 어떤 생활을 말하는 걸까요.

다나카　실제의 생활이 아니라 윤리로서의 생활입니다.

최재서　마키 상도 『녹기(綠旗)』에 두세 번 쓰셨던 것 같습니다만.

낭만정신과 조잡함

마　키　어떤 시대가 다른 시대로 이행해 갈 때 작가가 즉각 그것을
　　　자기의 것으로 바꿀 수 있다면 시대에 따라갈 수 있지만,
　　　시대를 받아들이지 않거나 충분히 소화할 수 없는 때에는
　　　작품이 조잡하게 되는 것은 어쩔 수 없다고 생각합니다. 역
　　　시 과도기의 현상으로서는 조잡해도 좋다, 그렇게 해서 그
　　　곳을 넘어섰을 때 진정으로 자기 것이 된 작품이 나오리라
　　　고 생각합니다. 지금 정치성 문제가 제기됐습니다만, 역시
　　　저는 조선으로서 현 시대는 역사적으로 하나의 커다란 시대
　　　이므로 작가가 어느 정도 정치성을 강조해야 한다고 봅니
　　　다. 그런 것을 썼기 때문에 너무 정치성으로 치달았다는 꾸

지람을 받았지만, 저로서는 그것을 넘어서지 않고 어디까지나 비판으로 남겨두어서는 안 된다, 작가는 극단에서 극단으로 달려가 보아야 한다고 생각합니다. 그것을 넘어서지 않고 냉정히 생각하기만 할 때 실천은 없는 것입니다. 다소의 오류나 지나침은 있다 해도, 그 후에 올 침착함에 의해 진정으로 작가의 몸에 밴 작품을 쓸 수 있는 것이 아닐까 생각합니다.

다나카　역시 작품을 쓰는 속도를 어디에 두고 갈까 하는 것이 문제가 아닐까 생각합니다. 예전의 소위 순문학 작품의 현실성이나 자연성 같은 것만을 채택하는 태도, 그런 태도로부터 보면 마키 상이 말씀하신 것은 리얼리즘의 시대보다 로맨티시즘의 시대이므로 지금까지와 같이 자연적이 아니라든지 현실적이 아니라든지 하는 비평을 하는 것은 좀 그렇다고 봅니다. 물론 자연적이고 현실적이라는 것도 중요하지만, 작가의 의욕을, 뭐랄까, 포용하는 기풍이 있으면 좋겠다고 생각합니다.

마 키　역시 그런 작가의 의욕이 종래의 단순한 리얼리즘만으로는 만족할 수 없다고 생각합니다. 지금 시대에는 거기에 무언가 커다란 로맨티시즘이라는 것이, 꿈이라는 것이 고양되지 않으면 안 됩니다.

백 철　내가 조잡하다고 말한 것은 특별히 리얼리즘 문학이니까 치밀하고 로맨티시즘 문학이므로 조잡하다는 것이 아닙니다. 전장(戰場)의 일을 읊는 것도 전장의 일을 쓰는 것도 좋지만, 전장에도 한때의 여유는 있습니다. 그런 여유가 결여되어 있는 것이 아닙니까.

다나카   그건, 전장 안에서도 아름다움을 발견하는 일은 있습니다. 그러나 역시 용감하게 전진하지 않으면 살해당하고 마니까요. (웃음소리)

또 하나의 근본적인 문제

미야자키   이야기가 조금 되돌아갈지도 모르지만, 국민문학 작품의 현재 상태에 대해서 이야기하겠습니다. 제 생각으로는 국민문학, 국민문학 하고 부르짖으며 작품의 질은 오히려 떨어졌다, 조잡해졌다, 그런 점은 말할 수 있다고 봅니다. 조선 작가의 것이건 내지 작가의 것이건 진정한 의미에서 좋은 문학은 적어도 작품으로는 아직 나오지 않았다고 생각합니다. 그 원인은 여러 가지 말할 수 있는데, 윤리를 파악하고 있지 않은 점에도 그 원인이 있겠습니다. 하지만 저는 국민문학이 어떤 것인가 하는 점을 알고 있는 작가도, 즉 그러한 윤리성을 파악하고 황국 신민이라는 훌륭한 개념이 있어도 이를 문학적인 작품으로서 쓸 수 없다는 것이 지금까지는 문학 그 자체의 성격이 되어 있지 않았는가 생각합니다. 그것이 우리의 문학 교양 자체에 있었던 것은 아닐까. 왜냐하면 우리가 받아온 문학 교양에 의해 만들어진 지금까지의 좋은 작품이라는 것들을 보면, 대부분의 작가들은 여전히 모든 국민문학이 요구하는 건설적이고 적극적이며 명랑한 인물을 잘 쓰지도 않고 있습니다. 오히려 그 반대로 소극적이고 나약한 인물을 표현해 왔습니다. 그것은 하나하나 예를 들 것까지도 없습니다. 메이지 이래의 일본 문학을 보아도 그런 문학이 전부라고 해도 좋을 만큼, 소설적인 이른바 몽유인(夢遊人) 타입의 인간을 그럴 듯하게 써내고 있습니다. 그런 의미에서 말하면, 문학은 이런 것이라는 문학적 교양으로 인해, 즉 문학이란 이런 것이라는 개념 속에서 자랐다는 점이 우리가 지금 좋은 문학을 만들 수 없는 커다란 원인이 아닐까 생각합니다. 우리도 아까 화제가 되었던 윤리관을 확실히 가지고 있습니다. 그러나 자, 이제 쓰자고 생각하고 붓을 잡으면 지금까지의 교양이 방해해 작품 수준이 떨어지는 듯한 기분이 듭니다. 그래서 전쟁이 시작되자 국민문학의 구호가 높아지고 국민문학을 만들지 않으면 안 되게 되었을 터입니다. 그러나 그러기 이전에 문학 내부에서 그런 것을 전부 청산하고 윤리의 다른 반면(半面)인 명랑함을 쓴 작품을 낳아야 한다고 생각하면서도 그렇게 할 수 없었으므로, 다른 부문에 선수를 빼앗긴 형태로 국민문학을 할당받았습니다. 따라서 우리는 개념으로는 그런 건설적이고 명랑한 것을 묘사하고자 하는 근본적인 의식은 있었지만 결국 묘사할 수 없었던 것이 아닙니까.

다나카 저는 고다마(兒玉) 상이 말한 두 가지 점에 반대합니다. 문학이라는 것은 책을 읽거나 스스로 쓴다거나 함으로써 배우기보다는 차라리 자신의 생활 속에서 배우는 것이라고 생각합니다. 견본대로 쓴다면 문학이 될 수 없습니다. 도스토예프스키가 이렇게 썼으니까 나도 이렇게 쓰자는 것으로는 안 된다고 생각합니다. 옛 고전을 읽어도 생활에 대한 그 당시의 사고방식이나 견해를 모범으로 삼는 것이지, 어떤 글쓰기 방식으로 어떤 소재로 쓰고 있는가 하는 점을 모범으로 삼을 수는 없습니다.

최재서 국민문학 작품의 질 저하, 조잡함 같은 것은 내년이나 그 다음해에도 논의해야 할 문제이고, 일단 국민문학으로서 수행하지 않으면 안 되었던 것은 전환(轉換)이었습니다. 내지에서 국민문학이 이야기되는 경우와 여기서 이야기되는 경우는 다릅니다. 지금까지 조선 문학은 국가적이 아니었다는 준열한 비판이 내려져 있습니다. 그것을 국민문학의 이름에 어울리는, 국가 목적에 즉응(卽應)하는 문학을 만들어야 하므로 잡지로서의 국민문학이 아니라 진정한 국민문학이라는 것이 만들어진 것입니다. 그렇다면 당장 국민문학의 이름에 어울리는 문학이 나왔는가 나오지 않았는가, 또는 작가의 집필 태도가 어떻게 변했는가 하는 점이 문제이지, 작품이 조잡해졌다는 점 등은 영구히 따라오는 기술적인 문제이기는 하겠지만, 지금 그것을 논의하는 것은 이르다고 봅니다.

마 키 최 상이 말씀하신 것은 동감이지만, 역시 무엇보다도 내지의 국민문학론과 조선의 그것은 근본에서부터 다른 점이 있습니다. 우리가 이제까지 국가 의식을 지니지 않았다는 점, 그것만으로도 다릅니다. 그랬던 것이 이 시대가 되어 국가 의식을 지니게 되었다는 점만 해도 이미 내지의 국민문학과 다소 성질이 다르다고 생각합니다.

일본적 세계관의 흐름

유진오 과거의 문학, 르네상스 정신이라는 것은 항상 부정적이고 비판적인 곳에 있었습니다. 즉, 그 시대의 세계관이 그러했으며, 그 시대 사람들의 생활이 그러했습니다. 그런데 갑자기 그 생활관이나 세계관 모두가 변하게 됨에 따라 문학에 대한 태도, 종래의 문학 정신 그 자체도 전환하지 않으면 안되게 되었습니다. 우리도 그런 식으로 전환해야 한다고 생각하는데, 지금까지의 문학 작품은 아직 무르익지 않았다고 봅니다.

다나카 일본의 고전에 대해 생각해 보아도 『고지키(古事記)』, 『니혼쇼키(日本書紀)』, 『만요슈(萬葉集)』, 그리고 『겐지모노가타리(源氏物語)』 같은 것이 있는데, 확실히 그런 문학은 불교가 들어오기까지는 아주 건전하고 소박한 것이었다고 생각합니다. 그런데 불교나 유교가 들어오고, 또는 사상이 변해 패도(覇道) 정신이 들어왔습니다. 그것들이 일본 문학의 자양분이 된 점은 많았다고 봅니다. 하지만 그런 것은 인생을 대하는 어두운 사고방식일지도 모르겠습니다. 그러나 그 밑바닥에 일본 문학의 전통인 밝음과 건강함이 자연스럽게 흐르고 있었습니다. 그것이 어떤 경우에는 요곡백번(謠曲百番)이 되고, 어떤 경우에는 바쇼(芭蕉)의 하이쿠나 아케미(曙覽)[2]의 노래가 되어 흘러 왔다고 생각합니다. 주류(主流)를 새로 만드는 것이 전혀 아니라 일본 문학의 밑바닥에 흘러오고 있는 것을 부상(浮上)시키는 것이 진짜가 아니겠습니까. 「보리와 병정(麥と兵隊)」 같은 것은 고전이 되리라고 봅니다.

마 키 아까 최 상이 말씀하셨듯이, 작품이 잘 되고 못 되고를 논하기보다 작가의 태도가 종래와 어떻게 달라졌는가 하는 점이

---

2) 다치바나 아케미(橘曙覽 : 1812~1868) : 막부 말기의 가인(歌人). 국학자로서 모토오리 노리나가(本居宣長)의 학문을 이어받아 존왕사상(尊王思想)을 노했으며 왕정복고를 지지했음.

문제라고 봅니다.

스기모토 작가의 태도만이 아니라, 어떤 하나의 것이 움직이고 있을 때, 그것을 갑자기 전환하는 일은 어려운 것입니다. 특히 작가의 경우 그렇다고 말할 수 있습니다. 그러므로 저는 결코 작가가 국민문학을 형성해야 한다는, 근본 소인(素因)이 되어야 할 정신을 상실한 것이 아니라, 그것을 가지고는 있지만 불분명했다는 식으로 생각하고 싶습니다. 따라서 결국 나와야 할 때가 도래했을 뿐입니다. 지금까지는 대단히 소극적이었기 때문에 적극적인 점을 보여주지 못하고 있었습니다.

마음가짐의 문학3)

최재서 아무도 말씀하시지 않으므로 제가 말하겠습니다. 저는 이렇게 보고 있습니다. 1년 동안의 작품을 보면 마음가짐의 작품이 상당히 나왔다고 생각합니다. 마키 상의 작품을 보아도 작가의 마음가짐을 보여주는 것이며, 또 그럴 생각으로 쓴 것이라고 생각합니다. 그러나 승부(勝負)의 문학이 나오지 않으면 진짜가 아니라고 봅니다. 「고요한 폭풍(靜かな嵐)」(마키 히로시)에 대해서도 「아들과 함께(子と共に)」(미야자키 세타로)4)에 대해서도 그렇게 이야기할 수 있습니다. 그렇다고 해서 승부의 문학은 하나도 없었느냐 하면, 그렇게도 생각할 수 없습니다. 예컨대 조용만 씨의 「배 안(船の中)」은 승부의 문

---

3) 원문은 "構への文學"임.
4) 『국민문학』, 1942년 7월호에 수록된 작품.

학입니다. 그 다음으로 다나카 히데미츠 상의 전쟁물, 이것
도 일종의 날카롭게 파고든 작품이라고 봅니다. 그러므로
그런 식으로 단계적으로 보아 가면 1년 동안의 족적은 그렇
게 가볍게 볼 만한 것이 아니라고 생각하는데, 그래도 승부
의 문학은 발견되지 않고 있는 것입니까.

미야자키　아까 말한 것은 결국 제 이야기가 되었을지도 모르지만, 우
리는 마음가짐을 쓰고자 한 것이 아니라 승부를 쓰려 했지
만 쓸 수 없었던 것입니다. 그것은 윤리관이 부족했기 때문
이 아니라 지금까지 지니고 있었던 문학적 교양이 거기까지
발전하지 않았기 때문에 쓸 수 없었다고 저는 생각합니다.

최재서　그러니까 거기 나타난 것은, 불만을 말하면 끝이 없으니까,
이런 게 국민문학이라면 아무 것도 안 되지 않느냐 하고 이
야기되지만, 국민문학을 쓰기 위해 확실히 마음먹고 있음을
인정한다, 그것으로 좋지 않을까 생각합니다. 그 이상 욕심
을 부려도 그렇게 갑자기는 나오지 않으리라고 봅니다.

스기모토　아주 좋은 마음가짐은 다른 사람에게 공격할 틈을 주지 않
는 것이겠지요. (웃음소리)

마　키　마음가짐의 문학이라면 역시 거기에는 틈이 없는 완전함이
있다고 생각합니다. 그것이 있을지 없을지…….

마음가짐에도 종류가 있다

스기모토　마음가짐이라면 단지 형태뿐인 것처럼 생각합니다만, 마음
가짐 중에도 공격할 틈이 없는 문학과 인형같이 그저 마음
가짐을 갖추라고 하니까 그렇게 하는 문학이 있습니다. 그

것은 어떤 개념에 의해 형성된 문학입니다. 그런 게 아니라 진정으로 국민적인 생활 속에서 구성된 문학이어야 한다고 생각합니다.

최재서 그래서 조금 생각난 것입니다만, 소설의 마음가짐에 의해 소설이 존재하는 것이지만, 싱가포르 함락에 대한 축하시 같은 것도 전부 마음가짐인가요.

스기모토 그런 의도를 가지고 시로 쓴 것이겠지만, 시에서 축하는 가장 표현하기 쉽다고 생각합니다. 소설과 달리 시는 아주 직접적인 것이므로 그 사람의 시적 감동이라는 것이 대단히 진실한 것이라면 그것이 직접 표출된다고 생각합니다. 저는 김종한 상의 작품이 그런 의미에서 좋습니다.

다나카 스기모토 상의 작품도 좋지 않습니까.

마 키 역시 큰 의미로 보았을 때 국민문학은 마음가짐의 문학이 아닐까 생각합니다. 언제까지나 마음가짐으로만은 안 되겠지만…… 예를 들어 독일 구리제(グリーゼ)의 「노도(怒濤)」라는 작품을 연구할 생각으로 읽었는데, 이 작품도 마음가짐의 문학이 아닐까 생각합니다.

자연성과 문화성

김종한 유진오 상의 「남곡선생(南谷先生)」입니다만, 이 작품에 대한 비평을 최근 다시 생각하고 있습니다. 나치스 독일에서 국민문학이라고 이야기되는 것 중에도 이 작품 같이 합리주의적인 문화성에 대항해서 피와 흙에 뿌리 내린 자연성이나 신화성을 강조하는 작품이 있는 듯합니다. 어떻습니까……

작자는 의식적으로 그것을 강조하기 위해 그런 작품을 쓰신 겁니까?

유진오   그렇지도 않습니다. 사실 그것은 어떻게 하면 무리 없이 우리의 새로운 방향을 제시하는 작품을 쓸 수 있을까 하는 점을 생각해서 쓴 것입니다. 테마에 대해서는 꽤 예전부터 흥미를 갖고 있었습니다만, 결국 일반적인 요즘 조선인들의 생활을 보면, 아주 옛날부터 좋은 인정 또는 아름다운 정신을 가지고 있지 못했는가 하면 꼭 그렇지도 않습니다. 풍부하게 갖고 있었습니다. 그런 것을 현재 우리들의 생활에 다시 가지고 온다는 의미에서 쓴 것입니다. 그것은 직접 시국적 테마를 다루지 않은 작품이 되었으며, 특히 자연성도 파악하고 있지 않다는 비평도 있습니다만, 작자로서는 그 반대였던 것입니다.

최재서   조금 더 작가가 작자로서의 주석을 붙였어야 했다고 생각합니다. 즉, 이렇게 읽어야 한다는 것을 어딘가에서 암시해서 반성시키듯이 써 주었으면 더 좋았을 것이라고 생각합니다. 다시 말해 그냥 있는 그대로 묘사해서 독자에게 제출한 것 같은 작품입니다. 따라서 독자는 여러 해석을 내릴 것입니다. 씌어진 주인공에 대한 해석이 작품을 통해 조금 더 확실히 나와 있었으면 좋았을 것이라고 생각합니다.

김종한   접때도 다나카 상 등과 이야기했습니다만, 로컬 칼라를 나쁘다고는 말하지 않습니다. 누구나 읽어도 좋은 느낌이 듭니다. 단, 소위 로컬 칼라를 위한 로컬 칼라로는 불만족입니다. 「남곡선생」에는 그런 점이 없습니다.

다시 마음가짐에 대해

백　철　아까의 이야기입니다만, 마음가짐이라는 것이 문학에 필요합니다.

김종한　우리의 체험에서 말하면, 이번 사변과 부딪쳐 분명히 작가가 자, 어떻게 할까 하는 일종의 마음가짐을 가지게 되었다는 점은 사실입니다.

백　철　그것은 개인의 문제지 작품의 문제는 아니라고 봅니다.

다나카　마음가짐의 문학이라는 것은, 예컨대 경치를 보고 이런 방향에서 쓰고자 하는 구도는 잡았지만 색이 모자란다든지 아무리 해도 형태가 잘 구현되어 오지 않는다든지 하는 경우인데, 어쨌든 구도만은 여기에 있다, 그것이 마음가짐이라는 겁니다.

백　철　그것은 마음가짐이기보다 이념이라고 생각합니다.

다나카　데생도 그림의 범주에 들어가니까요.

최재서　조잡함에 대한 불만이 나옵니다만, 예컨대 그것은 제1차 구주대전이 끝난 지 10년 후에 전쟁 문학이 나왔습니다. 그와 똑같이 오늘날 우리가 호흡하고 있는 공기가 내일 문학 작품이 된다고 하는 것은 초보자의 생각입니다.

미야자키　이런 식으로 해석하면 어떻습니까. 마음가짐이라는 것을 한정해서, 작가가 이렇게 존재해야 한다고 하면서 부정적인 것을 부정한다, 이렇게 있어서는 안 된다고 하는 태도는 좋지만, 재료로서는 이것도 아니고 저것도 아니라는, 자기가 그리려는 주인공의 행동에 대해 부정해야 할 것을 부정하는 것이 마음가짐이라는 식으로……

조선 문학의 지위

최재서   반도에도 국민문학의 체제가 이루어졌습니다만, 그에 대응해 반도 문학의 지위가 재검토되지 않으면 안 된다고 생각합니다. 그 점에 대해 의견이 없으십니까.

다나카   좋은 작품을 쓰면 자연히 지위는 결정되어질 것이라고 생각합니다.

김종한   좋은 작품을 써야 한다는 것, 그것은 대의명분 같은 것이겠지요. 그게 아니라 그런 좋은 작품이 나올 수 있는 분위기를 어떻게 양성해 가는가 하는 점에 문제의 초점이 있겠지요.

최재서   지방 문학으로서의 조선 문학의 지위가 어떠해야 하는가 하는 점입니다.

다나카   조선의 자연 생활의 아름다움, 인정의 아름다움을 좀 더 그린 작품이 나오지 않으면 안된다고 봅니다.

김종한   유진오 상이 어딘가에서 내지에 없는 무언가를 창조해서 일본 문화에 부가해 가는 역할을 해야 한다는 의미의 말씀을 했습니다만, 구체적으로 말하면 어떤 것이 되겠습니까.

유진오   단지 로컬 칼라를 중심으로 해서 일본 문학의 울타리 바깥에 서 있는 것 같은 지금까지의 사고방식은 이제부터는 아무래도 허용되지 않는다, 이제부터는 단순한 로컬 칼라의 지방 문학이어서는 안 된다, 무언가 철학적인 새로움과 가치를 지닌 것이 아니면 안 된다, 그런 의미였습니다. 좋은 것은 살려 간다, 그런 방향을 취하는 쪽이 좋다는 의미에서…….

스기모토   그런 사고방식은 최 상이 이번 달 『국민문학』의 논문에서,

조선 문학이 내지의 큐슈(九州) 문학이나 홋카이도(北海道) 문학과는 조금 다르다는 점을 말씀하셨습니다만, 그것과 사고 방식이 같군요.

최재서   저는 대체로 비슷하게 들었습니다.

백　철   그렇습니다. 여러 청산해야 할 것도 있겠지만, 아름답고 가치 있는 것은 살려 가는 것이 진짜겠지요.

스기모토   그렇습니다.

내지인 반도 작가

김종한   사토 기요시(佐藤淸)[5] 상의 시집[6]을 이번에 우리 회사에서 내게 되어 그 원고를 읽었는데 재미있었습니다. 반도에 사는 내지인으로서 생활에 너무나도 익숙해져 있으며, 나아가 고도로 예술화되어 있습니다. 반도의 자연에 대한 섬세한 애정, 풍속이나 고미술에 대해 느끼는 방식 등이 반도인 시인과는 조금 다른 신경(神經)으로 결정(結晶)되어 있습니다. 이제부터 조선 문학의 개념 속에는 반도의 지리에 안심입명(安心立命)하고자 하는 내지인 작가도 포함해야 할 터입니다만, 그 경우는 역시 반도의 생활에 투철할 각오로 가담해 주었으면 합니다. 그렇지 않으면 의미가 없다고 생각합니다. 만일 반도의 땅에 투철할 용기가 없다면 역시 동경에서 창작해야 하겠지요. 류큐(琉球)[7]의 민예(民藝)가 얼마나 우리를

---

5) 경성제대 영문과 교수로 최재서를 가르침. 1926년 영문과를 창설함.
6) 1942년 인문사에서 나온 『벽령집(碧靈集)』을 말함.
7) 현재의 오키나와.

기쁘게 하는가를 생각해 보면 알 수 있습니다. 게다가 류큐의 민예는 벌써 류큐만의 것이 아닙니다.

다나카 저는 조선에서 써도, 전쟁터에서 써도, 동경에서 써도, 하나의 전통을 몸에 지니고 있습니다. 미야자키 상이 쓴 작품은 조선에 와 있는 내지인의 대표적인 타입이라고 생각합니다. 저도 내지에서 조선에 와 활동하고 있는 내지인 작가의 어떤 타입이라고 생각합니다. 하지만 조선에 계속 살고 있는 내지인에게는 조선에 뿌리를 내린 아름다움이라는 것이 있다고 생각합니다. 그것이 커다란 일본 문학의 일익(一翼)으로 나아간다, 거기에 다른 점이 있다고 봅니다. 김 상의 지론처럼 내지의 작가가 반도에서 문학을 하는 의미를 세 가지로 나눌 수 있습니다. 즉, 하나는 반도인의 생활을 쓰는 것, 또 하나는 내지의 작가가 조선에서 살고 있는 그 특수한 생활 감정을 쓰는 것, 그리고 또 한 가지는 내선 문화의 교류라는 것을 김 상은 말씀하셨는데, 그것은 원칙으로서 옳다고 생각합니다. 그러나 그것은 원칙으로서는 그렇지만, 저는 그렇게는 말할 수 없다고 생각합니다.

마 키 다나카 상은 조선의 생활이 몸에 익지 않았으니까 조선을 쓸 수 없는 것입니다. 예를 들어 펄벅은 지나인 이상으로 지나를 쓰고 있습니다. 지나인처럼 쓸 수 없는 부분도 있지만요

유진오 지나의 대학을 나온 사람들은 그것에 찬성하지 않았습니다.

다나카 쓸 수 있습니다. 쓸 수 있지만, 조선에 오래 살고 있는 사람이 아니면 쓸 수 없는 부분도 있습니다.

특수성의 문제

유진오 　조선의 고소설이나 그 외의 다른 작품에는 유머가 있습니다. 내지의 문학에는 보이지 않는 대륙적이고 느긋한 유머가 있는 것입니다. 그런 것을 살리는 일 등은 정말로 좋다고 생각합니다. 옛날로 거슬러 올라가면 신라 시대의 전설 같은 것, 아주 향기 높은 아름다운 것이 많이 있습니다. 우리의 전면적 마음가짐이 이루어지고 있는 이때에 그것을 골라내고 채택하는 일은 대단히 의의가 있다고 생각합니다. 왜 그렇게 되냐 하면, 우리가 종래 문학의 껍질을 버리고 일본 문학으로서 재출발한다고 하면 자칫 조선적인 것을 다 버리고 내지적인 것만 받아들인다, 그렇게 되면 결국 작품도 항상 동경의 이등 위치에 만족한다, 동경의 작가가 되기 위한 하나의 준비에 불과하게 된다고 생각합니다. 그래서는 의미가 없습니다. 우리의 작품을 동경에 내보낸다고 해도 그 어떤 의미 있는 특수성을 지니지 않으면 안 된다고 생각합니다.

김종한 　그런 것을 발견해 가지 않으면 반도의 작가는 존재 이유가 없습니다.

유진오 　다만 그 전제가 되는 것은 작자의 태도가 되어 있느냐 그렇지 않느냐의 문제입니다. 내지에서 벗어난다는 의미에서 조선의 아름다움을 찾는 것이 아닙니다.

백　철 　1년 전에 좌담회를 열었을 때에 특수성을 보는 경우, 바다를 보지 않고 바다에 통하는 강을 본다, 다시 말해 강만을 보는 것이 아니라 바다도 보고 강도 본다, 그런 점에서 특수성을 살려야 한다는 점을 이야기한 적이 있습니다만.

역사소설 시비

김종한 조용만 상의 「배 안」을 읽게 되었습니다만, 어땠습니까.

다나카 재미있다고 생각합니다. 소재도 재미있고, 아까 말한 마음가
짐의 문학으로서도 좋습니다만, 조금 색이 모자랐다고 생각
합니다.

스기모토 저는 약간 감정이 너무 강하지 않았나 생각합니다.

마　키 꽤 재미있게 읽었지만, 역시 무언가 작품으로서 미완성인
것이 있다고 생각했습니다.

다나카 조선의 작가가 그런 쪽으로 나아가는 경향은 확실히 좋다고
봅니다.

백　철 조선의 작가가 채택한 것으로서 가장 좋다고 생각합니다.
그런 만큼 감정의 흐름에도 부자연함이 없고……. 술술 흘
러 친근함을 가질 수 있습니다.

마　키 제 생각에 역시 그런 작품은, 다른 사람을 헐뜯는 것 같습니
다만, 역사를 쓰는 일은 현실을 쓰는 것보다, 잘 되고 못 되
고는 두 번째 문제고, 오히려 쓰는 일만으로는 쉽지 않을까
생각합니다.

다나카 역사소설론이 되는군요.

마　키 내지의 작가들이 역사로 일단 도망치고 있는 것은 역시 일
종의 도피입니다.

다나카 도망치고 있는 것이 아니라, 이런 시대가 되자 역시 선조의
일을 생각하지 않을 수 없게 된 것입니다. 도망치고 있다는
것은 옛날식 사고방식입니다. 쓸 수 없으니까 유머 소설을
쓴다든지 하는 그런 사고방식과는 달라요. 지금까지보다 선

조의 역사에 대해서 상당히 생각하게 되고 있습니다.

마 키 역시 의외로 쉬운 것은 아닐까요.

다나카 오히려 이런 폭풍을 맞이해 자기들의 선조가 무엇을 했던가, 선조에게서 배워야 할 것을 발견한다고 하는, 진지한 기분이라고 생각합니다.

백 철 그래요, 조용만 군의 경우는 도망쳤다고는 할 수 없습니다.

마 키 도망친 것은 아니지만, 어느 쪽이냐 하면 작가의 태도로서는 제이의적(第二義的) 태도지 제일의적 태도는 아니라고 생각합니다.

최재서 「아들과 함께」(미야자키 세타로)는 어떻습니까.

스기모토 「아들과 함께」와 「여행 소식(旅の便り)」(요시카와 에코(吉川江子))8) 두 작품은 모두 아이에 대한 애정을 취급한 문학으로서 아주 특필할 만한 문제가 아닐까 생각합니다. 아이를 다루는 취급 방법이 단순한 애정에 그치는 것이 아닙니다. 더 큰 입장에서 볼 때 대단히 가르침 받을 바가 있는 문학이 아닐까 생각합니다.

최재서 저는 이런 입장에서 배견했습니다. 2년 후에는 우리의 아들들이 징병될 텐데, 그런 점에서 아주 많이 배웠으며 감명 깊은 점이 있었습니다.

백 철 단편으로서 대단히 잘 짜여 있습니다. 그러나 그 작품을 읽고 아주 피곤했습니다. 무슨 까닭일까 하고 여러 가지로 생각했는데, 신문 기사나 뉴스가 조금 너무 많이 나오지 않았는가 합니다.

---

8) 『국민문학』 1942년 8월호에 수록된 작품.

최재서 그에 대한 작자의 변해는 어떻습니까.

미야자키 일종의 편법이었던 것입니다. 결국 전쟁에 나갈 수 없는 사람이 쓴 작품입니다.

마 키 작품으로서 조금 더 테마가 있었으면 좋았겠다고 생각합니다.

시단(詩壇)의 경우

최재서 조선 시단의 움직임은 어땠습니까. 무언가 새로운 시도 같은 것은 없었습니까. 국민적 행사를 대하는 축하시 같은 게 많았다고 생각합니다만.

스기모토 하지만 그것도 내지만큼 많지 않은 듯합니다.

백 철 『매일신보』를 읽지 않으니까 그런 말씀을 하는 겁니다.

스기모토 연맹에서 시를 뽑고 있기 때문에 투고 작품이 옵니다만, 싱가포르 때9)에는 많았습니다. 그 사실로 보아도 반도인이 얼마나 국민적 감격을 느꼈던가 하는 점을 잘 알 수 있습니다.

최재서 그런데 그런 축하식이 끝나자 국민적 감격이 사라지거나 적어진다는 것은 시인으로서 생각해야 할 문제가 아닐까 합니다.

스기모토 그것은 단순한 감격이었을 뿐이고 진정으로 객관화된, 하나의 시적 가치에 이르기까지 고양된 것은 아니라고 생각합니다.

최재서 시라는 것은 흥분이 가라앉은 후에 반성적으로 창작하는 것이므로 흥분했을 때에 쓴 것은 시가 아니라고도 이야기됩니다만, 이를 해석하면 싱가포르 함락으로 흥분했지만 그것이 나중 나중까지 감동으로 남지 않고 축하식 후에는 사그라졌

---

9) 1942년 2월 15일의 싱가포르 함락을 말함.

다는 것은, 그것이 시가 아니었다는 말입니다.

스기모토 그것은 결국 외침에 불과하다고 생각합니다. 그러므로 실제 작품으로서는 훌륭한 것이 나오지 않았다고 봅니다. ……김종한 상의 시는, 김종한 상의 논문을 보고 말하는 것은 아니지만, 사실 저는 김종한 상이라는 사람을 그다지 알지 못했습니다. 단지 시를 통해 김종한 상의, 아니 차라리 이 사람의 사고방식을 여러 가지로 상상하고 있었습니다. 그런데 이번에 김종한 상의 시적 태도를 보니 지금까지 제가 생각하고 있었던 것과 딱 일치했던 것입니다. 이는 가네무라 류사이(金村龍濟) 상의 방향과는 반대입니다. 즉, 생활을 붙잡고 생활 그것을 다루어 가는 방향이 아니면 진짜가 아니라고 생각합니다. 시의 경우에는 우리가 받은 감동이라는 것, 그런 것을 단적으로 붙잡지 못하면 진짜 시는 될 수 없습니다. 그것은 관념적으로는 가능합니다. 또 우리는 언어를 수련하고 있으니까 언어는 가능합니다. 하지만 그것은 생활 속에서 파악되어 나온 것이 아니면 안 됩니다. 그것이 김종한 상의 시에는 잘 나타나고 있습니다. 언뜻 보기에 나타나지 않는 듯한 작품에도 진정한 진실성이 있습니다. 예를 들어 아이가 글라이더를 날리고 있는 「유년(幼年)」과 같이 침착한 기분 속에 진실성이 담겨 있습니다. 지극히 간단한 표현이지만 아주 좋다고 생각합니다.

김종한 아이구, 참……. 기억에 남는 시인으로서는 가와바타 슈조(川端周三)[10]가 있습니다.

---

10) 『국민문학』에 「휘파람새의 노래(鶯の歌)」(1942. 5) 등을 발표함.

최재서 과장님께 무언가 의견이나 희망을 들었으면 합니다만…….

당국자로서

모 리 의견은 아니지만, 아까부터 이야기를 들었습니다. 가장 먼저
이야기가 나온 국민문학이 조잡하다는 점, 또 하나는 **마음
가짐의 문학**이라는 것을 말씀하셨습니다만, 국민문학이 조
잡해도 좋다는 말은 절대로 아닙니다. 하지만 현재로서 조
잡하다는 것은 어느 정도 불가피한 일이 아닐까요. 장래에
는 어떻든 현재는 어느 쪽이냐 하면 조잡해도 좋지 않을까
하는 기분이 듭니다만. 너무 조잡한 경지를 지나 차츰 조잡
하지 않게 되는 것이 목표인 것입니다. 지금은 그 조잡함 속
으로 뛰어드는 것을 두려워해 주저하고 있는 사람이 많다,
그렇다기보다, 나쁘게 보면 오히려 그것을 구실 삼아 조잡
함 속으로 뛰어들지 않는 사람이 많다는 느낌이 듭니다. 오
히려 조잡함을 통과해 그것을 넘어 갈 원기를 가지는 것이
필요하지 않을까 생각합니다. 마음가짐의 문학이라는 것도
똑같지 않을까 생각합니다. 일단 진검승부를 할 때는 자세
를 갖추지 않으면 안 됩니다. 자세를 갖추지 않고 그저 빈둥
거리고 있어서는 진검승부를 할 수 없습니다. 마음가짐은
정말로 심중11)에서 나온 것이 아니며, 생활에서 나온 것이
아니라는 점을 비판하면서, 마음가짐조차 취하지 않는 사람
도 있지 않을까 생각합니다. 그런 사람보다 어쨌든 마음가

---

11) 원문은 "腹"임.

짐만이라도 다잡으려는 기분을 가지게 된 사람은 하나의 진
보를 이룬 것이 아닐까 생각합니다. 그런 사람을 조잡하다
든지 형식적이라든지 하여 매장해 버리는 일은 안 된다고
봅니다. 결국은 작가의 마음가짐의 문제입니다. 국민문학으
로서도 역시 1년의 실적을 가지고 지금 국민문학이 좋다 나
쁘다 비평하는 것은 너무 이른 듯한 기분이 듭니다. 결국 방
향은 좋은 쪽으로 나아가도록 결정되어 있으니까, 그 방향
으로 나아가면서 스스로 비판해 가는 것이 필요하다고 생각
합니다. 여기 모여 계신 분들은 잘 아시고 계시겠지만, 국민
문학에 대해 일종의 걱정을 가지거나 덮어놓고 헐뜯고 냉소
하는 태도를 지니는 사람을 국민문학적인 방면으로 이끌어
오는 일이 우선 생각해야 할 문제가 아닐까 생각합니다.

최재서 그러면 이쯤 해서……더운 날씨에 장시간 감사합니다.

❝『국민문학』, 1942. 11. 원제「國民文學の一年を語る」

〈평론〉

林　和,「朝鮮の現代文學」,『京城日報』, 1939. 2. 23~25.

張赫宙,「朝鮮の知識人に訴ふ」,『文藝』, 1939. 2.

崔載瑞,「內鮮文學の交流」,『ラヂオ講演・講座』, 1939. 7. 25.

徐寅植,「文學と純粹性」,『京城日報』, 1939. 12. 12~19.

李源朝,「朝鮮文壇の動向」,『朝鮮』, 1940. 1.

林　和,「現代朝鮮文學の環境」,『文藝』, 1940. 7.

香山光郎(李光洙),「重大なる決心」,『京城日報』, 1941. 1. 21~24.

崔載瑞,「文學新體制化の目標」,『綠旗』, 1941. 2.

咸大勳,「近代劇と國民演劇」,『京城日報』, 1941. 3. 5~9.

韓　植,「朝鮮文學と東洋的課題」,『新文化』, 1941. 8.

金村龍濟(金龍濟),「國民文學の黎明期」,『東洋之光』, 1942. 1.

金村龍濟,「半島文壇と國語の問題」,『綠旗』, 1942. 3.

咸大勳,「朝鮮映畫, 演劇における國語使用の問題」,『綠旗』, 1942. 3.

吳泳鎭,「朝鮮映畫の一般的課題」,『新時代』, 1942. 6.

牧　洋(李石薰),「新らしさについて」,『東洋之光』, 1942. 6.

白　鐵,「文學の理想性」,『東洋之光』, 1942. 6~7.

金鍾漢,「新しき史詩の創造」,『國民文學』, 1942. 8.

兪鎭午,「主題から見た朝鮮の國民文學」,『朝鮮』, 1942. 10.

趙演絃,「ニーチェ的創造」,『東洋之光』, 1942. 12~1943. 1.

安含光,「朝鮮文學の特質と方向について」,『國民文學』, 1943. 2.

兪鎭午,「作家と氣魄」,『文藝』, 1943. 4.
松村紘一(朱耀翰),「決戰下滿洲の文藝態勢」,『新時代』; 1944. 1.
吳龍淳,「新しき人間の形象化」,『國民文學』, 1944. 2.
岩谷鍾元(郭鍾元),「世代と倫理」,『國民文學』, 1944. 2.

〈좌담회〉

「朝鮮文化の將來」,『文學界』, 1939. 1.
「新しい半島文壇の構想」,『綠旗』, 1942. 3.
「國民文學の一年を語る」,『國民文學』, 1942. 11.

편역 **이경훈**

연세대학교 국어국문학과 교수
저　서　『이광수의 친일문학 연구』, 『어떤 백년, 즐거운 신생』, 『이상, 철천의 수
　　　　사학』, 『오빠의 탄생』, 『대합실의 추억』, 『한국 근대문학 풍속 사전』, 『이
　　　　상 소설작품론』(공저), 『이상 시 작품론』(공저)
번역서　『유머로서의 유물론』, 『한국 근대 일본어 소설선』, 『나는 소세키로소이다』
　　　　(공역), 『태평양전쟁의 사상』(공역) 등

한국 근대 일본어 평론 · 좌담회 선집(1939~1944)

초판 인쇄　2009년 11월 30일
초판 발행　2009년 12월 10일

편역자　이경훈
펴낸이　이대현
편　집　추다영
펴낸곳　도서출판 역락
　　　　서울 서초구 반포4동 577-25 문창빌딩 2층
　　　　전화 02-3409-2058(영업부), 3409-2060(편집부)
　　　　FAX 02-3409-2059
　　　　이메일 youkrack@hanmail.net
　　　　등록 1999년 4월 19일 제303-2002-000014호
ISBN　978-89-5556-740-3 93810
정　가　18,000원

* 잘못된 책은 교환해 드립니다.